U0760380

國家圖書館藏清人詩文集稿本叢書

第二輯

二

陳紅彦　主編

北京大學出版社
PEKING UNIVERSITY PRESS

學士任子閲年録

吴元禧撰。稿本。三册。

吴元禧(一八〇九—一八八二以後),字善伯,河南固始人。其父爲嘉慶二十二年(一八一七)河南省狀元吴其濬(一七八九—一八四七),官至兵部左侍郎、湖廣總督、雲貴總督以及湖南、浙江、雲南、福建、山西巡撫等職,宦跡半天下。據《清史稿》卷三百八十一《吴其濬傳》載,吴其濬逝世後,朝廷因其在山西巡撫任内改革鹽法,克己奉公,特别加恩其子孫以表彰其廉潔清正。其子吴元禧、吴崇恩、吴榮禧當即分别實授主簿、知縣、通判官職。

吴元禧爲吴其濬長子,所著《學士任子閲年録》分上、中、下三卷,據卷端題名可知此集又名《天許録》。集中所收詩分年編排,大約每四五年爲一段,標題下題自某年干支某歲至某年干支某歲,最早始自道光乙酉(一八二五)十六歲時,訖於光緒壬午(一八八二)七十三歲。每首詩上標「五律」「七律」「七絶」等,或有分體編排之意。據書衣題記及各詩小序,可以略考其經歷,如云「此録嘉慶間湖北學署内」「余佐治平林十年,艱難險阻,備嘗於是」,等等。元禧並未如其父一樣得高官厚禄,僅奔走於衙署爲小吏,掌管文書而已。此集收其自少至老各時期詩作,一生行跡盡在其中。

《清人詩文集總目提要》著録此書,稱吴元禧「卒於咸豐十一年(一八六一),原名承保,字葆珊,浙江海寧人」,皆誤,可據此稿本校正。

(樊長遠)

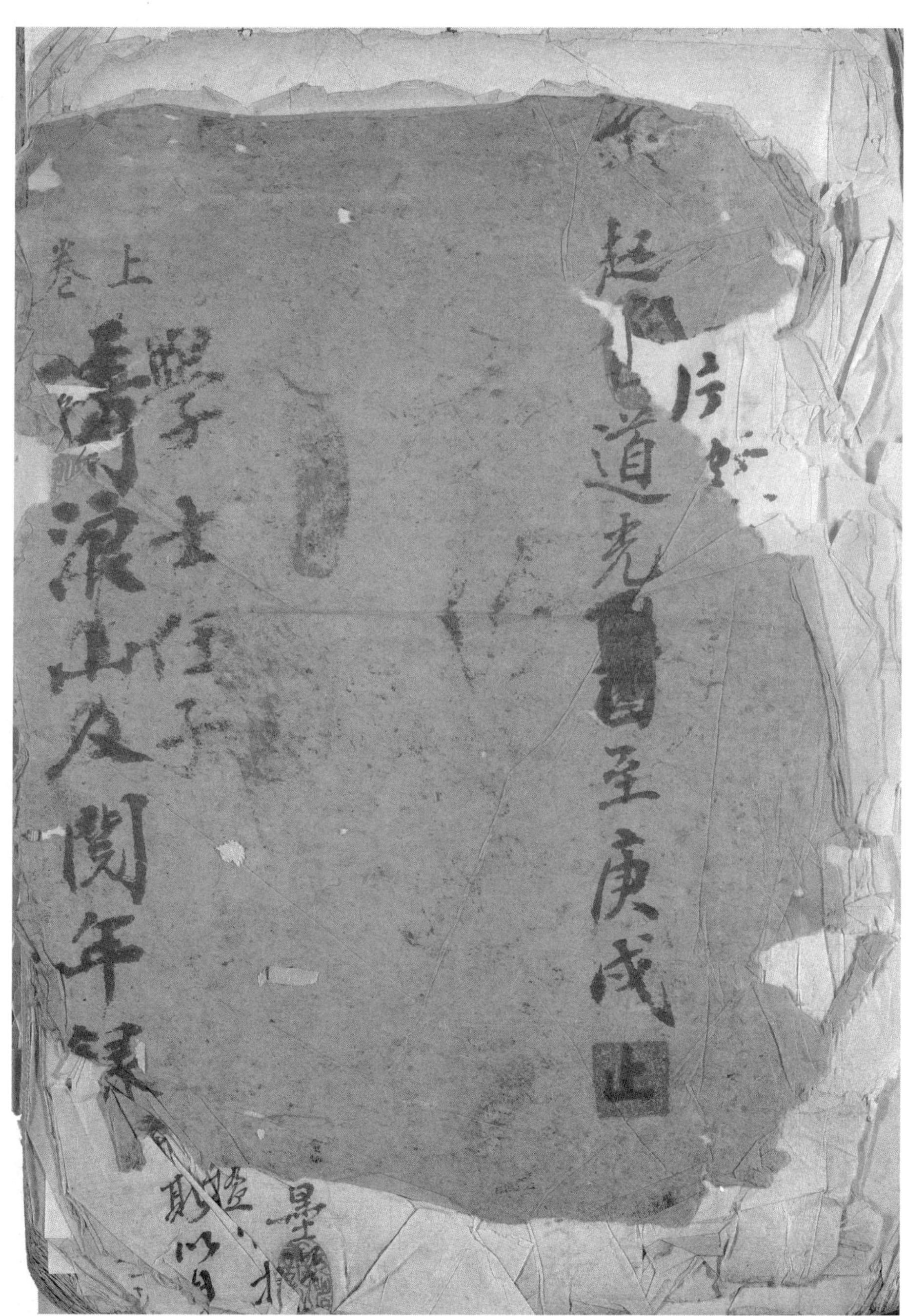
起□道光□至庚戌　上

學士任子
壽浪山人閲年録
卷上

卷上

[illegible]山人閩中草

[illegible]至庚戌止

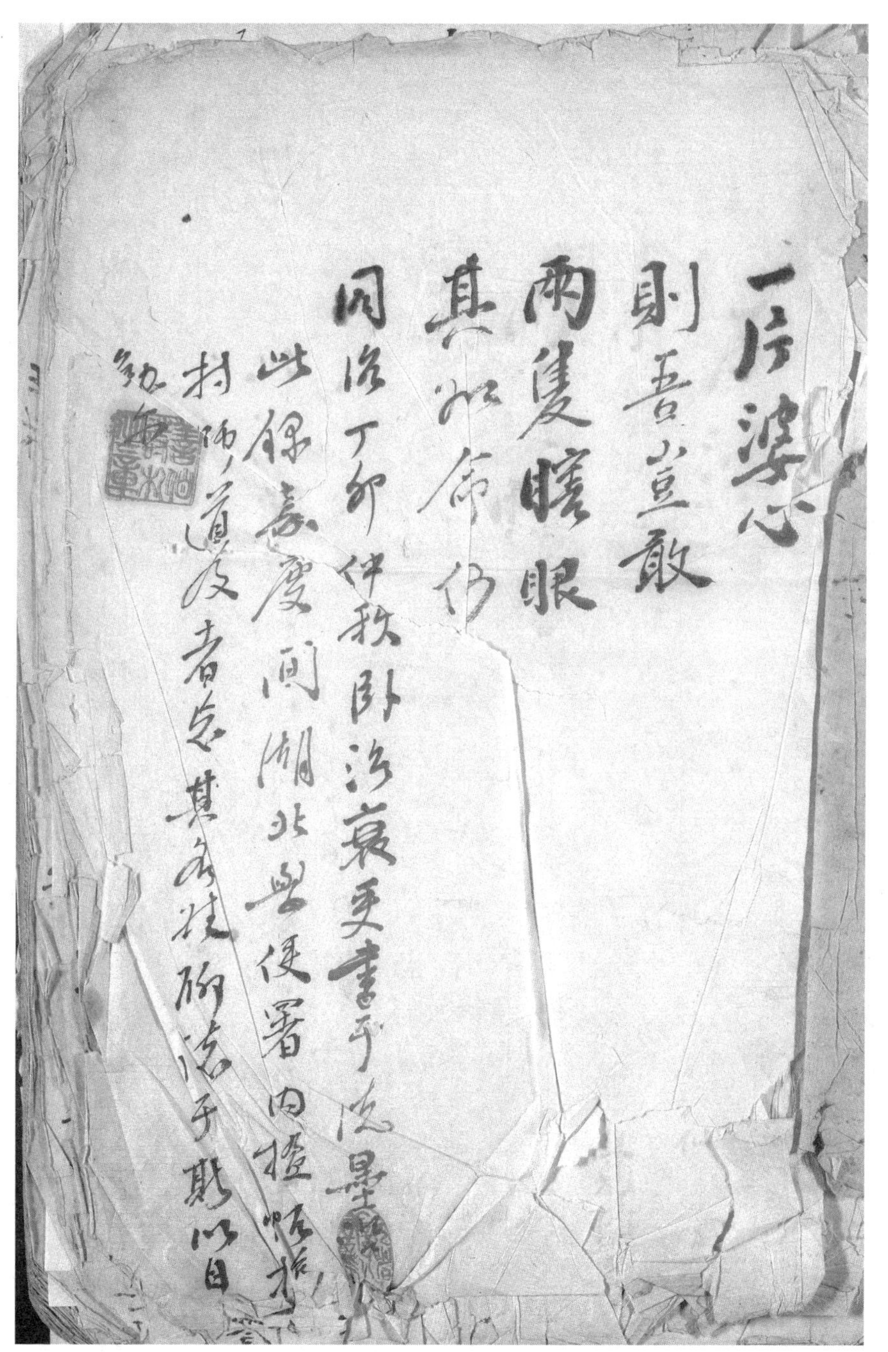
一片婆心
則吾豈敢
兩隻瞎眼
其如命何
同治丁卯仲秋卧病衰叟書于

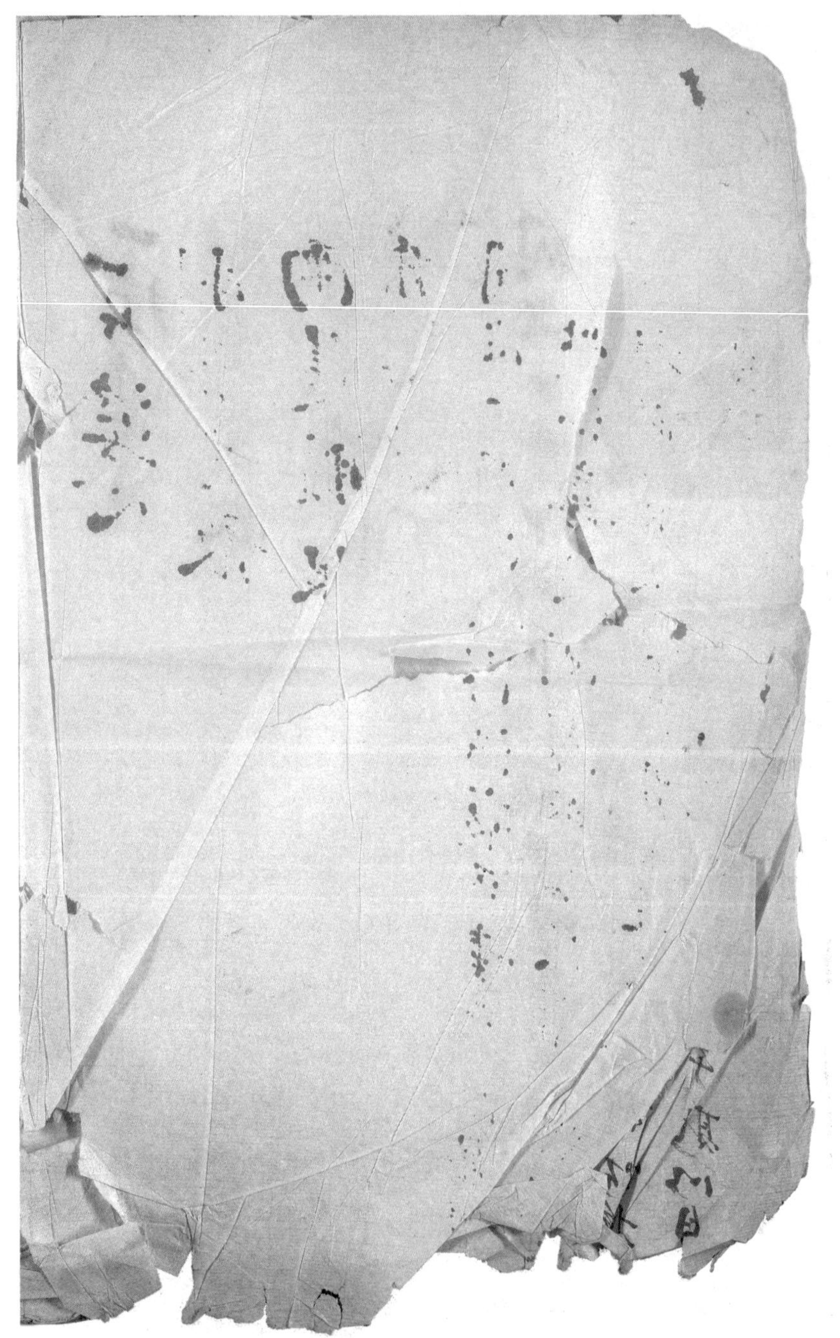

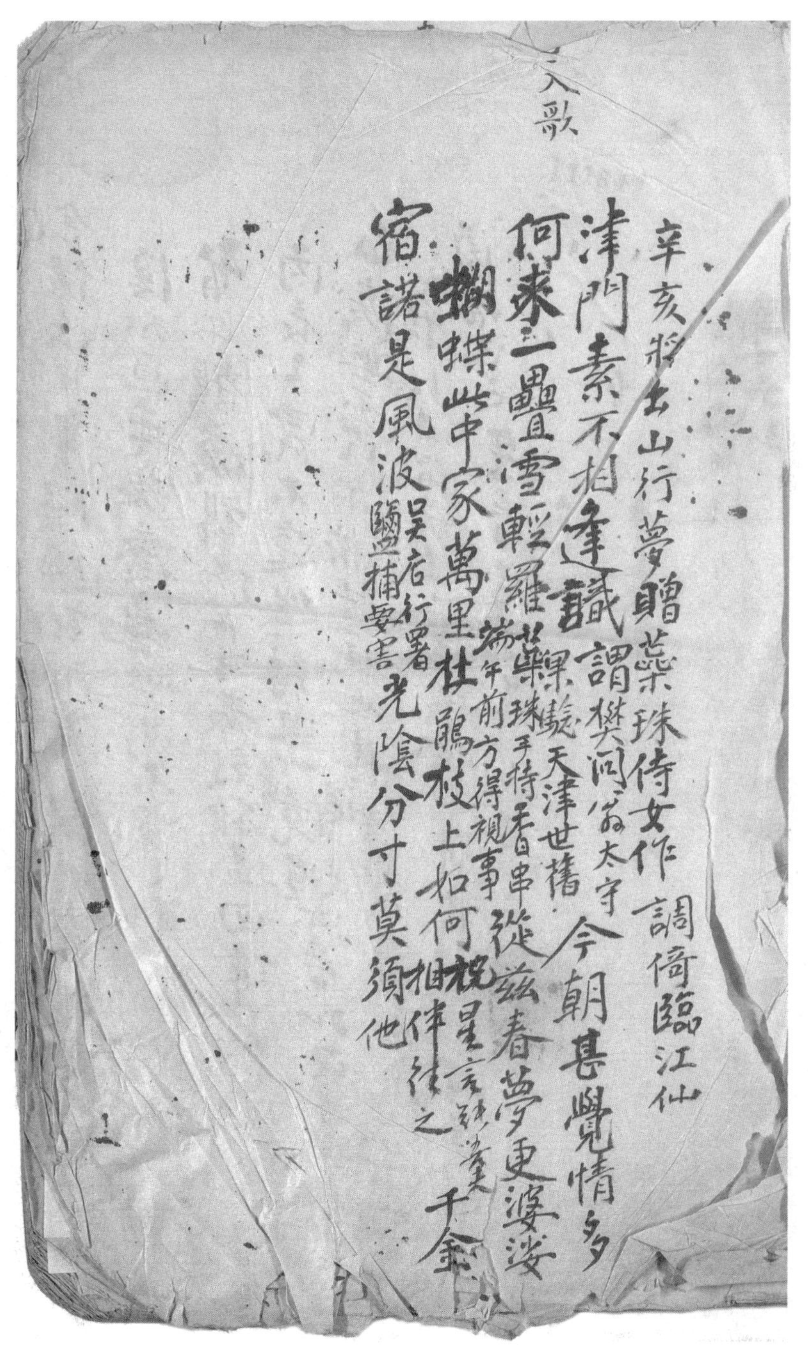

……人歌

辛亥將去山行夢贈葉珠侍女作　調倚臨江仙

津門素不相逢識謂樊伺翁太守今朝甚覺情多

何來一疊雪輕羅梁鬆天津世舊葉珠手持香串從茲春夢更婆娑

蝴蝶帖中家萬里端午前方得視事杜鵑枝上如何祝星言録漾美相伴往之千金

宿諾是風波吴居行署鹽捕要害光陰分寸莫須他

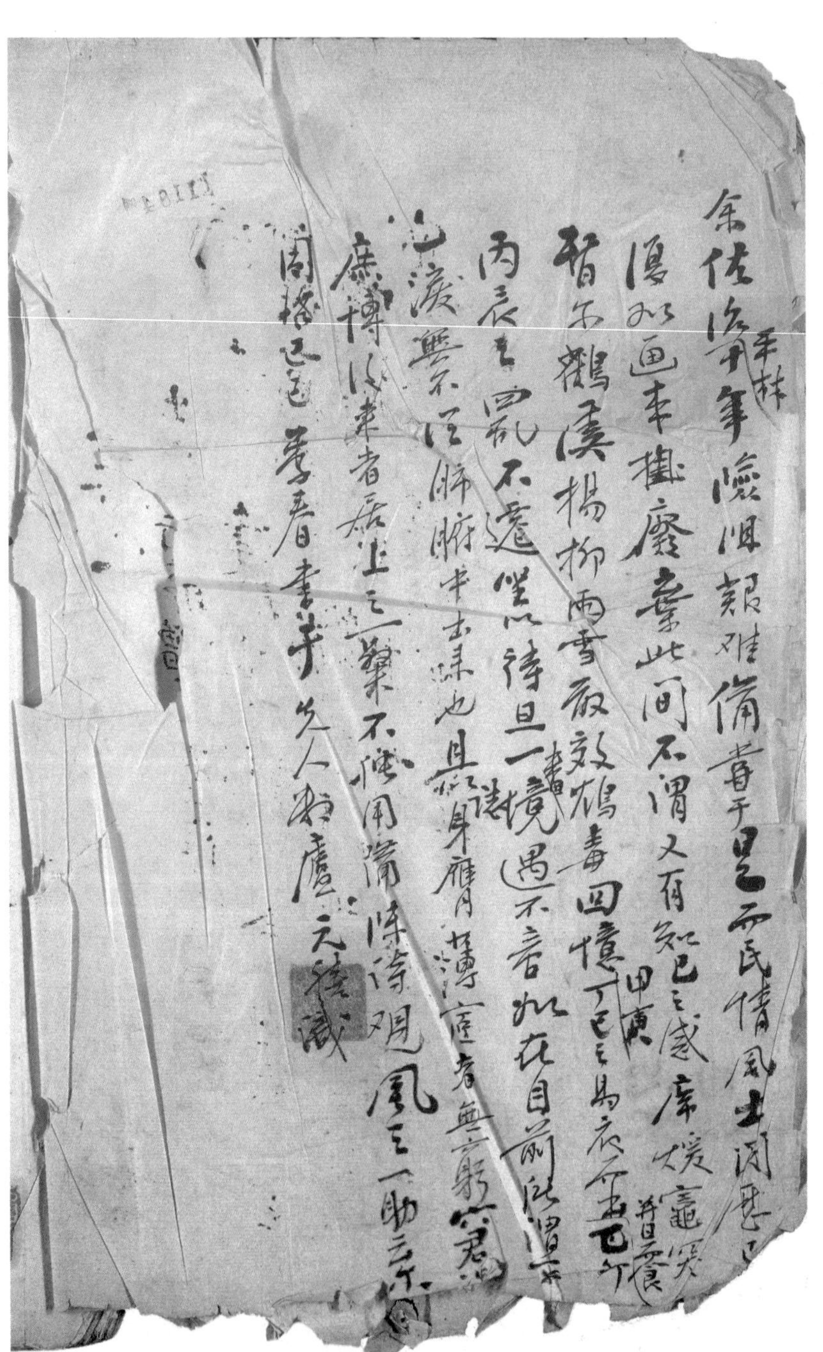

卷上

學士任子閲年録　一名天許録　固始吳元禧

自咸豐辛亥四十二歲至癸丑四十四歲

山行　由舍下二月二十四日出行

五律　四首

山意皆如畫，晴嵐倍覺新。鄉音猶在耳，蠻語漸侵人。

初入崎嶇路，微驚草木春。求安誰計此，過首復逡巡。

五律

雪意重經路，胡為役此生。香泥香啄燕，幽谷喜遷鶯。

流水本無競，凡花亦向榮。風雷起絕處，似向不平鳴。

丙午十二月由雲南下漢口，踏雪過黃州，陶姻丈分守署內，適淑慧妹妹適陶曼生廷政皃翁少君，遂由麻

五律

五律

商經行 錄選下

未甚忘家事淒清近斷魂 清明日過虎頭關 風寒凍花色雨

急鰽沙痕有網人爭義無舟渡更喧高山誰許上遥

憶舊平原子 陳樓于去十一月三十日復舉一子取名

猶生 掌中內子卧病漸篤有日矣

頗亦樂魚鳥輕寒尚逼人馬無惜錦障衣莫化緇塵

何日微餘祿歸田不厭貧片情更養誰復問來因 杜句 雲 某

舊有廉吏兒孫不諱貧

之章係張船山太守句

五律

五律

鄂寓有感

總是鄉關路晴和氣更新方言解童稚遊宦為他人

家慈年已近八旬 現七十七矣尚在京宅 有田雖附郭蔬食未能飽此即杜句

國小而倍族大寵多

不可為也之意耳 久擬向平遊香山亦枯槁亦有香山

女嫁男婚

三徑資句縱有北風賦所獻惟機巧同學多不賤應

須致身早周 均唐句杜寶田胡鴻賓周起鑾鳥起瀛春煦仁山

祥嘉祥慶揚烈臣司訓傅蘅圃均有送別之作

見新鶯有楫君同濟同往汎署無人舟亦横夕陽斜

渡鳥劉句偏向太平鳴 謂張善夫布衣舊稱上客

五律

家驊夫人年已近八旬現七十七矣尚在京宅
有田雖附郭蔬食未能飽杜句此即
國小而偪族大寵多不可為也之意耳
久擬向平遊香山亦枯槁香山亦有
女嫁男婚三徑資句
縱有北風賦所獻惟機巧同學多不賤應
須致身早周均唐句
杜寶田胡鴻賓周起鑾鳥起鵠春煦仁山祥嘉祥慶揚烈臣司訓傅蘅圃均有送別之作

五律 言

五律

鄂寓有感

總是鄉關路晴和氣更新方言解童稚遊宦為他人
魚米當如願鹽車不復巡（某子甫領湧即據陸立夫江督奏改票鹽之議奉部）
允 情
行 物稱相稱處轉覺未勝春

水國仍如昨（某子戊申六月親往黃州分守內署淑慧小妹歸甯值皃翁升任甘泉遂同船到鄂大水小住月餘甫能偕妹徑返舍下）春寒陰復晴空梁杳語燕幽谷
見新鶯有楫君同濟（邀視姻星言同往汎署）無人舟亦橫夕陽斜
渡鳥偏向太平鳴（謂張善夫布衣舊稱上客）劉 句

五律

五律

五律

地與中原近芊芊草自春本來清白界勿惹軟紅塵
有境皆餘祿稱廉不諱貧天高月更小無處問陳因
前在舍下卜得文昌籤云二頃湖田一半荒也

未了如毛事某子不事家人生産作業離家被自溫舊廬何日返
顧自有先人儆廬
荒逕為吾存有弟官皆貴安谷已升刑部山西司員外郎
無人蝨自捫不来皆舊雨何以繡平原祝姻仲甘萬未服胡同山
周仙橋兩戎府姻文皆有北上之請矣
猶憶衝寒日綺窗梅影新不嫌紗帽仄共向短簷巡

五律

薄宦酬吾願多愁柰曉春但期能勿藥撒蓋亦驚人
三月初八日繳憑候餉十三日𨖼擬覲往耕籍壇祇
奉憲駕忽雷雨大作畢見內子生魂常服見于牀第小談
序刻家■馮升
驚問再四不已

潔癖人皆賞談高語轉覲蔚天藍更淡 清 龔撫憲月舫 年丈椿藩憲
世台名壽王臬憲蘭舟世台
均加勉勵並問肥瘠情狀
心跡水當盟纔濕不過
腹奇花且耐榮巢林有鷦鳥獨借一枝鳴 三月十八 渡江二十
三日漢口
解纜西上

舟中戲作聊代家書

七律　九首

小吏誰言興尚濃孤舟濤怒更乘風無心雲鳥積襄曲

東漸光襄郡

何物簿書仍宅中秋水夕陽迷聚散雪鴻舊轍泗西

張善夫

劉開甲是日有除

琴台作山椎烟霧

請霄襄詩入情

雲圖中句開甲作

東碧山暮色飛蓬轉畢竟鄉關晚景融

國有夜郎官事濃嗇夫古正一鄉風在公敢謂鮮烹

七律

小政簡應無利熱中邊社弓弛亜野際訟庭花落過

牆東身間不作公卿事夢燕寢凝香清趣融某事舊有武昌魚好使淹留試律

七律

假寐頻頻客侍位濃故交偎誦舊家風曾須厲夕摩祈先

七律

父敢秉芻蕘對中單地山庶子師住襄陽城內智慮無多貪淡泊伯

刺史公有無多智慮休貪貴　甁儲莫問走西東終軍
不識金銀莫厭貧樞帖語

七律

不愛趣鑾府廉吏兒孫名正融

七律

鄉郡何妨過客濃西看草偃大夫風百無一事人恒
貴十有九分禄在中喜退急流溪漲後　林蒽田日者謂某子五十
須行大運總宜急流勇退為要　好封嘉樹故城東鄰翁洽比皆行樂　謂仲搬弟宅
謂祝姻星言　姻囡　儷與尋常酒債融
讀書未覺菜根濃作吏還期儒素風寸艸榮滋華構
處名花艷怯畫堂中逝健　年逾六十康健某子另住老宅　太夫人精神住新宅弟姪咸在

遥聞行馬漆池北回憶公車又郭東 某子号東郭先生 未老
已諳歸釣計漁簑早買博春融
截詠蕭斯零露濃故人謝去亦清風 駱籲門世台司臯外任湘撫勞

七律

辛階褀兄司臬總藩粤西去 向平了事宜弦上徐子休容有鏡中 擡留鬚
芝玉新定芬新大侯 祝烟蘭儕擕其子駿留宅 課軾兒方氏甥子常弟讀蘦維應
葺舊芳東救荒纔足學重閑婦嘆無聞樂事融
冬青未識賞心濃可奈晴絲不怨風未老莬裘遠近

七律

裹園 謂句 庚呼魚夢有無中女彝暫許條幽界未苟應

七律

七律

能贈鄭東謂平林店遞屬棗陽主簿分汎與唐縣桐柏泌陽隣界東北贏得杜鵑枝上月伴他庬吠也融融

世有合離情不濃波瀾平地等閑風孤雲片石生空境皓月清池印大中惟見山青来望外那堪水白活流東花明柳暗縁多事料是清和意味融四月初八日過石牌夜有異夢時值大水風利不泊

著處波瀾趣豈濃舟行不礙任吹風雲孤有相極何界月本無心證此中平地来青峯未了大天既白曙

光東山重水複須臾耳萬里晴空境自融此夢道光辛卯夢一曾老命某子看視堦前濕透一雙躧鞋一隻已乾今又同前夢矣

有懷安谷弟兼和張善夫歷下亭之作

七律　三首

曾與論文入
鳳樓重驚
宸筆點當頭
御溝柳色新應老御溝新柳在玉河橋翰詹署外東
瀛海荷香艷未休馬蹴落花偏有恨人逢拾翠豈忘
憂從茲不敢題安谷曾到奉三無私引見

七律

亦向
温樹何在湖邊伴莫愁道光庚戌擁奉觀察叔權江蘇臬篆家書述及今上正月十四辰刻立為太子著在東書房辦事硃諭皇欽命大臣四子著立為皇太子尔王公大臣何待朕言總以國計民生為急遑恤其他特諭已刻汗如雨下片時上賓于奉三無私二十六日登極二十歲奉天行皇帝為宣宗成皇帝等語某子于三月抬奉先後兩詔于縣公所樓隨班迎接行礼跪聽宣讀

山外青山樓外樓祁寒暑雨幾當頭情緣如分皆天

借偪仄相因不我休未若寄身亦無住何妨採藥等

忘憂受知惟有波心月著意逢人為解愁慕陵尚未奉安去冬月燬災修復至今半載未竣工次改卜題

七律

某子道光丁亥冬月過東昌府城外祝雲棟姻丈領郡往省不遇

曾傍鹿轓畫戟待筵　搖搖心事又旌懸

鵲華秋色疑身外

瓊島春雲悵眼前　書著窮愁亦

自許詩防撫拾有誰憐名經義亦落千佛風景依稀

似人木天　張善夫祝為雲棟姻丈外孫張釭子有鵲華秋色畫鵲華在濟南府城外

五古

半土岡舟隙見月

風利不得泊飄然泊毗鍾祥鄉路轉西北隅風物近北方

婦人解乘騾沙塵漸倘佯滅燭人睡酣船隙露微光

少壯不能久燈煇月迷茫畫角聲雄悲烏鵲鳴翱翔

酒杯燭紅照茶碗金鑲對茲揮鸞鳳客星何煌煌
道光甲午三月侍　先宮保科試畢旋節過訥制軍
仁丈驗提聯舟月夜泊揮毫對飲達旦[illegible]水漲無異
雄談事周秦含華比虞唐致君尚仁術不遣槐花黃
舟子鳴其天筵見雅寔是章　某子與秦楡村侍郎春卿共舟乘月歌棹放下竟夜
不輟講習比明而寐豈知孤征難紆迴嘆望洋斜明透耿耿知
是弦未張暗中強摩索顛倒起衣裳坐久有所悔囈
夢引聽長刺眼射晶熒不寐心傍徨豈必馭鶴纏吹
簫馭弓維揚只為此蕞爾纔看折腰忙小葉浮圓荷澄

七律

波泛泛航三五盈既虧推輪照樊襄

●到任後公所書懷

豈須烏語伴花魂汛署例在平林前任胡抑任吳家大店賃屋辦公茲于四月二十二接印賃張漱芳宅暫任辦公衙鼓停敲畫掩門一函家書驚坐起幾番暑雨誤晨昏虛堂有鏡誰當面庭草無人酒一樽蛺蝶時飛應我皂欄初獻馬頭痕問莊太尊係襄陽府憲為樊先伯少馬公小弟子道憲羅淡村係先叔明府公道光門弟子辛卯同年鄉試大雨如注二十餘日始晴

山雞

七律　附五律

廿年未見此山雞先宮保按試直昌府種小槐世丈太守曾贈此茲奉檄南陽府水
旁見野見頰類此者日又入風塵對我啼自喜佳辰曾舞鏡便
逢吟客早摘題舊儕久向烟霞住春卿于去十二月到雲南省子佩于
去十二月內到長甯縣任獨鳥偏隨雨雪迷已擬查汎累得異夢暫止之何事
有人持贈我不堪特物且傷淒寄呈太夫人諸弟南宅供玩者前于七
月半戲效杜律呈程星言張善夫會古寺金蓮裏香烟
亂此間烏雲多敫日白雨又當山昔往緣事何今來
竟破顏回生曾拜佛記得許仍還亦以得異夢故且
舊有記得回生拜佛還之章家書不至者已累月矣
此夢竟遊姑蘇元妙觀[illegible]見和及尚之[illegible]不異于
道光丁亥仲秋十七歲贅岳翁蘇藩署中境況奇矣

移住公所賃屋城寺後山寺代簡陳龍巖少尉并呈單

地山師庚子並述 房陵于役抬未已除日矣 壬子

咫尺家鄉遠思親道路難萊衣何處戲戎馬莫言歡

今正奉檄信陽州順道逕由光州

返舍下 祝太夫人六十壽 舉步人皆謗窮冬歲

易殘幾時仍剪字每日聽平安 十二月二十三日 大雪 賃屋山寺

垂老戎衣日孀親未耋時背城無所借白戰總空持

飄梗難論宦棲遲豈有為今朝風雪下小挺慰人思

十一月初十三日得岳州府失守十二月初七日得

漢陽府失守十二月十七日得武昌府失守各報茲

五律 廿首

五律

五律

聞岳州府
克復之捷

寺況何寥落官情又義山更憐鄰客給空受故人餐
頻有高達夫山東陳湖思明
時[illegible]圓境況訪舊半為鬼頑民梗斷瀾府世丈頗
行整湖南為客處草木畏春寒月餘而退長沙府被圍
餘

五律

供花曾奉佛佛笈花還推寺僧花卉甚影無賴生理終當昧春
光尚不回中年彈蟣蝨兩地絕風雷應有仙禽到頻
呼未放梅單把山師奉辦團練羅蘇溪鄭卿

五律

[illegible]田奉命駐師襄陽城中青墨卿學使宗伯
聞道他州縣淒涼近棗陽駐鎮德安府城中天高幬

五律

五律

淮汝風急嘯光黃散聚依天末舊有家在吳頭楚尾之章子福建閩留京

會試迷離羞客囊西連有驛路何似定樊襄東陽例無驛站始此

鹽計食仍鮮路引化私為官無事緝梟等事邊籌吏事王人家轟炮

竹廳館香神茶鼐豕躅何有維魚夢轉無市聲喧樂

歲庚癸莫相呼大有曼手小人近市景味

地儉官尤拙僧居春不嘩剖符閣未穩園社放無譁

陳少尉代行縣事務奉團練晌火梵驚夢衝寒酒當茶小除異往日

紅燭冷盤花暫寓僑仄僧舍未葺因不得度歲強卧而已

五律

城障山中霧江轟臘底雷有梅失鶴守無室感鷄來衣冷裘猶薄年豐市不開毛毳衣如可誦除日尚銜杯

歲盡還身健窮途且莫嗟山深簡鬼蜮路僻墊樓車稚子應無恙鄉音定不差 祝烟蘭儕西席携其子家駿及軾兒命義男劉開甲送返

五律

舍下汎館僅一妾一女 故園東望裏誰見羽書斜

去歲傷春日 辛亥十二月十八日立春初七日得莛內子于十一月二十五日酉時歿于老宅冬至日也 蕭條雪又絲如何全盛日不慕太平時賓僕

五律

歡仍褫親朋喜更疑 張善夫不辭而去祝仲申表弟遷寓奉檄過汎遇張善夫應山

城中古寺聞省警安谷刑部浙江司郎中遂請病就近調理

北風吹一雁，心醉有誰知。猶憶房陵日，心驚草木兵。蟄龍曾不悟，六蟻竟思爭。

五律

八月奉檄房陵，役得竟長沙解圍之信

兒女情無極小女痘症，輒兒病未痊，朋儕意更橫祝烟星言辭去。遙聽風葉下，已作不平鳴。

本以鄉園計，徒為旅夢驚。年豐盜更患汎館祝烟蘭儕被竊衣物，

五律

冬煖疫初平殤去者甚夥，汎境小兒因痘。補屋珠難賣，歸田石可耕。

內子殯于城北女兒橋

家書屢有報，已動遂初情親族世友皆勸不必久羈薄宦

五律

蠢爾胡為者江漢風不清欲將釵釧賣恐使市人驚
吳家大店有巘質庫
東陽八庫之末耳
乍覺三湘改從聞九派[illegible] 更黃州植[illegible]失守
那知魚好處無復味春羹 十二月十九日得
黃州失守之信

五律

忽報三山雪搖天處處飛大江流不去轉路雜相依
老將心還壯元戎論入微 張石麟督[illegible]駐[illegible]門撫憲
駐師東鄂向欽[illegible]東下
西行烏鼠穴莫向故人違 史吟舟侍御
劾奏奉允

五律

送臘窮仍在冬烘樂改年平安即是福臥治亦為仙
夢中所見
二句聯語魚淨鯊無獺鴉空還有鸛城人莫笑我同

遡

遡杖頭錢 陳步大尹尉與某子年膳食措其仰給陳顧世丈者黽累年矣

更欲攜家去只因父老留如何輕斂器敢自重刀頭 陳世丈有城寓之說某子有平林之請均未果行

車穩欹雙峽 周雪帆明府議由平林關道宜城未行

船平導上游 資山店郎泉下至吳家大店為漾河入唐白河達樊襄米布暢運

故山信不改意外莫相求

五律

潦倒役房陵謀生竟未能隨陽帶秋雁涸迹入霜鷹

驟浪魚掙洑懸崖猿曳井 倒由樊光均鄖入房境茲因大水改由南漳保康入房一路長河如線兩壁猿聲雖往返異路而世此景況不異滇黔道上矣某子因口占云一番閱歷井沈

五律 附七絕

合我此淒情傷此心何時得遂山中願長嘯依然雲氣深此降山下作乃改白猿之作不勝惆望塵世爾爾

五律

戍衣寒九月悔自苦炎泡蒸

莫怪滇黔險如今險倍登（所經五盤中獅公山磨盤山為南漳入保康路五虎崖為保康入房陵路土人謂斗偪即崎嶇也近日經降山為房陵入均州路稍敧而絕餘山窮水盡倍難悉數）

入高思作蟻傍反欲為鷹期役原難必（七月二十二日于役至九月二十日役竟修防竟未曾 八月奉到縣移奉憲團練事宜公出未差所冒慚惟）

輿子無翼亦飛騰

五律

昨泛襄樊際空明又漢江至今絕有岸改道轉無方

五律

菊脫看雲錦九月霜降過穀城鄉人薛雲錦權篆八月謁見羅洪村守憲年丈樊府憲世友閻聯珔兔謁過南漳周春煦通守世丈權篆鄉人李壽山通憲兼戎憲任襄陽陳酉伯姻丈首台攝篆均州殷小東世友在任月高對雪堂房陵來琢菴世友留任幾一月矣龍渦保康鄉人張雪堂年丈權篆比友

今不見三十里未覆者數數矣自王家河至新打洪舟行記否滯南漳三日小住候水落始行

紫竹稀疏日窮愁快一登紫竹庵在房城中沖霄空有鶴掠地竟無鷹非分度鹽鐵曾來琢菴稟復報鐵廠一事蒙守憲獎示鄖司銷案不才計斗升所帶山鳥土物食味甚影除寄呈太夫人分送外仍寄吐綬雞奉和何撫

五律 八首

拾甚被凍竟為蠅鄉人解某攝彝康尉較之奉檄房役李小峯參軍留攝房尉遠甚其尊人遠峯太翁曾任房尉也

復簡陳龍巖縣尉 癸丑

昔日朱樓壯龍巖尊人由部友尉湖郡時已懸車龍巖曾入幕壁制軍江督處今尉于棗陽
于今白水深平林無官舍寄汎吳家大店
封人仍故土與南陽府毗連界蒼苔汎
分檄定平林平林與隨州鍾祥連界
尚有梅花韻僧人花卉甚夥悅
何曾畫戟森
江南復佳麗
鄧府亦傷心武漢克復提到黃州九江太平安慶相繼失守已擧到

五律

歲首仍無歲春氷涉更疑論文君自許談戰我何知
僧舍還絲竹沙場竟奕棋
寒鶴相江節徐仲升尉憲督
烟丈奉旨會審革議傳
聞挑戰後文武又當時
張石琴中丞
暫權督師

五律

異地同為警官民竟覺非我能尋
光黄荊襄遥相震動上甚為悲悼久之朗經叔黑
母弟君亦瞰庭
闈子福公車北上未試而返蓬閣未社龍巖籍隸安慶

五律

城部欺飄雪人民遶遠暉兒童競歲處還見火龍飛
團社原非易家家銅鼓催春風宿草作野火亂山繞
樹
罇掛樽前雪誰歡燈裏梅懷歸我豈不畏此簡書来

府憲守憲均札稽查
緝捕彈壓軍輸事宜

五律

酒債尋常有回春典舊衣平安何處是問信故園非
金陵[illegible]月初[illegible]失守[illegible]
曉綠吳楚殘破壽兩栗再盛墓在此間真草木空知
楚境肅清向欽憲
變魚龍轉怒飢燈宵禁鼙鼓亘耐頑民違

五律

詩筆求真處翻思實際難鼓聲雖已絕蠟淚未曾乾
天岸飛星火關山改暮寒凍雷未驚筍匝野喜相看

五律

聞道穎垣後園一步黃金國[illegible]
去春奉檄信陽假道舍下未暇及往句
藤花分外開花逢天外雨甲坼地中雷喜傍家書至

心驚晚帖來史吟舟侍御寄史卧雲茂才函内即抄始能詳悉粵匪一切情形較家書甚晰
京華聚首處紅綻點莓苔京宅藤花書屋甚佳
積重原難返還禁百弊滋威權原不足甲役倒相持

五律

履已三冬破裘應五月披莫矜思報
龍巖有見危　魚鳥恐驚疑
國授命之刀

戲贈陳縣尉

五律

已覺青氊舊窮蟬尚有聲白露後猶有聲蟬　居高心不靜務
遠意難平翼振因風勁冠乘著露明為霜餘幾日聒

五律の首

五律

五律

向耳邊鳴

又戲贈陳縣尉

腐草還能變居然亂衆星螢火昨見羨來新的皪不似舊

飄零龍巖有張石琴幕中之行映水應無偽清靈若有靈何時明

月下弄此讓光螢龍巖上陳事直羅蘇溪節帥張石琴督師並與徐仲廾年姻舊

化火来疑早前身草倍青入簾驚客迷穿竹到書檯白

馬更番得沙囊敢次經如何太陽近不許鬧流螢羅蘇

溪節帥曾謂龍巖有斯人也

而有斯疾也云云故記之

已是迷江火依然暗短亭因風飛不定著露立難停

五律

個個添欄井依依冷畫屏須防銀燭下小扇撲流螢

龍巖隨張石琴中丞新任東撫幕中粟請開缺

徼雨能踈候宵行未改形乍輝花下蘂又發壁中蛉

耀遠非他映聲希何處聽一拋爭似豆燈閃更無螢

龍巖奏留山東襄辦文案并添馮六品頂戴已蒙允准

卷八

七律 十二首

七律

學士任子
清浪山人閱年録 一名天許録 固始吳元禧善伯

自咸豐甲寅四十五歲至丙辰四十七歲

答退之莊秋懷十二首

平林小吏未彈冠，舉步時難坐亦難。月下小星終不采，風前著露詎能團。分符氣局疇能變，佳日春秋幾見歡。最爾虛名奚足羨，休將說笑向人謾。

北風春盡亦天寒，凍斃不勝其數。尋即出京，莽路云云。

雪暗雪低路未寬，道是幕巢驚燕雀，豈知搏擊起鷹

自德安府隨州失守即

七律

鸇京兵至真定府會圍殲匪殆盡山深谷⿰四月鶯還少句用陸蟲冷三更
夢未安報到家書烽火裏今聞畫已角聲殘去歲含下聞警
避走兩次迅同茲因捻匪滋事陳姬同兩兒到署突聞匪警
嚀匪壓境圖顏姬小女避居靜隱寺中時子福攜眷屬及
五長女侍
太夫人下
周正繁霜我久知更聞六月雪堪悲子佩奉檄撫卹
黃州遂安谷弟婦陳恭人因一坏城土亦稱盜三箭天山莫敢為九江聞警避走
歸省商邱遇難已奉明文官場夢幻情原草兒女心
縈陌柳絲到處蒼黃皆日暮何當吟字斷吟髭寄退之京
伯母陳恭人詩

七律

故園斜日徧桑榆又是晴光上綠蕪馬既曾矜壯志

退之就子福習武事者 行間何必嘆窮途眛生工部仍如顧連

飲平原更自娱子福向壽文蟯蟀繪照康吏兒孫須不諱怕逢秋

至見霜鳥

七律

英雄意氣向誰論競說芙蓉春色繁退之尚未應試獻賦未

登皆襄我通經致用豈空言清風明月天心詮鳥語

花香造化源兵氣漸消蕭勻舞羝羊何事觸籬藩傳聞

[illegible][illegible]陸府守並已到太平橋忽旋安陸府安

之信甚詳距公所二十五里棗陽縣境

七律

天家分職設中樞，鄭重人間老宿儒（謂曾篠生烟丈侍郎）。却是鷹揚多彥碩（謂科爾沁僧邸及惠邸），豈同燕市走屠沽。迷離西楚萬人敵，辜負南溟千里駒（謂家振甫、備府世憲及春卿弟）。戎馬書生偶畫畫，如何竟作府中趨（守憲扎辦查船事宜）。

七律

舉家清白世間無，鳳老聲難（將鳳雛）縱使有，才霸一戰亦須得意，賦三都馮河暴虎孔廷誡，羽扇葛巾漢室扶。須向竹林同異趣，莫談（魚）明目混明珠（退之受業子福下）。

七律

年來境遇擬呼盧，鞅掌簿書聊自娛。竿竹墻根難咒

七律

第寸魚盃側亦提壺絶甘分少卿須有飲渴飲盜泉

我豈無好自梳頭貧女分不嫌心迹近窮窮

逢頭椎髻古今書皂隷公卿豈獨子某子 光州雷刺史謂某子公卿之子

降為皂隷任子自應藜火照 胡季堂大冦相尊有納蘭曾任子自鏡録刊本

效野人居 納蘭成德明相國任子容若前轄著有通志堂經解刊行長白人 求伸尺

蠖藏先屈未化蟄龍卧後舒裴馬翩翩佳濁世 觀察叔謂某子佳世之

濁公子章台弱柳近何如 叩子福閣蝶蟀處今為白 如蟢處在白圓内亞中即

城南也 謙觀察叔所云

七律

七律

每聞星使盡文壇學士〔詞宗〕著意看便作香山減風味也

從陋巷樂瓢簞題名莊〔重〕何家何古世乘剥蝕壁尚完家氏世乘碑存祠壁間

杏月一簾如反手蘆山大仙降乩書春卿楹聯云半架琴書消晝永一簾杏月

續裴聲令驗弓裘無術紹鵷鸞廉訪叔謂春卿為千里駒徐仲升姻丈謂退之亦為千里駒

風景滇南春不如春卿歷署魯甸已加鹽提衛舉衡況味何如京華

休羨愛吾廬安谷京察引見已得記名道府豈似老饕強餘取較勝

乞米猶山居一庭花木家何在句園令為子福造炮處匹馬天

七律

涯歲幾除(去歲奉守憲札辦欽憲羅蘇溪節帥委員團練事宜)襄曲煎雲採落久

亦思夏屋樂渠渠

當年我亦酒家倡幸有哀鴻足稻粱夢與白雲起迨

遞情懷紅雨助淒涼鄉山不改疑天問塵榻無人憶(乚羊陳明府世)

楚狂本以聲希難自飽又逢歧路亦丈報稱粵

(逛到清潭後忽旋鍾祥等因距公所六十里其〇切)

([illegible]詳嫣蒼靦中世達歧路亦乚羊　先官保楹帖句)

新柳改軾兒課本

纔稱嫋柳未能舒粧點邨邨畫不如欲展細腰臨水

七律

四首

靜漸垂短髮待風梳津橋淡蕩梯猶嫩客舍搖影欲
疏惹起離人無限恨何如張緒在當初

七律

春色都歸一萬枝當年踪迹費支持金絲曾映承明
宅碧線還凝太液池陰淺未能藏睹蝶葉稀許亦聽
黃鸝近來莫問長安道恐使情懷感舊時

七律

露華着處更輕盈猶自依依夾路橫向夜不言偏入
夢與人何故總含情亦知微潤思嬌舞未覺低垂報
軟聲昔日隋堤辛苦植至今徒作伴雞鳴

七律

新放柔條半未齊如何兼雨亦橫提點來不解沾泥絮散去難遮走馬蹄豈是為人眉作鎖還因何事眼初低凍雲護徧人知冷無限層陰樹外迷

同元使君結賦退示官吏詩 有序

古春陵今道州也非今東陽也東陽古棘陽乃唐子國也漢元朔元年封長沙定王子（[illegible]仲）買于零道春陵鄉為節侯初元四年徙封考侯仁于南陽白水鄉猶名國春陵即東陽之白水村俗呼姚

家園所謂地以人名元使君以廣德間道州刺史于癸卯有春陵行序云此是春陵故地明年有賊退示官吏詩序云不犯此州境大歷年間杜工部有同元使君春陵行之作余以咸豐元年領薄平林劉所去白水村二十餘里非制也四年粵匪波及楚間竟不犯粟陽而去與元使君道州之事大同小異因倣杜工部體作同元使君賊退示官吏一首以幸苟免用慰士民且以見

五古

元使君處彼春陵之境遇與余處此春陵之境遇
正相符合也原作均不録入
學圃棄珍羞嘯傲避名徼忽謂赤雀来銜
命我蒞春陵春陵道州地東陽假其稱元君刺道州
西原来兩扨憤語出傷憐訴皆嘆撫膺元序有賊不犯此州邊境
憐我貧耳等語而粤匪訛傳亦有往了、
東陽十日不供我三日之火云云可哆我初到官時
大有歌呼鏖閉户與拾遺市語聞未曾不過絆鹽車
歲宴計合升冀時許舉最載績政府登訛言竟四起

封豕決寢櫓，風月本無邊。危樓誰同凭，僧人智月及常現同登鄉子山望賊號火。花明柳暗後，山靜水且澄。春雨未如膏，那得酒如澠。所以彈丸地，比户受其禍。信否重傷憐今昔，何同秉窮鄉事。野燒胡為殖，厥若火烈，則民畏斯言。豈佐丞忠君愛國心，杜老譽馳騰。獨立詠滄浪，將彼良吏稱我儕。斂南餘敵，曰慕賢能。天心已厭亂，庶幾甦凍蠅。不植鳴聲啞啞，效蟬早違者，曾粤匪往荆州府不克，宜昌府武昌又復失守，安陸府宜昌府迅即克復，隨州德安知府亦復返春。改軾兒課本乙卯

七律

正是春歸玩物華又驚雪色徧人家飄揺應有沾泥去著落曾無入望睩幸得微霙易檢點偏嫌短夜忽交加莫教再負調元手致使陰陽轉更差

七律

灑窗凍雨倍難禁何處有春著意尋早擬經旬中酒臥同陳月槎稜樽于傅鄉臣太學生家那堪幾日裏頭吟嘯迷不散浮雲恨點滴翻添悶世心自是清和留未得還疑底事且深沉

東風未許等閒看吹面拂衣尚覺寒已到廿番傳信

七律

穩如何一刻放春難遠林些處人爭試錦帳當前興
未酣借說繁華期後約應知此際瀟無端自曾徐翁 漢黃武昌德安
自洄文克復之後又復相繼失守
年年計算逢今日處處晴光動客思豈是氣機偕律
誤只因消息候春遲花慵草困仍如昨蝶怨鶯愁尚
待時 某子已蒙海府憲蒼山蒙春令玉菊明府村尤府列入劄饋楊慰農制憲批准保奏忽有大吏警而止也
縱為乘陽行時令本來天意妙難知

同唐元使君結春陵行 有序

乾隆間有黄龍之蕩役故撤襄陽府司獄而駐
棗陽縣主簿于平林又撤提標後營以駐之其
鈐記頒自嘉慶十一年者今春楊尉農制府久
駐棗陽余則不免效藍田縣丞廳壁記之所云
矣又經王菊村成府檄駐劉所作為永久詎意
入秋以來從事桑間梘架之舉覺與元使君奏
免一切盡歸流俗者有間其風采令人愛戴猶
可想見是以其舂陵一行大意别在薄税歛矣

今以加以南山一帶年穀不登救死不暇故余又同元使君春陵一篇以視有官守者之苦心耳按平林縣在德安府境名平林市非此平林役食尚須諸穀城庫項印領蓋司獄之役食也至杜工部既無官守時無忌諱又不相侔矣詩曰誕寘之平林依彼平林云云當是公劉太王之地某子需次卜之易林有曰公劉所居太公所生等語兩君原作均不錄入兩擬均寄退之挃頗有起予之慰

五古

臘雪香津涯江漢風已清春来凍未解湏流胡自傾
蕞爾緣沙河舟指掏縱横司徒備周官治賦亦為兵
桑間及稅架租庸唐制明元君利及人出言協物情
杞人敢曰憂嫠婦空嘆聲錙銖等泥沙奚為勞吾生
蒲桃醉琵琶秋月揚長庚天庾歲正供龍斷商且征
擬彼二萬乘内政仍其名太倉一粒粟取用竭經營
幸無桑侍中十三持準衡云何上林鑄論阻賈傅精
不見南山魃約畧赫地行傳說有冠軍按劍慕請纓

高唐州臨清州均克復時惟
僧邸有請纓之奏未行南下黃金耀肘後腹心間干
城廡幾蘇涸轍待甞君之羹我官雖委吏會計非專
成刺史曾胥壤跋涉兢相嬰大婦織流黃中婦忍夜
驚雀角亂鼠牙婆心力稱平苟非覓毫末如骨鯁備
詆豈謂效康衢擊壤莫之京（宗春谷明府奉辦庫金事宜）義山似
可作落筆嗤楚傖歲暮戒授衣蕭蕭伴雞鳴

秋興用杜老原韻陳君月槎茂才課軾兒詩因
依之

七律 八首

數載移家祇樹林秋高畫角夜森森忽驚漢上風威冷復訝襄中氣象陰官秀峰督憲李鶴人臯憲世講札漢上胡潤之撫憲姻家札紅山文秀山馬藝齋兩藩憲前後駐襄陽城中喬設野草未寒偏刺眼鄉城無礙倍傷心戍衣尚早今先覺蟋蟀聲亂耳砧

七律

湞澌久對暮烟斜回首當年傍日華晚月槎德安人道光癸巳侍由湞州入府河侍宮保撫試此郡小住一月隨撫試漢郡無明榮光蓮輝宇宙近来絡繹舊星槎都將軍綿將軍西欽帥均由德安東[illegible]綈絕幸伴勞人夢草木頻欺靜夜笳如許韋鞲并毳幕

七律

端應戰鼓撼秋花德安旋有西欽帥克復之奏蒙古人

山環水繞香凝輝若箇奇峯是

紫微單地山師由庶子趕復已擬北上因呈□購芽茶伴禦函馬簪筆侍中宣室隔

出疆太守彩雲飛□臬叔暫權蘇藩已丁叔祖母劉太夫人憂仍以墨絰從事安谷弟

簡放衡州府奉調署長沙府白貂裘敝黃金盡枚馬嘶長旅雁違

睹春御采遲元年歸二年會同三年四年永善今署巧家營次女頗識文字甚慰云玉腸竟九迴

江可羨況兼不解稻粱肥

未必江山一局棋干戈滿地使人悲能文善武徵千

七律

七律

里倭（綫帶裘）舞輕毆易四時（揚慰農制憲 久扎東陽）縱況遼陽征戍競

只緣歧路領軍遲夕烽每報平安字漸有音書抑所

思（德安克 復捷至）

傳聞

輦路出西山風雨薰薰陵路間謁（今二月舉行 西陵禮）典禮纔

稱親故事機宜豈復計邊關（惠郎去夏已繳 將軍印僧郎奉）（奉命大 派崇）

（文門監）督稅務請纓海國忠吾

主賓服臣藩汗馬顏（高麗安南日本琉璃）有勤王之師一奏疎遊塵沙稱

七律

偪仄書生許否入鷄班（粵匪至隨被圍堵去）
廣平詩句掉吟頭燕薊瀟湘歲已秋（史吟舟守廣德平府督團堵匪值
僧郎兵過會殲無遺見古人有我亦當年宋廣平之
句遂有感詠且多用常山舌故事見寄雲詩鈔刊贈本）
香國老人驚坐起北方虓虎動離愁（接到内弟少庚書三年舟行避
難西江幸賴司臬叔治下去年歸避難鄉閭今怡返
舍云云聞粵匪有不敢再北渡黄甚最蒙古情形）
揚花雨雪喧棲鳥羽扇葛巾盟共鷗只為簡書緣旁午
下當歸遠志矣中州（晴溪伯疊以毛衍故事書示某子以但有遠志無有當歸一語報命
而已羅漢翁道憲曾謂粟陽官紳所辦一切粵鄉防戍堵
團務只是傀儡委方松峯鄉世憲大牧查覆過汛焉）

七律

七律

年年戎府奏膚功露布因仍入畫中且喜棗隨多篋

日由襄東下更期江漢淨含風秋容不減春容綠楓 聞僧邸捐

葉相間柿葉紅追遞淮南會部東合家竟作信天翁

子福于旬園內指賃蔣孝廉頗能詩因與共相吟詠

邀舉詩社多人會下城水由西南至東北而下繞境

直下東流逕且迤狂瀾誰挽障橫披徵才似我猶霑

祿問桂伊誰恐借枝末改窄衣已屢試如常曉角幾

曾移僧房官舍同牢落敢謂青衫帶後垂

西古寺粉紅牡丹 丙辰

七律

軟塵何故愛飛紅相對春光淡蕩中似此得天原有着應知匪還地不相逢胭脂難畫誰爲買富貴無緣自轉蓬未必好花翻近紅都因色相總由空族子式澄自李鶴人皋憲嘗來述及憲注有美淡某子清況云云

△七律

楊花朱君蘭皋課茂才軾兒詩因借以書慨 刪去

蕭蕭愁殺古今情已耐悲風向暮鳴已爲太陽留片影還從落絮悟今生荒庭宿樣飛難辨老屋稀疎墜不平多少樓台切莫問當年古道共悽情

七律

七律

作雪漫天已惻人何須身後化浮萍飄摇幾欲歸送
路零散依然冒俗塵如故蝶兒隨若解多情燕子就
相仍從前好夢應忘却陌上緣何又送春
風前憔悴費支持點點已來入硯池微注小窗心未
老併添高閣夢還遲陽和漸散偎春草野馬初飛認
故枝消息箇中全著盡覺任他泥絮又晴絲夢乳媪高牲奉祖
母·父命署某子僧狀藍衣如孩提時京宅境況往
忽二廟見大師于佛位前畢出見黃葉滿地如深秋景
回某對子佛趺坐身起直上已與屋等齊祝曰某子尚有
老親准再見一面再去不遲忽身飄落而醒異哉

七古

吴諺云做天莫做四月天四月天難上難種菜哥哥要落雨採桑娘子望晴乾儂説難不難因作禱雨篇于羽書旁午之下以誌不得已耳

昔在吴地聽吴歌採桑娘子種菜哥種菜落雨採桑晴天公亦患可奈何今作唐國一封人稼逢下地麥秋多稼地須雨麥須晴天公亦許費張羅做天之難難如此做官之難手空搓古之抱關專擊柝今之抱關須行鍋古之晨門重奚自今之晨門兼犯科委吏乘

五十

田聊復爾將以分謗等荷戈吳春谷大牧揞辦軍需過汛血吾民

公犒吾師僉云椎魯力嘉禾猶憶步禱獅子山日未

旱年見綠蓑辛亥小旱六月躬行求雨齋三日雨果隨步下僅六里雨四刻止

有

懷劉茂才我山簡史天夫臥雲世友兼賀新第

早年未識荆耳食兩君名洽比停陣雁彼此心怦怦

哀哉相思草不得味餘精回首天一涯通家若弟兄

我山叔祖與 先叔祖均堅山公于 郎官上列宿指倭異椅

嘉慶間官寧夏水利分府

衡燕楚迫倥偬常山柱獨擎登高各賦志奚必宋廣

史卧雲世政正介弟吟舟侍御太守由奏參徐姻丈棠簡守
平廣平調權眞定權篆清河兵備令已林下人矣
長沙聊復爾何以慰滇情赤地忽千里衆綠漸齊榮
大雪洪爐髮漸燎滇水又中蘇筆陣撫戎馬可用蘇
未透
蒼生願借借雲中術釋茲草木兵匪攔截商旅迅飭團
襄隨界分清漳鎮土
格殺函報　幽人式兼愛素衣化為塵大風既吹垢滄
浪
薛縣案
浪濯清纓非公莫偃室友求同應聲讀書博掌故仍
勿紛更傳說事裙屐客滿樽且傾
卧雲畜聲伎兼通
音律丹青詩詞有
女弟子珮珊者　我山屢膺
德安人見集中還期臘三白江漢擬詩清縣志採訪

五律 四首

與郭珠生魏瞻淇兩茂才 南東我疆里有畝牵分明
世友共陳龍巖處下榻 官太守鞋部與安谷弟過從新
安得平日閒徃結鷗鷺盟第落成距清潭三里許甲
寅曰三月粵匪李俞壓境遺玉簪玉帶禮聘我山我山
辭之曰我清朝生員拂衣而去不𨑳不賓只在此山
中雲深不知
處矣君義

書付疇五長女

嬌女不知禮 瓊英小女年七歲亦念詩經禮記 慰情絕勝無 庚園何
所借顏帖尚須圖 稚髮眉齊業 蓬頭雪快書 兩兒回 陳滕蒂
里大兒贅徃程吉人年姻丈處已懸車七載新第在
舒城程敬生家已由選拔就教職小兒蒂珠甫十歲

今秋菊蟹下記否解饞徒地山師及峻與質庵各贈

五律

風雪歸人夜奈何腹疾魚地居山鬼懦天憫宦情愚

畫餅偕鄉老夜寒計苦荼所思無世事何必問榮枯

五律

斗米千錢日〃先人幸有廬火餘公子待券背孟嘗

儲北沉思紅朽　南雍計綠蕪子福送銀槎姪女從北上留京就貴郎

遊徵膳飲頤解　北堂無

五律

已許辭棲楚偏宜避崔蒲青冥知蹭蹬赤緊尉泥塗

庚癸呼陬澨瘡痍釐　帝居樓船東郡下對景画何如

卷九

清狼山人閬年録　一名天許録　固始吳元禧善伯

自咸豐丁巳四十八歲至己未五十歲

贈李生成連放歌

丙辰九月至今三月鄂匪蜂起髙逆竄至吳家
大店某子親督團倚山而陣壺張聲勢逆亦不
踁而走晝宿夜遁智月偕從十一日而事畢定
顏姪及璵英避于李生倉屋親見逆等情狀乃
李生館外其室人躬爨飱逆餘親遠遁逆聽

倉中從率頗訝之李生室人曰倉米已完此餓鼠耳逆闖團逼近遂捨之而去共一百八人其餐者十八人所謂虎口餘生不其然乎而李生室人非所謂巾幗丈夫乎日內武漢已有年內相繼克復之捷而舍下捻匪圍城之信疊至矣鄂匪相繼盪平而蓬閣已送　太夫人避難而來矣陳媵及退之芾珠長女疇五姪孫福生姪孫女斌官姪媳宋氏即外姪女均先後至因作放歌以贈之

古歌

胡為乎君家女中有丈夫奇出閨智不失巾幗之顯
名動靜進退皆合度脫能虎口之餘生回視蒼蒼茅
屋幾人家柴門犬吠不見出山行忽焉烽火不近平
安報萬金家書雷雨驚如何三月正好鶯花節寒食
不聽杜鵑鳴衆人齊赴枌榆社又延羲見父老江東城有
時兵氣銷為日月光斂又戟鑄作農器成君不見屯田
柳老卿如今指柳而清明又不見社公為之治聾觥
如今醉後沒心發情吁嗟乎不又見春北秋南孤飛雁送

我扁舟一夜大江橫蓬閬弟逕投湖南駱籥門撫軍世友屢安谷小園均隸麾下

五律

和退之檉原韻

雪落故遲遲，乘風欲及時。不期銀海句，偏入玉樓詩。門閉漫相識，天高枉費思。退之不屑制義真書故沒之少年吟興在，何必淚如絲。

五律

火凍方知雪，梅邊復柳邊。颻飄風裏探，滉漾水中蓮。帔葛今年表，衣裘昔日天。薛雲錦明府權柬陽篆還相待過優留署久之期三臘，白鬢舞傍長筵。

五律

幾家歡玉戲洋灑此荒天人憶紅梅帳江搖白羽蓮
將軍歌畫閣學士避華筵頭暗燈青處何須鼓腹邊
臘日與杜君鶴巖茂才皆月和尚東人陸崑山退之
姪吃粥用東坡聚星堂雪原韻

七古

天公作戲輕於葉蕭奴愛才終齧雪門前有客幾人
来有僧𧽤行屬饜絕家在汝南淮水西共工怒觸柱
欲折舍下城被擄匪圍十三日而解後數日粵又匪圍四日得司臬叔卒于保定之耗安得妻
翹入蔡州城外軍聲亂復滅小兒差能呵凍筆直識

鐵簽向海澨掣手僵口噤苦何爲嘔出心肝著囊襭庭前只爲泥活活暮寒無復事瑣屑朧日始覺料峭呼已見田家笈眼瞥清光移刻復太陽樂歲紛紜項領說山中走出賣炭翁皴豕莫辯面如鐵

大雪與退之煙炙羊仍用前韻

圍爐屋煖矜鬭葉天女散花花飛雪卧榻豈許他人睡助我炙羊爭談絕日向滄化趨時晴不作一波更三折褚氏蘭亭歸何處兵燹相遭應隨滅爾退之工書法

七古

爾来都堂報捷音舉板未能常掌藏懸官曹才傑正幾時較衆快馬畫新補（子福緣例主事分兵部學習行走）衙鼓相聞朧鼓停且館蒂粥兼芋肴刺繡添線教兒女顧影尚趁斜陽瞥江山設色布乾坤錦帳龍團主何說門前一呼丐者来亦身不著黑如鐵

雪後與退之姪用東坡北臺書壁原韻

縫裳女手不能纖似較履霜葛屨嚴已擬連床茶當酒莫教三月食無鹽（時奉憲派辦鹽厘）仳僧足踏門前峡（即門

七律

七律

坎山應提花明燈外簷為語官梅忍笑我恨未知否上

眉尖

歸路吾州有暮鴉豈宜滑刺困輕車捫心地赤難知

味回首天青欲散花窮巷翻今多將相山陰不改幾

人家事詳家書汎界桐柏距舍下甚遠家書每信陽應山光州隨州到汎雪堂東去緣

何事空憶當年作鐵叉蓬閣不識光隨提路仍由光黃漢德到汎

鳳高入夜一鉤纖凍色逼人更未嚴最是此天常雨

粟還須無處不生鹽人爭積雪斜開閤我愛飛香[illegible]

十律

五律 九首

連

短霞簷尚有梨花門外客消寒搨破指頭尖

惜日逢來是鴉[illegible]又來學步[illegible]前車[illegible]竟飛[illegible]如林（連日 竟 時似曾 雪泥鴻爪 著 聲）

葉入畫[illegible][illegible]似[illegible]花若使黃冠親五典應無青[illegible]掃（飄風 柳 箒）

千家兒童嬉處堆羅漢兩手明年[illegible]不（時須蝗神劉 猛將軍祀典 信）

又今函縣案抵[illegible]鹽匣矣（汎[illegible]向有緝私差費[illegible]署）

七月初五日至八月十五日兼理典史為官困（奉府）

僚一藥一嘆代簡徐少春明府 戊子

借得上林桂如何過一枝安能雙照月來慰兩般思

偏快應皆怨爭憐總未宜會圖樓舊處圓滿倍常時

五律

目縮雙符日離違又幾時一輪同夜滿分影等閒遲

小別經天日經年絕世期悠悠高樹裏長好敢相期

五律

月映樓台處翻嫌近水遲光華雖未掩消息總難知

天上孤輪月人間破鏡移應隨弦朔改賞翫不須疑

五律

未假凰鸞侶緣何杌棟樓落花空著迹飛絮不沾泥

賞猶悞鴻爪入秋驚馬啼山翁風日好留醉與君題

啓香翁府憲到縣騐蝗兼查辦鹿頭巖楊戎部被戕

之案並查拿謝匪少翁囑某子代為迎送土橋舖

五律

簿書相仍處，如今又倍之。心花愁苦發，意蕊燧空爲。力擬增膏竭，情因繼晷疲。迷離往日事，誰解理柔絲。

五律

衷壓邀天助，神希幼爾知。嘔肝曾幾許，枯眼又些時。筆尚橫空掃，魂應入夢思。（鄗縣尉于）六月出歛事，餐食更少力，疾欲何之。

五律

才短難登障，心高棼治絲。蒲鞭能示辱，撻楚敢相辭。雀鼠紛勞勸，爪牙靡切疑。金吾未可學，赤棒日相欺。

徐少翁偕張遊府前往捕渠，移熊春泉守府留城集子圖兼顧縣獄汛三事，唐義翁戎憲駐兵南門外查

五律

拿謝匪訥軍𥹠兵由襄陽逕往縣北
會捕毛守憲檄唐戎憲札王家城

獄吏尊如此須知越俎爲牛椎饗尚爾雞助彌棄奚疑
只見崔蒲狀翻存邊豆司代主秋祭雖非朝祀日數問夜
何其四犯耳獄中僅

五律

史問及瓜代詩嘆于役期昧非廉市遠瓶罄豈朝飢
約定天心月奉檄暫難赴就尉任官棲雲外枝身閑蘭差甚鉅夏遊微雖已
親吏健不是累妻兒太夫人由城小住十日北上就子福宅

重陽調倚三台

8

入彩、

是秋光秋色甚淡綵衣綵觴輪曳問菊香相見又重

陽人間重晚晴長繫虛舟外錦簇花團起這地居官

閒堪此虛舟齋名願　親健兒得天多捲寒幕寸心如水

却朝來頤拄氣與不擇南州庭戺况尚書中令拜

黃麻陳子雀姻丈權大宗伯周芝台姻丈協揆十一妹北上適周秬香妹倩看直北葭

莩根蒂佳音到羨煞竹林美子健從弟宗姪台春舫均中式鄉試道我

家聯芳清致、春卿補麗江通判串谷分缺選道銘參弟補東鄉縣加同知銜云愛茲

日菽水雞豚勝羶肉酪漿渣味　只望京樓不可上

杳然鎖鴛巢翠問駕郎

御座引　朝儀漏聲在花紅隊深　春風燧吹得遊人醉

向壽眉稱觴樂已計他歲老大頭顱舞萊衣板輿千

里某子送至湖河鎮

賀姻丈月樵即真襄陽使先至即以待駕

五律　二首

删去山川景來聽城市欺坐觀城百雉公膳日雙雞

魯盜賞多此晨門宿在斯傳聞梟鳥下飛過夕陽西

又道封人說忽來稱士師盍燈杜相儉燭淚寇公凝

五律

七律二首

七律

溱洧人稱惠辥滕治莫為刑書如可鑄鼎上大車詩

課兒寄示退之

北風冽冽復蕭蕭忽見飛鴻破寂寥非是竹林情不樂只因梅雪性難調十蠻箋樣從今套五鳳樓文何日嘲自此風塵任老大敢將狗尾續金貂 退之侍重闈北上

挈去圖籍書画甚夥

邇來近漏 鳳凰池風雨蘭膏又幾時赫煥春庭新

大部子福職方 蕭條秋館舊分司典史事冬至日卸 文章報

七律

國

天恩許忠厚傳家　祖德垂報到芙蓉人鏡下自傷

遲暮古今知

雙雙珂馬五陵趨莫負君家千里駒未必才高等韈

線何如心定擬牟珠素衣化去尋常慣彤管燁来方

寸娛（退之授室中外任）女内助頗得其人任是軟紅花落去處休教辜負

此頭顱

病後誌喜奉酬賀姻丈月樵兼以自慰　己未

五律 四首

宗祖遺忠厚神明助壽期（病中見有女郎贈以天與嘉平稱壽祝人逢康運樂豐年聯語）

天恩酬有待妖厲妄何知齷齪難相繼揶揄任爾為

只因聲氣早敢擬望塵時

五律

天祿本無疆只因磨蝎長術慚乏勾漏迹豈脫清浪

薄宦恐傷福急流失莫忘棲遲魚米地莫謂是他鄉

舍下去春又有圍捻匪城之信

而勻園燬于賊犇有孑遺矣

五律

書味自能凝還希大藥資生春風更勁微雨凍難辭

慈竹蔭常覆壺冰喜共持卿雲班爛熳直矢舊朱絲

五律

五律 四首

五律

太夫人于去十二月十三日到京寓爛麪胡同子復弟宅十一妹韶丱于十二月十九日過門成禮畢事

奏入通明殿春陰到海棠好花誰護惜小草自芬芳綠蠟燒猶冷紅薇挺未香引年何所得珍重蒲昌羊

新正八日見先宮保持冊來示兒有內載吳元禧延壽十年云上有墨筆點出

病後再酬賀月樵姻丈以補前情

為問了凡事何如歸有光假年徵夢得積善累餘慶號暖寒仍在啼豐飢未遑滇燕並豫楚回首一汪洋病間又侵雪風雷感物華不堪真料峭卻喜潤桑麻

五律

五律

興淡人知菊詩清味似茶春氷猶未泮（愈）否馬啼騄
正月二十八日大雪雹風雷交作月樵六十壽未到
去十二月十八日也今又遇此時令未敢拜（往）新年
奇病人稱罕悵悵空暗傷有薪誰爲採微禄自相商
滋味仍須薄後情未敢狂如何春九十使我掉頭怔
杜雈巖治病速效病僅五十日
有三陽開泰一陽復始之談
退步誰先肯豈惟吾楚狂得時還自顧非分莫相將
尺璧寶難秘分陰惜未遑有山晴更好盡日把頭昂
病中見升卦六爻
象辭懸壁之兆

囑弟珠丹書内府心經後有感　調倚百字令

光陰閑指幸　祖功宗德惟遺忠厚却令生吾種種

到此料應停手英落繽紛飛天黄葉悼耄知誰壽室

人遐耳愛求補家畫　守爰求張石橋画　補家常徵明画　領得閑閲

門楣微臣跡遜資應擢難承受況是兼符行簿尉那保倉

皇而後潦倒文詞糢糊吏計有甚才能否二月又奉府兼委　理典史

天恩高厚矣問伊何事奔走　保薦某子鍾祥縣縣丞　接薛雲錦明府函稱羅漢村藩憲示榜　係題誤云

平林官舍感懷效老杜秦州雜事詩體二十首

五律　廿首

隱吏不能隱驟然馳大名升高防有跌被寵竟能驚（無）

耳目國人屬文章看舊傾買襄知未老不待露縱橫

某子有鳩菴説兩同（唐）元使君結春陵行
吴家大店公廳記甚詳平林店始末情形

五律

怨報簡書至無端檄竟陵方考語保薦改題歸奏下

省抄内述某子係人品端

不為例
嗟因昔每思黄蕩作恒與緑營朋

黄龍蕩襄陽屬滾
平林店連界

水流難盡下入襄江源自郎頭磯出沙河限未曾

滾水由漢吴家繞過至新打洪
河北郎沙路可行大車

漢東雖咫尺誰識汝南塵

清潭鎮連
隨州界

五律

吏績過三考嶄然頭角新壬戌曾滿

在平林住九年
丁巳俸滿一次

五律

五律

地秋燕又如賓　四月二十六日奉旨依議欽此于七月十五日奉藩憲札飭馳赴新任

既有人知我如何牘等身　羅藩憲謂某子安于佐職性情堅固云　應憐天

下士誰識是風塵　王小槐表兄由賀月樵姻丈薦投胡潤之府明中丞幕中

不賤少年在載盈今望天

神京孱聚首雄郡借仔

肩名位原傷德饔眠且擬仙無才忝

彩筆且莫快當前　賈振之選部光州人時官郎中　主選司部文五月出京六月到司

蕞爾清潭聚屹然奇節稱謂劉已我財人天曠遠壘婦緯峻嶒曾山

叵耐江河濁侈嗟螻蟻曾　由平林至石牌逕滾河入　漢東下至石牌鍾祥縣丞駐

五律

汎臨漢計水
程四百十里請看山下路木石與誰能清

前度花爭發輕裘緩帶閑久擠烏帽仄敢擬綠袍紋

乙卯揚制憲爵翁由廣濟退至棗陽某子并無一謁計二
月至六月而解還往襄陽留連一月而北上長白人

五律

談笑無窮已因塵竟爾分荊襄僨重寄卿子冠軍

援幟尋常事山陬亦偶爲幾抵家 莫愁輕燕

伊
緩已過大鵬遲 甚影聚 穿堂燕巢 萬里還家夢三更橫槊詩

天高月更遠琴韻向誰知

五律

詎料家園況翻疑認互鄉風雷堪叱咤霹靂自驚怔

戊午捲匪久圍舍下共計三次均未失守庶母王太

恭人攜康臣弟到署家居述及舍下一切窘況

朔地連南鄧晴暉照棘蕀園橋觀聽處庭火是燎光

縣子曾代學官分癸秋丁一次道光癸巳五月内

先宫保按試襄郡于試院懸榼帖内述侍 先祖按

試襄郡景況某子惜未見之

蓋當風範如此也耶

豈有生而貴發難始韋郎有心識天祿無命入文昌 某子

受廛年十二平合受廛、歲退之受邮年廿五某子

京試省試六次春卿子佩京試屢薦子復蓮閣受邮

後會試屢薦蓮閣受邮後會試數次退丑受邮後會

均未受售雁退之得挑謄録兩選學官今任甯陵訓導

五律

五律

陳翊思世丈于壬子甲寅有代辦旹郎

逐物人皆歡之議宗春谷恩憲世丈羅蘇溪欽憲烟

丈王菊村明府單地山恩師　謝匯一案

均經屢為保薦終歸不遇　守貞我未狂讓于黃春

山張以相兩幕客尚匯一案[illegible]廉項向

為陳龍巖少尉債事均免保薦俸深無小補有司款

馬藩憲藝翁餘還俸項除扣補荒乙兩每年

應領三十一兩[illegible]至今並未稟司親領一次　自視亦

傍皇

寧落山中寺　市西古寺白水寺靜隱寺三寺一宗僧一在山一在鄉一在市劄所在市空房

寓十年泥從父老飲笑受使君憐波及娱　親老丁己

戊午稱觴三次因戊午久旱　太夫人躬祈甘霖

父老公上楹帖有萬家生佛頌千秋之語云云　逐

五律

窮仗友賢劉氷如府憲林文忠公壻啓香翁府憲幕
客朱疊山久定生平鄉人韓者齋薛雲錦
陳翊思世丈吳春谷宗丈各世講朗府蕭臯憲幕客徐春
如王菊村戎府樊問翁府憲羅淡村年丈藩憲莊衛
翁世友守憲賀月樵姻丈明府龔月舫撫憲年丈椿
某翁藩憲世友長白人王蘭舟臯憲世友或推或挽
所謂故人祿米鄰舍園蔬十年来　花間好蝴蝶何事
不改高達夫寫居山寺景況也
更翩翩惟有雙樹聽法三車載書而已丹丞非所望
陳龍巖少尉書籍少八十種某子書籍少三
十種殘去八
種餘均存
獵取山中味如吳家大店滾河以南山味甚佳如唐家店
宋家新集資山店平林店耿家集均
然
堪誇折俎登雉兼兔雁饌御亦嘗蒸狗皮可為山中有毛

裘
鶯好難為好（汝舍下者）味粗不及酒多甘似醴（土酒自稱黃酒）只緣
盜賊官歲宴合餘卅（改香山句）
五律
風物署中劃維南又部洲底形原是棗（即羊棗）羊味不
（城中羊麵甚夥滚河以北者）
扣牛俱佳品而鄉中以牛為盛饌有齒砂戌礪（即杜句山）
田飯有砂云
頗為齒累無泥魚進鰍（秋魚皆塘沼養）者帶泥味山行難樣馬
相對更夷猶（吳山大店在棗陽正南鄉）
五律
追遞南陽著清鑑白水聞國（為棗陽）界後以新野對調吳家（在向屬南陽唐子國以張家集）
大店以南向屬隨州後劃以（為棗陽）吳家（大店）以南
入棗陽白水寺有石泉在井稻田還石磊落田多地少

向以稻田曰
田旱田曰地
花鳥亦紛紜若我題廳壁
即韓昌黎藍
田廳壁記意
依誰帶半醺儒寮曾遠近羅列自為群
東鄉讀書家
南畝甚夥某
予曾面稟劉
氷如府憲
過此例流水𩐷兼到眼迷
流水溝界
宜城縣
北風作有滓涑
雨灑無泥應有淡台客來思單父棲
劉東村茂才奉
母命非身家切
已之事絕
不談及可扣何桃李樹日久不成蹊
謂鄉黨自好
宗梅菴劉利遠
拜某子門下可
城郭原非遠如何草蔓滋道清除自若窗綠滿何為
坎坎衙前鼓鼕鼕境皷外聲不過方寸地暫是爾棲枝

五律

五律

五律

五律

平林店主簿因齊逆黄龍蕩倡亂裁去鹿頭巖改設分司
城中移提標後營駐都閫役食半因襄陽府司獄裁
去以餘領穀城縣所轄七個半里分
穀城縣邊式只南汎東北無閬焉
鑾里亦稱海居然大夜郎 鑾里海與隨宜爲鍾犬牙之
鑾里縣境自此魏以後地無所轄 棗陽距鄧所四十里
昔各自成周或設縣 魏大縣寄轄唐縣設縣四爲
棗陽縣自唐始置係千户故有五百里棗陽之名平
林所轄 酉
二百里治安徽貢誼刻薄商鞅只有農桑策應無
雀鼠爭荒莫令翁即若分我一杯不嘗腹真萃淵藪每秋 雖鞭之長不及馬
守要憲委員搜
山一次而已
布米原非易 綿自涇陽來者此
間織户比屋可封行鹽法不得暫弛權頭聊

五律

五律

自爾市面竟如新斯壠局在濠家灣米壠局在河下其米布暢行監壠派辦自吳春谷稟止在業鄙肉謀無遠多山路更歧泰巔虎尚在牧夢又奚為姻丈業生勤苦樸實精悍士風不知法紀謂賀月樵姻丈業峨閒民俗吃大肉喝黃酒好賭搶牛而民

何事彰風雅今茲昧爾聞好花曾贈芍有女竟如雲相傳柳者鄉墓在棗陽東門外側每清明士女插柳鄉閒掃墓效之江漢求如舊閭閻不群醪顚多露處夙夜更氤氳署賣婦女更縣試

強謂能弓馬堪稱是健兒派弹壓馬場在典史任內奉試犂鋤曾厭戟紙木亦旌旗謂團練韡效張幻畫紙虎者每每自訟而罷腹誠沒字

五律

碑（先宮保按試襄陽生員正場題）為子夏之門人小子二句云　岑彭如尚在相對爾

解豐顯（岑彭棘在白水村棘陽郡人見漢書有傳）

吏治蒸蒸尚

國家重典持天憐匪地僻人謂此民愚撫字情雖切

治懲政莫移賴茲賢令尹報答

聖明時（謂賀月樵姻丈）

石竹花（調倚百字令為徐玉臺作此）

秋光已逝非美幸心跡雙清當年珍守不解及聞許瑣

○入歌

○入歌

○不解人間爭瑣屑未許纖埃強受欺雪新梅傲霜殘

菊堪擬分肩否日之將夕漢宮何故消瘦　垂問試

剪刀痕一名剪春蘿又名剪秋蘿羅衫式樣無色難存久些許蘭

千風露下提起誰堪回首蜂重歸香蝶狂戀蕊此境

難為後陽花鈴犬吠聲端的如舊

而今非矣記金翡翠堂開春晝小草數榮羅薦外

雨露何曾吾有丹桂窗前玉芝庭畔鄭重依紅袖艷

陽天氣是誰明媚衣練　曾道燕子泥銜鶯兒相候囀

相伴仍如舊恨不相逢時未著領取秋光長久（即唐人恨不相逢未嫁時意）一寸芳心更番寒信此事天知否東風終夜漫誇晴日華構

十月初八日五十降日又值交代同舟史卿若權尉為邀李（烟）卓夫遊府陳（烟）峡（西）戎部邵玉衡張于香黃春珊諸幕客曹（烟）述之（布）皆世鄉戚友也小飲即席誌謝兼以賦別　調倚霜天曉角

同虛舟盆菊

傲霜如此我與君同識尚茂盛　別後何人能領斯

潔癖伊誰是　況天高無已怕紆青掛紫伴入綺羅叢耳延壽客皆奚自

卷十

學士任子

清溪山人閲年録 一名天許録 固始吳元禧善伯

自咸豐庚申五十一歲至同治癸亥五十四歲

蘇文忠公除夕病中贈段屯田一作有懐于戊午

除夕病中情懐適值安谷入都由道員赴選道出

石牌聊叙濶別因步原韻以贈之兼誌感慨

五古

披年三十九除夕驚我半我年四十九妻死不暇嘆為

爭一線光兀坐視奇玩昆季各天涯焉計設聚散有間

惟比鄰遥矜歲寒伴曾謂紀縵雲光華旦復旦敢謂少

七古

年集雪窗復螢案敢謂北堂前鵲喜聲多亂嘈侶貴介来竟擬卸卧盥書来何乃爾嗟及一階緩回首郊祁時名字聯珠貫滄海化須臾一任懶且懦家事如蝟毛無非米布炭雲遊惟向平光陰原舍館破浪乘長風得庸豈候煖悠悠會何年一杯聊博粲某子以己未十一月初一日視事刻下奉府憲諭督辦石解南岸私壩

妬花風雨詞宗執予敲本堂牡丹花下作

江南年年多名花年年花開風雨来江南年年多風雨

（年）來年花傍風雨鬧縱使花王真富貴不免年年風雨催

今年風雨花更急花開風雨能侵摧我曾早向江南濱

花王原是我前身羅浚翁藩憲謂某子性情堅固足見安于佐職門生姻戚年家故舊徧天下足跡並未曾

越次干謁一次醉裏問天司風雨不使花王乘暢春春

行秋令暢不舒辜負調元天應嗔物之華兮天之寶將

使花王無精神花王國色重天香應無風雨枉斷腸不

期風雨轉交加紛紛紅落心暗傷可憐花王竟如此年

年風雨逼花王花王艷極歸（原）無色老天枯殺亦荒唐某子

七律

原擬升補仙桃鎮州判以例不准越級起升又擬小[illegible]河司縣丞以距汝甯府界在五百里之內不准遂補此缺

花王不肯多買脂濃抹淡粧總相宜一從寂寞走江南消受風片雨如絲國色朝酣酒何處天香夜染何處衣玉容闌干淚無語莫使花王空對枝吁嗟風雨年年来来年年風雨春難留江南應是風雨天風雨年年花王愁黃庠翁府憲連日祈晴

諸將五首趙耘菘廉舫有此作因效為之

魚符飛遞過重湖海馬突聞警

七律

帝都位在虞賓鼓作氣天開元老貫懸弧 八月夷人蹂躪京師
僧邸八里橋潰圍奉 命勦匪三省 派[illegible][illegible]步冠
勝[illegible]帥欽差大臣各省勤王師各到京奉洛回汛地
三千秋彌尋章故 · 周芝相姻丈守外城桂燕相守外城 上幸熱河恭邸守內城禁地
咫尺山莊入畫圖 海甸為夷人所燬 縱使兵銷光日月也應
冰雪辱泥塗 已耙僧邸奉 派天津海口堵報捷留防守邊 恩凍度年後撤旋察哈爾馬匹三千照行
幕府親臨幾月卿不堪回首五羊城 夷人自雍正十年通于我朝
逮道光間犯順海疆 誰為好大希功事爾有長蛇封
後漸有失守之報
豕名社稷孤臣忝不名光有孤注之奏 祁閒春相年丈道 中華統一大

七律

縱橫（阮文達公贈蔣子瀟孝廉有云上下五千年縱橫二萬里聯語）風塵到此憂何
限無計安排慰
聖情
江城畫裏竟如何回憶當年勝事多（蘇杭省城全陷）
帝作南巡徵秘録（康熙乾隆閒頒書疊奉有南巡盛典西湖志纂）海通東市
净澄波（乙未夷船駛入漢口今乙奉旨通商）史篇信悞汾陽傳（雲南全陷）
晚帖翻驚太子河（東省亦奉派有勦匪之大員）自古克師不在衆
三軍所樂在人和（胡潤翁撫憲蹔旅東下）

七律

旬宣豫楚仗賢豪卻又春嘶天馬驕胡潤帥撫憲奉旨辦理軍務駱
禹翁世憲督川辦理事務並起
左季翁姻丈奉常留曾營辦事敢繹子山哀作賦擬作
海甸賦
未成
叵嫌群盜亂如毛捻匪苗匪土匪相因而起奈何論兵竟錯
恩無極曾篠帥有長江巡撫之奏
己加宮銜太司馬銜尋如例輸運蕭何嘆枉勞
官修帥督憲
兼辦理巡撫事蠢爾蠻荊何足論原不取葛巾羽扇重詞曹
避暑山莊億萬年山莊在熱河康熙間始建舉行秋獮禮廷颺列拜過
先祖少宗伯公先伯少馬公嘉慶間隨駕到此今安
三天谷弟選江西鹽道亦往此陛辭小住灤京十日
朝無倖位期躬瘁城復亦奉遇缺即補之旨摠辦
城恩旨並藍翎隸外城團案加五品銜

七律

國有良言陳直前盧小雅道掌奏有萬壽賞戲日違例極諫之章留中六月九日也
魯紀諸戎盟載筆熱河向為蒙古各藩合符處周詩宣獵雅名篇
距木蘭圍場二百里許如何兵馬方能洗整頓乾坤北斗邊
乾隆間天津海岸建澄海樓為閱海操處並製石鼓文鼓列國子監大成門下兩楷下

七律

△夢人示清山浪冊尾三篇半 壬戌 刪

似曾相識久非塵道裝廿二年來未覺新我境難除猶
是非等閒暫任亦何遷因心雖作絮泥安在月幻本無情
幻此身了却夕陽無限好卜壽有夕陽無限好只是近黃昏語遍尋古

七律

問道前津冊内載山界境頗詳述云

夢蔣子瀟司訓同一老僧睟悟片時司訓云長

老来某子云請從君此逝司訓云乞文書某手持

文書未交 先宮保至云勿與言汝可作州同

去遂寤 癸亥 冊之

果然明月是前身到此相逢跡更真語詳道光甲辰詩餘梵心經後作中

累有些須未了事心應徹著等閒塵水流今日何年

物花落無言幾世人乘興杳然迷出處杜句不堪回首

嘆
閏餘春當春又是一番㊁氣象新竊喜老人親語我窮　正月卜卦得隨之同人並靈棋經云一龍治水
途自此始通津卦内
現㊂長年回籍兆

鄧淼洲課弟珠詩夜雨滴空階水繞蘆花月滿
船迎歲早梅新一年幾見月當頭四題借此發
揮聊以志概

最是離羣夜偏逢雨滴中當階原自響著處轉成空
入耳聲初亂臨窗韻未工苔痕誰辨緑燭影伴揺紅
幾點堆黄葉無多到碧桐溼衣今不見潤物詎相同

五律　八韻

五律 八韵

涸轍情何待涓埃意豈終作霖難用汝潛蔟肯隨風
月色江中滿蘆花繞水邊此來原贈別有客已登船
何處蒼葭亂無情皓月圓二分明淺浦五兩上輕煙
短棹星稀夜澄波被冷天霜平孤岸失風定一輪懸
猶是登瀛境依然泛渚仙燈紅頭白相裏對悵離筵次題

湖北壬戌
鄉試題

五律 六韵

得氣迎何早衝寒已報春雪辭餘歲盡梅逐隔年新
東閣詩誰興南枝煖共巡宮花爭律暮風物逼當身

五律　六韵

竹外斜還好窗前著未真羣芳難似爾斷絕軟紅塵
一似當頭月因何不在前舉杯能幾見積雨悵經年
皎潔原初狀沈陰又此圓非關增別恨祗為惜塵緣
早覺盈虛定誰將寂寞捐暮雲如可散好色看中天

叁之十一

學士任子
清狼山人閱年録 一名天許録　固始吴元禧善伯

自同治甲子五十五歲至丙寅五十七歲

步劉嶧亭記室原韵

七律
花落無言到眼收，前身明月照當頭。牡丹不愛爭春色，既白相仍看素秋。舉筆敢辭崔豹注，累人無奈向禽遊。

七律
撑説詩未與聯床，夜宿雨纔聽過小樓。嶧亭黄州布衣

齷齪愚儒敢好奇，菜羹香味我魂馳。聲名不幸嘲嫌旱，卓犖有群竊恨遲。自古立言傳不朽，于今規末我

七律

由斯如何一卷黃庭字西向梵王緇服披原唱引黃庭為釋典

赤芾何人尚荷戈僧邸追賊入鄂甚急賊由石牌漢東沿漢寇下並未上堤停留一步

十日野堤距河无聲刀斗槊橫多拒戰十餘壬戌九月賊擾到府城下日東梁太尊全提

國宗春谷脫身簿尉辭捶楚出幕隨旗奏凱歌軍花穆將

師均羅岱總戎轟斃偽福王報捷龍樊瑞亭兩協戎相過陳司訓在樊宮中因追捻陣亡兵肆伯勇乙千馬兵傷三名日內田譚

兩協戎相過嶧亭在田幕中張咸瑞生貳尹秦嚴渭村翁世撫憲委者營務情形陳心閣綑丈署鍾祥縣未久

茶板桑生將吏飽牛指劍牧人裏文章造化相猜甚田海協戎在汎

却羡蜺鳌三吹螺署過端陽

七律

竟有花開到玉簪無言羞對是陳琳謂張瑞生未到前求藏有天空飛下玉簪兒句陳名掾與樊瑞亭不甚愜洽荆襄已定逍遥棹山水足供斷續吟豈有昌羊来引爵好將磨馬擬調琴風清吴楚須臾耳衆友咻来江漢音詩和者不少

魯東嶧局友索句甚迫因步趙小樓秷倩原韻償之

五律

領略蔗漿味更番蘇白堂東嶧前在武穴厘局辦事黒頭稱素執素手捧吾皇畀日詩媒走經年厘串膏東嶧現在石牌分局盈盈閤一水

五律

五律

猶有丈人行趙小樓係趙鑑樓侍御四子雲南太和
縣人贅春卿亾弟侄名下因春卿殉難金沙
江夫婦曳春卿
眷屬旋至汛署

行行重行行無端竹馬迎數峯青不遠西界荊門州叁十里修竹
綠還清水盡山窮勢汛界東以漢南以塘港北以麗陽驛漢由石鎮南下花明柳
暗情黑風天外立道光甲午三月侍先官保按試安郡夜間風雹陡起城中房墻倒壞壓斃受
傷者無數城下船隻壞者八百十餘隻天門生員覆試
詩題即命以天外黑風吹海立句比旋省船下兩岸
漂没者水落尸陡覺夜寒生
出一言難盡舒司馬眷屬被災更異

雀鼠爭何似農桑策未移秋壩並查汛堤庚申奉檄督禁催平生黍彩

五律

筆無事夢紅旗宅相原貧也先生豈餞而亡羊吾豈敢詎耐路逢歧石牌向係鍾祥城南巨鎮見于 先宮保滇行紀程中道光辛亥某子舟行過此赴平林任

誰是揮天手旋居要路津轟雷蚊作陣明月蚌含珍小樓擬北上議薦大營文案處有指金非石惟心道與人驩寘誠小補邦舊命維新石牌向司水利因堤在漢東岸由府委辦汛官竟成盜賊衙門兼地方之責

五律

現身稱繡佛佳話說雕龍繭煮防蠶命絨開礙蠹蹤某子累辦團務不准擅殺一人官督修凰憲有逃賊免死之示借花惟獻佛請見自儀封只有論兵事相煩莫問儂小樓向在籍辦團田協戎係水師駐汛

五律

七律

泰山頹去後駱籥門奏𠃊弟春卿署理巧家營同知事
奉檄防堵陣𠃊奉旨賞加道銜世襲雲
騎尉三次後恩騎尉世襲罔替
日前春卿有南極老人之讖　千于漢江聞與我為
天壤憐卿識孔顏小樓十八歲道光間曾與賀耦耕
岳翁捻督雲貴閱邊大理時書院
月課駱籥門覩子厚姪千兩銀始能挈
蒙取紅雞驚眾滿眷屬舟行邛州抵宜昌府由陸抵汛
綠荳對窗删子厚小樓軾兒在
九思軒對奕論文遒分皆吾願同舟豈
韓小雲刺史累署大和縣
等閒備卷小樓家世鍾祥縣人
疊劉嶧亭原韻
于文止武論為戈回首滄桑事變多幕府月卿燕擊
筑詞曹星使楚聞歌多情漳水曾添漲江西糧道權
觀察叔曾簡放
咸豐癸丑

七律

臯篆襄辦張不浦中烟丞
守城二十餘日絡無恙獨步汪洋未覓裳日近長安
歸路自平畈山行
今更遠幾回指點衆山螺家丁逕由此来
無故狂花冒客簪那堪奇物貢璆琳喇嘛僧奉太
后懿旨前往川
藏儆茶并領款銀三千兩避賊過汛
幸免炮船誣認粤匪之害僧三名猿啼雪落裳沾淚
汛臨河有文星閣
虎嘯風生谷動吟百尺樓臺難借箇依黃雀樓式作
滿門桃李久聞聲鄧舒錦皆袁方軾杜春藻蕭紹楷先臣衣鉢今
何在辜負三年空子音袁以城頭日出始翻鴉詩題
生蒙取佾生推王學識門諸生科試蒙取周春煦世烟太學
吳者垣諸生有直名且本色
蕭以科試補廪生周起鶴世烟台諸生均未過從汛署

七律

三月桃花浪已收自軍興起屢有桃花浪識兆卜皆然知為反話不堪人事
說從頭烽烟望裏仍如昨畫角吹時覺似秋一紙鄉
音悲舊夢萬家生佛散新愁中天皓月惟知己宿雨
纔經又下樓

七律

少小雖誇問字奇天涯海角亦東馳
玉皇案吏誰稱是戎馬書生君恨遲某子在雲南趨庭撫任館甥督
任知在目前曾倩德安李姓作
戎馬書生畫並致慕棠感柳意老去馮唐聊復爾咸豐
十二年十二月奉縣移照軍汛王幗狀等搶親戕命未
獲四条一案滿眼在地即沈平才首台權篆卸事已久

咎歸奚鄧淼洲敎讀挈眷

軍汛年來鄧尉文叟斯祝仲翁表弟至戚宛然一幅

瀟湘景魯東嶧湖南弋陽人楚師皆湖南奮勇者花落庭前書自披

落花詞即此情何（在）待成追憶只是當時亦枉然

之意用小樓姪倩落花原韻以示賛況

記得飛花伴女紅江南明月坐春風須臾報到東皇

使畢竟明朝事不同道光丙戌秋某子賛岳翁江蘇撫藩任受業韓柳之舅岳不百日

調山東撫藩踰年

辭別挈眷腠回里

人間天上兩疑猜無故狂花散作堆相對忘言猶似昨

七絕

七絕

七绝

七绝

清風燕子不曾来丑庚寅辛卯間病後有憶梅詩
餘之作癸巳侍湖北學使署有贈蝶
之作眷滕戊子同侍北上庚寅歸者江寧撫藩任奉
諱長沙壬辰後同居三餘草堂學署西偏仍三口耳
水複山重路又迷繽紛花雨樂泉西幾回轉却宮墻
外一線平平放馬蹄乙未自里送淋韞妹北上適徐蓮峯
耳
年姻丈次子少峯太學生重侍
澄懷園後丙申歸舟遇子衡叔送大全叔眷至繁峙任始
卷于二月十五日生一女母翁已卒奉貴州巡撫之命
歸舟作蘇母集
顛國羅施詠止于車轅馬迹矢瓯隅石亭聽雨頻昂
首不任風花數落髮須聽雨屋館甥貴州撫署讀書處
選石亭館甥雲南讀書督署處
選石亭阮文達公儀徵師相作
聽雨屋裕餘三官傳作怡園後

七絶

時人眼裏別凝姿小語慇懃誌恨時豈解名花素富貴落英無色亦稱詩馮杏村參軍為某子画墨牡丹扇面名曰素富貴並題句有名花艷極歸無色脂粉都成翰墨香某子亦自題句所画含芭格

七絶

何曾歌舞不知歸轉學南來鳥致飛解入武陵漁父處蕭條世外語人稀道光丙午岳翁降補河南總藩同舟東下抵常德府辭別分行

七絶

已過梅花夾路開當初今日共含羞況逢江上峯青後如手雪花不住投某子十年摘北公車未領一薦十年為客兼隨任未成一事抵岳州府時有窮途別賀少庚之作雪後拜別岳母分行三日而渡洞湖

七绝

七绝

七绝

過雨天留客不留林亭著人愁桃花細逐楊花落始
信榮華不白頭道光丁未聞嚴訃後便道前往省藩署領祭葬銀小住一日拜別不日即奉
歸里之札此某子與岳翁宋第之言從此長別
不月即奉罷官之抄否則未完矣第三杜句

果然國迹有餘香一現曇花竟不長正是錦屏風下坐
無人同咏滿庭芳咸豐辛亥之平林任未及歲某子即有奉倩之傷僅留一女年未及笄

菜花香裏我心癡不覺秋來散故枝最是風恬偏日
煖紅酣綠戰又多特壬子某子奉信陽州道查案便道回里小住十日摒擋一切綠
窗烟冷不違起處古人雨雪在途畏此簡書等耳匀
園僅得隔水遥望一過不過年而同歸燼人物一例也

道光庚戌朱題齋年丈補授固始縣童試有終

南進士潯陽琵琶伏波銅柱天宮寶人題七律

各一首當擬以銘齋即用四川知縣子佩例選長

寧縣知縣春卿例叢雲南通判某子麐選東陽

縣主簿歆句園丙别距同治甲子十餘年矣銘

齋補東鄉縣知縣子佩卒于團風鎮奉張小烟翁中丞委辦

九江撫卹春卿殉于金沙江某子升補鍾祥縣縣丞

天寶宮人兼擬安谷道光己酉補刑部廣東司

感丙有作主事合咸豐己酉選江西鹽道署糧道事

七律

七律

而勺園亦歸于燹人物之感可勝道哉

何來進士道終南唐代馗鍾夢裏參不典覼粧強謝
銘齋寄籍綏定府
病告養已捐同知銜應教畫面貌自供龕心符曾否原
為黑面鬼將無盡是藍可笑終葵砧下物齋椎小字

聽人談

江州無故淚青衫忽聽琵琶水上摻道光戊戌某子侍江西學使歸
過九江府琵琶亭為接官亭矣縱是蘆花空作色如何月影又侵帆
少年情事成追憶老大商人傷惰影同弟從軍消息

七律

七律

杳攏撚韻喃喃 那堪 馮子良世台曾補過浮梁縣缺真堪笑柄

伏波聲勢傳天下薏苡明珠罕所聞萬里還書識兄

春卿眷屬舟行至對我来破壞

子五溪裹革瘴將軍暫留汎署石逆使賴逆直抵川

省賴逆繞抵邛州駱禹門鄭梱小軒刺史均未之備

春卿 恰遇于金沙江之蒙古身受鎗四處而亡身存徐娃

而薨新章不入前章列銅柱翻稱鐵柱文銅柱不載

葬馬 鐫 本傳僅有

銅鼓銅馬鄧文達公西林節相雲貴于緬甸事機策謚忠成

儆有鐵柱道光辛丑于貴陽觀音山見之

千古眼如何麟閣不崙勳

一樣宮人兩樣頭如何末卜此生休春朝莫與花開

七律

艷暮雨偏逢葉落秋那解尉寒参画鳳曾聞私語笑牽牛安谷到刑部二十年始補主事缺某子自受職縣主簿二十年始選東陽平林缺可謂同病相憐聖朝近日無他事白髮頻看每自愁安谷咸豐甲寅名對圓明園奉三無私中名對見避暑山莊小住熱河行宮十餘日而行

穀日迎春前二日雨中即席成什乙丑

應知春已入中華道光丙午先宮保追和乾隆乙亥南巡人日人日立春陪祀錢侍郎七種菜墨色寫意画幀諸翰林題句七律二首韻用華字畫軸向存子佩處遭帶任所亂後據云存黃州豆腐店細雨如膏萬姓家自有

恩波天上至戴
先祖少宗伯公有穀日應制聯句詩
仁廟御製詩三集中嘉慶壬申乙亥也
從教羯鼓手中撾筆歌燈火渾如昔子
先祖嘉慶甲子翰林侍講學
士任內視學楚北我母宋太夫人來歸令某子奉
檄巫佐鍾祥為長子軾授室齊寧李孝廉東石故令家
院落樓臺豈有他
咸豐間汎署已燬于燹現寄安復
蔣復興典當為公所道光甲午侍
先宫保按試安陸過汎換舟會少離多人日鵲子厚姪
曾于河下宗執孚園中中伙
趙小樓姪倩北堂子誠姪
就室鄭小函軒邛州任
南山佳氣壽無涯穀日太
夫人大慶
年七十
四歲

安陸試院感懷

七律

七律

豈不懷歸畏簡書奉府憲同偉翁撫辦本年
科歲兩試搜撿事宜何期雨

雪又當逢連日風雨雪晝夜不息感致
足疾遂成麻木不仁之症不才欲借時

人棄多病還應臥治畜省垣候補佐雜諸某子為睡
眼貓泥菩薩撇不動等字樣

楊柳樓臺猶復爾杏壇風範竟奚如那堪回首趨

庭地佳氣郢中無處無先宮保以修撰直南齋書房當
學湖北今孫姻燮臣以修撰侍宮允閣及

議簡放湖北學政

兩經漢口夕陽斜猶自風清有幾家道光壬辰癸巳兩侍先宮保

按試漢陽
前疫後水在昔不忘鍾鼎貴于今徒見水雲華吉祥

文字從天降　先宮保由湖南巡撫任陛浙江巡撫
陛見改雲南巡撫請訓出京餞別三朝
菴皆武漢黃所取生童皆入
翰林科道不下三十餘人　道路聞言莫自嗟　[illegible]鎮
周乃大入學頗　幼童
有以蜚語告者　羨煞青江上樹臨風不靜暮翻鴉
鍾祥縣訓導劉克廉漢陽教授人[illegible]頗知本草
教授劉建侯襄陽人皆　先宮保所取者

將來長鋏食無魚記取當年談笑餘　道光癸巳侍先
任明府包辦供給幕客張　宮保按試德安
慶波明府遂有長鋏之詠　鷹隼無猜莫與競龍蛇有
同偉羽委辦邊家拐提務因足疾託楊雲卿
家我生初婉辭說易相周參軍節求委辦同係覺羅
名勳與子復弟
同部簡放安陸　月卿最愛詞曹客幕府翻憐星使居

七律

可笈郢蘭風日衆向人亦復效揶揄先宫保面囑將巡范鄉人分司
代謀蘭花范君誤聽南瓜遂面說
縣中因供給南瓜至今可以噴飯
風沙猶是閑鄉關學憲于二月初六日至塘港大風不進初十日始到試院賀蕉農侍
侍御叔岳[illegible]
天外風曾與社還詩贊權每能盡談禮
貌去衰顏許首台小東由明州佐經保縣留補沅陵人來每道及蓬閣弟任內一切已酉核貢制府[illegible]
翡翠蘭苕上先宫保試畢舟抵沔陽過訥近翁世丈聽荆州提覺夜書寫聯幅月色燈船盤
掣手出鯨魚碧海閒先宫保歲試安陸撤荆門遊府同校武場以都閫隸兵備道因為例
但使能披雲霧見學憲函府撤去外搜奉府面示銷差不妨落日對空

七律

山

自咸豐辛丑亥至同治乙丑十有五年惟去甲子

迄今白露又以金陵收復稍涉生趣疊韵誌情

于仲秋後

繫此含飴又幾年長孫庭詒改名世藹年五歲已上學矣數番康了詠花前無非

卧治生成福那有漢濱吹垢天壬戌史卿若過汛述及其子兩任內邀閣

冊書廉訪臬憲有不曾聽說賊到過所管地方亦不曾看

見所管百姓到臬署尋某子說話卒見老班穩當等

語之賞而公子公孫公女婿病瘡

乃祖乃父乃丈人之謗起矣豈計金身来皓月兩月

危甚程敬生己為栻兒納縣丞某子
之至應叨樾蔭照清緣金陵克復加一級庚申廟顯萬
壽加一級壬戌今上登極太后聽政
加一級辛酉王幗泰粟配滿叅抵去一級閒隨兒女
霦兒從子等就傅楊靜生茂才一派清芬況
求書蒂女子子等自于公暇課及之
第姸清芬書屋蔡聲甫學士為
先祖京宅書額今無存
不堪流水憶當年無限落花到眼前喧櫪散鴉非蠟

七律

味酒旗歌扇是江天從来寇杜曾誰論自是韓歐與
我緣先官保書韓范文歐陽于雲南撫署並跋宋文康
公放鴨堂記今無存岳翁恪守宋五子書及陸
清獻公讀書隨筆滿座綺羅皆不見句韓故燒高燭照
蟲及僻居之議

七律

七律

明妍 汛署連日酬神應侑觴

青壇如故久經年滿乙次届期倖畢竟風光不似前街外今漢向經

東從過計使我獻花惟拜佛逐日泥飲問他搔首敢回汛境賽神

縣里

天醫者蔡子美已同擬邊拐之遊不果繁陰纓計日應成就春綫迎庭更結

緣道光己酉七月有顏婢為某于馬褂上掛珠之夢丞簿均在行署皆有僧人供給花卉以助興公暇

爛醉生涯行處有不曾魚目共㨾妍署内禁食魚自清明起至霜降

上鯿斑味佳

河豚毒甚

作記藍田大有年快喜逢兒女笑燈前無詩無酒如僧

七律

相有月有花不夜天錦畫畫堂惟日煖碧雲　瀛海
亦仙緣子復有侍御之請已久補車駕鈇頗適牛录章京之諭因派辦南城團務退之已訓選内
黃教諭康訪叔謂某子為
以憂去平原歡此濁公子佳世之濁公子　誰料明
朝白露卅七月十九日也
東閣梅花嘆昔年、文經桃李艷堂前、元日有滿門桃李屬春官之識
蘭台令史今傷古先宮保报試日有安陸府志漫滮之作載入急餘閣詩鈔滇行紀程詩注内
亦云石牌為鍾祥以南巨鎮
漢水為黃河伏流道光癸卯過優孟衣冠一盈戴天輝萼
相公曾是擬詠竿正字豈無緣殘花如簇南枝煖彩

七律

筆重千氣象妍　道光戊申嚴子卿明府延蔣子瀟同
某子為固始縣志纂修現奉移修縣志
閥閱門楣勵年晚　宋宮師文康公有西陂類稿順治任子又
胡大司寇有任子自鏡錄乾隆任子
一為胡蒼曉宗伯之子山人　唐
一為宋文康公之子商邱人　宮師　飛花故落舞觴前句　布衣
康熙間宋宮師文康公有臣是世家子弟布
蔬食非甘素衣蔬食素非所甘之奉奉有宋犖可謂
乾隆間和長白故相屢求石笋
不欺君石笋賢盧敢問天于胡大司寇堅持不與置
之旨
之湯文正公故宅曰興賢良遺物也
即令中州鄉賢祠蔣子瀟石笋歌待　縱憶奉常旋馬
都市舍下皆有賣戲之所會館
處莫思中秘論文緣戲園較廟為便與江南同歎或
先廉訪叔道光間官道掌
洛陽分務重如許　今祀訪江蘇者洹名宦祠　應許雙

五律

七律

鬘歌韻姸

望雪書呈楊靜生茂才一閱

何日風吹雪起看滿院飛花從空裏落人自暗中歸

點點與心覺飄如願違從來乘興後不解世情微

喜雪示諸子弟仍簡楊靜生茂才

天催滕六當前舞人對春山入夢濃急點敲更亂上

下飛花撲面各西東幾時賜我黄綿襖令此任他碧

玉籠醉起狂呼羣子弟何妨吉甫頌清風

疇五長女

雪晴野望

南陌晴光好長空雲影微遠山猶積素高樹已凝暉樵徑稀人跡漁簑趁日晞村醪堪共醉相對暫忘機

五律

喚春

雀止窗楹喚聲聲壓耳新似曾未悅性況乃不知春有意偏驚夢無情過逼人却為迎氣始未警隔年身

十二月十九日立春疇五長女喚春報到春將至如何寒不歸可憐舒柳線尚懼解冰條羯鼓頻相擊彩箋已預挑誰知江上客把酒盼雲霄北陸雲威斂小園鳥語新潛催柳吐線暗喚草舒茵鼓翼揮寒氣梳翎覓暖春東風誰道遠脉脉出江濱玉章姪女喚春

雲斂風輕春欲來浣窗曉望轉徘徊園冤禽也識迎新律嚦嚦頻將淑氣催瓊英小女喚春呈兩姊即是冬歸去云何春未來誰能將羯鼓喚得百花開

獨酌奉簡左姻性村州丞張麗山鹺司兼以自慰 丙寅

艷陽天氣不勝寒，燈月相輝雪色闌。獨酌嚼梅花供索笑，每憐竹葉罄爭歡。近來時事成他憶，平地風波如故翻。九十春光知幾許，莫教都作畫中看。

疇五長女深夜侍父獨酌

重門靜掩氣猶寒，積素凝輝暉映碧欄。翠斝頻傾須盡樂，綵衣互着共承歡。小樓妙舞燈光亂，深院清吭吟月色閒。通韻 好是春來已在望，應知花事耐人看。

玉章姪女深夜侍伯父獨酌

如何春入尚清寒，素色凝輝向畫欄。幾處羽觴喧笑語，一行雁序共承歡。良宵局奕神爭舞，靜夜聯吟意自閒。通韻 九十韶光好須惜，莫教都作等閒看。

瓊英小女深夜獨酌侍[illegible]父同兩姊作

春光乍麗又逢寒，雪月交輝映短欄。石鼓受

入款

從恩主賜。石鼓文掛屏一副盩文勤公恭擬之作先宮保有道光間賜乾隆間御製
石鼓陳國子
監大成門外斑衣嬉效老萊歡筵前燈影雙雙護墻
外簫聲字字聞報到杏花
天已至應教都作畫中看
録見省抄因倚蘇子滿庭芳以自慰
歸去来兮因吾　祖諱知我宅住中州侍　重闈下
海屋更添籌、道光壬午奉　祖諱回里終禮部右侍郎　祖母許太夫人年逾六十某子年十三歲薬毛
家
瑩燕子烏衣巷口、畫堂舞王謝風流、先伯任兵部右侍郎先宮保任
翰林修撰某子及安谷十歲春卿八歲忽
淑儀淑靜淑文諸妹誦讀廳齋中　聽得關關滿耳
無處不雎鳩、老人懽得見古及稀已過杖履優遊光祿伯祖年逾

○入彀

七十詳卧雲山房詩鈔中把當前勝事一筆親勾請問林下客到有幾個肯把官休曾經是無多别業村裏稻香疇先祖序卧雲山房為稻香村地名稻草集

歸去來兮北風大作何曾有夢吾州七人八穀雷雪快當頭昨朝大雪雨聞有雷聲博得光黃口味脆生菜壓倒珍羞鍾祥非黃産石牌河東汛外向來底家書一紙抵得萬金不杏花天已巳至風風雨雨悮了春秋十九日驚蟄棗訟庭無事此宦閒遊訪問今古將相有幾個零落山邱都因是滄桑日

變魂夢轉悠悠 裹樊雖靖光 黄未便安枕

歸去来兮江山紀麗搔首白髮蓬頭昨宵今日使我

杞人憂況乃簡書官守吏東下漢水奔流 師舟東下 距汎十里

須是（知）天心厭亂非我覔封侯 春光明媚也滿腔心

事何地商籌羨步兵校尉試（巧）宦難羞試問腰纏十萬

騎鶴上誰到楊州 勵伯符東司姻憲江都孝廉 與某子有原憲為窜之論 只須

（把）是金貂換酒羯鼓醉高樓 質蟒袍于杜生春操家閑 三合小押未果生乃先

宮保授

試入學

○一翦、

○入歌

歸去来兮一盂麥飯寒食時節誰籌風聲鶴唳草木動離憂為問大江東去浪層起何日方休憑高望青烟斷處畢竟舊松楸捻匪經過舍下盜墓不一而足夕陽春社散村村父老把臂閒遊嘆浮家泛宅無計虛舟杏村局日與左友泥飲諸巨室家寄語安屏史水帶應許我首正吾邱帶經史水屏障平山舍下城東門聯語安山即城外六十里大山所謂東山史水源出金家寨北流過城下入淮在南山下頻遣飲尋花問柳泥醉不知愁

歸去来兮覺吾初候莫解著甚根由重提小字石也

○入影、

黜禎頭漫與軟紅塵幻且隨喜富貴名流須知是拈
花侍者徽笈走神州　廿年曾記得山重水複脉脉
心愁借萊衣抱子強半勾留好個大千世界緣分盡
霧掃捲雲收從今後南華一卷不必問莊周已詳夢遊清浪山詩

餘各詩及
各詩餘中

歸去来兮吾家貴介曾經衆楚人咻嶄然有子畢竟
見誰頭本是世傳儒素擁書處權拜諸侯舍下樓東諸書已被
蟻蝕過半思量起少文補衮那解此風流英煦相祖師有少文夫人指畫補

入歌

家茵贈　先伯步馬公　時為閩學嘉慶丁丑

問借枝鷦鳥飲河鼷鼠有甚營求豈隨陽征雁有稻粱謀惟願取婚嫁了畢芒鞋破作向禽遊當前是南山獻壽不上望京樓　正月八日

遠祝太夫人慶

弦歌連日達旦

勺園燬後有感次蘇子瞻歸去来詞倚哨遍次韵

期可帝鄉富貴願吾自以為形累歸去来天命復奚疑感吾生寄行休矣胡不歸迷途實其未遠征夫問路前流水舊自徑三荒猶存松菊相與我而違世乃

東皋舒嘯臨流賦詩悵晨暮胡為乎登臨遑遑欲何之窈窕崎嶇尋悦
壑經邱請從求此始　噫歸去来兮既覺遥遥去留誰計
親戚彝悦情話消憂中樂清味亦雲出無心鳥飛知倦
翹觀矯首非無意何嗟来者遐追悲悵獨悲帳田園將蕪息
奚止倚南窗寄傲掩孤扉策扶憩老盤桓覺衣飛已遠燕
交絶遊有眄榮路易安容膝焉往盡自引壺觴酒辭告余僮僕
庭柯可眄衡宇欣奔子稚役形日涉復乘時委吾心
昨非今是

七律

七律

寄賀趙小樓姪倩　奏保少牧步其途中見寄

步四律原韻

生面別開晚節悠，天空雲影喜全收。隨同張朗丝提軍克救解圍始末甚詳宛陵葉縣（来函叙其宛陵）愛他雨竹青重洗，愧我春花艷更愁。鑾府參軍仍白眼，中州別駕豈焦頭。（小樓奉旨以州判分發補用杜句）風塵不必懷閨秀，萬里風烟接素秋。

西樓望月幾回圓（韋句）天定勝人人勝天，未必平章是列嶽，應知君子自淤蓮。薦小樓張朗丝歸德鎮幕中

七律

七律

予健康申原海津秦吏中免母氏　散館授檢討仍留營衛辦務
籠中凡鳥仍飛習，席上佳珍惟養賢。有日金閨誇夫婿，鴛鴦願作莫求仙。
難毋挽鹿車嘆絕匏生，當年豈不作平成。吉人天相曾先覺，風雷且後鳴。（小樓家口兵燹後蕩析無存，避難北上）世祿無家安所遇，文章何據倩誰明。自非木石焉能造，反哺烏私異日情。（足疾難愈，已擬稱疾回里奉養之計在即）
簪花格擬衛夫人，今日倫登要路津。（張朗然留小樓營務處學習辦事）敢謂無才便是德，信知有品不能貧。閻公南浦送

〇入歌

冠蓋陶令東籬呼酒巾肯與社公相對飲期君共作十分春回怡之約小樓有寄籍

周太學[偶見惠錫五]見贈茉莉花用柳水部爪茉莉原韵倚以贈之

數載珂鄉等閒的趣味清和月軟紅鋪地緇衣化素怎受得南風煖碎忽驚覺一段幽香百忙處心欲醉輕雷隱隱雨零[零]恁戍寐[鹽客由漢口舟載運茉莉花送錫五波及數顆]雞亂叫笑言微細[沈沈默想]素花好愁誰遞是問幾時插上玉

七古不錄

人頭裹半、分些三髻影賓底賓客室人髻花取請兒女僮僕各藏少許

乙 自題明月前身畫用栢梁體畫者宗子元

生面別開我軍張接輿而後希誰狂中行不得駭萬

章點爾柳下如皇皇子夏弟子道披猖蝴蝶蘧栩

不知莊被髮因权之為佯持戟詼諧侍東方掃象通

闢龍蛇藏以儒亂佛舊秦王印度遂緒走玄奘以佛亂

儒遠漢明聖功未到闢何遑達法師碑楹帖有未到先宮保集柳河東大

聖功莫闢佛句政始拓拔今首倡南渡以來兩相忘吏部文

章日月光白雲已矣乎帝鄉顛僧胡為乎短梁西湖志載
南宋濟顛僧修橋事　虎林理公詑雖黄伏虎禪師猿父理公塔醒者
志載甚詳虎林武林麓
琴操嗔叉儈出守兩坡醉錢塘更有騎驢日永將我
今罔念作無妨乾坤笠履一粟滄泠泉猿嘯何堂堂
畐借志中泠泉猿嘯畫本寫之　明月前身憎郎當世塵淺薄嘆望洋
黄葉春生秋清浪賦別有　回身記事拜佛邋遢辛苦廿年
為誰嘗另己詳　濠上觀魚風已匕被謗蘇子休荒唐
書簡張立山何友鑑詞 [illegible]

學士任子閱年録　一名天許録　固始吴元禧善伯

自同治丁卯五十四歲至庚午五十九歲

贈子猷周姻世友公子

子猷尊人雯樵太守與湘陰謝果

東漢李通固始侯太尊姻世年丈爲連袂果翁道光

閒任固始令　授

精神意氣非凡儔姻婭宜思連袂義郝禮鍾

法實相侔昔日桃李文竹馬東山裙屐遠相遊畫裏

江南寫不盡蜻蜓飛上兩檣頭知章船似騎馬乘　從舅賀

邗基果翁壻　北風誰念謝公樓第一仙人錦聚衣　鳳池

鶴駕羨清流雯翁乙酉明經作令山西霍次捲地朔風沙似雪故鄉菜味却珍羞先宮保過臨汾郵舍食真珠菜饋味感鄉物怡悉雯翁令臨汾任後保南安戎府升任回首西江月正昏長安不見使人愁鹹豐癸丑秋粵匪平陽五日失守先宮保殉焉雯翁藐姑射山有神人雖冬如春不見秋先宮保曾嚐雯翁採本山草本在臨汾境聚散如萍夢浮生趨庭館甥楚人咻舊物古酤鄰翁相對飲物我兩忘兩無憂去春王恭人親終于里焉親串依舊往來頻平生刺刺不能休周雨樓蕭炳文曾遊臨汾頗談往事

簡張立山局友醝司

七律

我非狂吏不須疑退賦青蠅只自知張立山以老吏見許楊雲衢以
賢尹見稱達憲幕中豈有昌黎嶺外序應無永叔府中趨真人
幸是回春手孫補堂首年台以鐵角威靈仙淮牛膝小方見示補堂素未相識一見如故
醜原非遊俠兒石牌圍內盤獲牛絡紅乾子張狗子蒙同府憲偉翁補堂會禀在案覲見抄
況復堂廉曾莫限天涯未許久棲遲陳府憲仲和面辭年五十以上蠲
免禮年二十九
儀兼祖服未期
病骨不堪料峭山來欲尋故事自相猜參軍自可作蠻
語客座將無假寐回幾許薰風佳作日如何滚雨凍動

七律

七律

七律

驚雷石牌北風雖夏亦然細雨久之 蔡子美診足脉定為風痺論 廣平鐵石心腸
慣今日從教也賦梅謂同偉翁
香山痺病每遲疑樊素小蠻久別離自捷退後惟獨卧耳有酒
學仙無學佛秦天飛線又飛絲酒蔡子美以藥脉並方見贈得霜鷹
出無邊攫被凍蠅歸何處馳一水盈盈不語機中
錦字慰相思漢水北行石牌私堤遏流之故一切不便
泰山如礪河如帶方嶽為城漢水池自去十一月二十四日至今正十
八日辦理水團防堵河岸食少事繁力疾從事加以
櫛風沐雪堅冰在鬚舳艫千里如在目前足疾雖漸

瘥恐終不
能復元耳無策農桑爭雀鼠有情亢旱困蛟螭頭顱
老大嘆磨蠍前在九年平林今在九年石牌己應前三三與三三之讖語　退食自
公誦委蛇塵榻無人孺子下西窗剪燭話當時李允
十萬相距僅隔一水團內忽來忽去年暮招勇不下數萬持八十日
幸鮑霆軍到而捻散忽衣東不解忽帶[illegible]七日不食[illegible]兩次水
團府縣會
稟在案

刪去
入夢吟
九月抄夢到一城頗類舍下過一門即趨而入視兩邊皆破屋直過里許至一
烘壁後復入一牆門視內有危[illegible]一闌左堆柴
甚夥右水缸數個注水甚滿並無窗門中有綠
屏風六扇右柱掛一燈甚炬左柱題曰世兄在
此打坐在六字中間隙地甚敞並無几榻甚異之

突有緇然一僧藍衣直入並不作答乃步去

南出户即醒因效板橋小唱作入夢吟誌之

眠不成夢不成辜負當年一片情縱然博得眠前趣

者未了事付與誰評囑與誰評亦自曉殘光將盡衰

意先零不過是夕陽無限只近黃昏

眠不侵夢不侵辜負光陰一片心縱然由得生前識

意者未了事寄與誰尋送與誰尋空自覺春當

退也草色深深多半是不如歸去返吟伏吟

州云去五月夢有兩僧囑某子曰戒之欲其衛

○入叙

○入別

也安之欲其生也今閲閑燕巣下（心經）巻有戒之則
明衛之則存存而明之生乎其神云云因續入
夢吟以誌之
雲不氛雨不氛辜負巫山一段明（雲）縱有名花釋得恨
者春去了敢問文君請問文君畢竟是靜處安身僻
處安身博得個天高月小大地皆春
雲不真雨不真辜負名花一片明縱使風前還得之意
者春去了敢問誰人請問誰人料應是流水今日月

○歌

○歌

到天心果然是無言桃李天地佳春

風物吟 鄂城小住頗感風物不勝悲慨風痺、、症今尚未痊因作風物吟以誌之耳

楚王愛細腰餓死宮人試問古來燕趙不在掌上歌舞纖步輕塵回首岐王宮裏屏風下有多少顛瘤端

又

行何須再顧傾國一顧傾城

兩箇女相如不走蠹魚翻袁簡齋句 那堪才纖萬架誰是康成詩婢日月居諸敢問美人顏色侍兒輩曾翻過古今人書不料是居然今日何必當初識字者甚夥岳翁家侍婢

◎歎

秋娘已老矣風致猶存縱有停匀嫵媚無非畫中竹
葉鏡裏桃根岳翁素串風煇回憶山陰道上烟波外有多少
絶代銷魂不過是曇花一現相對忘言道光丙戌秋贅在岳翁江蘇撫
藩青任丁亥回里

○歎

誰共得年華消息誰家況是江南風味正值已寒天
氣明月梅花有個定中人在心泥絮收拾起大地無
涯似者般東風鷓鴣不向咨嗟
移譜就宮尚矣移宮就譜限于格調不能暢言

而顧亭林謂詩不入樂者曰徒詩自漢唐以下擬樂府者濫觴矣有明我 朝套曲皆然似不如短笛無腔之為妙也若板橋者庶幾近之其亦先得我心者乎老人擊壤歌非其端歟嗚呼上下十八年間濱于虎口者數數矣雖上游任重同僚協衷其如藐躬何因作遊子吟以誌之

陳耦翁委修北岸堡寨並委查堤及示禁一切查拿事件孫補翁移樽小寓切己足疾之至

而今已矣健步久闌珊又況是杖鄉日近怎能轂搏

鞠頌飯聽履星垣誰是個老當益壯畢襆被一行作吏

不問他窮且益艱縱令是

天威咫尺風塵荏苒踈遯小餘子敢自謂報効矢寸

心丹咸豐癸丑羅蘇翁保奏布經衡未行甲寅楊慰翁保奏府經歷留楚補用未行此在簿任而同[illegible]卯曾九帥烟撫憲保奏八百餘員在案竟以請恩奏准其回籍調理之、諭事遂止此在丞任

而今已矣年高重病歸怎能彀萊衣如顛博得箇花

團錦簇簇滿庭蘭子復有函奉慈回里函囑某子稱疾侍養之論敢問那絳

縣老人數甲子泥塗辱在他不管人間是非又堪嘆

萬物逆旅百代過客消磨我歲月致令者三寶無處
皈依

道光甲辰某子在岳翁雲貴制府有領簿于今十
八年之句內子戲謂自辛卯授主簿職焉有十
八年云不料其驗于咸豐辛亥至同治丁卯也
因續遊子吟以誌之

為無望矣何事不可為追思四十年內如何失之交
臂有詩遲疑竊謂昔之少壯不如人有貴介弟臭味差

池者今日不求聞達到此方知南宅見一所奉神主
夢至舍下念餘閣
上書　皇清貤贈文林郎翰林院庶吉士從四品廕
生吳大公之神主位下見退之司訓姪銓長跪頂朝珠補
褂蟒服題主並設祭紅采及音樂玉章旋[illegible]闋之而箋
甚不可解已致書于退之知之退之已選[illegible]陵訓導
蓋無幾矣何其日之長上下五十年間而曾不以一
瞬甚事因悵道是顧此暮年[illegible]堪策勵夫如是關扶
壁摩墻甘廢棄覿光上國利用賓王
衙齋菊花十一月尚有黃花則菊殘不止于傲
霜矣或以重陽小陽之氣未洩盡耶仍簡張立山

五古

局友兼贈屢君海峯以代相晤且致渴慕耳

靈均賦離騷夕餐秋落英爾雅正字義落以為始名
是以造物者咸謂已落成焉得共草木黃落萎彼倉
爾来晝三秋蓉芝正敷榮猶有傲霜枝夷陵句振驚
猶有晚節香魏公鑑持衡不謂歲寒後三友扶同生
蘭蕙非一物何以味等清所賞乃苦薏何以花妄評
秋花與春花不必日爭矜惟彼黃州菊百卉久齊鳴
呂氏紀月令歲時黃華更壽客来胡為小陽獨比朋

十月八日為張斗樓貳尹
某子湯餅會左鰲右杯者坡仙願狂醒屬員送盤肆
支一
陽生一春未來五日僕盈盈靖節避秦人三徑自縱橫
棋夫何筊士插滿遍頭傾海峯頗知岐黃文學甚富不樂仕進好談禪悅好為詩詞
與某子頗許可
相渴慕久之

退之姪北上後會試累薦已挑縣周姻丈芝相
改挑司訓並示期望已選河內教諭以伊父憂
去茲選雯訓芝相示以三名賞給舉人均不入詞林切以讀書報効庶不有負
天恩見邸抄因作生花筆以勉之
耳

五古　敘

松雪為吾齋、石鼓捧　玉音、拜賜　宮壺香
龍鸞辮来禽、不獨懸、誠對、
聖人胞與心識字非阿邁、椽筆大如林、如何三冬足、
不檢白雲深、回首嘆知章、（姪孫名[illegible]）宮闕夕沈沈丹鉛及早
懷、聯筆珥橐簪、莫謂曲江奇、雁塔無背陰莫謂雞林
賈、獨重香山吟、星使出詞書、（唐句）一字一千金、　松雪硯玉　石鼓　御
製文皆　賜物　先宮保取為齋名並有拜賜宮壺
雨露香之章時　宣廟重柳字奉有　勅臨大德
（詩）法師之碑且有寫作俱佳之諭又道光辛卯考試差
題水流心不競　先宮保首次兩聯云浩浩淵源頭

淵淵淵氣象深如川天子壽是年五旬萬壽若谷聖人心稱
旨遂奉入直南齋之命並蒙殊筆圍之
蓬山一萬里相隔感至今水上覓紅雲風泉聽玉琴
樓臺倚夕陽巍然尺五岑明月印千潭妙香沁披襟
無由逮王父不學淚暗潛遊子慎勿效偏好梁父尋
某子再侍澄懷初任樂泉西舫又任萬花深處吾惟近
光樓到過而已均詳侍澄懷園詩注中茲不多及
燈輝鳳尾書 先宮保入直名對奉寫真草隸篆稱
旨曾與春卿書云吾淵博不如程春海
小楷不如池籥庭時宜令不如徐滇生田季高而小
心謹慎又不如祁淳甫等語時陸立夫太史竟以草木有本心不答
君實二字誤溫樹顧問
為陳杏江庶常所誚者 骨矢未誰分溫樹避又喧

天語半空聞唐句蘭台賦宋玉未喪在斯文與宣廟每

保講求本草詳植物名實备考中大内仙人掌開花先宮

因仙人掌上玉芙蓉之讔遂成是書陸稼堂中丞列之

志不在溫飽日下五色雲東壁备書府西園氣氤氲

先祖曾與仁廟幸翰林院分韻賦詩重華宮茶宴和韵詩

奉和御製恭剪梅七律並乙亥庚申穀日聯句賞戲小宴

賡拜觀聖樂獨自挹清芬。石渠編寶笈旦暮御香

先伯入直嘉慶乙亥懋勤殿編纂石渠寶笈秘苑珠林和詩

薰並丙子聯句賞燈賞戲茶宴小宴詩仁廟

御製恭詩三集中儒生稽古榮天地共絪緼忽忽廿

並西清劄記中謂予

載來宮花復紛紜健倒流三峽水豈獨掃千軍

五古歌、

國家司掌故浩澤遍無垠近跡俳優輩曾莫識典墳
京師有煤炭翰林水晶翰林山查翰林捐班翰林之
誚並羣仙終日逍遥退居神仙不饒之詠聊以誌此
敢謂持戟郎不離雞鶴羣瀛洲學士到未共奇賞欣
子健七月内始補本缺侍講于
本科例不考差賞四品京堂銜我非百里才告天香
自焚奉有俸滿乙次二次
分别留任調署札飭鄰人寇安慰意緒起社粉
健步趨天禄讀書空夜分所學非所用教翁辟儒問
誰是不待賜割肉歸細君
簫韶儀九成。花信風來番。米家書畫船。風采猶有存
書戟法虞戈走馬入金門羽獵奚足羨次石鼓張周宣祖洸

先伯祖嘉慶間恭侍外廷筵宴並扈蹕木蘭秋獮數
例謁陵寢並侍蹕南苑均和御韻遠　先宮保時
聖壽日無疆梵筆頌崇萱四十八國樂花火陪臨
我朝系出肅慎氏遼金女真顧氏方輿紀要載有
滿洲黑水靺鞨海西女真黑水女真我朝龍起建州明嘉靖始
通于明海西遂又視草侍　肅慎溯源流
先祖　先伯均直繕書房並放直隸順天學政宗屬旗
天言先宮保奉修玉牒副總裁茶宴始于乾隆己丑道光己丑止
先伯並任宗丞
防風信合符游豫不憚煩秋獮駐蹕避暑山莊
金枝玉葉間密勿語樹溫葉非不可觀然觸物便碎祁涵相年丈曾謂金枝玉
不復可收拾矣又謂曾夢有人贈我紫貂襜褕袷意
非不見佳然患體弱恐不能勝衣也均見致　先宮

五古 广引

保札
中 曼殊天上来大哉子元元 長白來者至我文皇乃曼殊舍利佛
降凡徵之我 高皇夢兆名 國曰曼殊非滿洲也
北人謂粥曰洲故殊曰洲曼滿同音舊謂鴨（滿）綠江 洲者非
柳[illegible]氏子頭角莫將舌自捫六星耀文昌琥珀瑪瑙津
京任翰林論及夷務有謂以 卧榻誰鼾睡回紇杯酒
六合之外聖人存而不論者
熇 回捻夷 苗來靖讀書在中秘豈惟識天根 陸王尚可作用 恪守程朱功令
而不學無術何冦（歐）重細論
已

上孫補堂太守首台年友四十韻 戊辰

邈美羊妳子所交半面得（增）曾于穀誠（准）曾領移支 簿任役食穀項到渠在 天半

錦雲来飛下有雙翼叐又于漢川缺知石牌盜棠如傳不謂户五天
披霧覩熊軾任到鍾祥半歲後始過汎即如故苦多大藥嘗步履難升
涉幽人真所寀便宜准茲　勑蠢爾仇大邪剿薦斑
鸂鶒大筆礪如椽地志何盤餝函示爪代手闔巷附贈縣志一部
青雲不惜如金墨張聯卿孝廉修志于職官表内漏填某子出身籍貫因申明之舊
盧夾光黃及肩嵌黝黑張聯卿索取石刻家傳　黃鶴赤壁遊𨗨
庭殘畫刻河廣一葦行再發新尹側轉瞬寸楮閒君
南我仍北茲任兩蘄雄風大洋洋膠高魚鹽市七百創閭

閻敬仲左右以督办淮案督銷鹽局汎委張斗樞貳尹局員　長沙漢室憂
賤賈所自始商君亂秦政并利信姦宄　此謂風俗賤　比然也
藝祖誚措大屋錢鼻孔裏賜也雖不敏未羨陶朱美
此間寒畯士講求保富之道
豢悅口由來久矣每致誤公有勇且知方侍坐哂
某子借有首士借枷枷首正
夫子鹽廳硃諭諭先生之誚矣　儒冠多誤身　杜生　社句
葵田蘭生蕉文王生海門吳生有常星階丹垣　紈絝
周生搏九大有澹台風味周延鸞杜立菴亦然
不餓死芷吳本立杜春泰會計假牛羊田乘吏且委石牌
芷芳皆然爾
厘金分局儀封晨門輩不過聊復爾　此界北麗陽驛
已為画餅　西荊門石橋驛

建陽驛南界凹口東界河鄧尉何其邏清梅福何其毀謂楊烈臣劉篠澄兩司訓并彭少尉皆世誼

柳下和而恭胡為亦處此河從東去商賈蕭條乾坤

天地間醯雞炙視其小袁方軾因業畢薇去杜春璪卧病幾不起塵埃積已董摩

除積重未能了功利奪作俗難期如日皦此間富部腹藏珠奇

貨可居龍斷利玩弄乳臭古種無糧田地

過有上控傾家助貲絡繹不絕一呼百諾座中開生

面終日吟頭棹杜生寶田周生起鸞胡生鴉賓皆從某子門下文童其門金吾

才老馬夜知道黃金台輩皆從某子門下武童示我周行者把臂稱

父老周仁山周春煦俗生周祥慶監生周子猷世職拜于首台門下者雨我公私田

此天真浩浩大雨連日膏梁文繡家木石鹿豕抱此間富户多半
市井小人不止語言
無味面目可憎而已乃者崔蒲盜緩慝未能保華生張正
端族亦亘溯 同偉翁子復
京控未定 回首侍黄堂富貴大壽考弟友陳仲翁
子健弟友劉仲翁慮子佩弟㕥叔戚皆蒙青盼即黄虎翁于
安谷弟北上過亦承德意并知某子能詩皆府憲也
艾樸翁未面亦知某子
頗戀戀李戚溜生世丈誠意不耐劉子美咏幽討某子
雖俸滿須俟夏口王貳尹升去方可部推只此乙人
但四条原案已另行限期起算無由詻免惟新堤州
同與石牌均係題缺乞懇推挽營求暫行查案記功
題署將來或可題升斯缺明歲六十聊以卒歲未知
可蒙 某子六十後自應
允行 慈竹霞春蔭白雲何杳杳稱疾事親歸里

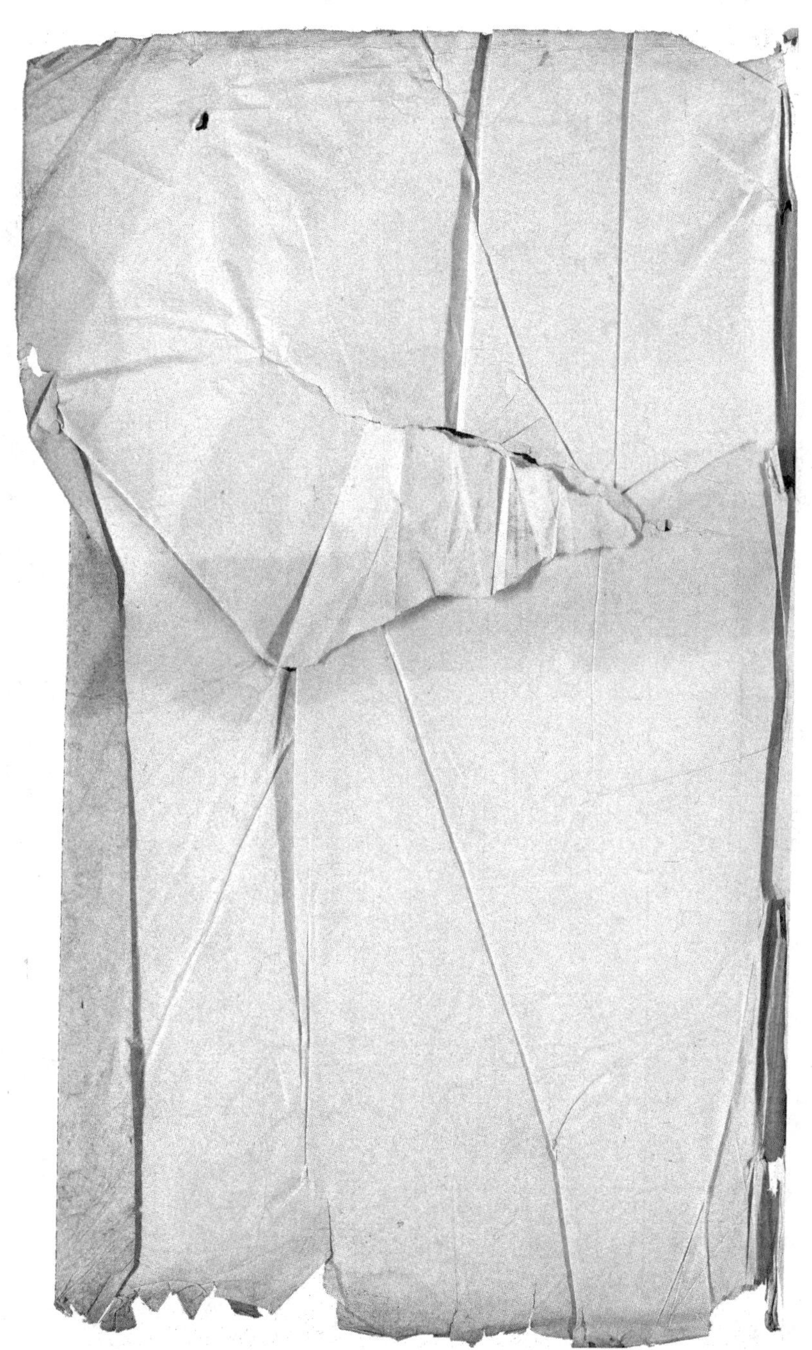

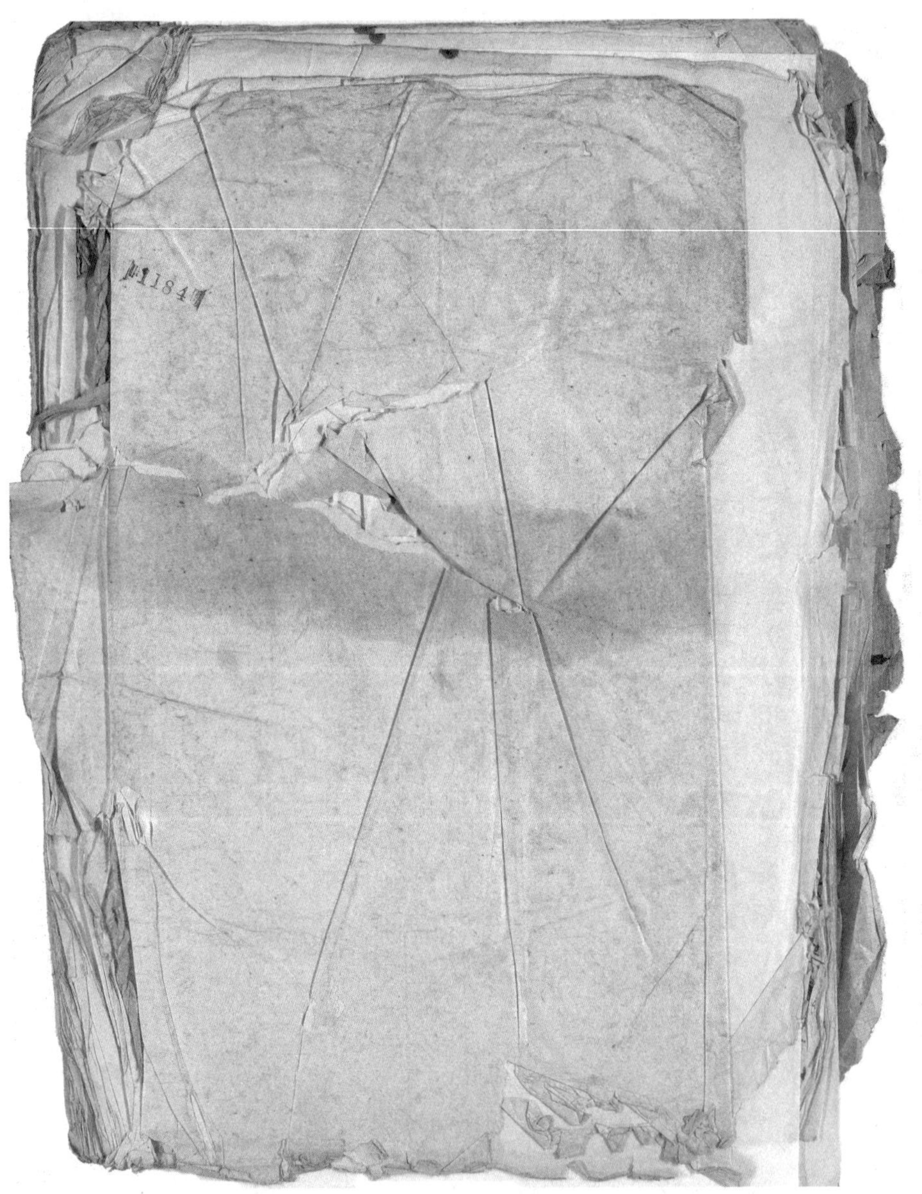

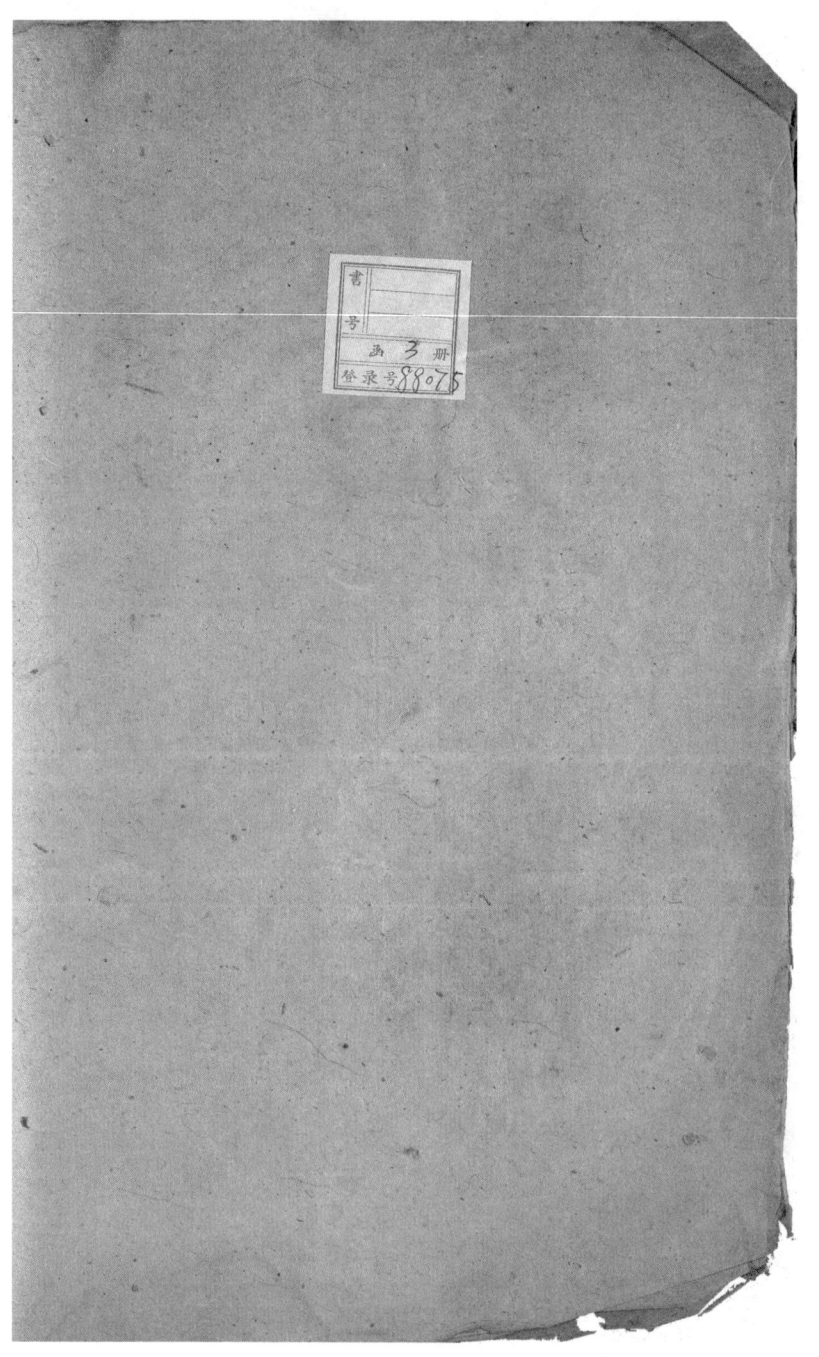
書号
函 3 册
登录号88075

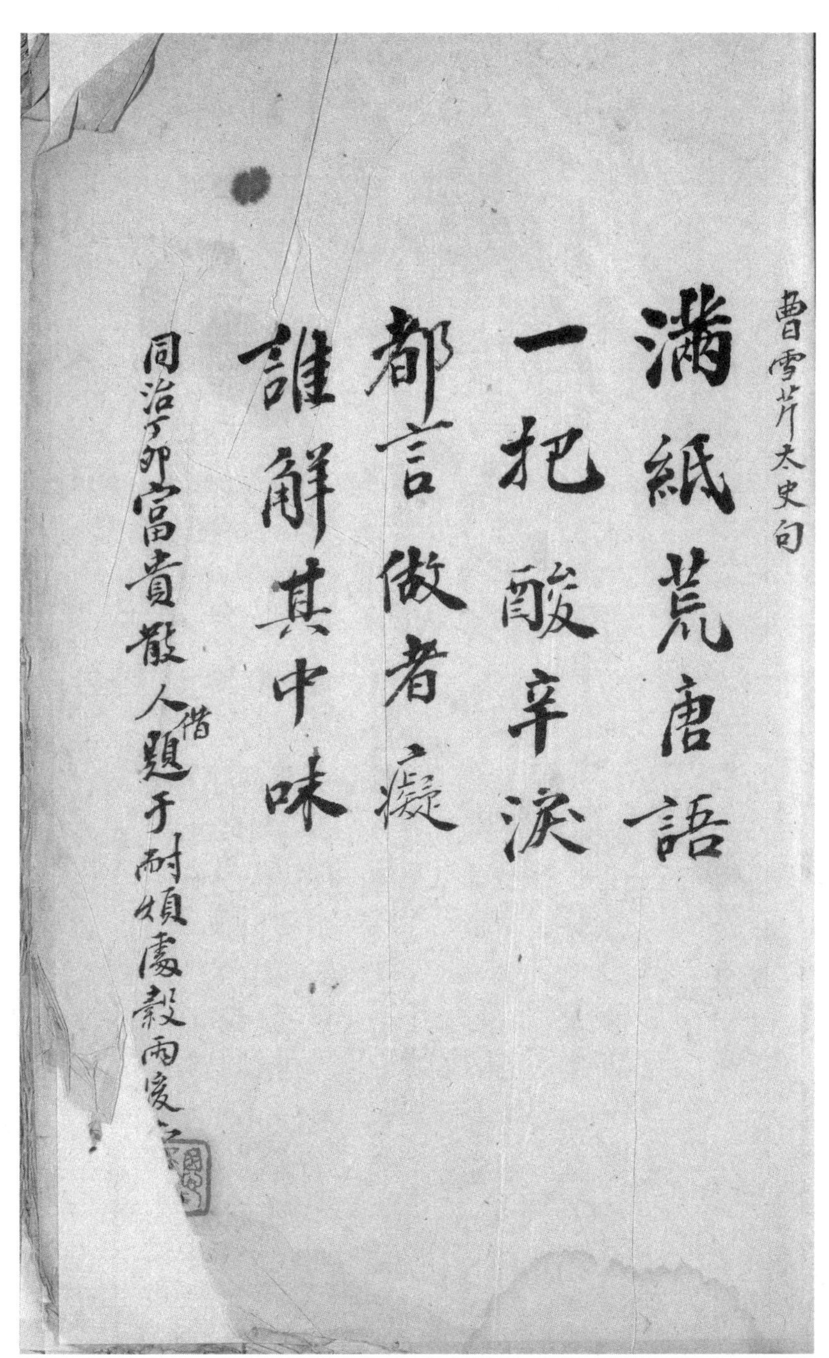

曹雪芹太史句

滿紙荒唐語
一把酸辛淚
都言做者癡
誰解其中味

同治丁卯富貴散人借題于耐煩處穀雨後[illegible]

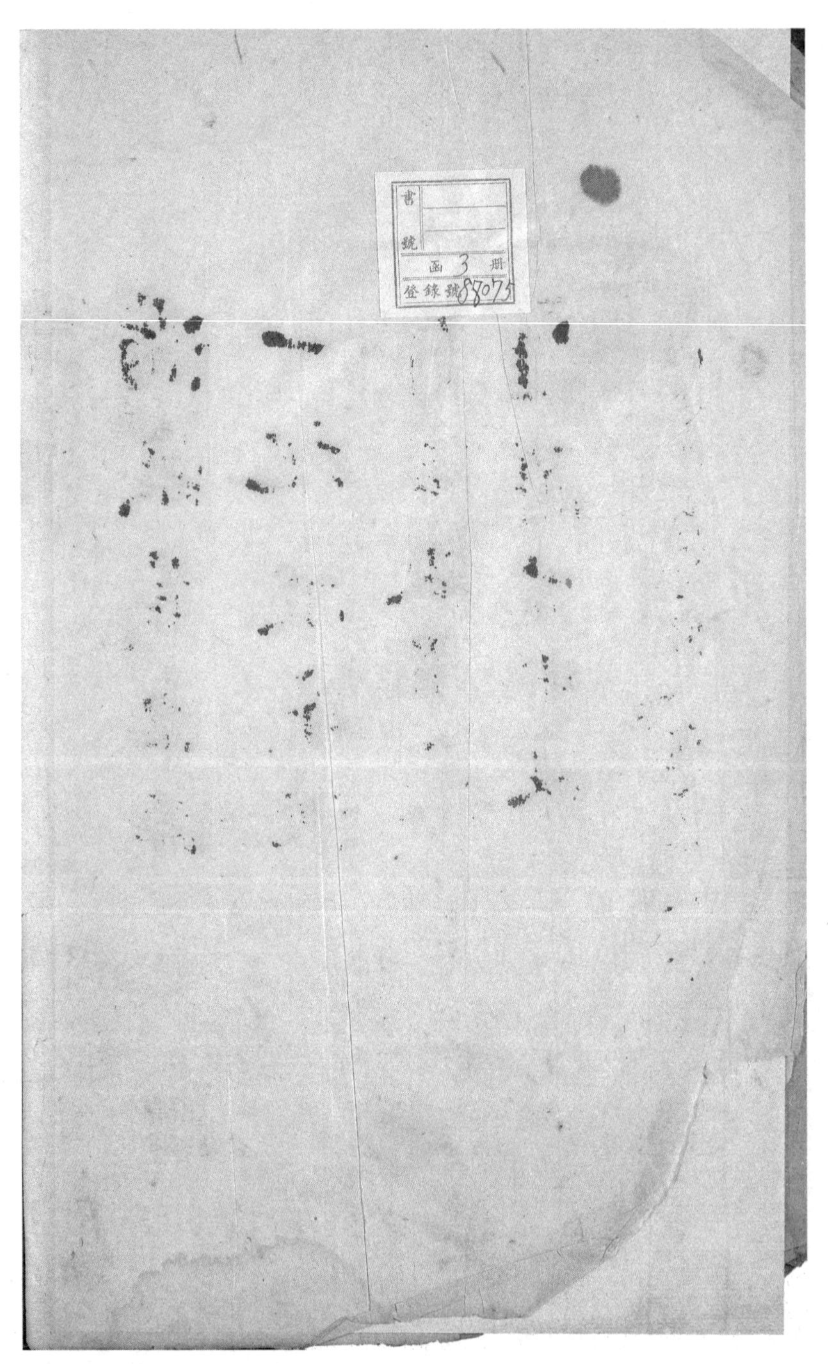
書號
函 3 册
登錄號 88075

學士任子閲年録　一名天許録　固始吳元禧善伯

自道光乙酉十六歲至庚寅二十一歲

春陰　七律　附七言

久雨東山意若何，年來從未見晴波。自正月初一日至十六日雨不止天爲意冷春光少，人到寒陰睡興多。七種誰先惟早韭，千枝共許獨鄰歌。村郊初見馬蹄滑，姑待剪刀試一過。某子有河東田店絶句：依依麥緑菜花黄，耕織人家今竟忙。村犬不知遊客興，吠聲如豹出花墻。一天烟霧碧蒼蒼，不見晴光興不長。直待此風稍住息，紅桃緑柳好春光。附録

紅袖曲

○入歌

七律

何來清味擬香玉環珮搖曳聽叮噹彼美人兮是飛瓊紅燭銀屏神趣長明日惆悵翻促急花樸玉缸春酒嘗自名秦翠工繪花蕙立廊上茶具前頃失所在

秋陰

八月連陰天欲暮衣生堂上似洪河綠為散冢今方見冷未製綿可奈何禾黍愆期難護穀泥沙咽徑斷行歌漿搖北口徐徐入邑城水道口為向來出水之區大水時可以行小舟入之偶見漁翁綠一簑

五律

贈宋小坡表兄 瀛逸人 廣東瓊州府同知 舅氏名鑾號春坡

清溪山及閩年錄日五及詩錄陽國始異元禧自
聯姻曾未識相見一番新山水天暮年光異地春
自道光乙酉廿四歲至庚寅五十四歲
相傳司馬係同是讀書人到舍時將夜芳鐏借比隣
名蕾之年十四遊泮
友人楊輔庭到舍同讀聽齋拜家大人門下

七律

卜得秋深續往歡相邀經訓共盤桓談詩許我為同
召閱戰伊誰論魏韓家近淮南應共泠書盈江北不
曾寒清貧耐守勿生厭古道青青一舊氊
輔庭住經淮腦距城六十里

五絕

秋夜閒居

四面無人語堪吟靜夜聽紗窗風月冷落葉響丁丁

七律

七絶

恭和善叔弟同讀聽齋

學祖關西已得師從長子楊東屏茂才師更欣諸棣論文詩更

深圍坐爐添火日煖負暄影下帷漢宋經傳供句讀

始見詩序春秋人事勵書辭偶縈千里江城處為底家書

來故遲冬月接家大人書嘉慶丙子聘賀太史安江蘇[illegible]方伯[illegible]寄書招往南遊為某子授室云

蘇州口占賀耦耕方伯署去九月十三日也留岳翁任所女公子名淑蘋號玉生

南人不羨種桑麻到處行來遍是花鬧到春光三二

目婀娜賣遍貴人家丁亥時女公子遊闔廬故宮為陶雲汀中丞署眷邀飲即院署

七絶

繽紛花落滿迴塘野地飛鳥来幾雙日暮閶橋歌扇好好歌相送到吳江 舟泊胥閶門太子碼頭三日

五絶

細雨 侍京寓白宅金井胡同 家大人官修撰僦居此

花柳微知潤雲陰客不開逐人衣盡濕不覺去還来

戊子

讀蔣子瀟兄長詩索和即贈 乙酉吳巢翁侍讀世丈所拔士名湘南

七律

驚人奇句鋤吟寮吟到離騷艷子瀟味本當雷僻近

事

情緣草木説今朝鄉来雁字君應見 節孝王太君在堂兄年逾三十

之

嗣貫訪雞林表未邀高麗使臣金芝叟尚書係閥狀白仲紀大夫係進士賀學入貢工詩與兄留連久之三十騎驢仍旅食文章憎命是吾曹

五律

七夕遇雨子瀟兄長索和即贈

今夕嗟何夕離人永夜愁有心思寸草何日說危樓許否乞靈藥樓氏向有弱証曾憐望掛鉤梧桐未一葉已是帝城秋是夕立秋

新秋即事大恭人已抵白宅

冷落京華秋氣森那堪苦雨又相尋

七律

禁城更鼓喧長夜車馬雷霆轟輦陰詩賦縱才違匠

顉弓裘何術慰親心（時從松高西巖明府師習舉子業）更無絡緯催中

婦一任樓頭畫角侵

中秋月下飲酒（小峯叔祖儀曹吏閣供事官少橋弟侍道掌叔京宅晴溪伯允內）

月臨八月月當午缺後二八盈三五往秋旬霖積故

土天憐素女守獨苦我祖東山冠且甫人征南北月

今古初逢光湧圖書府清高之氣飛玉宇爛空罩世

銀盤吐桂明寶藏籠門戶杯盤狼籍脆與脯送飲

七古

入歌

仲文人生歡會不勝數缺在離散盈在聚蕭條庭生
左右樹青袍掩映綠如雨君不見同儕半歡霓裳譜
領袖翯翯衣素羽何不辛勤修我斧何不辛勤修我
斧 順天鄉試詩題　欽命　檐際雨餘蓮月色

△撿書見　先光祿伯貝葉一頁誌慨　刪之
物觀物外原非物人化人間不老人畢竟此天地無住
著如何觔斗不離身　己丑
佛心於我有無間衲子曾邀與往旋萬慮息無緣身獨

七絕

七絕

孝只因何自到人間

五絶

無題

春夢怯春寒春衣怯正單相思何處把小語倚闌干

七絶

無題

玉樓人上白雲梯夢到江南雞未啼日上三竿猶未
覺鳥聲驚破綠楊西

○燒香曲白丁香花下倣李義山體

白雲擁護碧紗窗月光溶淡影疊雙丁香積雪對夜

五律

○人影

缸幾味脆酸對銀缸衾枕籐床素羅橦雲烟縹緲纓絡幢彼美人兮來婆娑遠江姑射仙姿何獨躞青淺袜襠鬟蘭茳芬芳步搖斷續撞胡然而天伊神婋一瞥起咫尺渺猙璁閑門寂寞花紛庬東方未明晨鐘摐轉覺蕭瑟深黯庬記有清風無故至引入紫藤床及黯有情縱比夢無情樂君意何如我意狂並雪花插徧滿頭香等句記係和青衣素妝女郎不能全憶正所謂咄咄怪事白丁香盛開隨河代數聲

夏日書小耦內子繡譜　某子字之也

非分討鹽米　老親善汝謀金銀貪莫識粟貫朽應

蓋爾盡紅餘喜懷柏梱憂尚思嘗藥日敘劍青曾

不庚寅

讀 先祖光祿公史鈔原藁

名臣風範拜遺編迴首當年稱避賢嘉慶丁丑 先祖復官中允

愧我無才承 祖德捫心何日報

鈞天道光元年辛巳某子由 祖復官翰林侍講學士給

從四品廕生安谷弟由 先伯官兵部右侍郎

給正二品廕生 文思雖悟難爲益詩賦縱能亦枉然

弟名集禧者

儌倖何成世濟美可能身到

名臣

七律

七絕

七絕

鳳池前 戊子高西巖師別善叔弟有鬼語可能身到鳳凰池之句

七夕別小耦

銀河耿耿月迢迢不許牽牛渡鵲橋猶憶畫堂春夢後芙蓉帳煖度深宵

月夜茉莉花下別小耦

招人秋信報初涼茉莉江南雪滿林萬里清光徒弄影百般幽艷為誰香

夾竹桃花下別小耦

七絶

久住雙門耐我看好名暫寄竟誰歡只因無限西風
起一夜花添兩樣寒

七古

入歌、

盆中桂

桂子零落到人間種出天上一枝䰟有時香妙亦飄
然月照中庭色轉白人生蹭蹬亦常情莫使頓折竟
無借天香國色妒何深徒令秋風悲遠客

菊花下別小耦者侍岳翁江寧方伯任所

五律

風雨身前定知君竟若何留、花、不住流水水生波

七律

七律

對鏡愁孤影分釵夢遠城未能免此況鄭重不須他

買菊簡小耦

人老猶憐晚節香生前慰性僻秋芳看花慣愛留花影買菊時尋對菊粧已被瞞奴欺我拙那堪青女助更長窗前已是餐英處幸有殘枝不畏霜

憶梅簡小耦

衡寒紙帳不堪懸春在江南薄暮天塞外無聞尋守鶴都中只見放飛鳶京師風箏有梅花等式北人未解梅花約

謂是羅浮別有緣他時見雪還相憶今夕臨霜已自
憐北地未諳梅解約羅浮謂是夢中緣

五古
入歌

相思草為本京女子作

自與君別離草色榮君思草色與君思長安車上
知色無香易老香逢秋不衰脉脉三寸心歲雖共見
之風露亦何深寒裏中傷悲寒非復更云何中途復
遲草色豈無心所為風露滋風露不復改何以慰吟
癡年年王孫歸王孫曷敢期

五律

苦病簡小耦

僵伏枕北風作沉痾近改年　老親泣盡漏大筆謗羣仙（鮑惺山太史治未能效）宛轉喧雙渡縈紆犀一肩金陵棠樹下寄否綺窗前

五律

苦病後自慰（侍上斜街　先祖卜宅病後移居）

休咎秘曾否春来不在醫散花如有意片葉又何思俟命原神助回天豈俗知（嘉慶壬申寄名衛西路二廟閤母命名佛保他）人求甚解或恐笑吾癡（遵父命助恤生堂歲金捐年十金）

五律

白楊柳枝奉謝張逵陽明經林星舫世兄走賀

得意韶華地無量艷媚天衾邊共馥郁鏡裏辨媸妍

綏鬆爾衣袖輕摩儇背肩倚屏人獨立拜舞畫堂前

晴溪伯盛梅下有輝煌燈燭

無人處數點梅花自放香句

見家存白小山少宰書　先祖少宗公摺扇詩蘇

同官　朝右拜賡揚仁廟時　先祖任官吏部右侍郎屬寫東坡詩幾

行日月爭光新吏部晉唐華補舊文章結因並蒂

逢文契少宰婿善[illegible][illegible]弟郎冠重進賢遠譽望少宰已晉樞憲遙羨十

七律

聯還邀

聖賞退公猶誦在台郎仁廟時嘗名臣工
恭和御製詩句

七律十首
五律七首
七古歌二首
五古歌一首
曲 歌二首
七絕八首
五絕三首

卅三首

清波山父閲年録　一名天許録　固始吳元禧

自道光辛卯二十二歲至甲午二十五歲

紀夢　調倚桂殿秋

悲往事意珊珊花魂又作夢中看不知如故承明宅

解作群芳賽會闌　先祖清芬書屋外手植牡丹四十株為課孫處依舊平章宅裏不勝今昔之感四月二十一日竟有異夢倚此調以紀之

入彩、

憶梅閣小耦已侍岳翁旋里善化　調倚憶秦娥

入彩、

更聲咽西樓腸斷南樓月南樓月南樓月秋風落葉

井望

□街□別　承明宅裏清明節梨花曾勝梅花絕梅

花絕寒盡春生冷遞清城闕

洗象日占　紀事　即在卜宅後宣武門西背城處護河伏日舉行　說

信駟象官兒幾箇来　駟象廳傍有象房數十間　馬蹄蹴起滿城灰

頻年不見鑾儀使今日雙鞭響導開　京官例三品有扇棍向多不用　有故則用之

說到

深宮曾

七绝　四首

其二

賜緋駝羅纓被（象歿例給）當年奮勇助

天威（嘉慶間京師大水宣武門不啓命老象壞門洩之明季象也）兒童見慣渾無

事掠水争迎象鼻飛。

其三 。

宣武門西（背郭行行）六月天内城人到外城邊錢多寶馬香車

裏一線斜河界往還

其四 。

鑾部威儀導象回（来）報名依例上堂回作傳鼓角喧鐃

處閧衆何如

萬歲雷（洗象日例鑾儀鼓角導象出城赴洗處）

五絕

大柵欄京師戲園叢聚處為遊人消閒處所若其大者容八百坐較姑蘇則天壤間矣科白詼諧往往出人意表

行行顧曲處詩迹倒優俳想臣朔子雲相如亦許可

且涉諷諫多少無知輩狂呼好字皆賢愚糅雜到與會處每叫好字以別之

初試國子監六月十五日考到題為子謂韶一節經題為飲御諸友四句閱卷為桂大成年姪文森宗室翰林二十五日錄科題為不患莫己知二句詩題香遠益清策問金石文偕治海塘閱卷為祝蘅溪學士表丈名慶藩官五友家任時兼大成由侍任送監收考送府尹准順天鄉試恩科入官卷

五絕

辟雍歡列籍納卷且從容尚想圜橋處觀聽聞鼓鐘

辟雍殿為臨雍講書處
後為彝倫堂即為納卷處

六月三壇後侍雨紀事

影禱三壇

七绝

聖主心。文章官樣例詞林。是日文禱雨三壇皇上親製祝辭
頒傳聽

天子省躬親修己沐

七绝

皇家雨露深。責己之諭曹[illegible]面奉
天街灑遍軟紅塵。[illegible]雩祀

園工帶粘看版表。每四六月親詣即舉行如例洗出

園丁毋須向例看版如祀期

昇平好世界。紅紅白白共佳春。天地佳春園子內座落題名

金鰲玉蝀橋上望荷花口占紀事 在西安內景山西

七绝 四首 。又是荷花六月初一橋每逝七香車遊人倫說江南好

畫裏江城總不如 俗呼江南景

道荷花護玉除樓臺

七绝 二首 。夾岸樓臺荷花深處是

皇居當年侍從多陪幸曾在橋頭

賜直廬康熙間尚無園子遂仍明西苑入直臣工退食之所均于此外給宅住俗名北海子

七絶 ：：

。參差雲裏

帝王家昨日傳聞過

翠華遥遶羨綠奔穿綠内水何曾還時飄紅葉向人斜綠句用唐句

七絶 。

。聽說冰凝太液池三旗子弟演冰嬉近来故事多傳

免仍出銀幣

賜彍騎屢奉免演冰嬉仍加給一月錢糧之諭

初侍

澄懷園紀事佁呼九首翰林花園為兩内書房行走詞臣諸

園翰林退食之所有惇親王書額在園子

七絶 ×

。映日紅雲百道迴趨

庭喜上小蓬萊妙香閣處惟

西舫遮莫神仙幾箇来 七月十五日家大人奉旨著在南書房行走住文樂泉

西舫邵淳南庶子許滇生侍講兩年丈池藥庭編修

同事行走翁邵二明洸馬為惠邸師傅偕上書房行走同住

園內同趨省時值順天鄉試遂奉父命回宅納卷假及

〇荷花秋盛馬祁名寓藻學翁名心存

許名乃普池名生春

扇子河邊傍曉開早朝人散覓蓮回

七絶

〇聖遊景物稱同樂士女紛紛聽往来 扇子河在園子對面即鴛湖

七絶

〇拜受

宮壺雨露回紅箋新様恰深裁須臾雲錦從

天降説答心經寫字来 向例萬壽聖節南書房行走臣工翰林寫羊腊箋寫行欄

經進御 家大人祁年文池太史坊
得旨 賜緞匹四色 聖節旬五八月初十日

七絕

奉旨到 傳宣 閬苑追遊陪更喜上 龍舟清風
鼓棹
恩波洽一點紅雲在 上頭 是日奉 命由園子內乘舟至 同樂園聽戲

七絕

共慶香筵
萬壽杯青絲籠罩早擎回 此次 賜物聽臣工自領甚夥 五旬萬壽 恩例
天家清樂聆 簾外傳得漁陽上坐來 是日奉 旨 內廷翰林係
二品班著坐在李某之下琦某之上南書房[illegible]
翰林遂班李鹿坪相國坐下琦侯坐上亦異數也

七绝

驛路。飛騎傳呼綺春園裏問安來。皇上每七日諸太后宮請安一次

禁籞繚。

馬蹄雜沓人聲靜。欵欵龍駒馳道開。綺春園在澄懷園東南內與園子通隔後園門

七绝

禁裏森嚴塵遠揩。澄懷秋冷喜安排。同安谷弟同九月二十三日赴部驗看題准考試遂同侍澄懷學習白摺預備欽派大員面試兼漢論策

已是殘荷獨聽雨。恰好今朝學士偕。祝蘅畦姻丈翰林學士入直到園

過文華殿門紀事 文華殿明舊址為經筵御講處

七絶

聽說記得　文華進

講筵掌文華進儀灑掃　大廷詞臣曾擬陳

龍樓貯待閒封對直前仍充撰文擬四書經書講章

庚寅仲春　經筵　家大人

七絶

過箭亭紀事

御閱　紫光馬射還又當技勇箭亭間羽林一例傳

御子戌馬書生識　邊馬處

紫光閣為武殿試　親臨

聖顏箭亭為技勇處均

七絶

過內閣紀事

朱戶晴窗相映紅　工相公　中堂省舍午門東當年入直曾

七絕

七絕

聽鑰鶴噪庭槐向曉風 嘉慶庚午後家大人官內閣中書舍人時晴溪伯內閣供事官

餘光 先祖鶴巢記中

紀

恩答安谷恤部弟兼戲之以自慰無聊

回憶選司到聽纔部堂呼名聽聲到 也曾吃面上堂陪見堂官部中謂日吃素面無情最是呼名吏按籍誰將兄弟來 杜石橋少宰在部名

[illegible][illegible][illegible][illegible]八月二十
[illegible][illegible]衙三日驗看

誥勅房頭昭德前依然納卷至公[illegible]堂 九月二十九日同安谷弟赴

上諭館考試在諸勅房雍和門北臨德門南閱
卷大臣為桂香巖閣部名齡德遠村副憲名厚宜皇
鈔司監試為蒓松菴年丈名培深宜宗室道
掌某　欽命題為政貴有恒論查辦賑務務期實惠
民策各一道稱来
天語親披閱又擬雍邱故事傳安谷第已列一等一
名某子已列二等一
名例以吏目選德副憲鄧弟不可以先兄之譏為證
遂更置之例二品廕生外内同用不計殿最四品無
内用計
明最

七絶

身當握管莫
天窺心羨郎官答

七絶

主知主事用刑部學習十九日奉堂諭直隸司行走 十月初三日子石弟引見奉旨內用例以

吏部題來稱注冊頭銜是漢官儀 准照例以縣主簿注冊文部歸選 某子由部題

綸音密勿重臣知何限踪鱗蹭蹬時 十月初三日蒙詢問吳家兩名廕

生何以一人引見曹太傅奏以八品以下例不引見 麗逢

曾名振鏞[illegible]學士[illegible]時在樞垣[illegible]

[illegible]說到

上皇垂淚七齡

天許誦毛詩 問[illegible]奏以[illegible]孫子又 嘉慶丙[illegible] 六月初五日 先祖官吏部右侍郎蒙詢 詢問大

七絶

的多大奏以今年七歲又詢問現在念什麽書奏以現在念詩經當蒙這就甚好之諭論母月事也時先祖年五十七歲

冬至前正陽門外紀事晴溪伯安谷弟甯海珊子佩弟同至酒樓看演輦樓名拾金不昧在門西

傳來大祀禮
郊壇明午齋宮駐
翠鑾向例宿壇本日成禮皇上先一日奉
駕大臣教小輦萬人齊傍
御橋看己丑奉旨停用大輦天橋在

壇北正陽橋在門南護河

七絕

錦繡

天衢去不回 禁營夾道列門開

皇家故事傳初定又見金吾馳道來

侍

雪後口占紀事

七絕

五夜披裘 宮漏徹尚方傳

賜紫貂衣翰林向例貂褂池太史仍穿裘褂奉旨內廷翰林無貂褂怎麽行走特賜貂褂

天寒鵷鷺紛飄風雪又

七泡

入歌 ○

諭分班直 禁闈奉旨天氣寒冷南書房無甚緊要事件著輪班行走遂分兩班

氷嬉 調倚臨江仙

城頭(碎)凍城邊雪 雪(飛)来到地無聲 小旗鐵馬快平明

(橋邊)料池斯鬧(遮莫)也風生 氷鞋者甚夥即洗象處演 看来歸到官

梅下(喋)深誰捲氊旌(爐)泥(紅)火舊醅橫(伊)知(明)歲何

處叙今情

元日書與安谷弟 壬辰

大和端位瑞烟扶重罩雲章襯捻珠今日小臣識

七絕

聖主 瑱纓日月冠 天衢向例皇上東珠冠狐裘服並罩掛東珠

社祭日書與安谷弟

午門鐘鼓警 天儀 翠蓋前行豹尾隨遙羨郎官

班跪處何年有夢到 龍旗

七律

冬夜不寐侍家大人湖北學政任所留署

何曾有夢夜將闌不肯晨光上短椽（欄）冷炙強隨炊粒

晦闈爐故向爨奴攤披裘半領風霜苦欹枕三更草

木寒從此悞親多故事宜男又待抱衾看己納陳滕元和人

查

五古

查入歌

贈蝶示善叔弟 自燃藜閣移住三餘草堂

人生知蝶耳寄跡在花前花前不可寄寄在茅屋椽

茅屋不復存此蝶轉悵然天香染就平章宅 嘉慶丁丑先祖復官中

允 光祿伯官內閣學士兼禮部侍郎銜 穿花深深

家大人遷官修撰所謂五日三喜者也

蔭 清芬書屋 蠹 烟

綠雲軒外亭臨池橋翻團因脫野蘭輕羅小扇撲綺

筵況復落英三月雨飛絮半陰翻蹁躚胡為乎有時

花下飛雙蝶驚起茅屋人正眠茅屋蝶奚為問蝶此

何緣恐非蝶常存僅為風雨偏只合茅屋人補蘿零

相牽茅屋幸長任優游聊令年吁嗟乎春來春去蝶如故蝶去蝶來春暮天蝶夢無今昔人生有變遷始知人生不如蝶胡為蝶夢萬盈千　癸巳

草述秦榆村師茂排師漢川人名雋輝

草色新如此新青得再看似曾入畫裏恰又落花團

名識通詩從漢川師秦榆村師學毛詩家　香餐從樂亭師通醫聆小耦蘆農侍御岳

叔門　多情遣俗眼重與楚詞刊古文家　師樂詩

下

本是枯榮物應從靜裏觀看淡惟君子似遲有美人嘆

王律

王律

歌 五古

有色陳風土無香到素紈 師在岳叔視學湖北時擧優岳叔憂去今家大人
擧優師
憂去 城門不可待生趣竟能謾 師著經學質疑錄諸經質疑錄楡樓叢說
楡樓詩話墨緣館書畫錄楡樓詩鈔楡樓文錄家
大人與師倡和甚富見念餘閣詩鈔與贈命某子和焉

登學署後平台放歌和楡村師 師詩係放歌 七言律稿存

歗山纔三尺一上還三休覽物思無遠絶頂天地浮
江漢風最清百川不擇流回首叫太白奚必鳳台遊
世人忘崔顥 越南國使臣某有題黃鶴樓詩 何曾記心頭中峯倚紅
日大名如酒樓苟非公隻眼大唐中興不讀書知大

義濟以汝作舟昔日来此人放眼五月秋今日来此
人寒裳風霧愁天地終不改每觀大象收飄忽金粟
子胡為乎中州人生幸其遇富貴焉所求忠臣孝子心義
皇善者謀數典忘其祖獵取適足羞[illegible]江漢風清道光廿年須發黃雀
樓　賜額塔為元楚世子　武昌魚味好不可久淹留
梵殊舍利墓[illegible]無知之者
君不見陳良北學于中國卒為楚人咻陳良屢經秦入祀典未奉
明
文

侍漢水舟中按試德安[illegible]時值大水涸後駐[illegible]漢陽旅

七古

嵩入歌

大風淅瀝掃秋葉江水翻堆琉璃色日暮使槎来空
際不絕人家已如拭我自漢陽觀大水泱漭滄沉霾（傍江 已 茫雲黑）
蛟蟠螭得意老龍怒捲卷波濤洗耕織況復天地不為
爐陰陽為炭轉驚惑瘴霧城市蒸疫癘魑魅魍魎奮
鬼蜮（漢自辛卯武昌連年大水後盪瀘疫不息秋涸疫稍止）如何天外吹海立潮来萬
頃潑新墨順軌百川障不東狂瀾倒流迴瀠漢輶軒
觀風未陳詩折檣沉艦轉相逼牙角不喧饞一瞥蓬
艇飄然狂濺渤（舟行田禾中家大人舟因纜道礙樹折前桅桿某子同係稚村舟為大石）

蜀破遂徙張慶波孝廉戚人蜀
熊伯呂茂才胡光伯明經同舟長安北地赤千里居
大不易那抛得五月有雀衛
詔来玉堂暫停稽古力京師大旱翰林亦奉辦賑務
祝姻丈藝畦来書中甚悉
歸路烟雨灑迷濛明滅城闕堪蠡測無復月湖新堤圖
畫樓臺追憶君不見狂且幸值承平日取樂中心
萬更憶又不見冬煖年豐兒與妻號寒啼飢覓逃匿
何事貧富竟限人對此景物助悽惻吳頭楚尾等此
耳大熟未穫漂稼穡舍下秋水恤部伯書来述及亦
甚洞漢上距舍下五百餘里

七說

附說二首

蘆波菴為佃戶燬誌慨　甲午春　太恭人近舍

青山綠水眼中衡猶有野人屋且影往轉遊館外濃花發幾

許曾無細雨送風帆　菴在河東家大人壬午卜築內野館濃花發風帆細雨来親書聯並額若絳桃小塢閬年堂借星亭面郭亭等處自號八百桃花主人見急餘閣詩鈔

某子有春花絕句云春光乍麗月逢三滿樹紅花小花南綠戰紅酣膏露潤風恬日煖箋初含夜雨卧聽漁歌云夜闌倚枕覺陰多偶聽舷音逐綠波雲暗不知漁舟所在亭前誰唱採菱歌附錄茲程姓不戒燬之

待鶴亭　光祿伯祖官解州歸卜築稻香村內有待鶴亭某子年十三侍遊今二十五又侍部伯十五撫遊不勝赤壁兩賦之感餘詳卧雲山房詩鈔

七绝

七绝

尋来人難遇昔年歡素影飄飄憶畫欄詎料亭中人不顧蹤何曾仙侶送殘花

遵謁先祖光禄伯墓　墓均在城西南數十里

籃輿如此對颼颼風到冬来不似秋滿遮（眼）風（塵）沙知未冷瓶氷幾點凍曾不　明日立冬

七绝卅二
五绝之
七律乙
五律二
四十三
曲⋯⋯
五古⋯⋯
連前共七十六

卷三

瀞淥山人（學士任子）閲年録　一名天許録

固始吳元禧善伯

道光乙未二十六歲至辛丑（庚子）三十乙歲

赴本省鄉試家雲峯賜句索和

生前握管敢窺天賜贊壎篪姓字傳列座徵郎君莫笑分香班末亦憐（爭）曾趨帳外聆真諦閒話西江譜舊年寄語同家承祭酒百花頭上再誰先 春卿第一同赴試翁

覃翁侍郎贈　家大人有歸第綵筆承歡趨祭酒句謂家穀人

赴試示川如弟聽齋課讀

七律

七律

聽齋贈句不勝情，曾記銅盤賜果名先伯少司馬公愛其相貌每及之。夏楚師嚴鴻鵠志，文章道見鳳凰鳴侍楚北學署課弟詩者久之。風霜古戍勞疲客，氷雪寒燈耐後生。獻賦三秋文字厄，升沉誰復問君平。

重經太皞陵

七律

峥嶸殿寢逼摩天，風氏山陵歧路前。春奉高禖祠鼻祖土人謂之人祖廟每于二月祈嗣甚夥有八卦亭廢陳州城南外八里向有小河通舟至陵頗有清明上河畫之風味，秋遭鹿夢誤胎仙。雕梁畫棟隆今日，風雨雷

霆話去年前過此時值歲修未竣遇雨小住半日并大水俗子未諳稽古妄將杜撰誣師賢即今堪輿家所祖之説

自述

驚人謾語癖清平修到梅花問幾生郡吏何時曾貂皂脱玉堂許否井蛙鳴石麟天界償門第金鳳秋闈避欒鳴名珍重書香遠捧楚還期裘馬廁春明内子已娠

七律

北上別王心之

暫辭蓴鱠剥腥羶之子淮南事楚賢時從家雲峯遊不計鶼

七律

七律

鶴因我懶空彈劍鋏有誰憐詩敲唐句工須勵字學懸書妙欲專莫言別後違相憶雪裏梅花月滿天

觀察叔解組還里

江湖滿地一漁翁（自上海道任交卸杜句）險阻艱難百歲中（年四十九）所以動心兼忍性不論富貴與窮通（舊句）自稱國計無籌策（夷務頗形掣肘）應許家庭有祖風（創修同生吴氏義莊以繼先曾祖觀察公之志）壽近南山一杯酒北山空有移文同（叔祖母年近六十子駿叔已入庠）

七律

澹泉任子閱年錄　十卷先詩錄　　國姓吳允禧自作

自道光乙未年十七歲至辛丑年二十五歲

棘屋不寐八月十四日今十月諸太后萬壽聖節六旬

風雨聲聲明遠樓朱衣曾否點頭頭文章有據心何

恨姓字無傳死不休彳亍

西天

蓋識嘆宴鹿　家大人于嘉慶庚午官卷唐字十四

号中式年二十二歲某方伯辛卯官卷唐

字十四号年二十二歲因與祁竹軒年丈之子易唐

字十五号渠中是榜祁名頊[illegible]吾[illegible]友司寇官号

呼為小西天國初詩騶壬辰未

家親幸焉故名輶軒江漢傳鳴馬塵鄉試近來

涙似風前燭怕聽傍人説莫愁　某子娶竟十年始有徵兆之説

七律

九日登縣城東門樓同楊輔庭

落卷内有房考批有頗有思致字樣

近來能賦笑楊雄，無柰倫遭勒帛中。周明府名文[illegible]明府改[illegible]投[illegible]中書。闌闠縈紆重閣外，肩摩轂擊一衢中。連山對峙南還北，二水分流西復東。安山距城六十里，為霍邱界。史水自金家寨黄安界北流繞城稍東入淮，為阜陽界。所謂帶纏史水，屏障安山也。此日不須提往事，任他平地鼓秋風。

七絕

北上别春如叔

往年[illegible]瘦尼舊斜街，出火生風入夜偕。可笑老人說大

七律

十五更興許強安排庚寅苦病小峯叔祖料理湯藥又日之
抵京宅後簡小耦時留侍 太恭人舍下
太常廳事
五雲邊甲午月 家大人奉 旨馳驛來京供職升洗馬今年正月升通副仍奉 旨著仍在南書房行走
奉我 萱堂仗婦賢姑娣家庭班家擬姬姜風雅傳
名援黃人是土摶曾否赤子及今保未然中谷有推
君記取 庭雲一例豔春前岳翁官福建方伯已存前月出京
元日答晴溪伯兼示族子宗海伯已送方署館族子充内閣供

事官方畧館即軍機退食處丙申

七絕

宮裏疎鐘度曉遲，百官門外立多時。侍臣散處門初啓，道是吾皇上壽卮。方畧館在慈寧宮外

七絕

高梁橋西直門外三里許

高梁橋下帶長河，西直門前漾綠波。說到都人士女樂，花明柳暗放舟多。乾隆間弛放舟之禁

海淀街園子東南三里許

七絶
海淀街横　禁苑前西來馳道本平平　蓬山此去無多路（唐句）已見中峯繞瑞烟（萬壽山即静明園玉泉山即静宜園香山即清漪園山下即昆定池内澄虚榭即閲水榭處）

再侍澄懷園紀事二十三首

七絶
翰林恩恩例給花園樓閣叅差　禁𡍩懸内府傳宣閲畫本

七絶
蓬萊人上　碧雲天奉（家大人面奏年久補葺因）教修理仍駐樂泉西舫
樂泉西舫（有）隱東泉（乾隆間有泉今塞）亦作屋居亦作船英羨

米家書畫好 米萬鍾富有海淀 自号烟波釣叟 勝他載酒 明

五雲邊 程春海侍郎題云樂泉之西有舫焉曰 陸居非屋水非船將船送酒五雲邊

曲徑通明近

帝居原來板橋新柳更縈紆 于長春仙館藻園門東

御溝行到迴環處 紅葉當年下臨宫牆行者禁聲

宸眷牆樵漁 長春仙館藻園門東 縣倚宫牆行者禁聲 最是御溝流水

處板橋新柳更縈紆 是日同陳杏江姊丈庶常散步

五雲深處看春耕 靈雨官人隴上行 是日皇上親禱黑龍潭雨

傳說

七絶

七絶

七絶

七絶

機餘省稼後栽成圖畫
詔公卿康熙間頒發御題耕織圖見授時圖考中大有山莊園子西即省稼處御田三十六頃玉泉山下

綠樹午陰萬顆松護欄 禁籞護重重 天街清境
遊人少不覺 深宮報曉鍾是日晴溪伯偕子珮弟同遊萬松林萬壽山後門外乾隆間福嘉勇公進鍾樓甚影焉

樓閣參差倚夕陽白句芙蓉別殿漫焚香杜句六軍[illegible]
親閱初行幸退食傳聞敬事房用膳辦事後召見是日傳諭萬壽山

七絶

大臣畢親往閱武樓看火器營操演遂同往閱武樓

看火器營八旗操演敬事房首領太監辦事處

一例森嚴禁籞長，蒼松翠柏列行行。宮門晴鬧

傳行止，道是當年奏

上皇

乾隆嘉慶間

上皇恒駐蹕萬壽山，皆兩聖每

是日晴溪偕子珮散步

七絶

綺春宮殿鬱崔嵬，萬户千門複道迴。昨日罷

朝傳警道吾

皇五日問

安来

向例五日問安現奉太后諭改七日

是日晴溪偕子珮弟陳杏江姊丈散步

七絶

天家書例寵河東 柳 御筆近希柳體

勅造屏箋各様 紅絹箋 懋勤殿造辦羊腦箋并松江貢

六句萬壽屏聯兼用羊腦箋金絲欄書進呈 太后 乙未十月家大人奉命撰恭代

傳諭用絹箋寫千字文字方給諸 皇子習學之 令親郎奉

傳書摺扇吾

皇仁孝興神通林寫字 乙未五月 太后命惠親王送扇南書房翰 白摺紙繕文

家大人繕文昌勸孝文進

呈友人鄭浣

香粧格式

晴窓

七絶

大筆更淋漓 家大人奉 勅整修

御用賜福蒼生之筆

七絕

聖縱真書無與齊最是
賜稱年例字端凝濕處自
天題向年例均・賞王大臣兩書房臣工翰林福字
藏田季高京丞池葯汀物故得　賞壽字者
家大人程春海侍郎　陸
祁淳甫年丈三人

例書榮倖日陳　前
壬辰三月　命太監送南書房翰林　御題團絹扇
許入宮紈月共圓傳　諭由面見御前下面叫吳某寫
跋書臣名　寫書貼羅無賸片唐勅體詩用貼羅烏絲欄寫
用畫章　諸皇影本
儒臣又上

白雲篇乙未命太監送御題聖容南書房翰林傳旨諭上面是朕親題用朕的圖章下面是吳某寫跋即書名用吳某圖章爲是
昨日山高共水長

七絕

機餘侍
侍膳啓關防向例山高水長爲演火樹童子等處樂正月十四十五等日令傳諭十九日
宮門花火萬呼裏一朶紅雲捧御僊
玉皇壬辰正月家大人共蒙山高水長處賞看烟火例樂四十八部蘇句
傳聞火器仰山羅閲武樓前駐

七絕

御車赭黃帳下從

龍見五色御雲緩 匳

日華 是日皇上御閱武樓下家古鞭內座看演操 嘉慶間先祖官兵部侍郎預仲春大閱

一騎飛塵辟道來從容收鞚且徘徊明朝撿點黃包

袱如意門開遞事回 外奏事處在藻園門東南北向 如意門西南外省奏事下處

瑤池閣殿壓晴巒恨少詩人與往還流潾繁陰華構

裏何如海日照三山 是日獨步昆明湖橋上眺望萬壽玉泉兩宮如画

闕防擁護靜無譁扇子河邊喚仗斜明早

七绝

七绝

七绝

七绝

七绝

東陵親上食傳萬馬建前衛 是日 太后自圓明園

太后 皇后經過謂闕防妃嬪以下謂主位 日 皇上侍謁陵寢

奉命往日東陵例闕防主位過仗衛稍避曰謂臉 穆伏太

家大人奉命隨駕

竟日漫天柳作花散 朝歸院出官斜軟紅塵裏驚

人處翠蓋朱纓八寶車 親王例用黃輞朱轎郡王以

朱 下至公例用紫輞綠轎輦綽轎

同一品官亦蒙

賜紫車輪朱

猶是轟轟主位車 出蘇園門外 妃以下稱主位 無人千丁舊南斜

動 衛中也 墻 乾隆初 命開買

青帘中使開市鐵傍宮買啜茶街是日情溪白

珮弟鄭浣香

同散步藻園門東

七绝

清茶淡飯小門開　綸閣耆臣取便道回　近日内膳房為軍機便道　書清茶淡飯街額

聖躬無闕事 唐句 膳牌誰復遞將来　例中堂面聖前一日傳遞膳牌　内廷翰林臣工例有例飯 安谷弟云 南書房向無例飯 曾太傅奏請將專膳辦大學士向呼中堂軍機 伯入内每取經外膳房

是日晴溪同散步經過門前

七绝

土堦茅茨是堯居　乾隆間始建圓明園 勅訓園子内世世子孫不得改易黃瓦 以崇儉樸

作聖從来自古無　峻宇雕牆世守訓原来

七绝

宸眷驕樵漁 韋句 是日獨同陳杏江姊丈散步宮門外

南苑春蒐罷日遲　都虞百獸虎鎗馳　斯年億萬由弓

七絶

馬敢把圍場久廢弛（例春仲諸南苑秋□事禁内府都虞司虎鎗處南苑俗呼南海子）

虎圈俗呼虎城内舊百（獸）步廊柙外用鐵絲罩

在藻園門西南是日晴溪伯子珮弟同散步

復園（外）近翰林園宮柳（飛）遶花滿門人境（寂）寥車馬

静更無（馳也馬）驟（近）西（書房）翰林臣工（御東書房辦事名見）内取徑復

園門東如意門

滕王閣詩

（奉太夫人往）家大人江西學政任所大人丙申（八）月（升）内閣學士兼禮部右侍郎（丁酉八月）放浙江正考官改兵部右侍郎放今任閣屬南昌縣在滝江門外（戊戌）

五絶

不見西山色南昌故郡春至今留畫裏謾煞卧遊人

五絶

返舍盧山道中

雪泥山霽處絶頂是香爐腊盡春回後山光漸有無

恤部伯宅盆蓮

肩隨憶昔十三四稻香村裏花横撞尚無飛來六月紅千枝萬枝緑葉雙三月壬午閏

邇来趨侍承明地香遠已清金翠矼光華寶藏繞宗匽車填馬咽来肯降

七古

入歌

禁籞森嚴爍霞碧瑞烟籠罩雲鎖宮金盤玉筯侍退

公讌佳氣纓絡幢江漢風来嘶四牡紫陽橋下芙

五古 入錄

萿江月湖堤上遊人来不過忘暑輕小艘今朝東郭争選勝揺筆興酣夜鐘縦觀察叔自蘇淞太兵備道假旋某子日侍遊膳飲何如蘇子有佳客小有洞天蓮獨瓔緑蔭簃在城西隅亦曾點染隱紛庬安得故廬再如昨依舊爛縵南海夔稻香村内有眠琴軒下臨池曲水可以流觴為先祿伯祖鼓琴處先祖序卧雲詩鈔甚詳京宅緑蔭軒下臨月池

大雪南宅炙羊

朔風刮地来樓臺照眼白僕人割腥羶大嚼承明宅辛卯冬月家大人家賜鹿隻京宅南来瓜果香忘却嗜痂癖偶

然不落夾餅事名怪笑臧獲夸父強學步差池臭胸嗌又逢

飛瑱瑤璬見銀霞積狂呼叫滕六山陰道上夕亭著 王耀

亭雨中卯表[illegible]居耶作學士掃烹茶啜一石活活溝中流三來

不宿客博士粲主簿盈庭爈且炙鸞刀飫犀筋屬猒 乳僕 呂青

急何擇能克夫表弟來念彼獨釣翁骨凍折老脊精于麵餅

衰安卧窮巷時家越千師館就館南宅從習舉業東郭敗履迹自南名秦 秦榆村師

明府年伯來就館

汪宅明府師從叔 樂歲喜腊除大有笑嚇嚇雨蓋襲

裘來室人交徧謫斲爐誚冬烘分甘助博碩況復燭

〇入彩、

背屏何以慰𡖖禛 家大人調戶部右侍郎兼管錢法堂事務留任

皇華換遲暮以手歡加額回首望

瓊島大觀迷光碧 金門廁何人躋蹬初通籍 瓊島春

雲在北海子內

、哀壬寅谷中表妹丈 調倚望江南寅谷即王春泉通守姑丈之子名曦溧陽人

悲往事磨折廿年中記得聽窗新月上圍爐齊唱太

平風帽出耐添紅工 寅谷曾附讀楊東屏師

陶靖節有句云生女不生男慰情絕勝無因以命

五古

八款

題侍家大人湖南巡撫任所[illegible]卑[illegible]詩[illegible]後有是命　辛丑

陶潛人已老慰情絕勝無有女博庭歡斗酒狂且呼某子丙申二月十五日生女自丙戌我贅已十年婦九月十三日入贅紀十年之久矣

孕夫征夫秋風雁南歸慰情絕勝無乙未冬侍京宅至丙申夏奉回里

春雲艷春庭慰情絕勝無但云加餐飯何以慰桑榆

有季既以巧伯達何其愚路逢相識人慰情絕勝無庚[illegible]冬接家大人示命某子[illegible]戊戌

認春卿弟次子軾[illegible]為己子云[illegible]壽南昌家大人五十壽某子侍祝二月六日也

慰情絕勝無歸來問嬰兒笑且啼咏

啄人間春夢婆噴飯胡為乎美人遅暮心慰情絶勝
無嗟来含飴孫慰情絶勝無菜花村裏来東果見庭
軾兒甫三歲矣
尉署東有又一村吁吸啼門東菜服走且趨不知父耦耕[illegible]岳
子禮慰情絶勝無爺娘喚女来慰情絶勝無翁年甫
六十只存小耦有書指春風短衫子雙了嬉啜哺十
省貴州中[illegible]任所去
年礼不出尚未書官奴岳翁聚名福德因避某子高大
祖諱家大人命改曰得甫
六歲曾莫狀頭来慰情絶勝無春来蠶幾眠慰情絶勝無
嘆
其人惑如玉一束擬生芻人生不滿百光陰走隙駒

生女　月前小[illegible]夢東[illegible]

生女不生男慰情絶勝無出綠雲中見額題狀元

樣傍注王某云乙未蘆山大仙乩語七絶内末聯哉

亦有明春燕賀投懷兆喜待秋風種玉田云某子郎

燕子巢自額焉所謂

二月春生燕子巢也

七律九

七絶廿六

五絶二　共四十乙首

七古乙

五古二

曲乙

連前共百十七首

卷四

學士任子閬年録 一名天許録　固始吴元禧善伯

道光辛丑年三十二歲至甲辰三十五歲

除夕日岳翁因任午峯范湛湖兩茂才述及王衡臣劉

繪閣兩茂才安貧力學皆其鄉人製句索和依原

韵疊之 午峯通醫知術數學

十五許生誦寐寒今番名我會烟韶缽來漢上心多

嘉慶己卯俞伯青

家越千師黄陂人通醫才羨長沙羣更超師曾留

妙數小試知術數等學

京授某子寒有贈袍憐范叔山須覿奕憶王樵佇看

昆季等書

七律

七律

列戟夷門地故里虞人早見招家越千師見岳翁擬墨子使漆雕開仕一章欽佩之岳翁致某子書亦曾道及教訓之力

邇来岑寂山寮卓負鶯花與妙韶見道大夫文入妙連床季子覽同超天花如意時来雨池草雖春士笑樵回逕三槐曾聚首表兄家玉小槐亦家貧力學成蹊桃李待攜招小槐見岳翁擬墨有何日得侍門下之嘆

六月南来尉獨寒七月十三日到貴陽撫署美人遲暮誤光韶空驚玉潤境中趣久慕冰清象外超舊雨不来書解帶

七律

七律

前丙戌贊江蘇藩署鄧山韓柳之姻丈茂才
與魏默深世友舍人同舍時修經世文編西江話舊
舍無樵　前丁酉侍家大人江西學署舟泊樵舍係
岳翁南昌太守舊屬下字已難辨
幾時獲上衡山寺未識僧人許我招

江漢當年曾入寥趋　庭始覩楚雲韶武陵倚調情
猶昨　前辛卯後侍湖北學署武陵胡漢水張吾志獨超光伯
光伯太史分校時相酬答
贈秦榆師有句
魏然張吾楚　未整衣冠趋欄麗嶽恐羞裘客荷薪樵
不須彈鋏思歸引無限濠梁同奉招　謂王南陔劉慎堂孝廉周順堂湛湖
授少庚内弟讀
思家甚迫促

七律

七律

奉酬范湛湖思歸之作仍疊前韵用寬其意

爆竹聲殘我亦寥何妨酣酒興同韶午峯有興酣拔劍斫洋鬼之句

隔年春到人歡賞十二月二十五日立春祕祝東征氣奮超時海疆勾當夷務

夢入瀟湘君與約湛湖具慶下思縈燕薊爨何樵

太夫人自江西北上仍寓斜街舊宅並諸弟紓懷且下扶風寺疊翠青峯手共招扶風寺在城東南

入秋相顧遠岑寥分陰護惜惠蘭韶況逢桑梓千杯

少湛湖午峯湘陰順堂慎堂長沙南陔善化前周廉軒孝廉武陵更出風雲萬衆超

七律

湛湖丁
酉陪振帳近朱藍今陪染門盈桃李不須樵午峯係湛湖業
師順堂係
湛湖學生青氊耐到烟花點伴客旋歸月影招岳翁三月
滿任例請旨
陞見同歸未逢

自戲再疊前韻用博湛湖一粲

半年為客共荒寥始慕差池臭味韶更有畫書供補
拙莫添愚懶替爭超時春聯莫將懶處添愚好把勤來補拙句在座黔靈不
敢題奇字中秋同湛湖遊黔靈山三休而至祈雨之所南寺會當抒衆樵
觀音山在城南賦羨汨羅投贈句鬼方何畏罷魂招

五古
入歌

自斟壺 壬寅

我與我周旋曰形不曰影舉杯亦無月鏡水非其境
何况燈光下更無明明景要知形誰役惟此是其秉
所以祭詩帖補勞亦自警所以我亡我蒙莊示其靜
守真莫逐物志意何其猛物我兩相忘自斟為誰請
逆旅過客是不寐惟耿耿天心與水面清味人少省
人受中以生天命定其永放心不知求自斟為誰整
非魂亦非魄牽引急除屏

陳姻復廬 有我與我周旋之室年八十五

五古 八歌

憶故園桃花

清浪山及閱年録〇右五詩録

桃花今尚在桃源無處尋八千里外國始見舊相人何日返桃林

自壬寅五十五歲至甲辰五十七歲

舉杯憶故園傷心獨步吟二桃殺三士誰者是知音

十一月初四日

乙巳夢遊清浪山兼懷安谷恤部弟夢某子卧病段

納子某同一道者行至小室示一書閱其首句

載太一宮者上帝之所居也下注清浪山至此

六萬里弱水三千云囑掩卷又行至一處瀨亦

神山花源狀者道者詢以韓翃寒食七絕一首應作

何解某子唯唯道者示以金蟬脫殼之義忽見

一女童自樓臺深處降而趨道者詢所自答以

自清浪山來者云宛如僕女所見狀也道者謂

示以天還早且送爾回去云頃覺劉風貫醒清

浪灘在湖南芷江縣境為湘黔第一灘伏波廟

某子任[illegible]署西偏聽雨屋調倚練帶兒

共地沐
○恩光未敢侍香
入彭 皇均受 先臣餘蔭何幸挹微芳 兄本脫清浪曾
幾許 輦下同郎
五雲深處靈山咫尺不盡滄桑
△紀遊（夢）清浪山變調倚惜分飛 刪了
○舊事勿庸重話絮消受多年髮譽此味今尋取（曽）葉 須彭 落
入彭 歸根處 山在遙空何地去似近荒唐莫據閒境中

佳否飛花流水清香處

除夕貴州院署雪池成陪李雙圃世兄方伯李孟韶
年伯康訪吳中初觀察周小湖年伯太守暨任
三午峯茂才劉儁堂孝廉雨幕客同
書院同[illegible]李學博[illegible]五山長生童等和
耦耕岳翁步蘇文忠公和歐陽文忠公汝南聚星堂
雪用白戰體原韻 [illegible]五署均由翰林簡擢擬畫 五星聚奎扁懸于貴山書院
未果[illegible]值[illegible]院署即署香女土司署值
祈雪原唱有雪池安憶擬雪堂句

七古 入歌

去歲[illegible]飛過秋一葉朔風[illegible]地天又雪黔山黔水不見

詩

人黯然已訝征鳥絶波失守見邱抄亭今年望望惜冬乾何
處呵凍骨欲折未報春時共樂春日立春新正初八流澌夕
陽更明滅回家家在汝水南年年鞭向賴河城中投李南邨
賴州府距舍下七十里往返不見聚星堂惟有寒林黃犢著蘇文忠公
有小西湖湖蹟在志忽見廬陵眉山句尚友古人今不肩東郭
袁孚幾多時古往今來只一瞥昨宵烏雲起東南黠
衣須耐蓬子說不堪爆竹咽濕聲獨歡藜照硯穿鐵
原唱有
題張石樵布衣贈乞米畫意扇調倚縲帶兒
癸卯

往事不堪焦書[杯酒]味借来澆況是柴門風味暮雨又蕭

○入歌乙 附五律

蕭

僻地遠塵囂知我少誰遣冷寒何須乞米移樽

就教暫解無聊

原題[唱]景況佳何似行行答故知鶯花

寒食日風雨禁煙時乞米顏公帖踵

門陶令辭君懷同

磊落未必笑吾癡

旗亭謂伎小玉 調倚臨江仙

黔南不盡農家子行行也有婀娜驀[然]著個小蠻[illegible]婆

○又歌

當年無覓線痕多。尚[雖]未能留春一字那堪已屬么

麼回頭莫自誤風波翻[illegible]身脫舊時窠

入歌

無題 調倚繡帶兒

贈尹小娥

相見不相疑，日與子卿期。曲罷峯青江上，無著使人悲。也自水曾嬉，縱老大、一樣披靡。光陰非昔，誰能遣此，淚雨如凝。得家大人調補浙江巡撫北上之信

舊症復作自戲 劉春容孝廉胗為痰

七绝

不病完身是大儒，何緣死處費躊躕。生為病累不如死，死到清虛病轉無。

七绝

無端光怪甚荒唐，吃緊人情第一章。不近人情真大

七绝 内附七绝一 五绝二

病何時還我舊肝腸

△自題清浪山齋 一名壽南齋 刪去

一跌人間世外年幾經滄海幻桑田如何渣滓難收拾細尺為祟須未了緣

耦于九月廿四日得家大人雲南巡撫新任之喜成一絕

霜後菊花如粉團家家曉起理粧殘侍兒窗外添嬉笑蜂蝶紛紛到画欄

又菊一絕

東籬秋菊盛西院海棠嬌兩般皆可愛留不到花朝

又入滇一絕

拜別[雙親]自天寒瑞雪飄歸來多喜氣春爆慶花朝

次年耦耕吴翁二月初八日六十壽家大人二月初六日生辰也附録

近華浦大觀樓 即滇池 侍 家大人雲南巡撫任所甲辰院署後海舊址

七律

身棲南紀諸天杳目極西山大象深池中有太華峰華山蔡[illegible]焉
晴日樓臺明遠水夕風燈火靜層陰乍聞花木來方
域曾聽魚龍眍梵音相國文章稱北斗短碑讀罷感
從今儀徵師相題詠甚夥而
太初世丈滇音考亦詳

忠孝帶調倚繡帶兒正月初八日太夫人生
辰自京寓見邸抄東海擢遷由江寧解圍
侍膳靜無譁飄帶向風斜差喜邊庭無事帖子擬
天家我聽早黃麻垂左右忠孝堪誇佳奉揚久矣佩
懸兩字仰答

○入款

七律

小褐擬春帖子詞喜道歲朝日祥雲天上新滿
重華門多吉慶共賀太平春又燈夕一絶上元佳節
日人月慶團圞共把金盃飲歡
呼到曉夜闌雲南院署伊園一所

重經海潮寺憶近華浦太和宮蓮花寺之作

乍驚物候快時晴昨日買春山海行還見小舟迷遠
鶩定知巨壑縱長鯨蒼波湃處擁華島絶域愁時憶
玉京猶是尋花問柳地攜厨依舊過嵩明州蓮花寺（寺在嵩明）
即菜海太和宮
即銅殿舊址

自晉安白沙關過安南河都田渡白河宿郎岱

七律

七律

天遣無情險絕來小河界劈兩蓬萊析家厄骨肉厄
長塹疇地參商耿壯懷庚子太夫人攜弟妹姪等避入京宅玉壘晴烟迷
仰上紅泉風雨想徘徊拉邦坡老鷹岩打鐵嶺險絕有鐵嶺白河在焉黃菓樹瀑
布有儀徵師相題咏雲山已足傷遊子細點何嘗濕野梅

重宿郎岱

無故狂花動客心去年今日共登臨隨陽燕薊鴻謀
稻列炬滇黔鴉散林喜對兒孫羅遠嶂羞從昆季盡
珊舟從弟中式本省鄉試竹橋從弟副榜
華簪子佩京闈謄錄春卿弟薦卷如何雪盡青歸

柳蘸馬西東草又深

七律

山行

小溪斜逗野人知，正是山行穿歷時。如故蝶兒還戀蕋，似曾燕子又銜泥。菜花無數黃將老，藥草有名綠尚遲。（家大人修植物名實圖考，嗃與張石樵繪黙中藥草。）回首大山纔了處，（大了山，山名。）[illegible]不堪風雨鬪離思。

七律

過安順憶普安（廳）道中

昨夜輪冰嗽郡舍，今朝市野拭芳塵。濃花得意宿含

七律

雨野鳥無情路趁人樹色排来雙峙曉溪痕漲到兩家春可憐雲霧空濛裏不見長安倍愴神昨夕雨雪

清鎮道中

京華南斗趨庭日海角西戎搔首時六月内得家大人浙江巡撫信之識味園曾拾贈興久如膏雨又釀春逢近来文卷看盈帙半是昆明雞別時雲南既署有中國馬上相逢人去後泥深門外立兒啼范湛湖茂才謂某子詩極烟性情肫摯詳報岳翁函中

返貴陽院署後寄京宅諸弟妹姪

七律

朔風刮面不堪聽況復飛沙又短亭夫假升沉譬滴
凍人生聚散擬浮萍若夢聚散無根等語（家大人面諭浮生、）

宮壺雨露
九重錫（家大人名見 六次賜前席）關塞蕭條兩度經日近長安
無以獻小臣遙戴萬年青（道光辛丑八月萬壽聖節六旬今年十月十日太后萬
壽聖節七旬）

示子福弟留雲南院署

七律

羨君春日舞斜暉不管窗前是與非縱決奇謀驚海

五絕

五絕

國須參儒術畏· 天威大名宇宙百年將事有子福習武

高從祖鄉學督 萬里滄茫一布衣謂張石樵老棣因俎豆事仍伯

猶公風度

何曾有夢到旌旗

影子

我在君還在我亡君亦亡如何明鏡裏畢竟有參商

四海皆兄弟惟君與我親相隨不改步為問是何人

小稱有怡園夜坐一絕秋月當空照花香月滿庭[illegible]奇

闌凝望久陣陣玉蜻蜓又雪池夜詠一絕結伴[illegible]來[illegible]

望[illegible]池中數點星憑闌人獨立露下草青青又怡園夜[illegible]

[illegible]絕[illegible]一輪月園中萬點春數竿疎竹影疑是畫

中人貴州院署内
有憫園一所附録

苦病口占自叙寄蔡魯臣幕客

兒時幾次立回春又耐寒梅打散人不信飄零棲借

裏藥爐如故逼吟身（某子有富貴散人別號）

七絶

讀易日内接王耀亭中表寄讀虞易七律二首（有懷子瀟兄長）

天地氣無陰陰羼陽而闢著懸大日月象數證陳迹

觀之鳥獸文羲皇彫掛畫河洛握帝符大象在方策

夏商未稱名周官精繩尺經八別皆六太卜嘗三易

古歌

（變古祖）

姬公亙徵陳庭學二百四十年左氏備嘗籍達人自知命天道謙受益祖龍律挾書卜筮昧狼藉亂（之始　余作）賈家京焦鬼霹靂消息煥文辰遠紹聲顯赫尋復寘老莊李解急能撐性理絲治紛（棼）龐日偽譯躧蹝小慝儒張皇渺墳索隊緒孔且瘡古今晦長夕江南經生彤漢學復明辟爐餘首虞鄭廿一口膾炙筮準左氏兼龜錢異遭斥夢醒千百秋大儒昭儒碩苟非步兵家疇能具眼隻（儀徵師相為張蕘文編修彙收遺稿刊文集集內強半補輯惟虞氏消息）

為專吾蓼之漢學邊生重獨繹師說註在數一奇學
藁
今旨蔣子藻兄長著有通旨
張石樵武昌太守張衡齋先生之孫家大人
侍　先祖前翰林侍講學士湖北學政任所與
之為小友嘉慶甲子年也道光甲午又來湖北
學署授遂閣弟讀又與某子為忘年交辛丑又
來貴州頗有奇江南逢李龜年逸情狀石樵
工于天文算法音律丹青篆刻八分奇遐日者梓匠

輪輿頗知兵金石之學今僦寓旁隙地爲藥草
圖馬土醫土藥無日無之擬修植物名實圖考
補遺未果又有　家大人雲南院署之行因作五
百不重字以贈之岳翁爲往黔西州達香巖
司牧幕中

漢水猛勿渡渡江濤怒鳴鶻結遭白眼叱咤鰍龍鳴
千百艘黄州碧落仗擊鯨對此濯足流高振滄浪纓
哀雁宿冷沙況有嫠婦情如椽筆淋漓書斂曷鮮成
笙歌壓燈火江上風猶清金粟影子來赤腳東郭生

五古入歌

世禄克禮家遇物恒獨貞忠孝庸彞倫真率性天誠
嗟彼美遅暮可以養秋英波及虞馬牛塵衣枯涅榮
瑯環走福地堪羨竹帛名檢點布策鎛殘斷堂前横
文字被刊石倏忽發興兵阜千汗揮賴徵和扇春醒
繪事老將至慘淡乃經營象寫絢後素萬画歸初莖
石樵為岳翁寫怡園課子圖為岳母陳太夫人寫嬉春圖
又寫壽星祝岳翁爰求圖美人會慶祝六十壽為某子寫無量壽佛斗米
大士並壽南圖扇頭佛像為家蘭谿兄貞豐州牧寫
照石樵徐晃村布衣高足弟子以畫世守餘寫甚夥
為軾兒画山水扇頭所画黃友齡兒圖
桂香皓佳月慰藉舒不平

皇華懷簡端態揚懸旆旌淳瀾倒瀟湘涇渭誰敢攖家大人癸卯十一月由長沙過貴陽到新任牂牁椒齎醇論交投珮瓊叢

爾貌夜郎治尹懽楚傖開面信每逢貌似稱館甥岳翁曾薦石樵往桐梓尹太令銅仁廖太守兩幕中未果達哉算博士九章分而明

二儀磨雙丸貫珠纍纏縈浮出大芥子浩氣中拄撐

於變亦旋蟻徑寸侔權衡樂操土音耳願為聖人詆

宮商五律呂三分縮衙盈冥兀齷齪儒改絃張紛更岳母韓太夫人遺琴在某子處石樵廖為整理琴律依管子說繫絲增圭撮戲懸道周髀算經

咸亨武朝號司天唐特推一行遮莫方技傳墜緒渺

辯評程詡人年文為某子推韓蘇日者法有奎祿入昆玉棣華聯芳于嗣入文昌貲指奮起石樵非

之晉惟太史籀趨末刀錐爭想古漆挺意傷鑿忘芽

葫形下謂之器公輸謌問葫石樵為某子作赤道公晷寫恒星畫對足底行

論九重天畫天地球畫寫岳翁贈某子先臘日之重由[illegible]章初之大橫八分壽語以庚午十月八日乳名

大庚其為某子鐫章雕刻掃葉咽雪乾吞絮蠶啄聲

則與范心陶布衣共之

多識在草木脫身討青精山林好顏色芳馨拾芝衡藥草畫伙料租地某子採

苦之苴藥畫廣搜嚼蔓菁月給貲寫生家法卒未竟

兩枝鏡花容當壚調黠羸石棋文納一婢年己五十三婢年十五某子為其子作詩曰
伐梁幕客家小史雖湯也疏義注律令衡齋太守後改施秉縣令卒然
濟陰叟握符受旅擎雲鳥飛鳳凰奇衆嚴司舟樓船
胡為者神機異長庚疆南失奔狼談笑灰欃槍石棋既習
週打造機弩火器風角並知戚家世法恰值
癸卯熒火入南斗甲辰熒火守明堂均八月旄節持
十年無畏敵客卿、家大人囑岳翁有石棋夫分甚高無奈命苦之話藉月處
射蛟速我諸父兄家大人過岳州有越王錢射蛟之語在紀程詩中

寄張石棋黠西幕中調倚繡帶兒

○入歎

我輩本清流々藝莫能儔最喜糢糊生理々病可無
憂々牢落水西州公也暇勿自貽羞春將去矣還將
近況寓付書郵

館甥 調倚惜分飛 ○○

大地山河憑去去枉受當年喜譽家 國漫依據置
身無定淹留處 事業文章曾有日珍重奚庸急遽
未許諳歸計料應飄泊同飛絮

○入歎

幕府 調倚繡帶兒

○入歌

幕府傍高寒坦腹蟠盤桓自計雄心無難已何況乃角聲
殘亂　日近遠長安雖道及已誤儒冠重搔茲首滇黔遙看
燕鄴嶂霧迷漫　蓬閣歸入贅黃州
雲色總憂　徐太守家任名尚鏞

答春卿弟札　調倚念奴嬌

薰風猶昨向小庭尋覓花間棠棣○古道如今開
○○○○○縱有征鴻遙到未便音書常繫木雁
身華桃語花嬰亭臺細縟轉瞬今番逝凝魂往也幾時還許重
睇　聞爾家望坐守依人作嫁非地應同嘆待

○入歌

入蜀

離程萬里枱信何如兄弟燕蜀雖寒滇黔伊邇不必
惟天計秋光奚是自須仍博名第子佩弟癸卯京闈薦桃臚錄習柳帖楷摺

△書梵心經後作 前調 刪去

燕庭芝茂念劬勞生我娘耶天只罕說今生吾覺事惟
有身恩無以況沙因老龍之徵太夫人誕某子有塵染濟澤難拋未
脱者受前因處舊年茲日似見晉名差跌某子有二十四年辛
苦事回首不盡滄桑光陰卅五翻跌飛塵裏縱任悠之兆
然忘挂記應作皈依童子某子夢僧人引至一方丈雖值升坐奉示改衲子狀更

定誤寫心經內
字句醒忘何尚佳氣南山鈴音　內府非分曾相及留此
谷神如昨放開平地歸如矢矣某子有來此好世界儘無
佳著翻個大觔斗為些什
麽聯語

五律

倩馮杏村縣尉畫水墨牡丹白菜梅花扇幅即贈
追憶承明宅花開到牡丹好雲回匼匝春意盡欄杆
人許暖羅薦春香煖不知試律擬作　倩有臨淮書院月課羅薦　天教冷素紈
扇上原題名花艷極歸無色
脂粉都成翰墨香曰素富貴　詩情如畫裊裊白兩皆
難狀石樵以其含苞
格頗以懶識之

五律

清白曾如此伊人竟不知東風今又老凍雨爾何為

淡泊明吾志根香寫不近思 原幅有題平生甘淡泊學圃 讀書餘細嚼盤中菜珍羞

味不 如句莫嫌甘菜色艷絕古今詩

五律

記得斗南日梅花帶葉開 雲南梅葉 向係後彫 平安有信到家

大人華護 雲貴總督 福壽自天回 雲南盆梅盤根錯節 造得福壽字樣逼肖鄧尉羨

如此馮唐嘆老來之遲故人樂歲處得氣一枝開

答子福弟札 調倚惜分飛

入彀

領受微銜曾不易 祖德

天恩迭愧郎署緣何淺

玉皇香案伊誰吏　魚躍龍門過已悞鄉試已落　庚子甲午恩

攸為西出應許稍參事例博得蚌珠子郎官　家大人議給吏部之銜已擬奏

新老兄不解風雲會　魚躍龍門過句其病始悞　庚子得大士鄉試籤有所謂應庠者

〇

女槎　七月初六日夢在長河一線諸佛金身御空渡去旋見一女古裝一女時裝攜手登槎浮去比及岸古裝女負花籃飛升遙臨樹杪直入白雲而逝時裝女下而槎懷抱琵琶淚如雨下道以他們先去了留我依舊風波而去儀槎後詢槎上簑笠翁以是何地方答以連我亦不知是何地方云醒意倩張石樵友人寫作夢槎圖未果姑誌之調倚踏莎行

○八歌、

一脉壺河誰家仙子槎浮今幾度相攜咫分襟漸遠

滂沱涕泗桃籃人杳矣行如矢　獨立嗟哦愛而不

次

見他們去了先行止偏留我日舊風波琵琶懷抱應

奚自古裝女乃庶祖母徐太恭人遺畫幅中乃狀凌波仙子狀時裝女乃秉簡丞刺史百美啚中

吳絳仙狀

句五律乙七絕一五絕二

七律十五
五律三
七絕三
五古數四
七古數乙
曲數[illegible]

共四十二

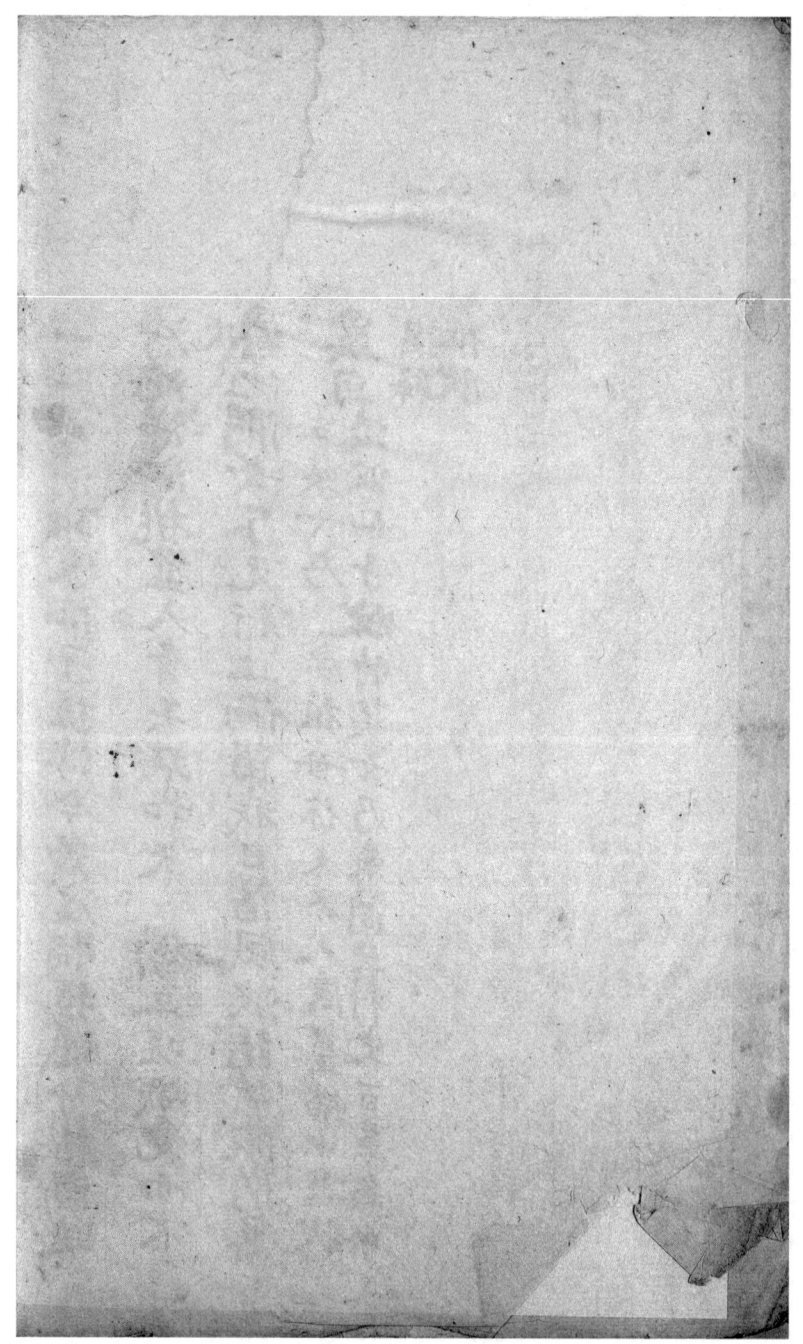

卷五

學士任子閲年録　一名天許録

同始吳元禧著

自乙巳三十六歲至丙午三十七歲

爲貴州撫標營兵女子作臨江仙 標兵何綱其室已嬾遂有抱衾之論矣

生前不識相思字 那解愁 兒時多從來怕見軟烟羅 人間

笑殺夢春婆 窗外頻茶喜到冬共慰 羌況如何

逢生竟事奔波 那堪驀地又經他

正月二十一日丑時陳媵生女 三時而背年幾

四十僅生長女已十歲矣自嘆久之

七律

愁言每向不平陳，拾得席邊弄尾人。果巤有情擬我霞蜣九無礙竟誰嗔。從今來去都成幻，暫此流（留）連未許春。知故落花渾莫辨（來歷），果然明月是前身。家大人曾諭某子及子佩弟均屬佛門來歷也，其去冬鳳繞舟上之夢不可解。

○

入歌

前題 調倚繡帶兒

好夢不須嘲，幸有慰情啜，又是禁煙時節，累我室人交。不敢啓堂坳，知也否遊子心惙，他年衣綵雞豚莽水乳燕春巢

七律

二十一日宿貴陽龍里（附井）巷

未免有情聒舊事亦知花想敵宜男丙戌三月年十七有紅袖添春之夢宜男花即相思草意太平潤色倆無賴遇（小）任（為）雖佳輒是貪尚有攤扶行不盡概無供張力難堪分明一覺揚州夢說到羅施一例刪即標兵女子意

七律

二十二日宿龍里縣借小耦送家大人

無故斜封報月文

天顔有喜近臣知（杜句）富春富水人爭羨貴筑貴山哉不

七律

奇来免有情傷老大莫因流俗傲當時東飛伯鵠西
飛燕某子春○家大人諭仍侍岳翁西上且喜抱孫抱幼穉結程吉人通守姻丈軼
兒岳祖權龍里令

二十三日返貴陽南門行館

細雨如秋草又春緣何屬我送親人况攜柴首嬉庭
樹又感茱萸寄禁臣謂春卿子佩徐步峯安谷頗飯摶駒佳客
味餅燒米老致吾身郎君官貴施行馬安谷在秋審處也有
長安遲暮心岳翁燒餅老米此味最佳○戊子家大人書語

二十八日偕小耦同 岳眷西上宿清鎮縣

七律

松杉頭白幾時回（家大人滇西紀程句）遊子重来但益哀車馬東西各上下海氛蠻嶂兩徘徊（值桂燕山奉有己来京供職之諭諦）還經富水貴山去别見傳呼鼓吹鬧畢竟魚軒瞻上道鳴騶不似舊時懷

二十九日蘆荻哨中伙

七律

郵亭侍膳幾多時從此天涯又遠離又别（諸季）薄緣爭似我長安違願但鳴詩置身 家 國渾難擬擠醉茱

七律

蓮竟似癡不見蘆花空悵望昨宵今日動秋思

廿四日宿安平縣

高軒此日昔經過傳語平安慰弁訛棣蕚在天原近

我文章憎命尚論他斬新山水農家遠逼近鄉園氣

味氣多厚祿故人未斷絶句用杜 陽雞呼聚醉包穆拜 酉酉泉張茂才

矩堂明經來候因令兒女拜其師

走邊館飲并謁其師母并贈師馬

九月初一日宿安順府

南梅枝暖北寒梅如舊戎州念往回 貴州提督駐安順 總鎮為

七律

七律

暮雲空宿草何曾秋雨點行苔有垣屬耳者歡樂竟
夕驚雷感舊醅甲辰過此風雷雨雹竟夕達旦王蘭陔陳虞封來兩幕客談飲威劒容
一例鑾荒裏不見長安車馬來

初二日宿鎮寧州

追思往事不勝簪裹馬烟花感倍深無復刀環光際
戢義来塔寺豁胸襟安順鼓樓四道門後有塔寺巍然文峯不可登道傍壁
壘間新舊井上人家變古今又似花開花落後此間
聽我故人琴

七律

七律

初三日黃菓樹小住宿坡貢驛

壁間舊寺不堪尋（儀徵師相題碑內有七過此年月俱詳）枉使情人懷好音信是坡門天作色應知岐路鳥驚心飛泉依例迷空翠（瀑布泉三疊而来者）凍火誰家晌晚陰纔去東風吹昨夜臨涯咫尺又沉吟

初四日過打鐵領拉邦坡宿郎岱前侍（家大人過此輿中假寐屢成異夢）

鳳凰臺上舊時雲廿四光陰竟屬文凍合玉樓曾料峭春回錦嶂亦紛紜蟪蛄無故驚遊子絡緯如期怪

細君不信達夫年五十又稱校華學參軍漢滋事之耗已得永昌

七律

初五日過毛口河宿阿都田

列炬衝寒夾道迴開似曾飛旆指西來癸卯家大人過花墳塘連夜前進以十二月向避赴任者而遥而近人偏喜雲貴驛路向由索嶺甚險頗[illegible]今惟商賈捷路此行驛路較平而多行一日自北自南春漸回如舊練秋空蕩漾依然排闥對瀠洄鸂鶒過毛口河見白露即自撞鬭京華差勝應無事故國論心已半灰兩弟相繼而卒[illegible]叔少橋掤舟

初六日過老鷹巖宿白沙關驛有懷春卿子珮

七律

七律

喜沐

恩光為底遲問天許否 鳳凰池 中書科中書向稱 中堂跟班中書

不才自是應長病知味翻能從爾思雲斷嶽連迷聚

散山當人面擘歡離莫愁江漢傷生別消息梅梢東

指枝 甲辰某子有偕小耦自驛路趨侍京宅送韶叔妹北上適陳寶珊少君之議

初七日宿上寨得 家大人改巡撫山西之信

空濛山色有無間昨日綰章共往還 岳翁在上寨接 制府與 家大人共宿此 好擬春江流聒聒滑刺頓驚秋夜水潺湲雪

行館中

七律

山知喜天應笑蒼海無失情夢轉閒如此小樓更暮
雨山行應作畫中看是夜陳樓有異夢

初八日宿劉官驛

朔方南詔豈吾心竟有家書抵萬金大道爪泥偏欵
乃他山晴雨易升沈途中鹽鐵負戴誤作礦炭者當時花煖春開
筆雲南花木甫十月大放今此蟲寒夜問衾既是詩人苦愛我
重泉樹杪莫爭尋

初九日宿亦資孔驛過大了山

七律

七律

旅次南来非過仄　皇華西上豈委蛇驚逢丞驛霜

供菊僭見銜蜂香把枝蟬噪軃留寒尚聒鳩呼初向

濕還遲有身只作性情詠不羨玉堂試假詩

初十日過滇南勝境宿平彝縣家大人癸卯十一月雲南撫篆于此衙齋

昨宵好月伴離身綠衆山情只自辛枉得　賜書豈

識字但餘儲粟未逢春無他勝境燈非舊有信回流味覺新

曾莫風来沙似雪如何危石咽行人回流水在上板橋驛

十一日宿白水驛

七律

七律

已涼力疾眺津樓恰似邯鄲枕故頭夢有清谿人學海恨無白水賦登樓寄生已化柯眠蟻感物惟嗟車駕牛不盡雲山家萬里强依應爲信陵盖

十二日宿霑益州

每依南斗望神州愧我如今風馬牛四海久家甘淡泊中年短志苦淹留舊旗温樹羌山鬼故郡孔方笑沐猴暫息仔肩聊復爾儁伶秘祝大刀頭

十三日得岳翁定于十四日巡邊之信

七律

七律

綰章曾是假吳鉤家大人去冬至今七月兼護督篆都護臨邊草木秋自幸無量來壽佛如何萬里竟封侯葛巾羽扇戎都秉岳翁因子福弟頗知武技每以曾見蘇文忠公葛巾羽扇揮三軍句見勗苜蓿葡萄僕射驕岳翁舊有賀清介公之目貴陽已有生祠在今赴制府新任夫馬均由自辦惟收餽饍昨日軍容從道盛哆然蘿蔔嚼齧平疇十二日到任

十四日宿馬龍州

清儉州司儀肅將行廚曾擬令公堂家大人于癸卯十一月拜篆於此衙齋雞翁是否識飛蠱雲南飛蠱畏白公雞內署自後門入之蛇角還

須敵斷腸蛇毒惟紫金錠可解 斷腸草毒甚酷烈 四座驚時蔓有毒萬
花深處菜無香異鄉異客談奇事縱有揶揄亦淚裳

十五日宿易隆驛

共見平原大有秋風光不似入荒遊雁門自喜洗兵
馬鑾府何時改土牛雲南迎春係用土牛經訓我遺故任子書
城誰借小諸侯行行嶺盡群峯杳水海坡山見虎頭

七律

十六日宿楊林驛得京宅家書

人生已自是虛舟何處飛蓬伴去留捫舌淮南傷冀

七律

七律

北闕心楚尾觀吳頭宮花自詡閒生面家大人主試廣東衡鑑堂閱卷詩有坐中最喜閒生面句香案應教接綵旒未受卿雲無任著棲遲且有稻粱謀家大人面諭將來兩中書亦不過叩俸補敘爾夫婦回家的是

十七日宿板橋驛

昨日鐘音動海寺晨朝山迹隱文瀾萬金家散天新越家大人在湖南巡撫任報効河南豫東東河工家產變賣萬兩奉有賞收之命八座人瞻臣舊氈羅雀貂蟬行處有江湖廊廟古今難滇生故事尋常見未許易州如例歡某衡侍西上過觀音塘夢一童子[illegible]冠麗服

七律

七律

朱履玉帶纔罷行于某子
詢之答以高易州來者
十八日抵昆明同入制府
問余渾與詠花人未假乘身轄絆身過腹纔河會不
取巢枝鷦鷯耻無能劉宏如願歡何極伯嶼相逢情更
親信是萬家生有佛滇南風景四時春 某子住有選石亭尚佳
制府
十萬春城花滿衙 太平雨露話桑麻 大觀樓鄂霖相國 雨露桑麻額
撫署伊園小住尚可制府宜園大
兩無當巷七園惟望海樓一處尚有
儀徵相國兩七律所有壁間嵌大理石處皆
頤有題咏無有海天閣縱目之樂閣在撫署大名舊

七律

七律

治臣何力敢乘雄關人共嗟六世從祖(曾)祖□公國初巡撫宣大等處詳家乘

中乞假安輿應就近拜恩奕世嘆無家徘徊伯起

東屏裏房李空紛掖絳紗楊東屏師在里東屏村名

荔枝勿擬嗟吳侶荆樹忽花笑楚傖有命自天端是

輿遺家不造實非爭花紅江北小鸞喜草綠湖南萬

里情博杜卧得斗箕今不見如何草木又皆兵

縱教四海弟兄心樂石鉢衣何處尋疎水花晨辭絳

蓋岳翁觴沿途塘站不得瞰迎十月由大理府至永昌府不由迤鄉蘭陵歲暮紓黃金

七律

家大人在湖南巡撫任撫聯府沅

鎮筸營伍均由養廉內支銷軍餉　堂廉不限煖春

晝庭草雖蘇凍禁陰岳翁諭守戎等以上均賜坐回話少長郎官廿

束縛始知遊覽是山林謂安谷已入秋闈處

雙雙遥何日好鸞箋雁影如斯憶子京冷被單衾新大

婦安谷弟續娶商邱陳曹次女陳恭人即吉江姊丈從妹聯床共被舊朋兄謂簡

世兄蔘紅花意三山雪雲緑芝香十月氷記得廿年辛苦

事惟知除病學無生夢經過驛路旁一碣上硃字七律首句二十四年辛苦事後係

花押類佛係合乙字即用此押

七律

五古歌

柳州賀火太無情如此端倪太恨生 子佩弟來書述京宅夜火起事

漢口斜陽人散亂 家大人到漢口得陳子鶴少宰書已知火起事九月初四日夜半也

霸台新草色枯榮 舍下每歲青蚨百萬煦漢法算者猶有救荒之談況有待舉火者乎

遙嗟玉樹傷秋物 蓮蓀姪被難 春卿三子 竊喜板輿重晚晴 太夫人逕往是夜安谷

山西院署 縱是差池輸一着就荒畢竟勝春卿 弟被竊

自壽補作有感即題壽南畐句

花事不如人花事年年有人壽強爭花人生不再朽

團扇張石樵畫美人

五絶

團扇復團扇誰能(非)笑裏身箇中索解者莫擬等閒人

牡丹一朵 和周康軒孝廉 丙午

滇南風景傲天時不獨梅開南北枝絕色自羣(韜)玉

後春寒誰較好花遲莫隨衆艷遭人妒早見孤芳荷

七律

主知某刻天許(七齡能誦詩之章)我佛聞香偏失笑怕因玩物礙民

腊 岳翁有賀清介公之目

八十四態亦紅(粧)腔既見一枝心則降免俗未能稱本

國倒顛豈解事花王更無使蝶邀春澤如許蜂衙避

七律

寳幢慣見紅雲捧一朵
玉皇香案傍晴窗某刻倫承霄漢渥恩濃之章
花王何事到人間遊戲軟紅黷昔顔汚粉未嫌曾得
解緇衣勿化不須刪逢場飛白長惪在回首凝脂竟等
閒領受本来素富貴天然無處著塵寰某舊有我一生愛好是天然之章
最是無知識散人居然一捻寄清塵笑他富貴傷多
累喜我名花笑只貧領袖風流豈著字平章雖薦未知

七律

春興賀某兒女姻親等語
家大人陞辞日奏臣
天香國色原相妬淡掃扣
何朝遇
某刻由来國士
至尊報恩難之章

牡丹花下

千紅萬紫又逢春久别豈台舊比鄰家書得京宅幾許芳名
誰假我如何烟火莫離身遊緣縱逐揺空際落絮宜
隨胥暗塵就是簪花未擬格莫敎婢子作夫人

七律

制府

仗節薩莩皆峯暮平章羅薦亦生春書得山西院署家書子福弟舉一

七律

七律

子與 家大人同日因
命之曰同二月六日也心亭空樂濠梁意華浦空嗟
望海名恰擬崑山纔故事更逢春日又同生情天情
境情无極不到癡人不是情

徽之遙寄謝公詩更寫狂風嘯大癡春卿寄悼亡詩並述京師近事
就籍就官君去取在庭在客我差池疊聞馴象調獅
事春卿弟姬葉氏有名女滇兒且幸乳巢菽水時龍蘄先生誰似
我子福亦有賢郎之議斯文假道復奚疑

七律

菊花相對使人愁還問官梅得意不夢覺貴陽已毷

五律

羈魂来上寨又啁啾盡畫未改于茅舊蕉園已塞 某子卧舍後
勝跡初驚大石秋華構繁陰迷所向 福嘉勇公玲瓏石在選亭石外
圍舍蒔有小菊圃並卧窗前
太梅一株結果纍纍然 不堪回首是楊州 楊州雖好不是久居之地

昆明雜事詩

地本服秦蜀漢唐驛道雄大荒蠻不亂絶國馬能通 由騰越廳至緬甸四十八站並無烟火利涉
惟商賈夥馬而行如行軍然是謂迤西貢道的是中
和域依然舍利宫將軍不好武何用喜多功以回漢 岳翁

五律

五律

滋事未竟自請嚴議
已奉勅留之　諭

菜海何曾海昆池今縣名多風因濕熱不雨亦鋤耕
向無不豐之歲地方亦並無乞雨之論閒行之
寒暑晨昏後春秋歲月更
俗有莫去帽莫洗澡莫起早莫吃飽之說堪為一劃
莫知氷雪趣裘葛笑邊氓
所謂無冬無夏東坡柳絮之說即此
畢竟天時改凡花耐歲寒非春花亂發垂暮不彫殘
每冬月桃李梅柳共爭艷滿庭堪咤絕勝
碩菓人難得軨車路覺寬
滇南本草其文頗俚
竟鄰西北迥星大月初闌
大有南至北向户狀

五律

花木甲天下今知奇鳥繁如雲喧白晝閑戶喧黄昏

鄰比不相恤恩仇只自門朔風京市語明建文闍末由

遜位隨移語作金陵大理永昌由吳逆稱藩隨移語作蘇

人昆明由乾隆間福嘉勇公征緬移隨語作京師

地濶似中原開化府屬有之是謂迤南通藏大道

某子到貴陽始識秦吉了一鳥與鸚鵡等

水海坡山贊向有有水皆為海無山不是坡諸泉甘肥土誇那消談

禮樂讀五經者全經白何用之話桑麻

文甚少間有書肆不近人情甚豈為眠食嗟力無

者度日甚易廚人王鄉說此方多毒物未必止蟲蛇選石

姓者頗有些閒樂之

五律

亭下錢蟒刻

處與人相押

五律

五律

市易人多拙貨奇可自居參所謂此鄉多寶物者廠鹽多疎課
鹽井設有專司兼管地方學校向有官
銅廠院署專責家大人另輯成書草藥不成書藥郎中
土藥郎中之稱家大人植物名實圖考採取列入
之別為一部附入貴陽亦然曾擬採種寄植舍下未
果行無日瘴烟已瘴惟檳榔淡巴菰可解好飲亦可何時女蠱除女蠱甚夥
貴陽亦然素稱山海利從來見蠻魚貴陽馮杏村少尉善音律詩句水墨等事
時推府椽
險絕迤西路梁篠房幕烱述及自昆明到大理十八站又到永昌又十八站又到騰越十六站
凡有硐橂即險絕處不僅于鐵鎖橋等等迤東路却通迤東曲靖頗平昭通未經行夥

五律

願三月市大理每年三月華夷互市匝月名月街羈縻四方風率土稽
難遍所謂天高皇帝遠也夷官信自雄滇西緬甸安南滇南後藏貴州苗人一百八處
雲南夷人五百多處皆繪有圖苗夷各隸土司本來大一統互市為和戎
勝國班交趾交趾明布政司成化後棄之外乾隆間納貢受正朔表予藩封烏斯今
領軍乾隆間設駐藏大臣遊民黷喜武佐治昧深文梁篠房不諳邊務陸
立夫中丞以蜚語告讒拄笏知新狀揚波遠舊氛鄂西林節相銅柱猶存
葛岳翁奉有降為河南藩
葛巾搖羽扇諸葛是收軍司以觀後效不必來京請
訓即赴新任之諭

五律

台已碧雞跡碧雞障海中
金馬台在碧雞關下
碧雞關距昆明十五里迤
西尖站碧雞台在城內圓
通寺當年顛子國今日大五風白馬環金馬傳人能詩
白馬寺僧
詵其名在同
黑龍潭有唐梅一株
天觀樓側銅龍間黑龍子福代乞雨往見之水雲何
處是水雲鄉沐藩別墅在昆明城外五里許未之往
制府乃沐藩家廟宜園有明僧植菩提樹一株
儀徵相國為之妙蹟舊黔公
碣覆以亭焉

示李半硯老友別

五古

詩人無貴賤所貴本性情毛詩三百篇物不得
其平閭巷婦寺聞天籟發幽鳴倡予而和汝情

動形諸聲吴頭楚尾間行行重行行（古句）騷乃天下士
所好惟秋英土音末枝身玉山生我明方衲納圓鑿
中道失明兄青雲送我上兒廿日經營我生食破硯
何秋而不清餘子古狂愚愛爾矜子卿士窮節乃見（文信國公句）
天假勵其真所以獨孤孽艱險狎性成其愚不可及
未學始聽訇（泮硯詩取徑晚唐）就正六年友之 進退亦維谷石田將
焉耕鷹隼任爾猜久莫與競爭（亦有貲郎之議）（岳翁為某子）花不
愛牡丹（榆村師句）樵士笈且鬻脩竹不受暑（杜句）狂歌莫我京

千里共明月長醉為爾傾

天長陳復廬名丙之外孫董生者情溪從伯之壻復廬由[illegible]武英殿脩書處館友就職貴州廣西徵尉聲重花墳塘窩山志列寓賢傳卅某子過從久兹来長別值復廬九十壽贈某子壽扇壽語壽扆詩稿以某子舊遺症之作當以秦吉了雲南通志為報並　家大人書聯因賦此以壽其老壯耳

五古

在家艷大名出遊伴君硯濟美久聞之况我是烟眷

雲龍海上來風送天長縣陳籍寧波明洪武入龍衣衛康熙走天長茲寓貴州

投筆學從役飛入

武英殿敢為大難事黔粵徵苗諺班衣孝子心萬里

機聲兩芝懽大椿老耋壁外釖陳徵花墳後報內憂行引事入志甚詳并出其兩幼君軒十二三次如君三十外長君終于山西尉任次君圻時在普定幕中兒女往其寓叙烟串焉

讀書喜了凡山中相可羡九十春光好明月落花遍陳扇有密風吹落塵寰外依舊三生石上身句夫豈曰寓賢應補神仙傳

七絶

窮途别賀果齋内弟

今後家纔足稻粱何曾紅粟更儲倉宦囊昨日猶羞澀一百萬青蚨尚救荒家大人裁阮署河東鹽款乙萬兩闔省河南鹽款三萬兩奉旨賞收前在湖南代先祖奉查户部三庫賠款三奴千兩春鄉前在雲南子佩順天捐輸七千兩并萬至齋中表入貲河南徵職

七絶

卜人星相各為謀年限還輸半百籌乞盡萊衣既有子徵軀此外更何求某子夢到地藏佛前奉允表愿因前叩中處語張石樵穆平泉湯佳均云某子壽年七七耳

七絶

翻新舊典遍身來未拜枯墠莫自咍已耐選人十五載

七绝

青衫并剪又相猜 新例廩生未引見者照作為半個監生計欵五十四兩
慰情果羸句相催 黔水黔山兩度猜 六日七分好事
耳子虛烏有更重詠 某子拈定心經日期抵飛雲洞卜徵兆焉

七绝

似此功名不准歧 已為郎吏莫佯疑 亦鑑望緊猶聽
唱歷事從今莫妄思 三十年後得選縣主簿缺 辛卯九月部吏面告某子

七绝

棠香小吏幾遲疑 膳部宮廳清吏司假道改官官不得
應須老大此頭顱 在選縣主簿加四成補足到任並補足監生半成 正欵每加捐升京外各缺須逐鋪閣

七绝

大農算爵令人嗤 司馬宮廳尚合資 如此虛郎亦擬

七絶 附五律

格稗官無計艷當時京衛不准外選加升定例遷扣選改注銷

如毛家事那堪説廢病相仍只自嘆將吏讀史非易

事自甘高臥且加餐岳翁贈三千金未受僅領路費五百金奩資乙千六百金尚有

買自存田屋日給不貲之用戲贈果然菜海觀中占野寺垂蓮

[illegible]兩廣[illegible]兩囊艇舟亂水間好花多髮日細雨不遮山

栖比終何事仿且[illegible]顏誰能共佳客未暮已先還周廉

軒云未免有些霸氣某子以為此誠淫改清廟生民詩

之家法少陵

其首肯乎附此

卷六

學士任子清泉見聞年録　一名天許録　固始吴元禧善甫

○自戊申三十九歲至庚戌四十一歲

同春卿玉農兩弟謁如姪邀胡子卿貳尹小飲

來山閣奉依原韻　客叔別業　東山閣觀

七律

就謂吾廬事事幽慢勞與蓋對霜酔佳句共欣隱吏

筆畫圖同擬臥中遊羨君暇日看秋馬許我公田學

野鷗似此文章兼利物兼東南水利閘壩等事　固始縣尹專司六安衛逃丁

大名濟美畫寧州　子卿尊人爲上海像　觀察叔丹徒蕪湖屬吏

七律

太平百姓久安閒雨露桑麻喜我顔葵有秋花聽水繞稻如方劉愛山環瑟堂舊蔭草城東卜宅遥鄰樵舍間舊有南昌故郡之章何日再嘗粗糲味綠壺一例話鄉關閣在城東第五橋南

疊前韻奉贈胡子烟卿貳尹

山林城市豈能幽擬作蜀岡放遠眸仙桂靈椿歡舊好嘉慶己未　先祖由編修放江西學政丙子　先伯放江西正考官道光丁酉　先宮保放江西學政藥王花國憶前遊先宮保在　南書房蒙詢仙人掌閑花故事後由出差外任

七律

採訪風東藥草纂 太常廳事堪羅雀鑾府參軍竟狎
修植物名實圖考
鷗記得南昌趨故郡香車寶馬擬揚州 某子在學署住僅兩月
雪泥鴻爪豈能閒回首風塵駐我顏 某子于丙午十二月始由雲南到家計辛丑二月到湖南貴州身歷苗疆趨庭館甥己六載矣返往道上無歲無之依然故我掃興而歸
六親同運二水分流蓼有志衆山開嶂滁同環縈烟夫復何言
久與蘭金茗上萬子蔣孝廉外姻 子卿係先姑丈 閒迹相依泉石間未
敢藍田窺壁記曾闘鳩婦失鬮鬮 王春塈外烟 謂春卿藹如

奉依耿烟雲臣參軍和胡子卿小飲來山閣原韻

七絕

七絕

七絕

萍踪浪迹久他鄉，霜雁今朝始著行。某子于丙午十二月由雲南到家驀過儀封老吏事，寞臣在東河豫東大工奔走八年風塵猶說舊繩林。寞臣由茂才緣例就職

當時曾賦高軒過，富水貴山快短螺。富水在貴陽東門外七里貴山設有書院遮莫雪池好月色，如今佳興竟如何。某子在貴陽央及張石樵作伐程烟吉通守年丈與其次君敬生茂才為轍聯姻寞臣曾與其長君聯烟吉倉有懸車之議

水海坡山傍鶴棲，滇池泱漭亦河西。書生兩度隨戎馬，帶葉梅花夾小溪。不勝畫餅充饑之感

七絶

豆紅稻緑不生塵無著蘆花撲散人自笈今吾非隱吏如何捶楚不離身（長子吴某修）

丙午十二月十一日申刻先宫保壽終山西院署潘木君方伯代奏有從四品廕廕生當未經隨任云

七絶

漱石更番又枕流讀書公暇亦林邱回思甲月宜興（上下常州）驛雨度行廚伴客遊

記人權龍里令某子侍先宫保挈眷經過後權普安令某子（丙午）又挈眷過之張石樵為吉人過並作公暇讀書圖橫卷

七絶

大河前溜舊夷門不辨晨烟與晚村漫溢秦（東河豫工南岸）吉發内帑銀六百十萬兩修之琴鶴杳然迷處所依然溝水自昏昏（虞臣）

七絶

七絶

五律

代理固始縣尹半載

八年鞅掌讀書人馬迹轍環都是春京兆權來纔五日眉憮又喜畫銀津雲臣就婚香亭族叔祖少宗公家為孫壻

城南尺五畫林園春韭秋菘共好樽屐齒不嫌苔色印綠陰深處亦仙源叔祖宜園謂香亭族

匀園己酉園在東門外平陽橋祁家巷南岡下環有溝

底事十年得竊來第五橋畢家無菜色生計在漁樵

身外軒纓冕樽前脱皂貂依然人境在不見是塵囂

顔子負郭之田稱是

五律

門戶高三尺于今低丈餘先宮保升內閣學士日手諭有門戶高三尺氣象低一丈云自嗟惟蝸宅人笑亦蝸廬樹裏鶯聲老天邊雁影疎先宮保遺訓有每門進錢不准分家云云於陵陳仲子寂寞竟何如岳翁己于戊申六月七日壽終

猶是平章宅闌干笑語親好花曾愛護明月又逡巡

五律

月夜牡丹花下未許染衣著何嘗酣酒頻馬蹄留不得拂面軟紅塵內申宗雲峯賦羅薦春香煖不知試律云只為春香事因思舊牡丹綫帷常覺煖羅薦不知

五律

更寒色動葛藤易根移曳蔡國難幾番曾愛護此日
鼢盤桓荳蔻開纔嫩臙脂染未乾可憐雲雨惡誰
惜樹枝殘七朕遺去鼠姑偷去後復牡丹
公子獨凭欄戲贈附此雲峯黄陂人俾名
書 賜家通德幽棲句未吟香庭餘帶草山風味翁 某子有義
壻異趨 慈竹覆春陰風定花爭發春遲蕊不禁一枝纔
借得賓客喜相尋蔣子瀟丁酉拔貢子駿叔己酉拔 癸酉拔貢沈香林博士乙酉拔貢
貢銘丝弟 咸[illegible]焉
本事詩為顏婢作貴陽人 龍場驛本名狗場驛
六朝金粉在江南我亦江南花下住半天飛雨波

七古

空来三月落英迷寶樹闌干十二泣殘紅青雲正耐
烟花度隨風照日亦有情遊絲綰入桃花渡何處畫
堂煖春晝飄飄 又惹含香署碧雲如故濃瀛海忽作
杳然流水去去年今日又遲迴狂風未解沾泥絮不
知人面是桃花默默無言回首處聞道水中有仙子
氷雪肌膚玉凝脂昨夜東風到人間又是青青楊柳
枝銀碧殷紅亂銀屏春感秋悲夢見之得意韶華豈
有地艷媚無量天若斯天外飄香染成衣芙蓉人鏡

麗誰家三千寶相花作壁蛱蝶飛去銜宮花無歷知
已軟紅來海暗花明又斜暮雨春雲花復然繽紛撩
亂送天涯花閧花落誰為主好花插遍玉人頭雲白
山青誰氏宅紅袖添香誰氏樓春衣猶自怯春寒画
裏秋香如故秋乘彼白雲何地去流雪迴風愁更愁
百花然處鬭芳菲細雨如烟碧草薰花宮寶藏光明
裏香風隔海鳥花閧散花天女自天來又從水上覓
紅雲五嶺三山春復春蜂蝶緣何又紛紛洞口竹外

三兩枝並蒂花開誰復是含笑相對意無言宿雨帶
来入沉渾豈知斂日有青雲斷送殘霞亦成綺飄泊
何曾上帝心未免有情誰遣此回首蟠桃想利涉繁
華爛熳羣玉府竟將明媚好顔色偷眼艷陽安足數
别有天地向碧空輕薄逐流垂楊浦折花插鬓亦何為
莫待無花徒自苦笑問瑶花舊宮史何日東皇名我
以烟景掩映明璫光華子翠羽鴻石蔣子叔祝蘭儕春如
叔甘有瀟世兄皆有
贈句王雉亭中表
秋閨怨作尤警

五律

五律

早梅改王章姪女課本後作

著處窗前未官梅為我留何時逢驛使相憶在楊州
欲放衝寒擻始華向暖稠會當同鄧尉短夢入羅浮

十二月初一日蒙恩元禧仍以原官遇缺即選榮禧以通判分發雲南遇缺即補榮恩以知縣遇缺即選承恩洪恩均以監生貢給舉人一體會試樽讓榮禧之子亦以貢給舉人一體會試六月内有行查先宮保子孫之命元禧具呈由縣詳報轉申護院嚴第夫方伯代奏云云者安谷亦補廣東司刑部主事

義男劉開甲應作有幾度幽香入畫閣玉人輕折萬年枝句

水仙花改王章姪女課本後作

未識凌波趣依然雜衆芳人驚真富貴我愛素衣裳

金盞銀臺供湘妃漢女粧始知清更艶宮樣尚鵞黃

先宮保 賜物內有翡翠瑪瑙玉瓣水仙花一盆珊瑚翡翠天竹果一盆均係 太內座落陳設

元日申時日食有感 庚戌去十二月二十六日己奉十一日未時皇太后升遐之。

[illegible]命

正朔何能改妖星掩日精暫逢端始變不減太陽明

顯晦皆天道窮通使我驚遙傳修省詔葵向願同傾

見邸抄向有陳子鶴姻丈大冠書葵向書室橫額在勺園內

咫尺浮雲隔光華未肯殷雖常親

五律

五律

五律

日下未敢侍
天顏大象逼無別生人睨轉閒新正惟歲首得路再
追攀玉章姪女有課本元日日食詩云正是光華日天心竟不平如何弓並曲反與月盈俱縱被浮雲掩終
能永晝清　聖朝無
闕事何損　太陽明
細雨示樽讓姪　改玉章姪女課本後作
未使　恩波極　龍池柳又青誰看衣點點遙見草
青青得意飄仍起因風散更停偏承霄漢渥　庭樹
已先零寫二十三歲姪十五歲遂改此命　因逢恩年歲誤十三歲在藉讀書誤

五律

著處全經濕逢梅雨未零三十株（旬國有梅）如酥曾莫結密潤不曾停滴滴寒 初覺霏霏草又青那堪廊下簾響步隔窗櫺（樽讓著本殷）

五律

候雪改玉童姪女課本後作

雨裏還飄雪炎涼氣尚爭何當銀霰積偏向玉京行澤國浮于水春寒陰不晴都中今更煖萬物正敷榮

五律

快雪改玉童姪女課本後作

錦帳將軍唱青茶學士烹到來滕六使願作太平氓

瑞色思歌頌官閒作

五律

聖明　瓊樽連　玉宇高處不勝情
肥馬輕裘帶衣鶻敗履情達人知有命役物思[共]相爭
理悟須尋樂官閒豈絆名江山銀世界快雪喜時情

雪後過勻園外

五律

忽訝三分白曾飛六出花昨驚寒徹骨今緣[喜]麥抽芽
臘見人皆笑春回我欲謙時情方是快天寶物能華

元宵禁燈改玉章姪女課本後作

五律

未睹元宵月如何預借燈大行皇太后遺誥即頒故有預借之名行之紙

窗無雪打柱礎未雲蒸朝祀雖常設歌筵莫敢承縣

官求卧治社鼓扣相仍朱題蔚世丈司馬進士出身時令固始文定公之弟季

五律

燈禁非常事居然白晝春似儺鉦響晚若祓爆淩晨

過客循尊禮更嚴默賽神朱題蔚示賽神不得用樂儀仗不得用色如迷戰陣法

山城如窶陋梗化是頑民

喜晴句園小聚解嘲示玉章姪女

五律

非敢為高尚都緣病不支准題三注冊道光元年給照十一年考

五律

職道光二十九年給選代奏四陳詞奏道光二十六年潘木君護院代先宮保壽終奏二十七年○賜祭葬鄂
院代奏謝恩二十九年行查子孫嚴護院代奏
三十年給○邮潘木君院代奏謝○恩選期在即日薄
溪寒漲天青草綠滋杜陵官定後自戲有新詩
日出裘茸褐天晴屐滑泥我遊衣畫錦爾怨愁朝飢
班秩進・重慶先祖入國史大臣列傳某子以廕生次長孫附名先宮保入國
史大臣列傳某子以廕生長子附名功名嘆兩歧果
後脩大臣畫一列傳均附名于後
然消不遠富舍此復何之卜得賁卦上六利于不息之貞之兆此後始定出山之舉
紙式爲示樽讓控改西音姪女謀舉

五律

費盡提攜力依然舞半空有心思就日如顛怯乘風

我羨長繩繫人驚末路通莫教誇得意吹落笑兒童

玉章姪女課本有紙鳶為退之弟作云一點遊絲力飄飄上碧空居然霄漢裏已在朶雲中得意迎紅日争高趁暖風兒童皆仰視誰不羨英雄時兩叔留京會試

咒筍

只為廚中味頻嗟出水饞當休驚速意籜莫解風饞唇

興得人初羨山連我不嫌皮冠猶未得稚子願常餂

玉章姪女課本有咒筍詩稚子相依處青苔密密遮風稀難解籜雷動慢驚萌錯甲休生葉盤根莫放杈但

五律

欣如犢角不
羨萬竿斜云

五律

五律

別春卿弟示玉章姪女

不為蠅頭利，誰甘蝸角名。春卿引見奉照例發往之旨，子佩選江西長寧縣知縣，某子選湖北棗陽縣平林店主簿，族弟銘齋以進士即用知縣分發四川。身應能守素，我本舉家清。延陵世譜黌郎出仕不利。雛鳳噪丹篆，佳駒羨玉成。飄零等薄宦，鷹隼豈同盟。

何物簿書爾，相仍起自今。枕流難洗耳，鷗鳥卒同心。平林店為鹽梟出沒之區，主簿專責緝

喜解鹽車絆私。山西潞安府口岸隸河東道所轄者不得近

五律

五律

嫌闌傲吏琴回思蘆下士渾欲不勝簪
一官曷足羡老大不揚名彩筆曾干象青袍已誤生
某子有彩筆昔曾干氣
青袍今已誤儒生榅怕
望京樓未上
乙酉十二月陳
樞垣大冠子鶴
烟文奉有吴元禧既係先皇帝蔭生朕亦不便加恩
給他個過缺去之諭遂用硃筆點出单并發抄出
隱吏句難成與物原無競翻令笑楚傖
嘉慶甲 先祖以翰林院侍講
學士簡放湖北學政道光壬辰 先宮保以修撰繼放
湖北學政庚子 先宮保以戶部左侍郎查辦湖北
事件兼護湖南事件並護湖
廣總督篆望京坊下即老宅
解嘲西蜀作騰笈北山来
乙未蘆山大仙乩語云自
是過合驚奇三十年寵承

承吏佐又云何
待文章授受
蠻市前番閒什叢此日開 迤西佪匪滋事未竟 梅花哄大嚼鶴守豈相猜莫負倚閭望松杉嘆早回
先宮保滇行紀詩程未句

五律

汴寓有懷

風雨離家日黃花未散時 九月由縣送省驗看十月到省稟見十一月候憑請咨
邇來沙似雪何敢鬢如絲
感夢因癯婦 內子臥病數月屢有異夢
縈懷又羸兒 弟珠甫四齡繇膝生屢不育某年三十八始有子十二月二十九日矣
十年心苦地不覺費情思 某子自甲午至庚子均應李應鄉試

五律

計拙饒稱吏天寒反好花暫為嘗蟻味莫竟學蜂衙
如我皆甘唾勞人自建才故園笑日處結否邵平瓜
陳滕
又振

五律

昆季觀澂無極封人趣若何霜台瞻戟色花縣撼晴懷
粟里情堪慰香山句未訛奉有票鹽之議不堪回首處大阮
慶雲多

五律

公暇仍無着梁園幾日回乍晴聊復爾舊雨不曾来
高烟鹿笠大令以中年大工案罷改官州佐不就應祥符總幕中屢愧同心饌本巡憲周

五律

五律

五律

觀察先伯湖南藩公所取士給餽馬頻驚化素灰芊芊春草處獨立許徘徊夢先宮保示以晚景鄉關無個事白蘋吹穀牧羊翁句

憶內園叢菊

幾許秋花徑落英不可餐臨風前度好著雨此時難
滋蔓還須整離披未易看枝頭空折久~~豈有傲霜殘~~肯使待天寒
金帝原為主棲遲未覺歡倚人多更淡伴吏傲仍殘
性冷身煩累芳孤興轉闌好花誰護惜採折竟無端
花裏應須飲還宜醉後簪飄零等落葉鄭重又如金

色靜仍明眼香清不染心南山纔咫尺許共短長吟

勺園舊聯錄先祖臥雲山房楹帖于此水繞山環猶

洽佳趣頻茲鳥飛花笑無限幽情懸有室香人淡穎

先宮保

真蹟也

五律

就荒原失計豈料此猶存總為朔風送何曾旭日暄

多年留晚節有客近黃昏回首東籬下相逢何日樽

奉酬胡姻子卿貳尹竟贈原韵 和勺園載菊

猶記尹吾縣頻思秀色餐今無攀折處路更往難來

五律

戊申同春卿謁如姪梅棋族孫子和族兄小園弟

子健弟王姻春壁王七者萬鳴九中表共祝太翁

七十壽 彭澤杯如願山陰道再看花魂迷望久此地不勝寒

黃良庄上見風采令人歡[illegible]尊周[illegible]畜總戎辦張 庄上世翁在息縣界胡姻從事周

匪棠戊申冬事 非種及時去奇姿不忍殘憊須花縣任不覺

素英蘭我佛當前護生平已數端 胡姻任尹後部中遂有嗣後佐職人員不准越級違例保舉超升之議旋以憂去

如夢經年事東坡共短簪恰逢雙幕辦曾散一箴金

與我憐同病和誰道隱心 胡姻有光黃隱吏之章 兩為延壽客

五律

五律

五律

觸處有詠吟 己酉胡姻祝太夫人六十壽正月八日

秉燭當時事，来山空水昏。更誰花滿袖，無以負當愷。若憶東籬日，相期老圃繁。會須花下飲，共醉兩忘言。

觀察蜑調廣東肇羅兵備道

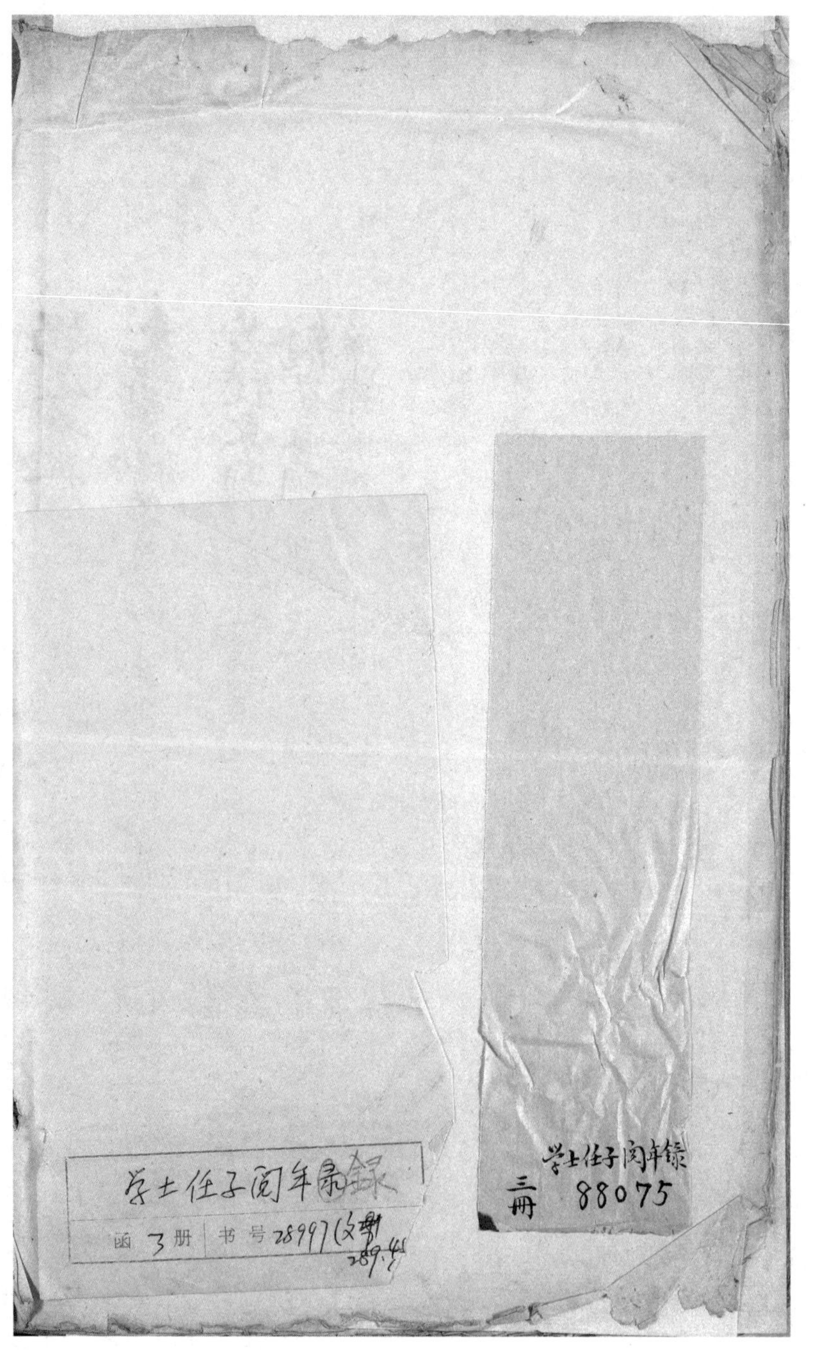
学士任子阅年录録
函 3 册 书号 28997（文學
289.4
学士任子阅年録
三冊 88075

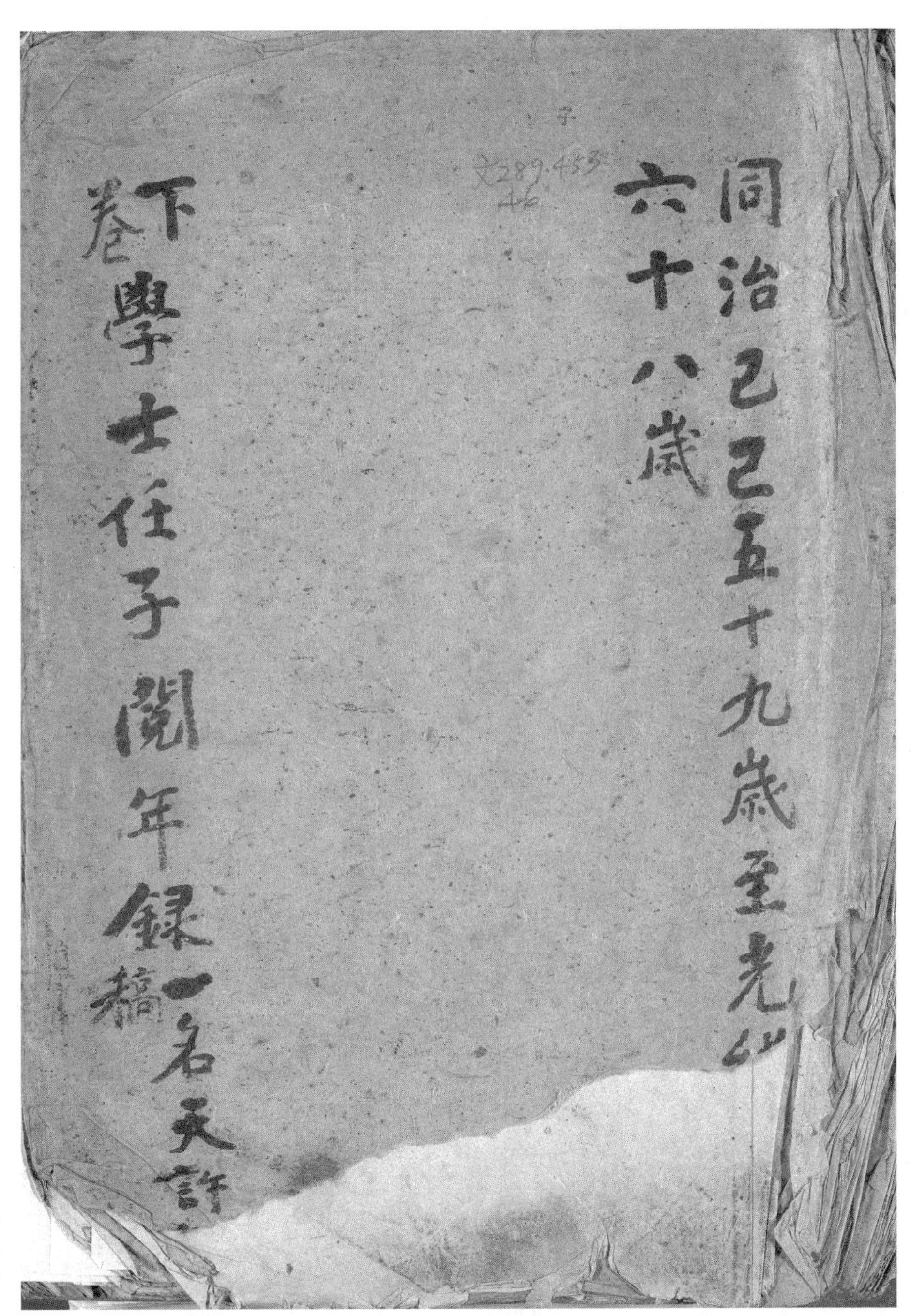

同治己巳五十九歲至光
六十八歲
下卷
學士任子閲年録稿
一名天許

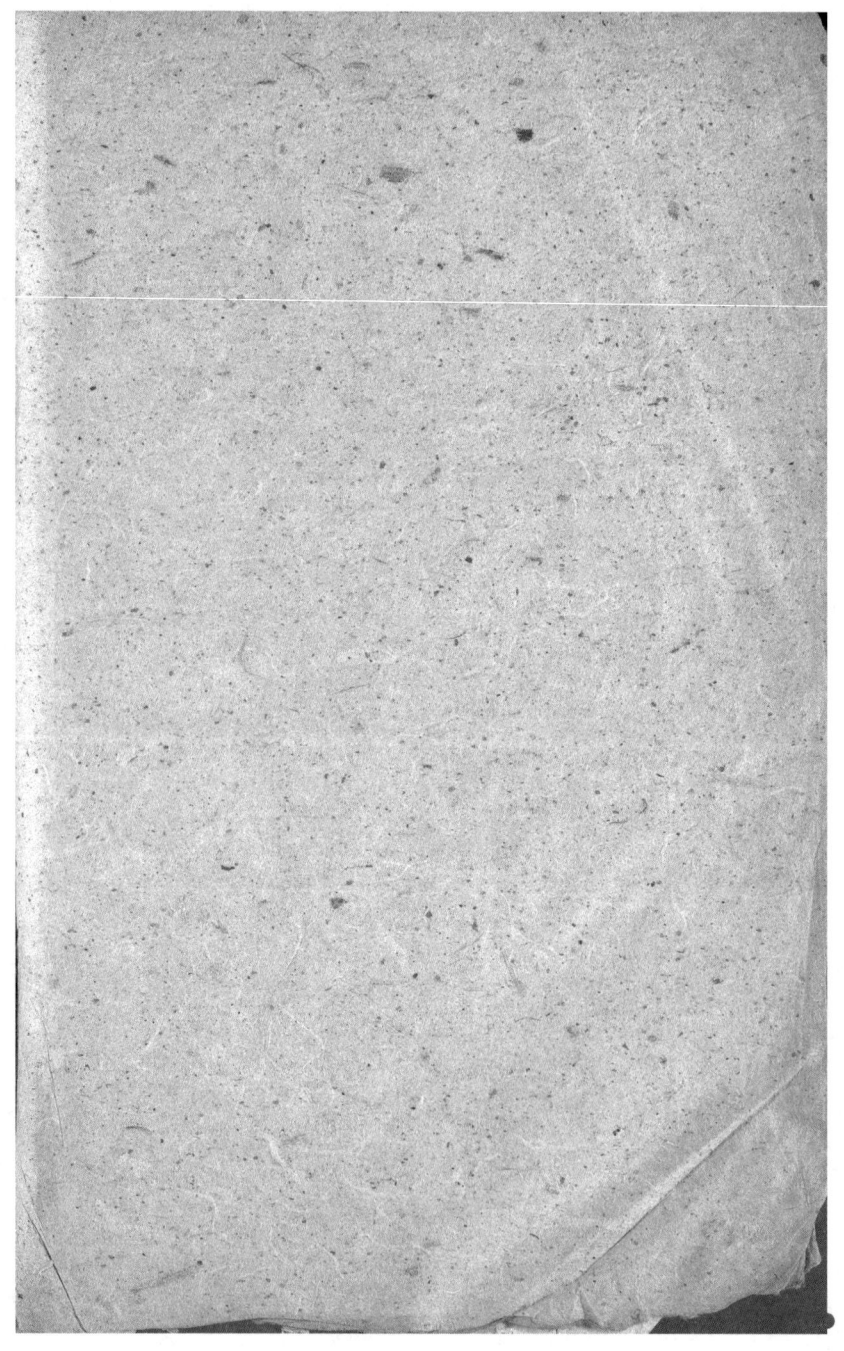

清溪山人閱年録 一名天許録　固始吳元禧善伯

同治己巳六十歲至癸酉六十四歲

道光辛卯始到漢上侍學政署 辛丑過漢上侍湖南撫署

丙午自漢上歸 兩署由岳翁院雲貴 戊申過漢上 謁閣姻丈見翁廉訪

咸豐辛亥到漢上 奉 命領檄任平林主簿汛 令戊辰自漢上歸 由石牌縣丞任告病足疾 至嘉慶閒署不敢擬 先祖學政任年月 則

漢上之舊友有道及者 謂張石樵布衣 不免今昔之感

當年漢上何如好 今年漢上閒諸老 始知漢上有古今

可惜漢上他人掃（戊辰洋市樓閣舟檝制府臨邊燈火雜沓居民商賈蕭條之甚閑）

君一笈不可當　星使封疆老署郎雪中野航兩心

猶勝風土帶花香（癸亥孫會稽學使按試安郡陳烟叟心台明府與我相謔乙丑孫烟叟）

臣學使按試安郡風雨十日夜

詳見安陸試院感懷詩四首中

立春後賦春詞仍次蘇子瞻韻調倚哨遍寄退

之姪司訓零陵任舍　庚午

拜了這春書鳳燈輝頻設魚龍地庭撒白撚煞雪中

人（連日小雪）信豐年黍禾生氣雜沓山河銀鋪倒驚雷

聲凍膝上氷兼水来個儂田夫冬烘昨税誰將庶徵
開比戊辰到舍後不免詠
滿城風雨近重陽句又土挫牛制手過便枝正月五日
立恰卜到期頤梁間燕子遲疑去十月湖周甲餅日有菊
春壽客者正月半次
子授室餞
屠蘇酒者刻節辛盤幾朝風味辛爭戴頭銜華麗
逃出郎官裏己巳十月接到鍾祥張少渠明府年友
驛遞行知内閣六品銜湖北鍾祥丞吴
督修堡寨始終不懈應准給五品銜部覆云云並接
孫補堂函知曽見頭銜已入剡章云云宗執事函知行
知四月初七
日到鍾祥縣云澤鴻遵無非計議梁利用
子復保直隸州加
角天涯列職分掌人材作用惟君起府銜蓬閣升直

刺仍需次湖南疆邑師儒士林文首歌章春秋雲際
子復擬山西矣
似我風塵守責心先墜況我國書生策名低注詳前望鄉
國嘯盡餘意固始殘敗城幸以存商賈離散宵小易生流亡荒仍菜色野殍士民交困難矣
陳勵廉須史年冊成為世太平值兩三朝好日堯
舜性情同耳四朝全盛時年符句願時授物色從舊有三代承平日眼見
容頌邈風數葉而已一歲年六十
予蔣子瀟司訓世友墓誚倚念奴嬌百字令
闋西杳矣會芙蓉初卸江漢時情子瀟掌中書院師記得楊

州迷出霧腰纏人更零丁（定）緩帶輕裘詞曹星使徘徊（問）

長庚慧河師段員外簡潼郡薦子瀟于琦侯揚州幕中丞曾薦子瀟于奕將軍金陵幕中羅欽帥駐襄曾論及與子瀟為同年友

道光己酉子瀟贈句留別　燼餘司命那堪（鎖）絕滅文

明咸豐丙辰四月族子海樵茂才自李臬帥軍中到汎始悉子瀟終于闕中書院某世嫂盡其書籍著作焚之子瀟選授洛陽教諭未赴任　回首景物蕭條鄉園岑寂相對

不勝情點滴將無泉下到萋萋西域諸生墓在北門外十里棚塋法仍係馬鬣（四）封狀并無祭器石物墓碣六尺范孤一抔乾土子瀟繼嗣某君曾權安徽某縣分司終于任之嗣　存問是東平投詩天末幾番風雨雞

鳴

四月二十六日看麥過雨弔之

子健從弟于去十二月十一日升授翰林侍講

學士因作宮花陌以示子姪及諸姪姪孫辛未

寂寞宮花何處紅宮花紅處興偏濃春風得意花開

疾人到蓬萊十二峰先祖少宗伯公前以乾隆丁未庶常在

繙書房行走比散館奉命繙歸

去來辭日已暮由長白學士監試與文端公積蓄奏得旨

至扶孤松而盤桓即止遂以編修留館乾隆年間事

花謝花開花滿樓花紅北闕幾生修花紅十里宜春

苑畢竟宮花插滿頭先伯少司馬公前以嘉慶己未庶常在繙

書房行走比散館已改主事由文學

●劉（諸城）文清公朱（大興）文正公（兩師相）奏有翰苑之才
得旨仍以編修留館嘉慶年間事
紛繽花落　御溝流為報花開獨自惆曾記宮花斜
插帽玉紅花底撲花裀　先從伯恤部公前以（嘉慶戊辰）庶常散
館改主事分刑部嘉慶間事
拜賜宮壺兩露新踏花飛去馬蹄塵當年誰是探花
使紅遍長安一日春　先宮保（嘉慶丁巳）臚唱前一日　先伯以（正）啓
事召對　上曰汝弟吳某書法
甚佳已置之第一　先伯碰頭謝恩畢　上曰河南
向無狀元此次吉祥之至次日臚唱謝恩畢授修撰
吳穀人先生時為國子祭酒
嗣君筠園年丈時第三人
紅滿曲江未是春花紅萬點正愁人畢竟宮花紅映

日與花紅到十分新先從叔康訪公嘉慶庚辰臚唱前一日上已置之第二曹文正
公師相面奏 上又置之第四師相不答 上置之第
七朝考後授庶常散館以編修留館後改御史用
縱是宮花紅又新紅花撩亂獨憐傷神宮花如雨滿
春殿三十六宮都是春唐句再從弟銘齋明府咸豐庚戌己列二甲朝考 命題山虛
水深詩得蕭字獨押蕭字為人姓未取何小立侍郎
嗣君為伊所誤皆以知縣即用袁小午京堂幸未為
誤授庶常銘齋
令署成都縣
宮花滿地久逡巡宮裏花紅幾度新身是玉皇香案
吏落花時節又逢春白句奉 從弟子健學士咸豐庚申庶常
命參贊旭初侍郎軍務奏免其

散館授檢討仍留營辦事嚴渭村中丞會銜于孀母服內
保升侍講今升侍講學士兼日講起居注官戊辰壯
散花天女今何在天上人間別有春一色宮花紅十
里紅花飛入軟紅塵艮之姪丙行會試前選司訓
當誦千金散盡還復來之以詩札勉之自選凌北上行會
與同城同姻丈蓮相攷為教職今自任所邑挑知試
己詳前生筆花詩序中故及之
宮花飛上玉人頭侍者拈花不自由一笑難忘花世
界花紅寂寞正悠悠某子乃侍講學士之任子耳我先祖
先祖再并先伯從弟三學士若先
宮保由洗馬逕轉鴻臚通副閣學遂躋卿貳蒞事封疆
未嘗一為翰林學士也瓊英小女宮花陌夾路名花映
日紅紛紛開謝總由風花香色艷人爭羨欲乘青雲
上■■灼灼飛花落碧流隨流逐浪使人愁休猜寂

舜宮花冷更叢新枝開正稠綠襯新蕊　御堦塵正
是宮花得意春　上苑一枝全贈我祥雲瑞露出
天恩宮花斜插少年頭兄弟連芳花萼樓春色豔陽
紅似錦長安踏遍意悠悠寓意深遠徒增浴嗟而已
釋服當在正末起病應在七月十月當有查覆
但足疾雖漸佳終不能復元耳且風雨雷漲險
阻絕溢風波瀰霾飛沙即襄江舟輿均所不便即風沙平
陸車中亦非所宜況有責任官守考成乎加以屢經
殘敗之區比比皆是羽書未息平準當行大有
感于魯論微子之篇因同王小槐表兄尋句園

燬址慨然有感步蘇子和陶令歸去来辭原韵

併效其體

歸去来兮吾稱足以東歸八戊辰七月牒縣告病詳報月奉藩憲批准九月交

卸十月奉縣移驗牒覆詳報取結當即稟辭由府城

京山應城漢川抵漢上任一月而歸並未過江一行

幸江漢之風清漢黄德道移任漢上督理江漢關兼管税洋異言異服異物異事靡所底止

卧白袷之春悲十月報聞訃丁母憂在籍迹深山而大澤念情雨

而遂追由漢上歙口黄陂應麻城商城黄安十一月二十六日眷屬成服起身至十二月初八日

始抵家緣十月初一日由石牌舟行至初七日始抵

漢上者入固始境冒雨泥濘雪融阻滞較之長江漢

崎嶇風日溪徑
尤為狼狽也　望先人之敝廬，疑似是而又非八里松（當日謂）
毛家塋小住，墓廬食雞黍，稍霽，由縱宦海之有情，乃
[illegible]墓側[illegible]暮始入城，不禁惻然（且粵撿兩匪）
平林聊以卒歲，在任日粵匪逢兵燹，即[illegible]
無褐而無衣，均未入東陽境，石牌在[illegible]匪退後撿匪
屢至，且兵燹不能記憶，雖憲寅舊屬均有助貲贈賻
廉俸全給，差委不絕，呈送不暇，亦未能有遺餘也
況夕陽之切近，限黃昏之幾微　時年六十二　光陰荏苒，日
馳月奔，幾賓幾僕，再涉園門，三徑蕪荒，松竹無存，蓋
天庥地何處，倚樽山依部而自橫（謂龜山），南崗水繞城而
留顏（謂城濠），火湯溝雲四面而誰主，烟數窮而鄰安（謂梨花園）沒

周道之茂草傷瓦礫之當關痛虎口之餘生殃池魚
而偕觀爰阿房之一炬歎金谷之難還咸豐己未怡得勺園燬信
在戊午二次
圜城之後
欣蘭亭之惟晉香枯樹以賦桓舊有清芳書屋
在古兩墓間癸向書屋在後蘆波菴臨溝借星亭在山
高處小瀛洲臨池綠蔭軒臨溝與杏花村隔岸挹巒
山房在園中汪眼小山侍講師親題默齋又一村均草
舍外有大高瀾之樓近天尺五之榭中天皓月之
亭並鶴舫以得選領檄赴任並康訪亟催上道
不暇及也道光乙酉建至咸豐戊午十年而燬　歸
去来兮請膳飲從于遊来前度之劉郎止此而勿外
求希暮春之服戍豈溱洧之貽憂寐寒猶在人境乎漁

樵問答芳疇水亂畦間已囑次兒招佃種菜不假扁舟搭釣橋杏花村處
可徑下有通市之橋平易橋今呼為平易字橋非是易古陽橋帶零落之
行山窮水盡處南岳俯瀑布之長
山邱古冢纍纍上有背城之奇廟
流向有洪家橋已卜築而結茅第五橋之南為休古墓仍依兩
流下瀑布泉聲種植花卉藥草繚繞周遭
前後開闢蓋草屋三間為園命曰農莊黙齋為
又一村聽佃種菜山上種松下種桃李雜樹池溝邊
種柳有水處種竹池種蔆慈姑勃薺子午蓮黙齋外
搭瓜豆棚又一村直下平易橋木槿枸杞為界可用
已矣乎衣食自給惟其時年老癃病王不留於陵仲
子安所隱之吏何足羨石田焉敢期非避秦之可論教民

爭訟疊見邱抄戒或耘[illegible]而或耔南屏聽晚之鐘牧童遥指
之詩茍辛青門之願消磨歲月勿相疑
家世如第五倫者尚矣刻銘齋從弟選第五倫傳盛名之下
其實難符盛至之後難以為繼況某子逮事　王
父閥閱門楣如范忠宣之縣丞陸劍南之主簿不
過素位而行若太常旋馬廷尉羅雀雖百足之
蟲死而不僵其柰可哉較之喪明之[illegible]傳以痛靡有孑遺
希吾鄉贊嗣郎貳尹兩姪仲山通守姪孫熙仍帽武才姪
者奚啻天壤間姪年来相繼而夭子佩康臣絕世

且疏傅亦云賢而多財則損其智愚而多財則益其
過子復以本支公田　鄧禹以各食一藝陶令贍其族以遺
瞽借某子養老
囑示其子先高祖遺囑載一綫譜中戴月蓬頭王霸之子椎髻梁鴻
之妻其庶幾乎用步蘇子歸来引原韻以誌阮籍
窮途之哭併效其體某子苦病貴州院署有書憤戲囑內子及致諸弟族戚詩札
歸去来兮時事反覆安所歸溯楊柳之依依兮何雨
雪之霏微既畫鷁而中流兮何錦障以須韉謂滁州關山揚子江
又攀藤而扶葛兮盼松楸以歔欷界嶺吳家河即鄢店櫛捲地

之風沙兮城郭是豈人民非又襟江而帶湖兮停舟車
以叩扉鄱陽湖廬山白沙闕別窮山而惡水兮爛復旦之光輝
長江洞庭湖滇黔山水徼倖于萬一兮止老死而無感遂迴瀾
于既倒兮莫視北山之文徼歸去來兮吴頭楚尾曷
其極嘆闤闠與阡陌兮笑當時之三戰三北于此有
人兮賦考槃而人碩單地翁尚書師王藩憲文韶並吴春翁太守師均由諸弟問候
乃窮居而野處采茹而釣鮮食夫陋巷之簞瓢兮雖
原窜猶勝兗曾叔向而賀貧兮彼送窮而亦黙何救

貧之可賦兮謂短褐以德賦豈陶朱之賈兮則億中而可即大兒以候選縣丞在江西吳城鎮由徐孟卿烟台觀察禀准制府奉札批准辦理吳城鹽厘分局夫蔌麥之不辨兮吾將以鼠為璞也己命次兒學理農圃

因退之姪自零陵訓導任所丐行會試又貸穀

雨前自前月至連日後晝夜雷作因擬春江花月夜改為春宵

雨夕春和鏡海姪及瑱瑛次女附後原作聊以代簡

退之且以勗之並示子姪及諸姪孫

春風春雨傷春情春夕蕭蕭風雨聲風雨淒淒春不

己春窗風雨伴雞鳴雞鳴風雨傷離人風雨春窗聽五更
五更風雨春己暮春窗風雨夕縱橫縱是風雨待春
時發生潤物暮春遲暮春風雨敲春夕風雨春窗散
離披春窗離人傷春暮春風春雨夕燈知為報春時
少惆悵春窗可折兩三枝折枝忽聞響春雷聲如羯
鼓風雨催（三月初四日前一日）穀雨始聞雷風雨羯鼓撾不住春窗風春夕
自徘徊徘徊不盡春風雨羯鼓聲聲動地來何日動
地春霹靂何日風雨龍門開（京師三月初八日會試始入場）龍門魚

躍春幾過批鰓點額風雨回春雷一夕響春暮春窗
風雨莫相猜況復離人不忍聞春窗春夕起暮雲春
窗風雨来何暮暮春雲飛去何紛紛風雨春窗當春夕
春夕春窗過二分之始䖍北上二月初六日退行春風春雨不相及
退之丏行謂通音律丹青書畫法篆
春夕春窗敢問君刻詩詞能識古玩金石畫繪墨跡
藏板舉業館閣小楷其末者也屢薦不售然其才學識
足以濟其用于況博典麗之作金匱石室之書盡矣
鏡海從姪春窗風雨一夜風聲兼雨聲春風春雨如
潮生幾番和漏催春去定使春風花滿地橫窗前聽者
為花愁打破蓬窗尤不休何人聞此悔不攏傷悲何窗風
雨不颶颸淅瀝滴灑竹梢頭窗前及種稠況兼簷馬

丁東響可憐有客聽小樓似此風雨不得歇昏燈了
了明復滅春風春雨太無情畫使離愁人眠不得決
女墳英春窗風雨夕年年桃李布菲芳妬花風雨苦
倡狂紛紛風雨來何急忍使百花齊損傷損傷百花
太無情離人聞之夢不成已使離人腸欲斷那堪不
任風雨聲祁祁刀刀雨同風本是東皇運化功十日
煦風五甘雨誰負調元無始終騷客逃人夜讀書淅
淅風雨助吟咀風雨助吟興不歇誰識青陽二月初
二月青陽不見鶯惟聞零雨碎空砰三春韶景將欲放
盡被盲風吹落英風雨風雨聽我歌莫向蓬窗施威
苛赤鳥有日出東海
我看風雨奈若何

奉祝仲申表弟司馬囑題朗洲表兄照畫圖赤松樹乙
顆黃石乙大蹲
並未畫其人　共三十二韻

神仙之學黃帝始赤松神農為雨師風雨崑崙山入
水入火均不知留侯辟穀有自來老父隨履取履之
素書一編能讀此穀城山下會葆祠天下國家皆可
以非招隱避當時只因辟穀入水火列入仙傳人共
奇聞君寫照與人異黃石赤松人竟嘆閑寂無人右
何翁老嫗兒童並求疵布衣原可傲王侯素書風雨
誰否為況是
四朝全盛日與君閥閲相門楣招隱烏何有辟穀水

火世所嘗何日健步謁君堂應見此畫作者誰淮南
著書注本草茯苓千歲化松脂望松赤樹入地化君
家今畫當本茲魏志烏丸傳注中伊吾山石九其
姿黄為三等大秦同玉石皆然言在斯君家談兵
著素書隨履孺子履邳圯君家昆裔隨風雨應有少
女日相追我輩均非避秦人何必招隱匪夷思石公
世家漢列傳赤松不見古今詩畫君之象寫君形方
見男兒是鬚眉麒麟淩烟君不見鑄象五湖莫相欺

憶昔蠻府學叄軍羽書旁午畫夜馳也君家聞此當一
笈道聽塗說更影顛咸豐二年十二月奉府憲札在主簿任內餘所屬丞拿偽辦日者号赤松
子在襄樊一帶出貼髮逆偽示
務于茶房酒肆廟宇等處獲案等因憶昔烟波放畫船館
錫建牙相尉遺潭浦水中產黃石書案大小陳纍纍
道光六年三月在蘇州岳翁賀摠藩署將歸
陶烟雲汀中丞贈黃石扁章一匣黃即乾黃田黃未鐫者憶昔滇
南兩節衙鼠腹松樹赤相諸兩度新春烟墅間異方絕
道光二十四年在雲南侍院署海天閣見
有別物滋赤松二十五年在岳翁賀制軍署遂石亭
見赤松鼠
腹皆赤勸君一語莫相訝世上浮雲奚足沿人生

七十稀古來朗洲年七十八某子年六十二教兒且扶掌中醨一樹

梅花一放翁團扇家家寫其癡某子有壽南畜介眉畜明月前身畜訪友

畜惟我與我相周旋即齋額我與我相周旋之室亦名默齋額無存聚散窮

通復何疑

四月十三日子健從弟奏准開缺回籍迎養因

作天孫雲錦以示諸弟子姪姪孫

七月七日望天孫 天孫倚天門處望天門開處雲錦

下雲錦下處見雲根子健于五月二十五日到籍已于八月十三日迎養

生母張太恭人全眷北上　天孫爰求柔彼桑執懿筐
諭旨奏件詳見邸抄矣　道光
而遵彼行機絲不曾盡夜月支機石處斗牛張　元年
孝和太后鈕祜祿氏尊人貢公父上声名阿拉大宗伯總
管內府派，先祖得許太夫人侍行蠶繅禮故事滿
漢外命婦二品以上翟預行禮漢命婦向蒙　賞紅
告足疾免
綠緞各乙疋某子領紅疋適鄗藥臣太史妹領綠疋
先伯母戴太
鳳聞軋軋弄機聲天上人間太有情夫人尊人戴紫
垣大司馬于嘉慶丙子　召對詢及汝有幾子奏
曰臣有四子　上曰闈甫下過場麼奏曰回避吳某●
上曰回避他作什麼他是汝什麼人奏曰是臣的女
壻　上曰汝同吳某還是親家麼奏曰是
不俟鶯梭與燕剪洛陽三月錦無成　鄉師祖大興朱文正公
相國曾侍過

仁廟青宮讀書嘉慶閒　名對畢上曰石君先生回
來上忽曰汝每日入內伺候是什麽人　奏曰是
臣妾伺候　上怒曰汝回去傳朕的旨賞他二十個板
子奏曰是甫回寓遂遵旨行事比更衣始知補褂
後片倒釘遂閤堂大笑訂此事　天孫為織雲錦裳雲
必退食時上親見之故有是旨
錦乾坤達
帝閽經緯絲綸
天一笑天孫何雲錦煌煌陛辭
先宮保赴雲南巡撫任（道光癸卯八月）
上曰汝往雲南汝
往家眷能都去麽　奏曰臣有兩子在京應試　上
曰誰替汝管教奏曰臣有妻室在京　上曰年紀該
不小了𡥧奏曰是臣結髮的忽
上大笑曰汝有主持家政之人　西來王㛐降瑤池七
道光乙未冊立全后奉詔外命婦各加一級　先宮保任通副

月七日欲何之天孫雲路相逢笈　蓬萊宮闕箋

回移（予建述及海淀大有驪山之感三十年前）翰林花園不勝一坏之土也某子有東海之作

或以其酒不以漿維天有漢監亦光天孫終日維七襄

終日七襄不報章肩鞘佩風遂不以長貺彼牽牛不服（先宮保任雲南巡撫陛辭奏曰臣與貴州巡撫賀某兒女姻親）

箱　內子曾有自愧此身非織女如何今日駕牽牛之

誚　先宮保曾諭內子曰不意天壤之中乃有此

王郎耳某子亦曾詠淡羅衫子淡羅裙淡掃蛾眉淡

點粧怪儂一身都是淡如何嫁與人等句告病人員

例應捐封自領行知後尚無成說但不要俟章恩耳

子復所請貤封業經逾限已請兩次終成畫餅然所

貴亦不貲矣今俟蓬閣回湘後再說捐封之項可也

予健亦道及之總以貤封為論亦悠不經之談耳然

内子曾于戊辰元日夢囑某子若能熬到年底下總有一章之說保舉己于是年十一月出奏己巳三月奉准部議批覆貤封亦于是年予復在京丁憂報部後即行呈請大約實缺告病捐封[illegible]品不俟覃恩可擬逾限之請違式恐屬駁斥存參

自壽十月八日闋服後補釐六十共二十四韻

紅塵非遊戲所立在塵根秉賦惟天受旁皇無幾存搔首問青天不得入其門鸞飄鳳泊何白水亦黃昏

前在岳翁黔撫內署談及程明道先生自述秉賦最薄不免追思自壽以詩天年六十致仕曰耆非壽者戚族友人相與稱觴為卜古稀奉以答之我生本不辰逢天怒且謫生也

⊙內子于某年庚子應省試家人回述十日到寓
報病頭暈已四十日因夢見之與前詳注同直
三歲瘋疾春泉姑丈醫用硃砂
然本性反復又迷迴遂成痰疾四五歲不能作語僅
六歲就塾至十七歲
健步　不識絪緼道理陌路笑其氐就婚後經廿歲未識
耳
廿一歲內子歸者金陵
人
道忽覺有闢開陰陽信陶甄藩署某子瘵病垂危留
京應試已前昨非今日是笠覆大乾坤漢上廿七歲
廿三歲隨棚作痰
詳苦病作中
侍京瘵病回里瘵病均垂危廿九歲侍南昌學署回里
卅二歲侍湖南撫署無非痰病之作卅歲力疾應試而已
即前庚子力疾應試垂危
不敢夢邯戰誰與共討論
扶出公車遂自此歲停試
魂夢遊清浪山後廿四歲痰黔在撫署
不敢夢柯槐誰復與招云痰症大作醫者戰栗至四

十四歲服官後稍止相者
日者均以誰能待五為斷風塵仍擾攘所思求其原
不滅来時路清心夜把捫卌後四歲始有記得塵根未大了
回生拜佛還之句
岳翁喜佛先
相對兩難忘言急促惟塵限塵尚殷繁境宮保亦云非枯寂禅
岳翁云告莊兩者即今日好和向又灰空自有善哉
先宮保亦有未到聖功莫闢佛句劫
四十八歲瘦症又作日者醫者均以六十三止
養其元四十九歲痰病垂危此後延年痰病至五十九歲
稍差贈家對五十五歲不服水土又兼風寒力疾供職
致有足家疾即于五十九歲罷去抵家今六十二歲矣
均前作　我今何所羨無能但率真我今何所為宅心
詳注　之
暢吾身我今何所觸處良有因　服官十八年亂離者雜
閒官奏廾不羅于禍

不罷于咎虎口餘生僅一次耳可謂全師而還者矣
但乱語云諸疾漸瘥惟足疾雖漸佳終不能復元耳
浮生無住著唐句不著無生塵讀我秦漢書作我羲皇
人閑戶多歲月為病亦為貧不敢謂林下不敢謂隱
淪事　吳氏徵信志回始縣志續中州文獻考恩慶錄史
事錄嘉蔭錄閱年錄多識于鳥獸草木之名春秋
漢魏古易卜筮解諸經虛字解春秋三傳凡例注合
解均係未成之書即未必然過傳遇老難矣哉
如何鎮日閒尋春不見春十月朔風大雪作並結凍三日始晴

元日口占題陶杜蘇小像遂祭之壬申

六十年來一夢譁更于何處學無家人生何苦常如

此辜負當年一例暐去年稱觴某子迷以家奴盜取內子銀十六錠均鐫有福壽字
樣係先祖少宗伯賜物即聘禮中用者某子七歲
置之不問遂得曉五長女今適洪蓮甫庶常並符內子之
夢又于漢江救一叉落水軍犯不識其人幸而有子今
亦出考並符施秉飛雲洞韓兒之兆皆二十三歲所
為者及清浪山夢後病甚遂為撣金之事岳翁所贈
三千兩不受應得長孫田三百餘石不受並建勻園
幾無立錐之地忽奉領檄之命比園燬又奏升任
抵家後子後弟以公田暫食相慰某子又撥私畝以
養義甥劉鬧甲家屬私田不給百畝矣遂奏准五品頂
戴六品銜知照且于乞盡菜衣既有子別無所求之識
又勻園古墓有陰無陽毫無傷礙
且封而祭之又生瑱英次女待字
六十年來辨是非窮通聚散更聲希夢幻水泡行處

稱觴前後夢故僕夫婦右累為上

有便于何地學忘機壽春卿〻弟累稱某子福氣並〻
夢于襄陽學有問某子近八十的人何以髮際月印
未生云〻且于除夕效袁簡翁刺史守夜事比賀年與
祝仲翁表弟相視一笑
且踰　先宮保賜限矣

六十年來一夢間更于何處學神仙老人到此原無
用空水雲烟共碧天丁卯冬寄知子復示以某子天
癸巳畢今忽憶及黃忠端公六
十後噴飯之誚可見
古來亦有不解事者

元旦口占書于璸英珍重之

江湖廊廟古今難地北天南無著處忠孝文章歸旨

閩西　吳會芙容　却
吊子蕭臺

趣太和元氣一番歡（已修徵信志江西湖北湖南江南山西均無確耗不勝念念）

去五月十三日子健從弟到家後敘洪蓮甫長倩名列庶常始末並接子復弟自京来信述及

今接到蓮甫自京来信硃會試卷一本因作秋江花月夜仍擬唐春江花月夜體寄示疇五長女代簡（即以）

秋夜秋江太無情秋月秋花共長生如何秋江不見月況于秋夜聽江聲（蓮甫前下第攜眷南住揚州）文章未必賦秋江秋夜秋江夜對缸秋花生在秋江上秋夜秋花月

滿窗蓮甫歙貢中式京闈膳録兩叙挑取教職秋夜鶴影花中住月秋花

生江霧江夜趁月幾人來秋花欲上珊瑚樹尊夫金遺明府堂弟分司淮渠不堪寂寞移家安豐乃食硯田前函有背城一戰云云踏花江上馬蹄

回江上看花秋又催馬蹄江上秋何事邀花秋對舉

秋不蓮甫出闈子健咄咄怪事花樣乃爾蓮甫自嘆久之比子健出京報章誤書名鏞到汴始知名列二甲到家後子復信到方知庶常吉士邀月秋花影縱橫人秋月秋花月倍

清月更邀花花邀月江上花月不分明蓮甫夫唱歸隨相敬如賓

文章不耐秋風哭何處秋江花月新秋花秋月秋長

在秋月秋花襯（總）身蓮甫旅食京華到處艱辛但夙有名譽久有公卿耳月明江

上花千里詩氣秋高半紫氛萬金花月秋江報八斗

才稱秋夜聞今春接到蓮甫硃卷亦所謂典顯淺者俗云只要文章中式官詩◎未熙出處亦佳不

但未聯亦式

讖語耳把酒問月幾時有明月秋江乙二分江聲

滾滾秋江月旋于江上覓紅雲作陳杏江姊丈給諫亦江南之遊家商卯

黃新甫姑丈大守夔守起家道光丈娘老矣秋江上

[illegible]內子乙未[illegible]熙元常清苦皆然留館屬望蓮甫秋雨兒乙

[illegible]金[illegible]之[illegible]相合秋看取秋花健步輕何處[illegible]之得[illegible]女[illegible]秋扇何

月狀團欒月[illegible]林下有人行有過舍下之談云云自京回道及蓮甫

自述

脫身簿尉中杜句所學非所用讀書不讀律視天亦夢夢
讀史不讀律難與吏胥共逹哉歐陽言治學何懸控
總角事重慶波及餘群從廉叙例給脃叔析突弁趙孟貴躁
遜班臣衆恩詳前紀詩注中不識語助辭迷離羲清倖楊東屏師
累以東萊博議張氏篇十敗履困十年某子舊有東
末附釋虛字切訓六年四申部先生之號况
已久放縱詳前韓屋不寐詩庚子後停試注中何如讀濃書政學持其
重賦夫母人之子委吏秉田傯納粟來為郎道聽堪深

慟（詳見窮途詩注中）浩蕩念清臣羨錫傳驄哄（詳見早梅道詩注中）

遥背部驢梨影年遂送（某子年十九知閲邸抄晴溪族伯供事内閣小峯族叔祖祠部吏風雪泥濘過從談吏事得見國家案例等書）寄居他人籬劉談無虚空

滇黔幕客輩過從中頗及律令吏治之談雖辱闕閲榮固詳申韓誦回首

十八年衣闕曾彌縫（出山罷去十九春矣）僅有軍汎四条乙案佛奴豈朝

夕壓倒吏行咽（滇湘院署陳蓁札習吏事得其力平林識書鷄名法佳憲寅幕紳有呼老吏者）

吁嗟丞簿尉歲晏足吾供（詳前兼尉詩注）豈是前定數夫人

言必中（詳前小唱注中）

富貴祝在天司命難為用了几誤乃爾未必輕縱送竈馬知笑天道獲信亦振曹（小峯族叔祖論日者謂某子虛五品可有家業未必如舊奉檄之日也已驗）始與捶楚辭（杜句）藍田記耳誦身無百里才啞啞五穀重（已詳）鑾府笈參軍州郡累倥傯（羅欽憲有布經歷銜之奏揚制使有府經歷之奏均未行）大范有令子放翁忽清俸虬珠思卅年辰親日弄（已詳）傳取人間物無限夕陽闌勵山舊家風鹿車昔挽共（已詳）學圃讀書餘餘夫畝獨種（已詳謂仲躬從弟宅）卒歲聊衣褐有子萬事空（軾兒不達未能習舉業雪兒幼）笈傲在山

林上界神仙洞那知仮閭見乃過昔牧仲十年出幕
府杜句天衣豈無縫已詳别賀東岳二詩注 西雁東伯勞杳然天門𨶹
已詳天孫雲錦詩注 潦倒強壽人黔婁疎培壅老謂女兒橋葬橋溝田事 二
頃荒其半園謂句湖 餬口四方慟謂輒兒西江鹽事 冬煖年且豐
號寒啼飢哄賓歡僮僕飽宦遊古今懵乞米顏公帖
陶 踵門令咰贈春舫宗講蚨度年金魚將軍換賣書杜陵諷如
何 來近重陽雜沓登門衆如何司會計王稅無多供有糧
無田者曰空糧諸葛少年語 三復獲析東嶽岳札存有波泊 近二語 道光戊申西復示

雲臺首食力陶令訓堪慟賢愚智過間損益疏傅詞

香山風痺久為人所輕重小蠻樊素前相近真如夢己詳

年高若多歸三寶何其懞懃屋碎風雷心魄迷聲控

烋掃行次且耆倦耄勤動山林在郭外杖履難為用謂河東別墅

執枘入圓鑿鮮不鉏鋙闗利鎖名韁誰貪廉優孟痛

急流介于石蓮頭椎髻吶先人有舊廬討口授倥偬

渴飲西江水己詳石田安可種何日樂斯邱何日向禽共

江天雲霧裏子亍停采鳳記衰每多誤斷簡殘篇內誦

寂寞身後事窮途哭内訟城市有鬧人臨（唐句）溪緑野廥

園（謂句）腐儒粗糲餐公膳雞雙供卑濕難成衣室陋暴

且凍（謂桐廬書屋）豚肩不掩豆布褌三猶忡蔌麥不能辨

春及告農衆文字習俳優策射金門中（謂雪堂兒）飲食鄉

黨台賀（萬）百大言哄異哉子叔疑龔斷季孫諷（謂軾兒有安詳勤）

慎可愛之至考語

逢閽迴避四川

易不出户庭死咎為析東周君不能永文移北山痛

得志在安石棋履誤相弄（謂軾兒）不能忘臣朔細君仁

耳重海日照神仙畫裏江城哄國事即澄懷泠泉生平羨
白蘇有遺頌暖風薰人醉勾留謂誰夢謂蓮甫退之西湖復故均
癡聾阿家翁不如珍雛鳳謂蓮甫顏氏八百畝三茍善居用
爾我公私田莫謂足飧饔詳乙牡丹不足貴竹林乃羣
從我已好有爵已列奉政大夫可捐本品封白簡丹筆兼蒙考語無劣累依議
故園春何在不治為齎病南塘第五橋園依綠水動
膳飲從于遊裘釣終日雍哥傲倚南窗無忝郗傅諷謂兩兒
著書鬓毛班經史枕藉誦藏山傳之人不獨徵信晌

寖

徽信志郎一綫　富貴有散人汗牛且充棟樽酒細論
譜續補別名
（杜文句）尚友古燭洞歌非田舍醉顚養班鶴俸菘韭得所
宜思荳蓴鱸忡肉帛得人煖頌摶聞者衆老大流落
久懶與世偃傯誰（為）（謂）山中相預聞未為懵春去幾多
時春記草青壅簪纓世濟美●
雲翰輝庭供壽（謂福庭）樂只民父母大車詠放縱（謂胡安甫司馬）
金湯寖邱城腰纏絶鶴控（去秋邑人訛言京師為之）震動冬底胥小易生今春
安居樂業三月
二十八日立夏

壽姻甯海珊太守七十兼以慰贈代簡

三十年前兩健兒素衣風塵

帝京裏某子與海珊均與商城熊姓瓜葛且與徐伯烟均

華御史瓜葛與某子國學應課赴試浪遊

酒旗歌扇日相迎自許出頭鑽故紙道光辛卯北闈海珊蒙

[illegible]房薦挑取

謄録傳

國史館　天仗宵嚴曉雞號溷跡要膽·宮闕美壬辰

正旦約往看早朝以王老頭孜案刑部未結補入

太和殿出即中嚴遂出午門看退朝畢即由西長安儀府林

星舫世兄太令館中　有時逍遙步酒樓梨花影下窺

相賀而歸各宅中辛卯冬至約正陽橋看郊演大輦小雪中遂同晴

金紫溪伯安谷往拾金不昧薄飲安谷海珊遂定平生

有時聞香遠益清綠奔迫遍穿　内水金鰲玉蝀等
辛卯夏約由遊
零錄科詩題香遠益清
祝烟衛睦學士權祭酒王侯第宅亦親過燈夕分明
壬申元夕約看燈至大柵欄巡城呼殿而来
金吾李車馬人行辟易不及某子被金吾贈棨之以
君忽淮北我漢南君乃小史我府史慕花紅秋蘆花
白俳佪眺望國墓爾有人持戟明光殿婚烟孔云鄰
洽比
壬辰某子侍　先宮保視學楚北海珊遵議叙歸
辛卯某子考唐授縣主簿丙申安谷以刑部主
事奉　伯母戴太夫人諱歸海珊到固来予與某子
遊縣南門外話及甯姓蘆花客流連數日某子至今
安谷
我忽幕府君持麾都督滿街走畧畧畧某子侍
辛丑後

[illegible]官倚湘撫任即隨　先岳翁黔撫任又侍　先官
保滇撫任後隨　先岳翁滇督任海珊亦緣例別駕
君非劉毅輸百萬豈惟五日一觀妓　碧雲寺中
天上行詎料
龍顏近咫尺　碧雲寺明建寺僧陳度光御史替度春
卿子佩耀亭安谷彭烟水部艷遊寺中
碧雲寺在　園外
海淀西北三里　拜
賜宮壼南渡行移家海門久遷徙剩　海珊選寧波水決
分防通判任
漭瀰拜正愁人無故所蜃樓竟成市漁人得利數乃間
為之在我當如是　海珊稱報捐稅違愼逢刻奈內
應調降用遂稱疾歸籍　我懷書

匆走天涯君歸賴上急鞭箠烽火不近報平安風前
草木兵方已我窄戎衣瀕垂危君乃登𤩽聽鼓鞞人
間滄桑古今然我亦吴頭與楚尾咸豐閒粵捻兩起某子奉檄辦團海
珊在籍守城同治後某子頭銜而已居然
海珊太守固距阜陽一百七十里自城到城君家父子不
可當諸郎均與守城屢得保薦職銜不一
朝廷尚爵鄉尚齒某子年六十三歲海珊年七十歲君家世禄罕古
聞樹之風聲旌其里海珊明潁川衛世籍某子在徐烟仲廾制軍京宅海珊見示
百年期頤在指顧杖 國杖一朝從茲始漢槎姪孫海珊外孫

今往稱觴
囑為代祝

招魂詳後冥獄記

人生參商不相見相見之人今老矣別離自是不吞聲死別難無惻惻情關塞楓林青黑遠屋梁顏色月光明已窮碧落黄泉哭還向虛無縹渺嗚魂去魂來何所擬此生未卜況他生涼風起天末使人不勝悲消息真無淚暗垂佛法在天權自我達人憎命問何誰過來魑魅空相喜踏去靈山不日辭憔悴灰塵尋咫尺未盈千里莫追思

非仙非佛例文昌吏部堪稱日月光爐內有金飛作蝶窓前無夢醉烹羊栽培心地人間世涵養性天燕喜堂鑿壤老人親語我桐花棲鳳樂平常書屋時居桐蔭

素不信子平之説以為月寅日子之故逺六十後回溯前因比比皆是較之天官五星尤為証確然不敢擬以卜筮之類及見韓蘇詩句有磨蝎字云云方知自唐而始殆讖緯之一端歟不知日者以為然否因述昔運以誌生平閱歷耳險

阻艱難備嘗之矣而江湖廊廟赫赫然館甥趙庭照人耳目惟不得意于山林耳廢棄以来眠食猶不易高卧加餐也況復一物無所見一步不可行乎非敢以鄙傅子陵自況幸賴子弟為鄉苟延殘喘以盡餘年恐旦夕入地憤懣无釋除事故已見此録外核其閱歷與目者相符否庶可稍釋一二知我者玉章從女而已兼示軾兒閏六明年預為壽器遂簡玉章賦以代之軾在子健湘藩第內署中

我生之名不得顯論者庚甲不能通庚午年傷官透甲子時正官透
官上見官假道斯文小峯
未祖言之子福已言不顯我生之富不可有論者子
午互朦朧王石泉言其財祿相沖年祖之祿子孫才貴糟糠之妻不可忘
論者丑戌互相憎陳華札言其丑戌相刑妻宮不利妾之不才幸有
子甲寅午戌亦相逢甲祿到寅午戌火局子運沖午妻宮不利憶昔二十
而弱冠東塗西抹更頭蓬戌丑未皆墓庫比及三十壯而後
東飄西蕩更無功庚運已生土金傷重忽來雷雨動地起祖祿
父印大王風丙月雙印以天月二德以政為學最宗國辛令卯助

震盲聾辛卯運七煞煞印相生食神丙與辛合誰謂四十強而仕魑魅
魍魎貫乎其中海上恰擬十九年白蘋幾殺牧羊翁竟遣
洗甲兵長不用杜句貧老兼加病且癃辰戌丑未天地閉
壬癸夾之運乎空財逢祖祿相沖四庫皆現壬癸我生之壽已甲周
大夫之後允其從二頃湖田頃半荒杖頭之錢雨我
公借問造物最相忌五福焉得備箕疇愚者千里惠
我得智者千里失難求書曰損招自滿來易稱謙尊
蓋有由瑕瑜不掩美不足君子益寡多宜裒子福有奉諭幽

冥教主之夢
訓誡嚴厲愧之千金而不學曷不委心任去留乞
盡菜衣既有子毀家舒憤匠夫儔豈不懷歸畏簡書
同林鳥飛空自愁无妄之疾勿藥喜山林淡泊不容
修允吉升階大得志虎口風痺成其休風木餘恨尚
未終哭如其來一筆勾開戶著書延歲月[王]噇陽滿
城風雨幽[戊]請假道斯文干氣象[見此前注]
天詢三顧亦虛舟文章旨趣歸[忠]孝盻視跛履楚人咻
日惟一餐祿命薄猶恐不給云此卜語[易林下句脫去哀字有]筋骨雖健

不勝衰憊几雨外杖僭 國謂孔簡齋明府令此歸婦人行役安

車收天寒有雀守梅花梅妻雀子兩悠悠尊林文忠公人有飼

雀

爲磨蝎古来困韓蘇見前序 奪去天地造化不氣象所

拘所賦薄天不敢怨人不尤回憶亥運入文昌丁亥財卯

天許七齡能誦紀 恩謝 恩子

詩之日也一嘆萬事皆隨錦水流寅也授餘亦亥也

亥運晴溪伯

言其文昌耳

連夢十餘日因以述之詞倚武陵春又名武陵花非詩餘另有冥獄記

冬月初旬由宅後行至學宮東有嚮轂擊肩摩

若有委員提訊景況比及文昌閣前遇晴溪伯

乩

在指以欽案業集訊係十婦比利事宜其六郎㐌
室某子答以賠之頃胥吏穿過散去陶縣人役遂
炮封獄日暮矣反宅即有㐌過僕婦侍座側探息
旋有婦人告及毋注七十兩宜人自填乙百三十
兩是何說已改為八十兩定次日又行至彼處闌
穽甚見已㐌石姓夫婦在對面小生意日未午行
過 廉訪卡宅入見情溪伯赤面大呼在西偏門外
吼聲震地 先宮保莊涖之石姓又慰之比及客
座見有白氈帽二老誒笑而散 先宮保不迎不
送及至小生意處突来縣役貼示首為曾姓者並
閧解開封云予厚自南宅来亦云見二老黑鬚白
鬚亦道及此事二老一為南社黑鬚王姓名耆壽
任魁星閣一為北社白鬚朱姓号蕃蕃任宅後倉
向有乩會来往遂備褚照冥法算並請大悲咒囑
馮乳者遞交㐌室此月圃之論次日又行至彼需
見馮乳者在一小車上忽不見旋見其倒持朱咒
背之自門入幸其闌穽也及至西水道口鴨鶩甚

水不可揭中有磚步漏乳者步之而來並不一語
哭見大水望洋比返宅亡室在飲膳諸輩侍卧側
先太夫人論及之日中誦咒見蘆山大仙見于爐
烟上盛服而來女子輩亦備楮燭行次日到被處
乘其閽寐哭入不見人馬遂尋東廊見有所謂
牛頭馬面者不敢入北行入重屋兆數步始見亡
室到此稍見風塵尚無憂色強倚窗板而並無行
李在地且無伴者遠聞獄刑之聲乃出始知晴溪伯
之為也因社廉訪來宅探息不得南社與先宮
保談坐[illegible]知明日解矣次日到被處十車布列
亡室猶在步行比及門已在候車因除環贈伴者
乃出解呼震天而行欽駕起節西出始知闈院過
此反宅後鼓角猶在耳中哭見一童一女持械提
追護行日中坐闈見邑隆令引 先宮保 先婦
翁簡從肩輿盛服由西南而上東北行空而過待
誦咒見亡室化為嬰兒見于爐烟上大仙之來想
某子有別故遂不見次日與右姓夫婦寄備闈封食
物次日一夕千里行至開封貢院號舍始見亡室困

狀仍係嬰兒捰息不得而歸次日又至康訪赤宅聞
窓內　先宮保笈語之聲不得入知已結案次女璞
英云亦見北社示以照杖一百減三等辦云遂擬以
七十折減亦當二十一判詹不免冥府無情不覺潸
然已為命婦矣遂督急備楮照冥法銀錠作三分金
錠照廿四換每錠作倆次日南社堂見示以問得好問
官好忽序云東子總要問問的乃去之仍由竈神具
呈轉南社繳賠項次日聞梵樂遍天出宅後見石姓
夫婦引一宋棺奔過棺中有哭聲因問陽惟形耳此
則三魂七魄何在遂現土偶三皆如泥又問鼻比何
在遂現囚狀衣縛如舊惟面類皆雜綠色遂行西至
女兒橋已例杖鼓吹藍傘銜牌四旗大牌安棺非五
品也反宅亡捜方恭人來述及大妹不曾八十兩遂
同往康訪赤宅　先太夫人迎出見亡室因坐廊下
石姓僕婦正備亡室草具亡捜述以不到八十兩亡
室答以子母論之次日亡室來臥養勸多臥之而諸
輩皆來視牛頭馬面亦來需索因詈去梵樂雜沓臥

側久之忽見文昌特騎由空入卧一過焉次日行至一處伴者持項云金色不佳　先太夫人在坐亾熄程氏侍云什麼佳色爾等索耳因斥以加秤加色加水金錠九兩不但扣欵且搞賞亦足遂去之次日亾室忽倚窓坐旋即往東正屋侍　先太夫人膳畢因諭以已至五品仍有明文不必候　封奉　旨在崇備衣例服焉得至此忽一日到廉訪赤宅見　先宮保先太夫人亾室均倒服拜謁文昌遂備羊酒以祭文昌並酎兩宅五祀兩社及竈并先茶菓酒香告于兩社及竈及晴溪伯云文昌則祭于冬至也後一日至邑治見一少年婦女跪于台下僉云解回利主聞示以公欵分認本分自付利主叩以免此力因收押追不限又一日行至一處利主備膳求代償亾室面避席不允又一日甫廉訪赤宅利主竟来宅瀆賴訛索先宮保餙里長帶去仍諭以將現在宅內情形務必告邑陰令仍收押云嗟夫學宫東廟宗人式揩宅也

壬申十二月

未作記之

驀裏幽烟遮莫朝來當甚年底事嚚嚚塵湫隘人處處
旌旗遠角聲吹亂慘陰天夕陽西下水流轉抖却無
常鬧倍遲延囟(台)債難避(利)終牽椎髻悽眠猙獰地郎當
偃教我心傷色赧然教我心傷色赧然香閨繡廠驚
魂[illegible]蛾眉汗顏緇汙素衣者沓命斡旋兀的不悶殺
人也麽哥兀的不(急)殺人也麽哥車推茹列追隨蕩魄
走雲邊那管生生兩地懸懸(其)昏悶籛攧攲枕灰泥心
自言子契騰些(餘)綫孽鏡台明上徹冥天路走黑魆景

盂千路走黑魆景盂千者陰沈悄靜將流連反着個
靈旛動更梵器喧闐冶魂香魄倍遷延又葬橋頭浮
淺鼓作周行草儀設遶旋瘦損歸来不甚前不甚前
我獨又留牀已舊的恰好眠囑佳人經旬緩急伴醫
仙一笑今宵覺酬慈悲團圓情致纏綿與我夫妻未
了緣尾声文昌鸞化榮身轉隨行例服咨庭前報得是我
奈如何受福筵

冬〻至到立春四十日大雪五次清明寒〻未退休足

能出户不堪其苦耳 癸酉

至日天猶燠冬來不是情有風人不避無雪獨堪驚

積霰多難得微寒淺未生 玉京何處所盡洗此烟塵 望雪

忽蔽山城暗飛鳥毛片片輕遇風斜舞亂伴月夜光明

不解江湖白馬知天地清窮冬雖有臘樂歲是人聲 臘雪

持此羊羔酒何如掃且烹前番曾弄薄名 羊 此日是歸

適周 十一株同效京宅炙羊觀者如堵山縣無此味價

人徃賴中買來者曰篋羊平声象其声土羊備祭品物

闤闠難為市鄉陬不到城誰思千尺雪燈月夜雙清 賞雪

癸酉正月初七日立春

回憶當年事何如此地春先宮保題戴侍郎維城乾隆間南豐人日立春画
七種人日菜乾手卷七律
同直者皆有題咏七律　者番茶竈火遮莫樂爐熏
菜鳥誰相贈年華自樂貧直須青草後方見馬蹄春頻雪
語青草絆驢蹄
正是拜年時
慶歲雪中逼清明料峭呼東關酸鼻冷南市蠻頭辣
謂君子亭本擬眠茵約圃謂勺依然乞米餘花遲深閑
閣書帶愛吾廬三月初九日清明戲
用坡仙集歸去来字體十首并次其韻前接蓬閣固始

風物四首累經索和兹已在蜀聽鼓但權篆无期
聊補和之以代作簡老境縣尊書生生意田家門
第富户風俗山林同懷十首若所謂昔之鳳凰城
小南京小揚州小漢口者不暇記之矣可謂一嘆
命駕已前往春榮獨自歡風光世涉 恨李逆反噬嵩城
弦濃卿侍御[illegible]書院
祝仲升逆[illegible]
勦獲首搜捕餘犯至今猶老
未竣并見表抄非盡訛言鄉[illegible]日盤桓王小槐已故
皆表昆仲同室 子復在晋與升竹珊守
則鼎臣弟而已迷路時尋向道相得竹柵戍邸裔甥
卧側雖無市井之聲
清心欲審安而詬誶之聲不能止田園良可樂雲物
雪中度歲立春
未書觀上元清明寂然
富貴交情老鄉園閭昨已休巾車猶有復雲岫不知留

胡安甫太守札黎集薛雲錦太守札葉集無分畛域
親督士卒道鎮州協常川駐札汝頼光黃羽書旁午
安甫並未半面雲錦書信往來安甫不
城闕安謐山陬不興打攪耳世事亦何遠善聽訟
雲錦臨陣親矛均不琴書安可求安甫于縣試日內
識字皆辦縣試者糶穀頗蒙物議
東南衡宇內寄傲未親遊東南殷實巨測騎省處
強半盜藪姻戚在焉
情話傲親戚已冠者曾入縣場即為人師役形徑已
稍識文字即為商賈好
尋操觚或為門第黌庫言詩亦發悅知賦未登臨古
場者杳然中原無稚老歡攜酒有往往借戚族紅白
入韻往往誤事事以自潤者比比然
村傻呷唖皂
征夫恨入琴梨園掃盡迷天樂有命僮僕已關心資

家奴並入泮隸僕甲
辛與士大夫為伍
良田農事告孤棹復飛輕時有泛米北行兑資正閩並泛豆蕻往蘇兑貨還贍
者觴酒東遊趣春蕪南路情龍團河向三河尖啇固不通竹木瓦石均不便
世人無時獨恨老木自知榮時下須至正陽領鹽路銷到固大碼頭河東移有年
七分利息加債押當並無質所遠矚庭柯鳥無心閒去迎縣禁小錢大錢亦稀
兵役到固大錢均出兵手實係好事者武斷朦說力行錢乃泉庫備納租兑解用款須累行罷市者比早
絕壑春相及飄風向遠途雪中度歲風狂似吼迷邱阜迷往復
樽酒話荒蕪近來田墓連界均以侵佔為事庄閭樹木可不必問茅舍亦然植杖非

吾事流泉問老夫農人疹痒皆延隨東難民帮耕奇貧自居未免被累佃戶抗租由此
事農人不樂惆悵引清壺國課不論插上事急道紮張烟貳尹雪山罷去
世事聊無事衡門今復前僕夫樂矯首稚子傲經天
入室疑尊物委心老倦田子弟家丁佃戶均倚門第武斷挾官把持賴暴均行
役人東載遠庭内引消泉遠佃折色田已他質而有守王空糧例完無箕柰何
邱壑欣榮是田園寄傲非世情尊有酒生事室無衣
不恨親書絕聊將杖策微交遊前路有常出鳥歸飛
富戶與鄉大夫拜門求親請託且亦捐納入泮者如
大盜案富戶即大盜或富盜者皆盜盜而來比比然

觴酒歡童子言歸絶復存倦雲吹獨立携酒樂前奔

琴縢審窗宇春風候室門交儆（情）不是知己向吾尊（神仙）

洞如故別有洞

天今未知徹否

趣有東皐盡涉園不可期琴書樂已矣門路問何之

松逕舒雲鳥泉流賦我詩老人歸不出言話笑親知

王粲生大令記載山林城南甚惹均入兵燹亦能詩

但乞休者均不與人接往能談川中事親知聞之大

箋記曰犨廊鎖記述吴娃事多舛訛

詩曰後湖草堂詩鈔並皆附及于此

吾生未乘化非顛

帝鄉求蓬閣引見後係湖南保舉刺史以子健故迴避奏明在案奈何無路間今
命有心終遠單地山師相刘仲孚姻太守王中丞邱在湘藩任皆詢及吳春谷太守亦然
行行孤棹引去去役車留何日尋三徑歸來載酒遊
蓬閣眷屬刻下均仍在湘中未往川

不雷嘆范石湖有秋雷之嘆今反依之

自春至夏五月不聞雷聲雪盡後並未雨至今不免于旱胡安翁乞雨日幾閒有小雨刻止邑人乞者不誠謂孩童輩慢金家四姑神相傳守城示驗故有此嘆耳

山深四月始聞雷北方多有之猶聞雷聲来尚遲況復五
月不聞雷當謂雷聲在幾時大旱久已望雲霓甘雨
隨注已如斯安翁累乞累有小雨大旱五日小旱三固始有淹了一条線
乾了一大
片之語杯水車薪馬救蒸我聞不雷當起蛟洪水
橫流散披離我聞不雷當驅疫我来避癘當何之識
存騐秋字累
誤作我字大山雨信今不信三日雨北行當日雨舊傳雲出山頂南行誤
見邑志記年十五即登城看雨信如白虹者三
大山即安山班固引為大別山者騎省皖豫大王
雄風庶人雌風逐日大不雨此事當問李侯通社稷蒼生安

在薛東門樺外邑令来治者拜
繪僕像畢入城蒞事云

書別玉章從女一嘆

青衫吾亦淚江州道光間　先宮保面示貲郎　婦母亦願助之　婦翁甚不為然
轉轉無塵到白頭行年六十四　翻手作雲覆手雨陸居乘
馬水乘舟咸豐別雲南同治別北上今則別江西均有留別　蕲然特角風塵
見驀地持麾幕府遊大兒十八後即諳張小浦總憲營程敬生祁門訓任卅年後在
敬生吳城鹽務今在湘
藩幕中緣例浙西司馬　借問文章誰悞我丈人峯下湘黔滇閩返往六年自道光辛丑秋至道光
幾經秋丙午冬始歸舍下已詳本錄上卷詩詞中

問事吾曾到虎邱道光間陳兼兩參軍兩公子同隨
先宮保遊虎邱由胥門放舟至山
景園即夕由治坊浜蘇杭一例話名州傅衡圃贈有
看灯船回西小橋西湖誌纂
吳頭楚尾常論與玉、版金蓮相對愁去秋覆洪蓮舫甫
有期望語及之
西子湖邊久悵望江城畫裏半勾留居蘇自道光丙
戌七月至丁亥
三月婦翁由蘇藩調東藩在冬月留護院篆婦母病
並俟漕船出運陶文毅姻家親詣豬坡灘查運河道
畢即迎
櫂北上莫教明月當空處又被他山笑喘牛六世伯
祖孝子
公有吳牛
喘月小照
聯牀風月話神州風雨江南一望收仁純兩廟擬西
湖造海淀園子

縱使玉堂寢不寐，無煩几杖侍閒遊子健近養道海淀可修澄懷園
燼佳甥從子誇簪筆謂蓮甫退之錦繡山河景素秋夷人
美六月五日詣紫光閣隨陪臣班位禮節奏請奉旨
入覲天顏汗流夾背見邸抄中云蕉農來函亦然
況復周郎顧曲處，不堪惆悵幾搔頭某子生長京師聞梨園較勝前
倍懷恩
而已
何曾林下沒人休尺(城)五城南問舊遊謂園月只為烽烟
每日報至今小院入邊愁固邑東南有小積靜移營未撤又大旱目下種麥瀫
水流今日淡如菊花落無言月半留玉章好佛事與子同

袍今日事往浙西玉章同蘆花風起夜潮秋浙西司馬鉄大半海塘歸本道

寄贈程烟敬生刺史三十四韻聊以代簡

憶昔年未壯鼓棹彭蠡行奔騰淜湃間乘風日中明
南昌雖故郡侍訓介諸昆道光丁酉偕子復弟奉先太夫人駕自舍下
由六安舒城桐城安慶小住王季卿司馬烟丈寓所
三日放舟由彭澤湖口過大沽塘渡鄱陽至樵舍抵
先宫保江西學使任所春鄉子佩蓬閣諸弟從張王
兩太恭人自京宅由驛路抵任所晴溪九伯同往焉
吳城老刺史暢望薄宦情咸豐間敬翁奉辦鹽務于此十年道光間先春泉
玉粘丈南贛通守權司馬篆于此棠陰舊比事道光間婦翁中允出守南昌咸豐間先

方伯未調任督糧江西權桃李競戍蹊嘉慶間先
臬篆著有守城日志未刊祖視學江西
丙子先少馬滕閣曾一眺不問西山撐閣向在新
伯主試江西安門內今
已改寺灌門外潯陽多琵琶好酒不堪傾大沽塘唱
今遊者非是划無算咿
啞繞舟非竟已識真面目廬林麓雪未晴身在此山外
琵琶者云云
香爐適天平未能學健步辜負此間清白鹿為耳食
文章古道鳴道光戊戌同九伯由灌江外渡後自建德
昌樂清過九江順廬山脚下雪中由繞
化潛山太湖桐過三里衛
城舒城六安歸江華年紀已麗宇宙聞大名見高第夫
尊人珂鄉復徘徊春藕香可美三里衛春藕綠色
昆弟切不成片頗脆猶疑

菊花時辦薏何盈盈見高弟夫始知金錢菊為菊花始知菊薏為今日所賣花菊錢
菊即茶菊色茶其
味頗佳即是菊花太公有雄風魚鹽闤市聲敬翁由福曉院
選授祁門司訓張小補捴憲營保直刺加守職花翎
曾文正公委辦吴城鹽務徐孟卿姻家監司所賞
丈人峯下倚膠高誰為精軾兒屬侍敬翁幕下鈎稽鹽務犂牛騂角
子推輓仗友生常棣喧湘潭信也君子爭法安谷弟鹽江西留
軾兒鹽務便醫子健湘藩委健弟事務殷繁
扣留軾兒幕中雖敲促人自吴城来不顧也宴然其
竈不竹林稱客卿己子健来函述在京宅侍講日業物色軾兒爛麵胡同子復宅計
用數之俶富國霸可強兵軍機處信件京內一切事物護院奏稿軾兒均預叅論

衡陽岳禮逴所勞重長庚子健護院三月又辦秋闈
十年一舉行例冬日代祭境內名山大川
向係湘藩代之山翁留獨醉吳城督瀚暢行見
敬生示戟兒函中玉樹
庭階孳立嗣敬翁尚未六年十近冬煖兒號寒飄泊任縱橫眠食之
物諸弟
囑領公田借潤餘年雖豐啼飢刮風孤舟朔後同其芝蓀病
芝蓀同其母倚居吳鎮程局
母函懇子厚料送浪子厚亦頗有羨
玉章前往料理破道問盲遊廬山之興綈袍章
有贈敬翁局稍被祿另給賃宅鼓瑟已吹笙定于十月念日
并遣丁常姓來舍迎往
由安慶會到程眷寸步如萬里敢以龔斷盟敬翁詎謂少年
放舟徑往鎮局
公子老封足疾幾十年
君可當之年老癃病矣為之言其言在勿遣之例鮮

食艱枕外晝夜均未得一卧枕隱几坐昧奚計問編氏山中無歷日寒盡不知年

雖草青亦未記春耳亦我以老萊班衣何其榮敬翁尊母八旬以外秋風

燕子飛予季相歡迎予復庚午往吳城鎮海羊感十與敬生等耳謹蓮齋中盦局受賞白鹽而歸

九中山哀樂東轉五月不聞雷陋巷菜色傖大旱至七月始聞雷

麥秋無救九月又聞雷秋雨又夢訶滇黔日肸向對

如絲明年麥秋可望幾戌米禍

爭道光辛丑過鎮遠抵貴陽婦翁院署後于家蘭溪

睄兄寓識程吉人通守嘉慶癸酉舉人後于張石樵布衣流寓

識吉翁少君敬生明經後于老廉吉翁善于日者于

軾兒大為可許並設及其孫女之造鄙人遂于先

官保過境赴雲南院任遂切急請媒石樵相與夢訶

稟命成姻與敬生一飲而別至今未及半面

荆榛路白鬼鴞叉魂驚咸豐丙辰冬月輓兒赴舒程宅

賛親後娴丁巳春遂遇髮捻于舒

義男刘閑甲無下落[illegible]均及于難程媳投水

未果避難寧國遂侍吉翁大游江南旋于祁門訓署

戊午聞冬月程媳訃至抱病于己未春稍愈後

遂别敬生來石鼎久又聞吉人及難寧國昨日羽書

至良吏議諂邑奉到札辦江西名宦志已久安谷

諂弟函稱　先少宗伯　先官保均掌

文衡與地方無涉載題其名冞寞身後事況乎未峥

先方伯未兼任糧臬可録

嶸分陰何足惜今故吾誰輕黄粱熟也未道光壬寅元日于貴

陽浣署家廟大士前得一籤

云急流因勇退留得後人賢漏盡月殘更自二十八至六十四

紀夢遺作冊之序

某子于同治癸酉隔年立春後三日夢往從弟小園
觀察宅賀喜看劇飲宴隨列拜祖事畢遇一小僧邀
同去答以向為事未畢僧曰此非不了事也答以愛
境未能看破僧稍怒答以事竣即同去僧可之尋出
遇兩鬚僧咤之答以兩親尚在謂靈不遠鬚僧叱之有怒
意某子揖之曰俟虎蛇塲開即行歸座下聽師呼喚
鬚僧諾之小僧亦以為然遂醒頗異之因陳前事以
倚之以誌除老病學無生之有自来也非禪悦耳

吾兒看完後即便寄至吳鎮交汝二姊收覽

異紀夢　甲戌年六十五歲同治十三年也

惟癸酉打偏年春後山人夢往司馬第從弟處賀喜拜祖代送客出復入遇一小僧見曰汝不在此何不跟著我們走答曰嫁事未畢僧曰汝吩咐他們再者數對他們就是山人曰予心不忍僧曰那怎麼樣答曰俟嫁事即跟著你走僧曰可得遂同出墻門見兩老衲立在小僧上曰他在這裡聲有怒意小僧曰他還有事山人曰我有雙親在堂之堂也非現在兩衲大吒之頗有怒色山人不得已肅恭乙揖兩衲惟拱手答之山人曰期于六十九歲上親自到二位師父處去兩衲唯唯點頭小僧曰那就是了山人遂醒氣頗喘稍頃如故此晨夢也清浪山人自識時同治十七年也六十九歲戊寅

卜之曰經畫棋出温入寒被薄衣單離我慈母遭此橫惡懒方丈中

卜之曰延壽林宣房户室枯期際毒文德淵府害不能賊

甲戌第八日晴風冷中藁

附録改詩三首記此

君問歸期未有期蛇怕兩頭虎偏蹄閩（戊寅己卯之）行巳字運

知君本是烟霞客那管人間是非與（集唐詩）

有鳥有鳥丁零威去家千歲今來歸叫他死了不做鬼城郭如是人民非（丁零威詩）

一番生世幾升沈劉被隱勳傷此心何時遂伴歸山去長嘯一声烟霧深（猴詩）

不寒不煖不生塵應得烟霞来倍心瘦病兼多非興是書盡是吾道淺沾襟（集唐）

書贈

玉筆控文座下此等境況頗俟石頭記自游清涼山作起至此首尾相應道光壬寅至同治癸酉翻此一觔斗耳徐蓮峯太史所云人生總要安排一個收好的去路為是但不知將來作如何離脱也傳燈録有此書否否則五燈會元亦可指月録去後毫無把握如是好明月前身確有証據繪為尚不虚也（清涼山人寄札）

回音

望候

伯氏家言

暗香

舊時風色記幾番召我當前啼泣已詳前卷詩注喚起我幽

不管天青與海碧衲子而今漸老都忘却韓家詩筆詳前卷詩注且莫怪明月梅花癡夢未醒得鄉國久參

寂寄長老短吟頹霜堅[積]卽燃燈氈席人立無言空相

憶殷浩書曾信有況一紙全無尋摘又假手氈帳句

柳營[音]聞笛霜降後夢一清浪山僧送蘆仙寄詩句[手交]次兒張于帳外並無一言卽就之行矣比

視之仍熊氏中表[原手書]贈帳簷句豈以却思氈帳舊從軍

為讖語耶某子不樂聞之七言律二首道光戊戌面贈者

跡影　刪[illegible]

輪橫轂幅窣雲蓮退老者茅茨同宿驀地相逢敲促黄

昏崇山峻嶺脩竹庚午某子初度前一日夢来一皤髮老僧呼太世兄挾之急行某子哭

久之冥宅有来人遂己子廿輩環慰之子復亦来面慰即前夢壁上紙書世兄在此打坐之皤髮老僧也

恍忽見方丈蘆仙在座拈花却笑清浪遠轉眼作江從掛佛處壁上出升位

南江北會了緣掛礙全無願化此身幽獨　猶憶斜

街非事那人正睡裏顏近如玉道光庚寅冬卧病京宅夢有數黄衣僧出入卧處

料峭春風怨煞芳菲那管書連牀屋咸豐辛亥冬在主簿任夢有數黄衣

僧在孔雀胡同東
牌坊下栅欄出入　還追去去来来處恰又值玉龍哀
曲　同治戊辰秋稱疾又夢遇五小僧在岳陽樓下翻觔斗
並遇髗髪老僧在外乞化面責某子視他是路人
尋丁　徐姻蓮峯太
母憂說什麼尋路歸来不減舊時陰緑　史尺牘云人
生在世後来總要好生安排一條好去路要緊的為
是即此餘均詳前卷詩注並附録改詩四首于此君
問歸期未有期蛇怕兩頭靑偏歸知君本是烟霞客
那管人間是與非集唐蓄生世幾升沈剛被殷勤傷此
心何時逐伴歸山去長嘯一声烟霧深詩猿有鳥有鳥
丁零威去家千歲今來歸叫他死了不做鬼城郭如
是人民非丁令威句不受塵埃半點侵得烟霞出俗心
疾病兼多非與是靜思吾道淚沾襟集唐質之高明以
為然
否

學士任子
清漪山反閱年録　一名天許録　固始吳元禧善伯

同治甲戌六十五歲至光緒丁丑六十八歲

牛乳餅有序調倚念奴嬌

某子前侍澄懷園每以卒歲見　先宮保拜　賜菓物内有刻福禄壽喜各字小牛乳團餅此道光辛卯間趨庭内苑之境遇也又某子曾侍遊滇黔督撫三署亦以卒歲後見　先宮保及婦翁拜　賜菓物内有刻福禄壽喜各字小牛乳團餅此道光辛丑間趨庭錫館疊在

封疆之境也遇兹于子健從弟遷學士後迎養北上道及
澄懷園已為周道茂草矣至于滇黔之未恢復見于
邸抄亦不一而足也去春小峙宗弟贈某子小牛乳團餅
亦含賜式知其為文郎南皮令驛務　御供之餘也
嗚呼停止謁陵二十餘年矣此奉　兩宮之謁　東
陵也已見邸抄今春奉辦　西陵之役大章玉農從
弟從事于此嗟呼少生長安居大不易疎遯闤闠停雲
而已聊倚之以誌李龜年之感慨耳少陵何人哉

海棠花落又忽忽過了清明時節刬地東風欺我夢

一枕銀屏寒怯清明後雪搔首青天滇黔燕薊此地

曾經別物空人去舊遊誰不能説　聞道綺陌東頭

行人長見簾底纖纖月今上年甫十九歲舊恨春江流不盡

新恨雲山千疊料峭明朝樽前重見此味應難折家居

者不識也來驚問近年瘦多少華髮時某子年逾二十外距今四十年矣

此味

海棠花仿唐六如倚[illegible]

○[illegible]曲非詩餘也無類詞等耳

風步步嬌

薰醉東風吹偏曉玉砌紅添小斜枝與未消亂點環
橋煖風新到摇曳動花梢攀折春須早

晴　醉扶歸

豔陽豈待清明到微紅不耐得花朝的皪芳菲趣艱
濃與明媚懶爭機巧二分春色付青郊莫問落時芳

草

雨　皂羅袍

淡蕩天光難料聽蕭蕭滴瀝亂散紅橋棚錦雲寒暗

魂銷（消）不知落却人煩惱亂亂際纏綿興遙韶華猶在
香瞼點點飄風春羅暖（薦）深深到
露 好姐姐
夜来微光點點小愛的𡁠無端懊惱落紅和滴飛做一
樣飄知多少砌錦露珠圓勻掃取得紗囊著細腰
月 香柳娘
望窗兒又明望窗兒又明把人驚覺徽枝影射短欄
曉我心中恨着我心中恨著誰洗這清涼艱逢淡紅

情況連朝落了況連朝落了風光煖高天青花小

結句 尾聲

好花花落歸芳草又見花間蝶影飄風花落花開花不

老

春陰偶題七律四首 有序在後 以遊仙之作贈隱者

誰將休咎問真仙底事曾經又一年寒氣逼人春又

雪狂風吹去兩如烟 春分後夾雨夾雪 無花無酒情何在有

月無有燈夜不眠物我兩忘差可擬相邀浚蕩碧雲天

十九日
清明
誰曾留恨碧桃花東老貧窮賣酒家 縣城濠外南數
陽溝有杏花 步龜山下臨火
村賣酒者 在我如能揮大地與君何惜醉流霞 同咏
（暗）憶童顏不駐非惟我世事如塵奚問他猶憶當時千
歲鶴相逢無限夕陽斜
乍晴乍雨春陰日輕煖輕寒薄暮天自是有心留醞
釀無妨隨意著纏綿養花三月應如此病老使身捴
未然 年高重病歸唐句 一卧滄江人幾世不知明月照何年

連鳳頭風
經句未已
遊戲人間六四年十五年六兩吾今故復依然縱橫不足
稱三萬上下焉知五千明博以上下三千年縱橫一萬里國博以上五下千年縱橫
二萬里俄國三萬里法國二國萬里餘均不足萬里
為力學者明博二語見于畢秋帆制軍書聯國博二語見
于阮文達書聯始此畢竟如何辛世祿自病假後山哀樂不已東應如無礙
寄塵緣羣季惟樸農從弟知前身自傷遲暮英雄淚剪燭西窗敢
問天某子卜日者所談已運占得入運即西狩獲麟出運及精氣為物遊魂為變與虎怕倫歸蛇兩
頭之讖夢
相符合

遊仙之作自兩漢始連篇累牘不出月露之形積案盈箱惟是風雲之狀（唐李華奏狀語）雖羣李俊秀皆為惠連而吾人詠歌獨慚康樂（李太白宴桃李園序語）況寒暑往来相推成歲之際乎扶病成什聊以藏事自序（內編作戊寅冬寒後或己卯清明前方與遊清浪之夢相合歸山在此日也）

奉和隱者原韻

寥邸如故幾經年為客寒翁興不然（原作有滯迹他鄉之句）草木有情人幾許英雄無夢意班聯春来不見花常在

夜後方知月未圓畢竟友人曾訪我那堪風雨故城
烟連陰雪雨
旬日不已

此間非是故鄉城姓字相呼敢問名昨日已聞同雅
集（隱者田澐別字三三唱和不已雲南人弟姪連日不散吟咏不已杯酒流連）今宵何計
過清明（原作有人間無伴過清明之句云云）雪泥有印悲鴻爪雲影空
明失雁聲斗酒相攜詩句好雙柑味外且聽鶯
侯門不見散輕烟（因家居日久可稱破落戶乃先人敝廬非山林小隱也）風景依（今日當初亦可憐）
稀仍念昨歲華紀麗只憑天且看詩酒精神好勿負

花朝燈月圓今十五日此句竟成讖語矣補注剪燭西窗尋舊話不妨如

故吐前緣山縣向於仲春朔賽文昌神今因陰雨改于望日頗有唐人中秋玩月只見在浮雲最深處

試憑絃管一吹開補注

二句景色云云補注

自嘆四韻效陶白體

曰艾服官政始弄螟蛉孫芝蓀生于咸豐辛酉石牌任年己十四歲曰耆

當致仕含飴雛暄重壽孫女生于同治壬申稱疾舊廬牖下夜深不速

來客悠悠轉夢魂是夜見一老書生稱謂窗外過櫺户為之震動而答未之人

此雛求其源孩兒何得到此地之室云及此係旗下伏波亦無事何曾

傷其元去春已種洋痘即瘥晬盤日駒隙相對亦忘言九月二十一日
朔風捲地起臘後事殷繁去發風停食積滯所欲食時謀頻復
實悶煩豈曰無小補真乃嘆渾渾牝晨惟家索況乎
臓獲昏張醫屢治頗效陳媼失于調養屢犯己戌痞疾竈日已瘥除夕犯之上元已瘥晦日犯之
遠春分勿藥矣乳食無所虧勿藥是其門路阻天醫遠延壽易林
語不能為之援小兒風熱篇避火敢問存上句本草下句易林
張醫誤作風寒証忘其補血之術杯水救車薪強
自此始起抽搐清明前一日也夜
弱何其搘更醫罔效愧咎昏岐黃致使舌自捫士刲不血

羊水離其本原語易林　不必問鬼神蒼生受其譭乳母牀邊
夜間聽有人祟喚之不見其形曰
伊起来只得退下某子亦屢見兆孩笈嬰三歲寄生乃
無根化去三月朔近壯曰有室慰情栽桑掀長女福安生于道光丙申
次女生于岳翁賀院署道光乙巳刻即陳姬壓斃
繼此在黔南失鳳一寸聲
敬讓生于道光丁未並
貴安女生于道光庚戌猶
近强曰而仕雌雄牛驚奔
有巫蠱事孤兒被其冤三歲抽搐而化平兒生于庚戌
桂棲一枝借
桂印女生于平林賊此咸豐乙
浮雲浪中翻卯均八個月而化一痘一搐均有來歷
見兆年甫未及艾自此絕絪縕幸有螟蛉兒依膝遺芝

蓀舞勺己戌童餬口受盤飧城鹽局輓兒己隨健弟
隨母李依程姻敬翁吳
北上曰唯又曰喻兩雛何嘻嘻時人猶有言羅列衆山
攀李烟西屏文學長者
每為某子嘆惜子息今未八六旬彭殤一致論来
去無罣礙莫與犢鼻褌無著棄路旁束縛近身袢埋藁
下殤古制付與未完愿香
酌給色褱紙錢送土城路下青黑不得辨遇之何軒輊
二月晦天明趙丁聞小兒覆聲視之重壽已抵其卧
處及起忽不見乳母自三月朔後乳已竭系英亾姪
女見于乩上
云在家裏　一柱獨擎天失侶水不反生男主門户
生女日撣援嫁事不足恤惟問國公温君看螟蛉孫

萊衣樂椿萱 芝蓀嘔血已愈並讀書好且日書要温 延師又好並帶儆本来閲見祖字不食

安得取蚺膽療治匀詞喧火樹銀花裏勢歠合烈燔

呼嗟曰門楣閥閱又者番呼嗟曰螽斯宜爾未及犿

呼嗟曰悦口蜀豢不能暖呼嗟曰古稀老傳誰敢嘗

皮囊脱清浪遊戲軟紅塵生生與世世不問鐘鼎尊 亡室示兆去冬重壽爆竹驚 分手狀嚇破膽為陳姬之

詳見前卷

輓王小槐司馬外表三首

緑滿窗前草窗前草不除俳佪天地外迴首故人盧

輾轉浮塵濶慱逢境遇踈如何風物裏不異舊鄉閭

放眼韶華境於焉大處春風清江漢上草緑地山平塵

踈逖臣心水道遥浪迹萍小才猶不遇坎壈百年身槐翁因家鄉蜚語遂遊平林胡潤帥聘入蓮幕下晚秉以淮甯不受遂投揚提軍幕惟于進東棨得司馬職方司訓述及潤帥曾語槐翁其為人也小有才云云係李雲翁觀察言之為此乃投揚幕耳

五丈遲疑事驚心不敢聽世間留謏議天上落文星謂邢太守于此難終日將焉為獨醒與游明經遂同賦歸與如何明月下風葉落丁丁去春化去

王耀亭中丞索及著亭遺筆請緩檢寄去賦以代簡

二十八宿羅心胸高軒過處衆冬烘豈無文章驚海

内筆補造化天物功昨日維揚路且通吉光羽片敢促雄（著亭有卧雲山房四書文跋並論韻學一篇均未刊）斷簡殘編迷出處斯須直待楚王風（耀亭久無音耗）

中秋夜雨與小穀松林仲甫懋廷聯吟之作

寂寞天將夕晦明風雨時月光三五隱人迹往來遲對酒心先醉聯吟我欲詩平分秋有色（病甚秋分是日始瘥而間）話舊不須疑

病中積雨嘆病十二韻效呼應格

雨不當夏徧經秋積雨泥滑所向愁不獨飲食皆晝
錯城中亦有魚鼈遊水道口連年水漲呼曰城裏水災江湖湋瀉無
消息涼風天末噫喁啾縱然蛟龍不能得魑魅魍魎
豈肯使人休況復一百八十日寒温豢候不相周三
日為霖細散絲三時為害行今憂重陽後尚有得雨者遲稻歲畢餘糧耳
中秋夜雨重陽近強飯隱几衆人咻老年霧裏看花
景月明幾望不當頭陰陽相盪羣物殊浩浩蕩蕩誰
敢砥中流今者光天華日雲集下瑞氣祥烟濃我州
歌彼雲漢是天章旱魃中元為虐收五六月小雨七月不雨八月則連陰至九月

家在吳頭與楚尾二分月春分八月秋堂前菊花燦爛頗有生趣小陽尚不離萎散去尚早

拜王粲生鄉丈壽時年八十五辛未稱疾今着屬恙至有一孫

壽中八十近作壽字八十十文在字中聖恩宣社有白蓮終不社夢兩拜華筵福德門

惟冊篆信能吞釋囊鎖記內多古字巍餘自是儲多粟釋解居

然留一孫頻覽學秋來佳日永應知勤耄問根源筏湖山房

詩鈔艷麗已極春卿遇于京師子厚遇于四川區區今始遇之

讀賈島詩自笺

世人稱賈島惟有祭詩怭還俗逢人怒為僧倚我強
進功猶簿領落第豈君王舊雨新來間江湖興不忘
夢韓文公示以名心要淡之兆

廢園

五柳先生宅讀書綠柳堂柳花閒看捉蓮社久相忘
仲子園仍灌東平瓜可嘗近日海防多警　即抄江柳條知漏洩逐
日候春光醫者謂病到立春日全愈

連日雨雪喜晴

處處霏霏是春来尚小陽物華如此急時令不須忙

柳絮曾噇蜀旗中弟姪需次蜀川寒甚多頗有物議在耳江湖獨釣唐子健從弟

去冬十二月十六日由湘藩撫鄂今九月初八日改撫皖十二日又改撫吳輒兒留幕中並從北上一行

他年羅漢火物我兩相忘先宮保有雪羅漢燈之作

大雪後盆菊未殘異而賛之

晚節黄花在黄花香益清不惟霜裏傲還向雪中生

延壽素稱客烹茶豈負卿十月八日初度醫者謂菊錢菊作茶飲之甚妙

堂終日對尚友敢呼兄工部小像三位向奉東坡淵明

病中夢中聞盧山大仙有衘命居使不堪歡事斯須落去者降爲吏之永秋分日即有夢遊禪邱衍遂作

腊日又呂翁云鄰不我顧而望玉文身多无瀬誰與箕者附此

有此年冬至後始成涷手書之以誌夢二十韻

已失桃源路桃源不復行前身月已去今日水流清人淡已如菊花落聽無聲人事何寂寞黃昏愁更生出者于幽谷伐木何丁丁遷者于喬木鳥呼何嚶嚶翡翠戲蘭苕珀石海棧鯢鯨靈巖誰樵者隔水不相親嘯敖山林間衣粗食糲情衣食還自給聊謀爲賓朋

螢窗雪案閒（簡）斷篇殘編精（敝手）雙雙瓦雀来楊花點點輕
清淨無所為空虛高其名道德非吾謂勿須求友鳴
凝近以致遠淡泊以志鳴（明）穀雨愛牡丹重陽菊又榮
衣冠與制度禮樂文章精奎星問坡翁龍陽艷新城
賈島何其智昌黎何其貞蓮社不赴約昭忠中丞乃營營
昭忠中丞謂盧象紳即盧山大仙四川盧山縣人也
明為撫保定列傳亡盧中丞御軍即其裔入直隸籍秋水
先官保有未道聖功莫闢佛對
識蒙莊猶龍使人驚在內廷供奉逢萬壽恭代寫心
經以祝　告子論心性孟聖折其萌岳翁嘗語告莊者
聖嘏　乃真今日好尊者

白日上清天慶香山亦蓋有僊佛鈎不言五千道問旨舶
回望避秦者漁樵共躬耕桃源何所在鷗鷺負其盟
文昌命中祿受壽數其庚書先伯少馬公姻丈議給先宮保公白小尚八年之壽錢
鳳閣學士年丈又增
六年之壽九年也搔首懷原思貧病莫之京某子向與韓小雲有貧也刺
非病也之謔今
夢至聖贊及詩書仁義家簪盍濟美旌門楣在閥
閱艶陸江南東轉時以足疾大佚了先少宗公所望

憶江南得軾兒來信作可補口占未盡者

昔年十七往姑蘇画裏江城直作畵烟波画船隨處
所雨絲風片無時無燈火樓臺下不定笙歌院落歸

去呼更有燭航千艘明水光月色助其餘雪(香)海萬怱(笏)
春及此(括)關防駐顏殊與又(衆)況乃太湖則遠而不(那)堪暢
望懶馳驅佛塔獅山夾一溪(棹)鬧酒范家小石湖秋色
(何)如春光好底事逍遙在(樂)斯須金焦過往閒復爾金(秦)
(淮)陵維揚(州)本問(交)衢總之薰得遊又(者)醉南都畢竟勝北都
劫灰遍來反若是人民依舊非鄗鄂物華天寶蔦莊
麗海上森嚴(問)任領符(時)子健有巡海之役悲懷感嘆道阻長與
衰離散淒涼乎兵衛畫戰森如(仍)昨(伊)依(誰)又宛在一方孤

先岳在吴藩

任兼院事

鯉魚躍龍門走馬燈二十韵索和復者惟鼎臣

仲躬兩弟蓉舫姪王石泉茂才　次兒　亦復學步

添入四韵計二十四韻均不拘體不限韵耳乙亥

天上龍門何處登人間何處登李膺人間天上登何

處龍門日上更蒸蒸蔣子瀟世友仲躬弟均至大荔能述其事火樹銀花始

晋武上元爭市為之燈中為龍門別龍鯉會合中心

龍象烝走馬之勢自来風火風相迎氣相候回首公

輸巧千古武侯獨步木泥承中華之學流于外部公利公火輪繼近者言之火勢促（英夷炭畫向俄夷皆炭）僉云用氣與風湊水火既濟中外然閑與此燈法相應車船水陸火輪行走馬燈不用水淺導河積石至龍門載在禹貢治河凭魚龍變化二三月懸額點者不相稱雷霆風雨元雲下百變潘潘日之升衆工歸入奇枝手燈火交輝愛模稜唐去宋來借元宵買燈兩夜今尚仍與民同樂大放花十三小郎幸駕乘雪滿乾坤銀世

界連旬多雪隔年不住無花無酒似野僧大行皇
新正返春病者不支帝去十二
月初五元始觀瓢自一日
日上賓破悶不用西鄰梵至九日向來如此魚龍聽
音不相能共載

堯天事兩宮大小宋子亦似曾我醉不眠君莫笑商
山皓首為誰朋[illegible]謂李鴻藻尚書兩大后扣同治初例
尚未奉到遺詔已撤去弘德殿事

昨接軾兒自幕來書始知子健有巡海之役不
免有感然有事之秋不能不除戎器戒不虞況
有　國諱遺服委裘尚未能自立乎年内已得

大耗新年邑尊示民而方相氏之儺優孟之衣冠
●均成画餅上元燈火已化烟雲矣加以返春之令
病雖有瘥不能復元不得已而燃此燈以破悶耳
雖然嫠不恤其緯而憂宗周之隕危將及焉此諺
信不誣也大夫雖不在位猶得預聞 國政自古
然矣且仲躬亦道及閩廣情形暫俟再來江南之
信則消息可知也此跋縣尊于年内奉到行知未示
雨雪連旬踰年不改病者不支鼎臣和韻到而

索和久之劉書此七律三首以答之

惱人天氣不勝愁酸骨東關射我骿病骨那堪風料峭漫空又見雪飄風流欲知行令難如令擬報尋秋來是秋多半調元負此語江湖亂道兩悠悠

大年拜罷小年來未見紅花向我開到處尋春時千了滿杯討事日俳佪為破落户（時人謂我家）鳥聲未碎知難愛籠鳥數架簷前月色無光悶豈排驛使江南逢不着一枝懶折寄人梅（江西江蘇四川揚州山西湖北均無信來）

十分春色未平分二月十四日春分可勿藥變化無能是少文君有
辭章能濟世我無顏色擬停雲于今才盡鳳難吐鼎臣曾贈
荊 鼎臣屬
箋他日名高鶴不群蒙薦卷遮莫江山仍紀麗物華
天寶共氤氳李叅軍邑人去冬月十三日到京知大
行皇帝冬月半痘已疤廿八日驗看臉月
三日變証五日上賓年十九十三日太后懿旨穆宗毅
皇帝未得儲貳不得已兩宮聽政以醇親王子載湉承
繼顯宗文皇帝入承大統為嗣皇帝甫及四歲十四日出
京新正十六日縣尊奉到遺詔示行均見邸抄無異八
月
先伯少馬公示以天有二日異夢至今始驗
光緒元年山縣候喜詔已兩月矣新春雨雪
連旬春分後復然日前生孫女竈神送來取名
竈保二月十八日丑時也相

慶寮寮亦陰雨但却病延年聊以自娱即作春陰三十
連綿之故耳
二韻呂翁自去三月會于南宅今則長别臨行并云
衛公子荊世族怙寵之秋艱以充皆得妥以其
子云且有羔裘豹袪高易吾字
君子維好至老無憂等語附此

大病漸除去窔如小病来冷春風不盡春色未曾開老去
精神變光陰日幾摧返春誰不畏端的使人猜豈有稻粱
謀而無一斗才水流天地外句曾春入霸王臺固始八景之一在東城門外
國書陰雨滯今二月初七日到汴山意共徘徊江南無驛使誰為折
春梅老病休已久同春知我衰二分何日到點滴不成坏
綠竹添孫處相對憶莓苔可憐春不起春光尚未回自
我且不適花朝誰與陪寒氣饒今有登臨望凍雷二月聞雷

兩次

雨雪今番逝神仙何處咍烟花三月地數闔可以救

大兒已往西江 子畝已歸來 閑閣懶焚香被繡莫能偎揚州無耗夢裏君王

近天涯春月額窮春無歷日草色計難踏春夜密天黑風

起燈礎隤朝陽朝陽觀在東門順河街外問東曦陰陽半相推寥寞城

市裏誰為話塵埃東皇[illegible]到有期風景可銜杯桃葉

不成春羯鼓為之催出門見荒蕪道覓城南隈庭前桃樹已六年矣

石泉寉石授姪孫輩讀

朝夕相過寉石南後街誰謂此丹心終焉不作灰不帶看

花眼年年日過眩可能春服成紅杏倚雲栽園謂句倚窗以

寄傲容膝安易繞午夢倦拋書未聞[illegible]鼓重聽多年數日未聽

詠目相邀愧泥濘杜句回首小蓬萊鼎翁子厚兩孰奚道難步剪刀還如

哭聲

此春分誰量裁

奉和王石泉世友春日雜興兼賀遷居七律一首

萍蓬客來是他鄉滴滴奇才奇術論短長王壽圃宅壽筵相晤

曾閱竹林書帶草靜海姪業師又馨蓮府菜根香令授讀姪孫慶

年

併天高閣倚春晝徵注小窗杳夜光早與鄰翁相

慰甚尊翁卜武先生曾小飲一次者番懸帳意蒸嘗遷居北門內為八月吉席

廳壁自咸豐甲寅至同治甲戌不聞讀書聲二十

一年矣以亂故也光緒乙亥始設學會英世弟附讀

疊和心農老弟前韵七絕四首

纔擬清明尚拜年諺曰青草驢蹄正是拜年時二十九日清明無端雪月莫同

天反春如故寒猶此冬至日雪晴閻行逾年跡不耐梅花到眼前

買夜何曾不買燈龍門走馬日蒸蒸長安一日花看

遍直上青雲直上騰心農擬補粵令再行北上大引

巧拙官情不得兼若得力保居上位多藏頭露尾畏觀瞻不如博

得山林趣避盡人間火勢炎匀園有前度○劉郎今又來澂之

風清江漢香無蹤道光壬辰趙金龍巢誰信人間有毒龍子健面奉

兩宫整頓湖南畀守能防騎馬賊試看樽俎任折衝

紳衿幕友之諭

謂庚午天津一案毛尚書李制府及傅廉訪子健奉往行天

津之役畢毛已協揆李已江督傅浙臬子健得學士矣附記

有懷沈香林司訓表丈 近来戚族友年六十以上者均不易相見可嘆

鬢齡已識蒼蒼苜蓿生涯餘歲糧無力形容歸栗里 鬢髮 相同

有司籩豆問睢陽 香林司訓睢州學奉安湯文正公位 指揮泥濘當年

客園 謂句 老耄耋扶持列宿郎十九今逝去 頭顱 尊孺人年均八 拔萃重逢

思泮水酉 謂癸 山林城市未能忘 健步如舊未肯閑戶

别陶矩外甥之順德曼生壻倩任 軒 同壻 調倚百字令

筍輿一肩閑来時無與孤身為侶二十四番風信到

此處陰晴無數四月鄉村正閒人少翻覆手雲雨好

烏嚶嚶枝頭飛上詩句　反憶撒蓋清涼廈樓赤壁

仙子淩波去博得個蒼生福筆晬日光天陰今古千里

迢迢江湖廊廟飛絮渾難任田田多少誰將排闥歸

路　為人易田作此以誌

滄海桑田之變耳

閱邸抄有感　正月二十七日看遺詔　三月十三日看喜詔　二十二韻

幾番社火幾經年牡丹穀雨又傷前暮春天氣真煩

惱晚帖飛來自日邊　邸抄載大行嘉順皇后遽爾崩逝疇妃金棺送葬琪嬪升妃王侍郎被劾罷職名慶祺不用

穫子之論當如是我非龜年意不然　翁侍郎　徐郎

歐子之有伶官傳讀到霍光萊公顛遠方笑的雙鯉

遺魚中尺素柰何天甌臾不問東臾嘆將軍亦自上樓

船子偉來函道及讒患奏准留中天下一家國一人防風之骨古今

傳王文忠公塞相中境接援民無患單騎載道佛仔肩書生金帛原徐使翁

無愧大將立功朝有權萬歷西儒稱來賓成化通政林文忠公

芙蓉烟先宮保通政任內見日本貢烟存稿道光乙未天文歷數可永久書院即首善西洋會館

何如延壽不相憐謂吧啞利也七齡重慶成追憶嘉慶丙子事

只是當時未了緣徐廷材云云乘槎誤入斗牛宮先宮保方伯時道憩蓬

說袁馬鮮火守明堂心月孤魏（穆相、耆相）絳和戎億萬千儀孫（謂琦侍郎）

塚生伏波橫海登壇舊白魚入舟命自專第宅衣冠（李相國彭侍郎）

觀察

悲奕棋吳越不勝共幽燕關山羽書遲金鼓漢水盡為

池亦自便（左季高張朗齋并同治）丙寅事縱有蠢尔敢負嵎式負版

者莫遷延東漸西流朔南訖凡有血氣聲教平今事（謂台灣）

敦文今日諫不稀（孫蘇撫）山陵未安希聖賢（求直言）

枚卜惟吉德尚齒（毛旭初督學使）光緒丙子一卧滄江樂尚友前

視學大昕御几筵臨雍考職

度劉郎今又還（香花村徐老者）娃帶種句園

李參軍未能暢所欲言陶矩軒備述一切軾兒信内畧道一二子健信中一封嘲秦九重天矣未免令人悲傷感慨耳北事如是南畧且俟軾兒来再詳報可也茲用少陵秋興大意作爲古體以消遣且簡同人爾軾兒北上秋後到家十月當到浙西去洋報念切而已

輓祝仲申表弟兼慰壽臣 調倚百字令

道荆南下共襄樊鑾令用天上如人間許東去伯勞西去燕月小 山高寒暑峻嶺崇山茂林修竹回溪地無生趣更

畨褏葛岇君直㤇清苦　吾黨小子歸與難裁狂簡
狂與猶相過下榻陳蕃來復往縹緲文章何處[章彰]德書
院炊黍蒸藜折葵看權烟火遲遲終歲流水今日無言
花落紅雨[壽臣奉諱南]旋小談數日
前于咸豐間同陳槎[月世友]步杜工部秋興八首原韻
時髮逆南竄　上諭西陵洋面底定捻匪萌起
之日兹由幼文京旋述及温樹[語]並隱患奏[准]留中
不能已于所言豈如是我聞姑妄聽之而已復

步工部秋興八首原韵聊簡同人（大行嘉順皇后遺詔到縣）

潦倒鳳池非翰林（蓮甫刑部浙江司）悽遲郎署白雲森光

華

華氣象依雙闕（上斜街故宅）桃柳情緣慰寸心（勺園）自是

封疆天使節何妨藜火夜垣陰榻前豈許他人臥（謂洋樓禁地）

鵷鷺雁行雜杵砧（子福在蒲）

尚書無故擬封斜（在石牌任已知）文治難同五色華（謂同文館若）

使瓜金通（謂稽李鄧耆端廣閩各督及邸）

聖主如何淜湃退仙槎（謂林盧裕伊徐葉王賽潘湯祁兩奕）山莊避暑

顧天命行宮謂熱河秋獮當年響牧笳東狩殲厥其魁咸豐

罔脅從吧啞唎為僧藩誘交提牢廣東人已定欽案未伏誅致恭邸受盟俄羅主和其通商割讓地自

道光間己行郜家獅子又生花謂僧藩勝帥

天無二日旦清輝咸豐間頒示行知每步南山念采薇謂小雅章

與國日本孽妖猶泄吧啞唎世[illegible]皆生商元鳥自[illegible]征飛謂安西[illegible]自古

謂徐非常見[illegible]謂揖盜從今如顛違向帥回憶折衝往世事謂陳

黃二使穆相使天津事不才完璧使人肥謂黑龍疆事俄羅

強鄰莫訝爛柯棋

祖訓傳來事可悲惠我部藩皆主國臣屬撫邊羈縻共天

時與國日本等屬大權威福操無下宣宗示訓帝鑒弓裘習

未遲內廷師傅更有賢臣安社稷祁董松三相磐根底固莫相

思

疊來丹詔自神山道路岐嶷杞樹間踐土食茅疑

國諱披復星戴月意鄉關謂朕尊直人胡安翁太守那堪板蕩國

愁今日況敘重識昔顏道光間日本到貢賀俘任使四夷館五旬視瞰詢及松相

渭北江東皆暮氣年高重病鬢賞毛班兩馬頭謂天津上海

日中而市在津頭（日本暎咭唎兩不通市均由内地易其有無）洋釁東西春復秋十字架前難吐氣一珠光下不勝愁（暎族来泊見十字架即退日本知是暎族以火毬比日景即所向焚暎舟道光間事）豈知千匹来盈馬（日本饋暎馬匹見探抄中日本效）亦效三家矢盟鷗（立和約見廷寄咸豐間事通商亦然）江海操師河莫問（黄運入陝操河黄）洛陽依舊是中州（至洛水平抵三原）

六巡

兩帝賛時功海淀光陰猶夢中（咸豐間有阿房之嘆既有江南）賸得月海（即北）何妨宮北煖来風（海淀在圓明園京城西北）樓林寺虛（山）

堂白明季勲戚璫舊均于海淀退食殿閣天池夾道紅昆湖足縱使

西湖身未遇滇邊兩度一漁翁見前上卷

西戎即叙圖界三迤藏徊髮捻業已肅靜川滇均界陝兩交界印度居然一

澤陂五印度本蒙古地千里舳艫瞻珺草操江萬方

玉食賴珊枝謂隱患奏留中杜陵文字奔行在陸老詩篇轉

運移道光間惠邸言之咸豐間恭邸奏之溫樹不言懷憂隱患家子健言赫欒

視草古今垂何比部北徽類篇奏行

諸將五首效趙甌北觀察體少陵原作久矣

呼唐呼宋拱天山日本呼内為唐西洋呼為宋勝國遺傳入我
闕明初元末吳王府事已甿見倭奴改日本唐見漢晉明史更知保監到
凡闡三保太監下西洋永樂年事明史藁與開南海憂勤重洋面自東至安南
使掌北門氣象殷俄界自黑水至羌為界為報將軍王閫外託
孤寄命莫歡顏奉有保薦明文在抄
居庸遮莫受降城匝八道兒敢問旌元順帝去自此尚食香
山蒙古馬咸豐年事徽行河運鬱林兵謂洛陽出闕未辭入
闕溢闕謂潼盟長内蕃蒙古猶同旗長清四十八家親貴客

守虛銜　命答成平（謂伯王）

太原宮殿未爲烽，道出太行隔萬重。昔日五台曾

駐蹕，今朝三晉暫屏封。珠崖（琉球）銅（銅）柱（緬甸）尋常獻，

[illegible]（海噬山陬）[illegible]次第供。內庫尚給足，府藏亦梭(?)應。端的未央猶在耳，

更于何處問司農。（汾陽宅猶存）

澄海樓前記奪標（乾隆間尚操海），樓在天津行宮。中興望氣未曾銷（謂咸）

豐同治間。鯨鯢翡翠真同夢，破浪乘風豈慰寥。江漢税司

都護鷁（謂楊岳斌、皇洲）[illegible]風雲務，侍臣貂（謂毛旭初、子健）。兼人則隱(?)抽

身退遊說逃讒避市 朝見邸抄專辦日本事件道員抄內准其引退江督案下

三時不害授天來打麥插秧事事哀與葛為鄰難得癡

謂顓毫壽上游豪鄉隱溢自成基謂東南北與情重典撫軍前謂胡安翁

行事便宜優孟杯不村優遏盜在鄉最羨夜深不閉户萬家生

佛亦奇材文官半出軍務武做善後恰宜

憶長安天子所都非西安也五十韻

少小生長在長安健步落花鬬取難瑯環福地在典林

緣天深處玉闌干上斜街故宅亭名報國文章隆眷顧金

蓮燭底話窮酸旧句 艾千子 北征拜謁驄馬使自持旌○麾
布衣单大放花燈民同樂酒旗歌扇語珊珊惟有春
秋多佳日公子王孫興未醉香遠益清溽暑盛求水
藕絲氣漫汗肥馬輕裘相比勝風勁弓鳴雪聲乾猶有
易無日中市珠寶玩好弾金丸謾眼魚龍角抵戲金
吾不禁且盤桓燈影無睡妙香聞大道直髮會孟蘭
豐年大有稻如是紛華靡麗不勝看
素衣塵埃化且緇公堂撤光初觀儆衣何替睽百
結白社葱蒜樹屏耐歲寒如川 尚衣方進翠雲裘
聖壽詩語落沃西清問答書直刻殘討吏何是漢官儀

鵷鶴雪花大手搏討吏仍是漢官儀
褒衣搏帶不整冠縱有脂粉入翰墨着番不鮮謂句
闌輶軒使過公車便漁樵耕讀樂鄉壇儒生稽古非
分榮步履天廷月正團從来未識津門路海國馳驅
事殷繁東洋不與西洋利算生教我事分端前詳禁御
森嚴非人境車馬喧闐騎火攢置身中秘奚霄壤半
西敢期華燭闌燭帳殿崔巍邑仙蹤東壁西園侍從官東
飛伯勞西飛燕古句輾轉無塵不素餐不知其期亦枉然
璆琳善價閻琅玕忽憶彭澤慰情句等閒平地起波瀾
唐句

邦畿千里首善區山陬海澨人足跚燕臺景物備遊覽
打油詞句甚𢜽讕江南逐客恒如舊縣顯攤家被道邯鄲
每報烽火来不遠黔滇驚心飛羽翰社稷之臣安社稷
恢復中原魏公韓和戎霸術救世時王旅何嘗不嘽嘽
秋獮有　命未舉行蹂躪錦繡宗石磐此地久居原不
易府藏亦苦白晝攤土木狗馬好聲色中外之防誰心
肝海國無論敵與部綽然餘裕進退歡可柰愚民不解
故奇技淫巧且作讙都俞股吁咈年尚遲佐命功臣位卿相勞心博
公孫相謁股肱在委裘遺詔可為蹟弟郎官皆列宿

斯寢上簟乃下莞□蜀在壁兩階舞
絡繹家書晩帖般更有清班兩宅相吉光片羽報征鞍
强飯憑几高臥裏不憚瓢飲共食簞一枝春來非驛使
預聞斜封溫樹完畢竟所憂宗周隕只爲末灰寸心丹
雲開日月昇平乾坤雪滿河風雨雞鳴山世界寬我已衰暮季逼年
古辭却向何人彈風雨瀟瀟每懷恩故人何在問牘竿
先祖所修悦生堂對面眼井中州鄉賢祠湯文正公故宅胡大司寇襄力爲
光州會館米市胡同鄉人皆知惟曾祖五条教場衚衕故宅無知之者
秋分積雨忽有滿城重陽之近中秋已然七人與
八穀均無消息逼入秋社況春社病雪秋社病又

雨乎不料秋陽以曝尚不至十一日寒且春懷未盡

何妨借秋懷以盡之非阮韓之作不過言病耳三十韻

秋社小燕去春社小燕來春分大雁北秋分大雁回病

来突如来病去致牙欵物腐蟲後生人病兩相猜春秋

病惟冷夏日還自咍冬日陽又生大地均每每百病即

消除老病誰能推積雨五月寒溽暑八月雷終宵風有雷聲

雨聲重陽近俳佪連綿維夏大小旱秋雨連陰開七人與八

穀相病不相偎已涼未寒時成衣未前裁誰無

稻粱謀雜蔬亦嗚嗚衣江南多瘴癘遂客消息

杜句 纔米金薪尺桂秋潦莫能跆從有百畝田不供租人催

飯蔬食飲水曲肱為天才徹帷與敝蓋狗馬為之埋 借用

雖係素不甘洛且博塵埃老死不相往閑戶懶言◯笑

秋陽以曝我落葉偏庭臺清輝已自滅隨意坐莓苔 唐句

枉頤候爽氣霜雪盈鬓鬓悤朝日看容鏡 唐句 生涯竟

隨憒誰為行都邑禾黍奚云點穀甑難言稗田多

辛活菜 謂竈 秋菊有佳色 陶句 烏帽醉三台家書抵萬 杜句 途北上信 蘇 江西

海運另行 江 紅杏倚雲栽 唐句 謂 老壯窮且艱持螯足勸衡

揀員解行 封誥

杯衣食還自給願爲賓朋陪陶句祝大宗伯云人要能不衣不食天下無過不去的事

撿書秦師陸王湯之學兼鄭阮之學家學各專門蔣友專鄭阮之學張石洲亦然岳翁好佛學三十韻

士爲知己用女爲悅己容臣少而君老足用練三冬臣

老而君少荷篠逐日逢遠事王父母蒙養摯且攻銅盤

賜熟菓舞勺責惟儂侍訓讀中秘掌故正文宗俳優古所

蓋知音方可備訓詁乃所宜識字難吏慵論世學尚友

便便腹龍鍾謂秦不甚愛惜官狂且貌又衛謂張傳聞强識讓秦

漢信歸從家學記師承留蕃[illegible]涉獵濃國博闡明博

史鑄經倚銘枕能不相忘分寸惜陰阜學簡摩折議

衆嚨嚨上下縱橫間淺帯會衣縫衣鉢擬登瀛篇 十八 未[illegible]

聞雪夜東鐘（謂李）逍遥人物外帯經鋤我農負笈烏道去青藍

相繼壅空虚無實處寂寞意憧憧讀書不能史家人怒

洶洶讀書不讀律堯舜豈和雍不學終無術勞心自慊

慊讀律不讀史史胥衣褴褸洛陽紙近貴書肆久蓬鬆

孟語良知能孩提尋其蹤聖功未可遺道比比莫能封晬（莫能封）

面盎於背覿色何眞（匋）匋經生一家言經神經師共著

書多（歲）日月龍鱗老種松堂（椿桂）誰敢題凡鳥閉户竹成胸

病中 豔[illegible]為[illegible]氏女子作 [illegible] 三里灣人 [illegible] 也由

家有羽林郎郎當又郎當雨拋金鎖甲苔臥綠沉槍 杜句

城南遊俠子長大來異鄉未知向誰是肝膽照人腸

胡姬當壚年十五兩影鬟千萬餘自名為羅敷羅敷自有夫

春秋多佳日日居又月諸大道直如髮古的相見在城隅面

色艷春桃冷秋心水珠皆詭贈芍藥問是誰家姝

幸有木蘭才莫敢辯雄雌援劍斫聲哀月氏一例未中莫魄

困食平城路存亡在斯須血淚落花紅依崇磊落為

忽聞草昧間羌管次第吹旗鼓已三通執令莫可誰

鹿車鹿色興鹿兒不知何所之我守朱門裏我守夫自愛

妾貧嫁得金龜婿辜負百番（香衾）睹我夫能誦詩七齡

天語親家藏有　賜書識字是其真

玉皇香案吏　[illegible]眷顧隆其身　垂詢（恩）三詢問四

奏代其陳曲廊引洞房半面文且嗔人立月正高兒

雪遜早梅新浮生若大夢無根聚散頻儉德以避

難從容不迫論破鏡再重圓來格神其神三五

星在東陽和大地均　前定録前楊後楊後楊後楊年年年強七月之節歸元鄉又

別辭曰從此後破鑑徐郎何在空惆悵斷魂千里夜

夜岳陽樓　鄉人李子佩刺史姫人以

云云附此　家嫌出為慈雲寺尼僧姶相見無由

別又曰聽出塞琵琶風沙淅瀝寄書信
鴻雁烟月激㶁不似瀟門海能到潯陽
病中作 書寄老妻草兒 調倚月兒高
挹着門兒久纖纖扯簾手說月兒高冷機任青衫
袖五品之說最是低眉廊曲又洞房後 回思眼僭
原非偶目光翠兒戴步邯鄲斟茶當酒寒寒夜客來愁酒
底事能忘爭如病依舊破瓜雖係病愈亦須三陽開泰

奉慰王石泉下第兼以解嘲 用成句

書到生
功名今年讀已遲十年身到鳳凰池 年已三十二 廿三採芹
筆落已驚風雨動詩成又泣鬼神知 策作排 蒙薦四次 蒙薦及此 文章久
達命原何憎魑魅依人有所思 偶不合 文史三冬來

足用先生恰到十年時明秋丙子正科

褎衣博帶滿塵埃我亦當年撤卷来已見上卷中水底月

明何處所龍門躍過未曾開餘上同無知自是麒閲真門

第自是丹心化灰又上同此後遊黔滇中矣高得諸同坐者不談舉子業矣

生頭盡白高皇高計妙天才明太祖事我舒相國奏朝禁而復行亦非明体

見于唐六如南闈中式録成化間事考試制亦不符

附集中乾隆間尚行之見于趙松翼簷曝年譜中亦然

另有嘲王石泉續婚云美人香草古人書畢竟今吾

勝故吾謂是菑畬忘樹穫應知涉獵閒樵漁三杯

御酒嫦娥共十里杏花天子都黄到槐花忙舉子未

何須日月念居諸三月作兼餞赴試令弟以詩違式蔫

得雪誌喜並饞病作二十四韻

雪花大如手泥滑不能走雪飛積如山不作得等閒[illegible]
忽作犬吠聞風雪夜歸人唐句李貴自京回信得鳥來往來絕蹤
來古今滅喬梓共拜
天崑玉亦偶然竹林[illegible] 五雲邊宅相同其年仍就原小園弟
職雲卿通守湘子誠令蜀軾兒丞浙先仰倅鄂
洪蓮甫改直刺吳均在五日內驗放出京不一回憶在
江南揚洒人喃喃回憶臨鄂江片片打書窗三餘草堂回憶
佳豫章廬山面目藏隱回憶過瀟湘枇杷不相當三冬
無雪枇杷得果滇黔六七春過誰能識其真滇幕驚雪而卒黔人尚見之
蒼山何所論反復嘗其新蒼山雪水味佳 少長在長安風

雪玉闌干背部驢背寒梨花影裏殘 京宅斜街背城南向閭里

古漫邱稠風雪解人愁 年十五時見九月十五日夜忽大雪瘟疫始退道光甲申也 一臘兒

三白嘿嘿翁白頭 頭二兩九均得雪 十九敉海洋雪是其

常鴻漸羽儀張無限好夕陽汝南兩聚白戰試伶仃

雪池雪堂醒風葉落丁丁 縣試賦題東坡白戰道光甲辰館甥黔院奉和

此柳絮且飄揚鄉人話短長 陳河源世兄述我非公車今身不見此物可笑

髏 檔縣差催租

忽見催租四人上庭詩懷未能忘問學古奇太 周鐺

廚羞酒香天醫不相將饞病飯益強 丁醫囑忌茶酒羊咨味頗效

逅春連月年節幾何自臘至杏花天何以嘗止
強飯猶寒辛疾有閒藥竈歧生暫行辭去花朝
已去春無二分一言難盡到此方知僅書老境
以求解于故知而已因作五古二十韻以誌之丙子

恰似遇清明蕭然作野僧無花又無酒何以閒嘗烝
伏臘笈侍郎臘粥佛者儞臘後舌血祭竈鬧于豆燈
瓶餘無儲粟力田念高曾歲晏無餘糧昧生信有徵
料峭吹花起影顛雪不氷雪月空交輝預借未能燈
金吾不禁夜風雪倍相仍鄉儺頗其陋民猶菜色騰

梅遜原如此杏花天何評二月夾雨夾雪甚冷凍雷猶不過十日驚蟄

乞火曉窗爭出九昨日重與細論杜句文今朝幾個迎研硃點

周易句朱不知春未生消息莫相推窔厥草縱横驢蹄絆若

許晴雨煖寒輕兒女各當家鄉村袒免平驩虞無小

補賦武役遞日營營何敢曰避賢避人避世情節嗜還薄

味欣欣日向榮見前

奉和蕉霞八從文春日感懷之作步原韵律二首　五

慈竹連陰日聲名振作時尺書千里遠飛鳥一音遲

點點楊花夢飄風飄風白雪思　上林多桂樹好借得棲

枝從女倩李麗笙癸酉中式通州籍賢書

往昔南來去人間有别離故人悲握手遊子嘆征衣
月照虧盈缺花開落早遲春暉無限好于役不知期從女子福長女也

潯陽行非琵琶亦白體

潯陽司馬淚青衫古調于今不用彈自是紫桑品貢
物景德鎮磁窑例辦貢物取稅所榷舟于此壯雄觀天来雲際下慈
航道光丁酉全家由舍下往西江學使任討關不必斬關衆目看杏花風雨

南征至一夫當道萬夫難陳杏翁姐丈挈眷來任時編修未識廬

山真面目蘇句孤舟江上畏春寒唐句雷霆風露皆

天恩王旅何故不嘽嘽方伯未擬防九江不行念我君子多行

困役焚次喪僕客衣單子佩在營病故違式未行我無官守無言

責進退綽然裕餘寬陶也南村歸去來扶古松而自

盤桓豈五斗米豈折腰借酒以逃禪豈逃白也無敵四

弦秋心俞奁曲大珠小珠落玉盤白句豈是浮生無住著等閒

平地起波瀾唐句誦詩讀書知其人尚友論世古今酸不

薄今人愛古人杜句不管簡斷與編殘重與細論何處文

醉翁淡水且交歡謂鼎臣弟王植庭家子猷絜村劉故人蔣子瀟業師秦楡翁也詩人
王粲翁君不見民之訛言亦孔將我心憂傷正霜繁又
不見洛陽女兒對門居唐句動輒得咎步邯鄲潯陽司馬
衫無淚迎送壺漿且食簞細雨濕衣看不見閒花落
地秀且餐于茲三復絕交論不獨莞笑而喟歎翩翩
佳世濁公子入貲西以政學為官

不雷嘆久旱作十韻

往日不雷有人嘆往日雷聲有人聽今日不雷無
人問今日雷聲且暫停亦有翻手作雲覆

手雨如何草色不青青陳雷輕于鴻毛似泰山

重到飛疾霆妖孽子之萌何所處斷草除根化其

形現在爭事宜亦日不暇及我醉欲眠君且去白李雨多不喜

鴨在庭卿復爾爾犢鼻褌衣褌何須問劉伶牀上連

屋郝腹笑客意驚秋零雨零大山雨信有如此章舊典型

負當年留行東山為信滿城風雨近重陽古今七縣尊祈雨

字古靈經縣報四分年戌未定

[illegible]

去年今日人面不見此門中今年今日桃花不笑此桃花人面

春風可惜屢歸沙叱利今無古押衙之道路通又只為
延壽單于馬支古今同又只為漁陽鼓馬嵬坡下元禮
功又只為班孟堅擣砧團扇論文通又只為西南內将
軍九嫂為轉蓬又只為珍珠斛人立梅花月吟工惟
有文姬贖歸漢阿瞞於此矣英雄君不見木蘭馳程
千里足還故鄉同行十二年不知是女郎又不見紅線
俠客真博陵潞州望節度軍中一婦人不為紅綃不為
紅拂回首笑烟塵趙翠兒能神針乙亥秋丙子春
護石范氏之難朝夕不惧能誦
大悲呪丙子伏日救黄安之難慈因揲蓍[illegible]
楊氏弁知遁甲禪九冠氏姪女寫[illegible]用符護年内外[illegible]

書與嫁姆女老輩見作詞倚杜韋娘

丈夫巾幗揮劍斫石怳如織讀幾頁陰符兼經少作

碌碌慌慌飛碧初倒懸解了奇門遁甲神明役使誰

為力寂無聲遮莫肝膽君身咫尺　恨未老秋娘容減

頓愁萬緒千條擲貝錦萋非文采蘋情摯閨有北枝來

消息向蒼天彼者離牀笑景平生不惱煩離拆倚棠

扉泪眼摘損斯言菴鎗　玉著老人以還魂之作畀及門江女子逐出廟庭某子何

如人也小蠻樊素亦太傅風痺為之即琴操蘇潮雲當

何說桃根桃葉彼何人哉若太真之

奚足道哉歐陽文忠公尚遭此謗況其他乎又何

深紅落盡三春老綠葉成陰子滿枝少牧亦以為然

病中夢後自嘆庭外桃樹三年尚未生果

墻裏爭墻外桃花不是花義山凝若此少妝獨非耶花

落紅陣花飛豔弄霞花無冠帶處人面豈桃花 黄山富氏婢嫁妾非偶名國香

自笑大兒寄佛書來覓是何以為情遂置之

潦倒人間世篇名莊子悽遲骷髏中誰言天上界不與下凡同催夢長塵夢神通即通心原無內外何必問窮宗散氣永久天長聊附一絕

人死心非死人亡魄未亡只緣魂未

穠院寄刲財帛司堂神堂碑並梅里志前寄作內亦曾道及並述修三賢祠始誌于此至德譜繼寄某子前以作文致之今從北城得之者

問訊蘭台跡岳翁藻潘所作 宮保公書時仍修撰

迷離入暗塵不期來片羽复見入沉湮吳子皆為贈曾貝
仲影贈潼關志步鴻贈曾湘鄉文鈔蓋農贈測蠡集銘
丝贈入分房之作蓬閬寄憶園怡風景之作得林下收
之大兒寄
到佛書　江南獨有春那堪吾宅相又是一番新長倩贈都
門彙纂七政四餘
時憲書楷紳未到
昔日鄰吾宅京宅東百步有中州鄉賢祠今朝都向南湯文正公張清恪公宋文康公宋乃舊班
均撫蘋來惟自尹文尹文端公獨端公賢豈只稱三典祀非常有湯若士蘋東坡
禋祠不易堪祝謂尸譜氏追至德季子口喃喃延陵季子苗裔闔蓋行
天下無不然者

自嘆夢遊作

玉茗老人出　庙廷内江女子不還形　小蠻樊素女
斯已太傅風痺為之停琴操朝雲作何說伏印終日
賦伶仃桃葉桃根是為誰闢佛借庫為火靈太真媒
孽岐薛閒姜妃無計借摶婷三郎于此彼何人有言
不信未之聽歐陽尚遭此謗辱周公有醉　至县
醒更何須深紅落盡緑成陰三春老去十餘齡胡為
乎岐王相對賣餅客涕泗滂沱徹肉屏

奉和鼎臣從弟副元並賀之七律一首

此中佳趣問張良旨構曾今又肯堂　先太[illegible]亦道光辛卯副榜舉人

四兩嘮叨都未問歲科造次免其慌　璧䪜殿下

龍呼我上帝欽差豚饋楊 謂子瀟世友　半面之文均是半

江山半璧共誰量 叩報不見久矣

病愈謝夢遊歌又寄君歌

收拾起冥景遨遊你巫山雲雨不須愁況墶毋無

隨王牆西施一半勾留那妖魔鬼怪烟灰事自作不

活孽路悠悠曾今是趙飛燕翠楊太真 同林飛鳥

各自啁啾君記取廿年餘後不盡風流仇 謝復

收拾起冥境山河這海神日照不須他況樓臺院落

笙歌燈火一半消磨那門楣閥閱等閒(耳)事為人作
平地生波曾經(今)是商山皓子陵釣王侯不事高尚婆
娑(塵)戲羅遮莫天末文苑意何退 謝允
收拾起冥遏逍遥這高山流(水)不須標況詩泣鬼神筆
驚風雨欣賞蕭條那身負大名寧寞事文章憎命
後發先晀曾(今)是不言仙不言佛猶能逢聖道德端
毫天留我人間養壽教誨爾曹壽 謝賜

菊為延壽客 得延字 五言八韻

造化胡為菊秋花(生)司命延壽徵三友客(老)始復一陽天(先)

藍味合爭色黃華頌有年金錢茶味熟英發餐鮮

萬字差池味秋生不落天治薔惟此雅深意亦何年

陶令難談佛坡翁亦自仙至今饕餮後有愧白衣前酒戒

閱邸抄見滇廠運銅已百萬斤矣烏魯木齊已入

版籍並行放賑于都並郊外及幾輔且裁厘卡

仍歸關稅京師三日大雨連夜達旦均太平氣

象日內　上徽號兩宮太后詔頒到縣因賦七

律六首聊以誌慰并向學文官海關事

曾經烏道蹊飛青滇省銅廠八處蠢爾流年始暫停回逆作停解

百萬已徵南北海天津上海各收五十萬斤餘零欠五十萬未到尚滯𣥺

長亭錢神自有錢神誌誌明人作廠神魏閹銅政依然銅政刋
先宫保著礦廠工器啚畧二書已刊
及銅政紀事畧均由銅政全書去取十載以来龔太
守夕烽不近使人聽需次滇守龔留京上書請往滇
不滿十年龔前在辦銅廠政十年估工等語目下
滇已三十年矣

如今化外是中原張船山太史句雨順風調依舊䎱自是左烟季相
帝心簡八部天山南北回蒙各部四部豈惟天將下諸藩爵督奏收
僞曾本齊帷君宗教誨當年𨔼使飲食征誅此日繁健子
白老虎未獲
前迎養述及修勒辦尚有不才黍
三匪事畧未及回匪
聖武有停止出賞聖武記了然記取負冬暄在中翰方畧館作

內府傳宣十萬行南漕自是慰昇平丙子海運軾兒護乙亥入江橫

浙江各一來東河運歡畿輔管北津通令尹卿京尹叢內府由

次完

票部領東漕未入京倉者津通截取已入者仝上例

領悉歸賬務見於四五月邸抄順天北直均此行

烏有先生連丙舍子虛作賦聽呼庚山縣報年成一分五厘奉委核

驗

及民實惠還查辦賑務曾期署

聖明前以應生驗考欽命策題日查辦賑務務期實惠及民道

鹽司商榷古通完舟陸差池博

帝歡自是市津征受釐釐只因關稅耗成竿兵發後逃關日蹷

羸餘日進還交易龍斷衡平却最難楚關反正後皖吳復始

積重久長誰反手須從滴點露華看洪蓮倩函知爪洲口應附入藥

闕務中郎抄奏以正陽及此先行之

未零靈雨　命館人夙駕星言列爾卿菜色驚心積

饑脬　朕肥忍視瘦災民井龍奉調　天牌正矩陶

軒曾道及順德二十四井牌求雨甚驗旱魃湯焚雲

今照例祈雨外奉　旨調取祈雨亦然

漢真例雩祭　報到京華達曰帝連朝三夜

一人震抄李丁往京還口中亦云云如此井龍神請加八月晝夜霖雨奉牌入祀建廟井上已見郎

斗然聞・詔自・天來　徽號須加五色絕裁雨宮徽

號累賦亦茲今日取同治緩帶征欵各欵悉免去留餘自向昔年

開宮保撫湘代啓各數　隔春春到人歡賞丙子十二

奉　詔頒行恙免

月二十一日夜子時立春

則丁丑年正月應立新春　積雪雪飛花亂開明年二麥

過雪雨連朝永夜達旦　多病不明久被棄也隨爵齒

春夏二季可以無恙

子健亟內道及大小兒業

愧生才亦請四品封與為其父母

痴中鐵庵小史行編夢遊徐胜家作

昔也不見君為君少能文今也頗知君為君隹立羣

水晶簾下看水上覓紅雲故人相贈我亦頗有所聞

舞鞭乃九子直刺共棼麐章麐與麑免不知何處所云

蒲劍刀霍霍拔出左佩怮所敹皆過當烟氣更氤氲

急遽苟且倏傾覆流離閱肝膈照人腸如快又如焚人
非智亦非鐵相遇患難殷雖能投筆吏亦頗識典墳
豈曰無衣兮與子同被薰未嘗紅史落條條半紫氛
相處七十日竟未破瓜 我真爛熳豈獨女將軍陪身莫陪心
旦夕會慇懃葵心傾向日風痺如舊曛寒氣近來饒 唐句
從此自相分燕燕賦于歸泣涕雨紛紜原璧論完璧
歸趙賞且欣 刻下有赴浙之議

書與夢遊女史作 調倚西江月效宋徽宗體

忍病採花強擬誰沽餘勇無他司花御史筆兒緣薄
何清鎖 休說鏡兒美眷畫兒愛寵堪訶當門

漢敢斬關處咸贊呵呵不可（石案己結未完）

春日述夢丁丑

故園不可一朝居終日除戎戒不虞（誌）病自是陰符讀不

盡何慚巾幗教非虛（巫醫祈求并用之）三年無改期繙祖（自甲）

（戌始病至今可痊）重壽同緣念有餘（病爲亡孫女作）客日鬼方當自愍

那堪羸老問居諸（詳前）

春日口占寄子福弟七律二首（七九得雪七次中有二九無雪）

芭蕉雪裹萬人看（窗）外宜室宜家事故難縱使消寒得聚

會何妨大手更相歡東關酸鼻（骨）鄉儺舊賽（文昌）會西里松楸

麥粥乾自辛未至戊今未省墓作城市閒人聊復爾暮年粗糲腐儒

嘗附錄張石樵訪友篇句行行何處去散步問阿誰鶯花寒食日風雨禁烟時乞米顏公帖種門陶令籬近來解事日或恐笑吾癡

冬荒報盡坐春荒年後年饑前誰康小康雷凍已抽三月

雨連次晝夜達旦雷雨飢加朝起十分涼近來寒氣饒常在何

日薰風煖得逕長未遇狂風真似虎不才已耐剪刀煩

病痊酬夢遊[illegible]歌又和石巢壽歌

海棠落矣蘼牡丹歸去趙葵心壯傾向何為這風花雪

月後吳宮美人教戰底事參差那魑魅魍魎斬草除

根消磨燼炊滅毫無滴點支離今日是女兒酒蘸小小

點石成金不動語辭。幸三魂杳七魄悠悠未遇一陣
狂清風化為梟睛游絲。袁簡翁前身蘇小是同鄉云云
點金成鐵亦其論荆公詩點石
成金呂仙翁事　女
兒酒紹興俗也
鐘鼎山林臺閣山林城市呼為山林這稻香臥雲山房蘆
波下膳飲從於遊際椿萱導斟那於陵園綠野閣勺來山
嶂安山東大纏史二道河許家嘴小住輒佳讀書堂柳深深今
日是寄籬下新茅茨人物皆空白雲無心幸二分明天月三
分是水洞瀑恰遇八斗才人情切稍為知音謂[illegible]蔣[illegible]
道者神仙僧者和尚儒者居位先生這天祿印名簡前身傳名

清溪
桃源樸遇仙翁三教通名那明心見性煉形修性存
心養性一例潤色太平今日是真人来活佛去行聖
相迎辛孔門弟子靈山樵子自號商山逸民又使子弟
前子平林倚滿廾巫婚夢知印多呼字次于石碑
為鄉僧居道及印多始知千潭一月今夢大師呼名
別去呂仙翁六婚知之後遂不談禪而為文論矣
但有賈參島琿文成公蘊文忠公在前為愧耳
嘲邑令張子餘以示謅始從姪門下士從弟安谷
信票于　宫保公諱下落一珠
驀然一見馬支山侯冊結霞蔟後方繳結票在案號
詒免初札二月到縣
號震雷笈啞啞憧憧朋從急潺潺捺擱催札三月到捺
擱罵札到蟲生百足僵無謂一首聯漏魂魄依依不復還
怡蔟票　一句特元禧重病復歸未愈

恩受九重世又旋最是傷心刀筆吏户承無緣醉直隸不

須攀三月廿日縣出信票四月五日抬到宅首差張淩雲来来葉兢旋到相里半

王石泉茂才挽詞兼唁慰

壇風杏範仍如昨在舍下已授讀三年冠冕江南題暮春太翁未滿甲子自是

長沙仍絳灌縫曾遊幕鳳郡累迷大兆何妨倚相結朱陳續室未周三年

珠星曜後文章在石翁遺腹一郎留女二俱幼食硯石耕魑魅真屢薦

不售多少寒門朱上第先官保粤試闈中句萊衣重慶更愁人石翁重慈

具慶下

昨日得浙省家信知丈兒已得部准補用府照題

示知之聊爲七律四首 此可附入縣志劉開益亭在咸豐七年

義男擘勇不經年謂劉開益敵者無煩那避前草昧只因天自縋人情何事我稱先舒邑七里橋子孫若個寄籬下子孫老母俱存田畝淒依在舍間撥田十五畝給之今日當初向誰問時尚任平林直書替史古來傳大小兒就婚程宅

好月西江日日晴鬪來學步落花輕程敬生代納縣丞[illegible]納通判安谷信云雖胸列宿稱人患隨往祁門學舍張副憲營並郁學使署展轉而未歸椽首問天念子卿止鵝程氏已故豈有文章驚海內杜句吳鎮盟徐孟翁局邦辦並兼鹽丰應無長物館庭搨坐來蟻席蘆來突敢追

常川徑來誰更驚 子達扶大兒
竹林妙趣有誰家影須上堅冰莫敢譁 湖南藩署 辛未十二月叙 雉相遇漢
自是洞庭秋色好何坊漢口夕陽斜 用唐句 九章可否

稱

稱精算一代仍須向庫查 湖南庫欵 五月朔
天日 惟自取八方風動樂 皇華前已詳
季元法度最推詳 海運自 元始 我 國從來 未始張 天 行 道光元年始
下難為千里目 重事 大人 間樂事萬重洋 華在 美國
已見 新游歷海國志 並新
聞紙不僅于行商等輩有才自不上
真吾主大 小以 辦海運奏保補同知後以知府用先
換頂戴云云 部覆已准行 知 未到姑候之
多病無須夢裏王 余病四年始痊 野綠[illegible]明新雨後廳

知犬不吠昏黃 道光庚寅方伯示守湖有

大人其公座遂調守杭

王石泉課燃蓮詩流鶯比鄰燕燕于飛春服既成

詠而歸四題借以發悶此乙亥年春仲作也

請看詩聽到又鶯聲裏今番聽處新尋流惟洽比必德不

孤鄰柳浪聞何急桑蓮覺又親緜蠻知止實灌木集

鳴真巷陌縈紆久條衢往去頻青雲干呂白水賦同

津舉世論詩品雙柑斗酒人邇來　宮樹滿處百囀運

時春讓今何往　內温樹語不

元鳥燕燕于飛高媒竟自歸只因來燕燕于此故飛

飛趙亂當年盛闕樓今日稀空梁泥已落拋剪日幾
希豈是風簾入將無石雨揮呢喃翻白色交接認烏
衣詩意存譏刺春秋辨是非湖南為客久兩度趁春
輝相護 內温樹語
亦各言其志難容大道行春惟特曰燠人既服初戍
豈是含風軟于馬疊雪輕瑟希夫更遠鏗爾韻來清
芍贈原溱洧蘭修避鼓筌緇衣欣席帽白袷識班荆
桃李非羣季茱萸鮮弟兄　官衣名亦有何日備
恩榮淀 謂海

邈矣弦歌詠而今次第歸暮春初入序新服已成衣
壤擊康衢遠琴彈單父徵和聲甘縱步依永趁斜輝
信口腔無着吹幽暑未希嗚嗚行或止坎坎是耶非
接駟聯鑣久升堂入室徵他年 颺拜後恰擬浴吾沂

謂稻香村蘆波菴林家園
來山閣勺園皆家別墅

病痊夢遊山社火 調倚長相思

社火香拜文昌日進竿頭意味涼山中無好鄉 無
好鄉寫清浪寫到清浪泮水忙心平壽自長（興文土地）填壽六年
八十五

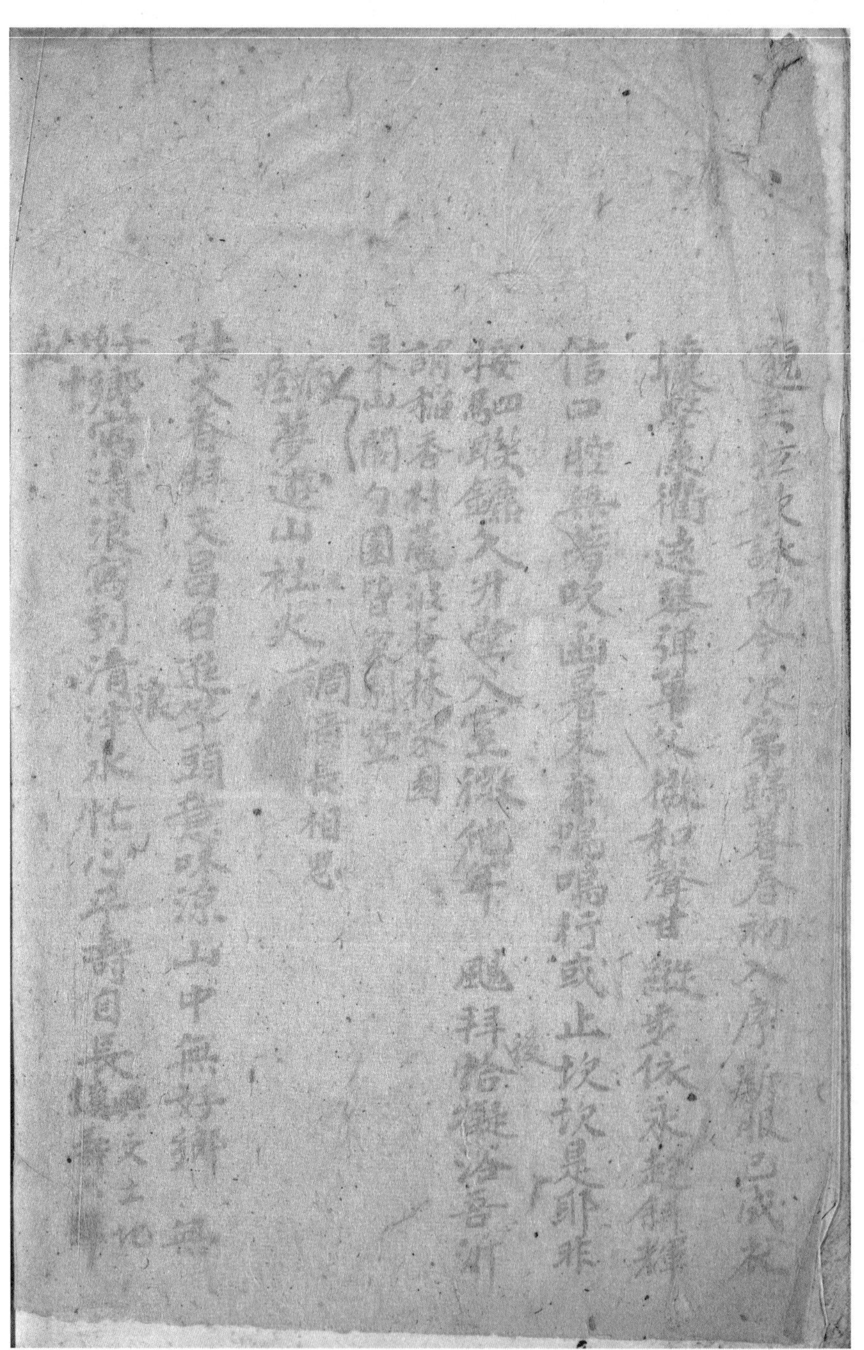

學士任子閲年録 一名天許録 圓怡善伯吳元禧

自光緒四戊寅年六十九歲至壬午年七十三歲

春旦口占試手並筆五律五首

秋末晩菘在春初早韭殷只因十香菜不愛五辛盤

羊欄誰知味屠穌我問年關三件丁醫面忌如何歸病久今日已

歡顏自癸酉打甲戌春後七日至戊寅打春後十日

雪月交輝處年内外大雨雪連日數次遊來聽往還鳥飛人日後

人日鳥八里松瑩内不止三匝燈點上元先七種懷陳概成菜雙清娛老

年無邊佳事好借酒亦逃禪十二日拜年去出門花燈已見

陶令呼為酒難邀社裏蓮坡仙杖頭客曰賈自棨詩二
歌紫蓋芝草蓋商皓遊輪迴歸白元當前新意滿醉裏可逃禪
夢遇蔣子瀟司訓以重壽孫女匹後
談及輪迴之說曲阜之物未艾耳
憶及南皋畫春生人日中戴侍郎入值遇人日立春雪畫七種菜畫先宫保及
勞辛翁襟兄均題之遂購存于晉院唱和舊作俱在焉寒齋太原雪煖帶雁門
子福相贈子佩亦然未收之子福攜之西江長甯任縣風會乱後眷屬旋里幾于難幸贈此于黃州飯肆為
之鮮曼倩留占說達夫寄郵筒盤花共卷燭相對自然
紅川晉近日無耗来
賣燈仍兩夜預借此元宵不謂鄉儺好偏爭火樹高昭

迎春方且過閙竃不須唱閙竃廿三日止[illegible][illegible][illegible]

酒博奕未能遨 某子不識博奕以廢員 亦未敢干預外事為上

前題 調倚長相思 鼎臣亦足疾

太平闕拜新年同病相憐未了緣 捫心 未了緣 未了緣 報平安如意

平安歲歲全金錢葉落懸 葉子戲也 樂名亦有

穀日聞見口占又成五律四首

辟穀何為者張公借息肩神仙不如我烟火未能眠 佛食

素品 仙不食烟火乃 血食 為上鬼神依之菜色看今日餓脬遺路前流民笈

愚拙 邑令亦以 辟穀助災不得盡天年 流民逐 日不輟

似覺烟花地冬烘豔楣天簡文推解意札飭捐廉放賑邑示惟助賑云云
民告倒懸年樹可繞三匝越川晉與退步鄉儺舒角肩謂南山中豪富家
不明才主棄謂邑令唐句風月更無邊子健弟在蘋捐賑五千兩
昨日捕蝗事君心各自知雪花寒澈底臭味漲差池謂蝗
春晚風難到麥秋暖未移涷雷無四月農事未須遲歐句
上計難稱最邑報分災一三重而有車馬喧謂委員查災力租催人境
胥吏亂吾門催租人不追畝免投遣樂積欠而畝錢加倍矣舊雨非新雨李院劉藩
監司太守山西無糧天高皇帝遠此
不踁而走平原反太原與以養徙賤
中州簡命崇部
舌莫能捫恤災之案未結

自壽詩倣長相思[illegible]四闋新年○之夢寐恍惚見之較直暮稍勝耳[illegible]一壽

壽而康奪春光奪得春光日久長春光日久長日久

長百病春煖花開日日忙墨甜是我鄉夜睡夢裏囈醫境魂不守舍云

壽而康暮春光占得春光暮裏忙子健過北上任日家在三月內不過

十日次兒南行子厚

柩回里亦在三月

暮春人更忙家未歷年積餘來儲粟待春荒桃

李鄉菜花香百畝庭中綠野堂路人語短長杏花村等處

壽而康到平陽百病雖除雖足疾不能復行到平陽爭日光相爭

日月光仙酒狂佛酒香痰病忌食酒羊死麵或佛或仙我未嘗

女兒酒未寄來

金華火腿到焚香乙炷長新年香火自拜天起竈勞勞故事至上元未完

壽而康賽文昌鼎弟偕陳鴻文畾說助會灯牌賽得讀書深柳堂深

柳讀書堂讀書堂能未忘湯尹在蘇院五通神遯去子健禁修私廟明月

清風花鳥香白雲歸　帝鄉弟謂鼎

落花前調勺園謂

不做官不修仙笑傲山林滋味難落花無一言粗布

煖粗糲廿月照人逢樹有年水流今日懸

回陽曲病痊後作調倚唐六如收江南曲韵以自娛

呀着番是蜃樓海市安山宋柳州境即邑東南大山向有蜃市見說鈴天陰久即然咿

難道是抵面夢春婆恰好光明草色綠同波又不是那

神仙世界可誰何我疑戀思麼我疑戀思麼轉身間
收拾起大地山(天)河

春日有懷

折到梅花無(香)驛使隴頭不見一枝春 江南相(聊)贈已(無)知(消)
此何處(息難得)他鄉問故人

年来骰子鬭玲瓏南國猶生(小)豆紅刻骨相思已若此
問君知否與誰同

有感

(板橋曾)
自覺淒凉苦他人那得知到及之交遊年少子同學

累長兒有病客需酒無雲雨散絲語言難味處可憎

笈吾癡一兩次鄉儺未逢知己者呵呵

拜文昌 調倚長相思

五百年驀然間轍去風流笑尊寃柳亭敬無河毛西河無

一言無一言夢邯鄲舊曲玉茗堂化解文昌拜有年紫雲

光降前林易

春社有懷 前調

社日春半分春平起波瀾等復新風雨聽雞鳴聽雞

鳴君子尊春社分春來故人春眠竹報頻區區有紀將軍

遺封事書後二則書于方伯卡所作紀將軍

書遺封事後方伯卡另有小楊廬筆記

謝鼎臣弟春酌即戌五言二律

連

風夜多風雨陰晴意未諧箋談聊復爾徑履與誰偕

經世難言治論文喜自排春婆閒有夢眠去已喈喈

右文小菴在坐談世治區雖百病消除

而三陽未泰年高魔病歸之未已矣病魔

好酒却寒多窗山鼎翁無名草末茍凍雷驚幾許春與待如

何已開

雷声驛使江南久局無耗年内外院流民河北阿骨陵沁釋僵市門

西風一麥粥大樹念婆蓮多病連年未能謁墓今恐其不或以風耳

大風中謁墓踏青不果即戌五言二律以簡鼎臣弟

天外海風立馬知寫踏青西關酸骨射井二里南霽錦
旃停張邑令南境公出轄軸多方笑轎竿折而頂落雲烟十里陘篳謂
架山□尋牆不得走筐楮自焚庭紙錢不得引火而燃簷下
倖□得已除病無由亂我形返後未犯旧症瞻之如望日畏尔
似來霆遠近千官掾因風未謁祖墓囑代蓬鬆萬點星祖墓樹已多老
墓廬冰雪後蝗去屋歇麥色未丁零
上巳清明歌步高達夫邯鄲少年歌原□韻
學步邯鄲游俠子今日上巳清明裏生長邯鄲五侯
家戊寅中秋嘉慶年九歲[illegible]以杖叩脛揔不死寒食熟

食禁烟過鶯花風雨日紛紛用盡黃金樂他人圖的繡像自
稱平原君畜介眉君不見今昨日踏青黑風來摩薄非仙非
佛亦需索又不見虛白堂前明鏡悲白髮有命自天
與神遊浴佛盂籃下元三度介君此君無所求人間世一篇讀之
泛若不繫之舟且與士女相詭贈芍藥羔裘豹袖高
昜吾手無花無酒楊柳插遍小兒頭見志畢陽事

苦雨

江南驛使杳羣州楊蘇湖杭半壁江山半壁遊人到應從
千里外夢來又憶少年頭年十七八道光間事丙戌丁亥遊蘇半載只因

積雨空陰盡也覺有風無月愁日日躊躇遥望裏白
雲一片且悠悠

喜晴

山城四月不聞雷（同治間迄逼鼎臣）輩有不雷嘆之作今日如何凍裏
催（連旬聞雷微作）久雨今夜大作畢竟濃桃庭外蔟也曾細（雨）遍中来
庭外桃花綺霞漸覺連天上（前日東南晚霞出上）皓月應知望
一樹大蔟
日開晚晴（十六日見月）夜不寐甚事燈花緐滴瀝喜光報我主
人猜

書萬姑丈子蔣孝廉侍居澄懷録後五古不限韻

我曾未讀書讀書古今無我曾已讀書讀書誰自如

南昌萬太傅讀書祖二疏賢愚重智過先人有舊廬

文學近蘊黄思不辱丝文詩集經訓乃留畬韓句婁蛇二十載

青宮故相於乾隆間侍讀宣廟白馬已八旬自我人居居賜紫禁騎

馬已是

起居侍者來難進家食蔬例有侍監史臣一曹

復名

子帶經亦自鋤差池何異商山皓推輓州里車十六姑丈年納

粟入𨗇羨殺文選樓子山何燕譽言養正書屋文集宣廟青宮手澤

侍

讀書在中秘進膳自是其餘八年積

賜翰宣廟來往手澤嘉慶庚辰太傅還歸終誰不咨大傅宅視疾宣廟青宮親詣

倏忽　帝王師鄉賢定初不求聞達科太原真厥諸
宣廟亮陰日姑丈得受賢書　喬梓亦喜巍然崑玉寵貫魚
兄弟三人均蒙卹典如例
玉皇香案吏仙緣增愁慮依希客星來　帝座榮芙
蕖姑丈屢蒙　詢問三次丙戌時如故深蒙　追惜久之花開有次第　天意
念其諸道光壬辰經筵有朕今日從容不迫皆當年二位師儲傳教訓之力明文秦枝山侍郎為蒙卹典又如故
波及他人後點滴亦瓊琚上見如何三不幸君手莫拮据
冥如其來者澄懷錄自舒道光甲午見澄懷錄于寉亭表弟處讀之或簡
編夏屋更渠渠值　先宮保時南丝雖然趣天祿未能供腊腒竹
林已允若遂小臣嚮回憶五十年宜春賦子虛子健安谷目覩

侶豐新申東狩之變春泉拈丈尊人 小倉好論文浩

王介堂朗姻太翁質郎授讀書不然

然夢筆據尹文端戴事久成例矣

小園導遵辦翁壻例 風塵荏苒間宅相安

步懊小園補道員缺後以
按察使司補用見郎抄

還陽曲病愈倚唐六如調
收江南曲以志懷

噫彩顚者江山錦繡吁難道是海日照神山月照何

年樹色日爭妍偏只是花逢幾世人聲喧玉皇香案

前玉皇香案前潑雲烟誰閒他是柰何天 陽斷子個
前病平林
夢東方朔

而愈今
又復然

噫来翻潑山林水墨吁知道是雨氣到雲端霧氣

飛烟白水又青山偏如風沙黑眼惡囂喑别離似當正

年别離似當年須臾聞昔恍了個兜率天自打春日回陽奈妖

孽之萌拖累至刻下始能落實

凡三次矣當無滯礙又倚前調

見沈石田三吴集景冊有感

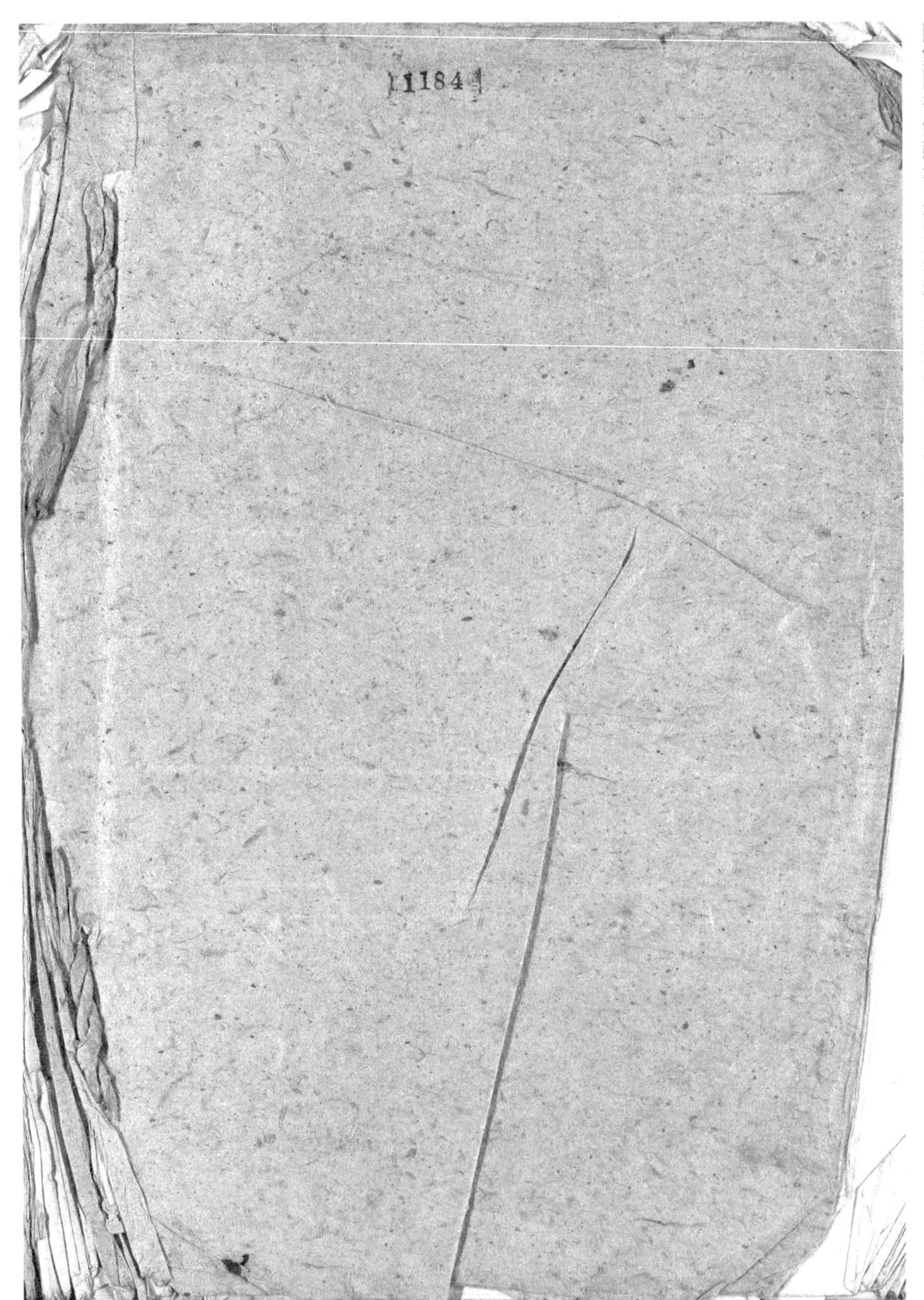

市隱初稿

亢樹滋撰。稿本。一册。

亢樹滋，字鐵卿，晚號贅翁，江蘇吴縣人。其生卒年未有記載，據此稿本中五古詩《述懷》首句「我生歲在丑」，可知其出生於丑歲。另有《上徐撫軍書》一文，亢樹滋自稱「年逾四十，碌碌無所成名」，且提及「日者廣德之失，聞賊匪先行設鋪於城」，「日者」即前不久之意，廣德城失守事，爲太平天國與清軍在此對壘所致，同治三年（一八六四）七月，清軍戰敗，廣德城被太平軍佔領。亢樹滋作此文時，應距廣德城失守日期不遠。由此上推四十餘年，可以確定亢樹滋當出生于嘉慶二十二年（一八一七）丁丑歲。其卒年，據《隨安廬詩集》卷五《七十述懷》，可知在光緒十三年（一八八七）之後。亢樹滋早年曾客居嶺南，經商以謀生，道光十八年（一八三八）歸鄉，沉心于詩文，於時局亦頗爲關注。一生著述頗多，有《市隱書屋藏書目録》一卷，《市隱書屋詩稿》五卷，《巵言》一卷，《市隱書屋文稿》十一卷，《贅翁吟草》一卷，《隨安廬詩集》六卷、《補遺》一卷，《書意百詠》一卷等。

《市隱初稿》由兩部分組成，前半爲詩稿，分五古、七古、五律、七律和五七言絶句；後半爲文稿，有序、書、論説、傳、墓誌銘等多種體裁。卷首有二序：一爲咸豐十一年（一八六一）辛酉五月吴縣吴嘉洤所作，言亢樹滋所作「古今體詩俱近宋人，有超然自得之趣，文則以方、汪爲宗，間出入於勺庭、青門、湛園諸家，鬯茂條達、蔚然深秀」，並鈐「吴嘉洤印」；一爲亢樹滋自序，敘其學詩爲文始末及《市隱初稿》之成書緣由。

卷端題「元和教弟爰學瀾拜讀」，鈐有「適園逸民」「文綺過眼」。詩稿末頁有題字云「甲子菊月筱史氏吕一鳳讀一過於一片石屋」,並鈐有「一片石山人」印。詩稿部分間或於天頭處有呂一鳳批註。

《市隱初稿》於亢樹滋晚年付梓,内容一分爲二,詩歌部分稱《市隱書屋詩稿》,文章部分稱《市隱書屋文稿》,均刊於光緒三年。以刻本與抄本對比,其文句多有改易,可見亢樹滋校改之勤。

(杜萌)

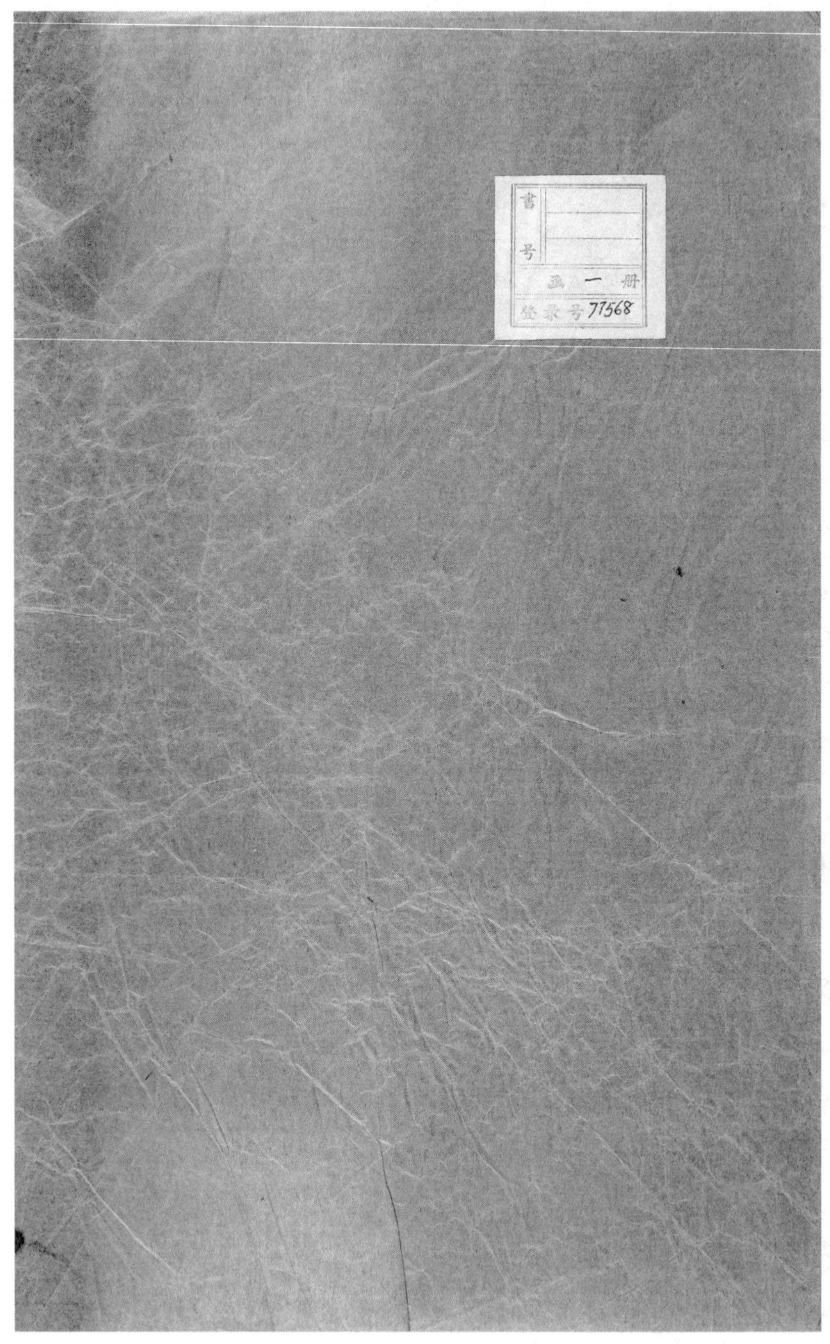
書号
函 一 册
登录号 77568

市隱初稿序

吾藉有詩人曰元鐵卿者未之識也適居雞居崇君忽以所著詩文丐序
揖而言曰某學此有年矣東閣君名幸得相聚於此敢以質諸大雅讀竟乃喟
然曰吾吳有是人而吾不知是吾之不廣也自我當偶亂以來中國無藉之民所
在揭竿而起不數年間剽掠城邑荼毒生靈不可勝數士生其間者或棄其所
素習而從事於戎馬之間以博取功名為事即有負如之士亦遁跡於荒江窮谷
之境以苟延性命而已求其不棄所習若諸君者一二焉嗚呼豈人才之不古若歟抑
時事之相值適然歟吾吳東南一大都會也山川之美秀人物之偉俊江湖
舟楫之往來絡繹奇珍貨寶之聯集而薈萃者榮以千萬計[illegible]所
謂名都者無以過也自遭蹂躪以來城郭一字宮室移置其蕩者猶之過世地而
不復知其名者有之或棄舍於路衢或聚探於巷陌他日過之不知為繫以[illegible]之

之區也何不幸而至是乎雖曰劫數未能抑何若是之甚也君生長於蘇雖嘗游吳入越南至廣州而以而在蘇之日爲多父母之邦爲寇毀敗而興跡無施一身者餘吾能無感於中耶宜至憤鬱而不平也所爲古今體詩但近宋人有超然自得之趣文則以方法爲宗間出入於白庵青門湛園諸家澄然條達蔚然深秀若君者雖隱跡市廛而趣向之醇可以概見矣言曰者　王師克復吾蘇二三友和仍返故地吾當〔嘗〕慨然以感淒然以悲者所得之詩當更有進於是者故爲之序以爲他日之左券也云

咸豐十一年辛酉五月吳縣吳嘉淦書於崇明之蝸寄廬

自序

余懶廢不學於古人中無能為役而性又疎拙不習酬應杜門息影專得一意吟詠久之遂辱春榆毋舅見知以為可存而晉和弟又謬加推許謂迥異於世之言詩者私心竊喜寂後就正於韋先生君繡先生曰子渠中五言取徑俱高氣亦凌厲無前槃槃大才充以學力何患不成名家七律俱落宋人家數未免占實相絕句佳者寥寥以其出之太易故也先生為吾吳作者其言當不謬顧余素無師承偶有所作不過言所欲言不自知其為唐為宋而先生乃能區別其體直指其失惜余不及請益而先生遽已下世矣嗟呼詩文小技壯夫不為今吾年已逾壯而學業不加進功名無所表見徒使半生精力消磨於風雲月露羈愁感歎之中日月幾何而老將至矣為可悲也暇日因合

前後所作重加汰存録爲一帙名曰市隱初稿非敢出而問世
蓋將以誌吾愧而更欲求專門名家匡其不逮焉

元和教弟袁學瀾拜讀

吴縣亢樹滋鐵卿

市隱初稿 五古

羊城寓中友人見遺

客從峨嵋來，貽我青瑤琴。為言琴中曲，可以解憂心。琴聲我不知，琴趣我能領。彈罷忽悠然，回頭松月冷。

舟中寄懷白雲山人

昔年過江州，與君登高樓。君去樓空峙，江水常悠悠。白日落潯陽，溪舟橫渡頭。相思不相見，悵望五湖秋。

阮籍

我愛阮嗣宗，磊落不可羈。荊棘蔽前路，舉步履如夷。酒中有妙用，持觴忘形骸。嗟嗟千載後，撫卷有餘思。

嵇康

嵇生古佳士，怏怏龍鳳姿。放言思在昔，高步超藩籬。養生不自保，忽忽蹈危機。高名招物忌，而況典午時。

即事

明月出東山，攜琴就山麓。琴聲清且幽，相依惟孤鶴。澗水不住流，潺潺入溪壑。真酣一長嘯，餘響渺山郭。男兒志四方，意念各有托。偶然失路歸，未須悲落落。浩歌詠先王，吾自有真樂。

田家

雞起坐檐端，曉色隱郊墟。力田重耕作，及此時荷鋤。披榛步郊外，草露沾行裾。門庭幸咫尺，守坐兼持扶。日負暮未還，妻孥亦歡娛。淡泊有至味，生處豈殊途。所欲不求足，得歡自有餘。身名偶然耳，一笑吾何須。

感懷

我年二十七。碌碌尚貧賤。讀書未能成。棄而焚筆硯。愧無匡時略。翱翔入九天。又無辟穀方。輕身逐飛仙。局促困轅下。拓弛不受鞭。親用晒背面。骨肉甚當筵。而我默自忖。榮辱亦何有。逢詩魚游水。失跡虎類狗。素其位而行。固窮當固守。立心苟勿欺。浮議庸何醜。大化有乘除。立身期不朽。俯仰歲三千。高歌且飲酒。

青浮之文

山居即事

幽居靜無侶。忽忽歲云暮。世情日已疎。煙霞日已痼。逍遙觀物化。盛衰一指顧。意淡物無權。心空理自悟。寒暉淡遠村。夕烟橫古渡。何處一聲櫓。搖入蘆花去。

書懷

賢者久不作。俯仰誰與儔。側身望天和。懷古心煩憂。少小入家塾。讀書慕孔周。中年遠服賈。山川供遨遊。美玉重自珍。明珠謹

暗核與世幸無忤返己良可羞荏苒三十載一生香難留人生
信傀儡行止甯自由東家盛賓用談笑生戈和西隣朊親戚睚
眦成寇讐感此長太息不如賦歸休甯與木石居羞隨庸俗流
立身戒剛強出言慎輕浮敬之又敬之庶幾寡悔尤

尋趣得未
可省

自嘲

蠹魚日飽書書味在何許而我復效尤披覽手不止塵絲布滿
戶筆硯堆盈几試問子何然一笑拋書起

彈琴

俯仰忽不愜獨步山之岑清風颯然至且復彈鳴琴澗水滴深
竹寒鴉噪前林美人遲未來悵望銀河深

山遊

遊山不嫌遠看山無有懨山意似迎人一步一回顧空翠淡欲

流水泉灣如注逍遥憩石上風來不知處坐久心神爽長嘯入雲去

○春日即事

我本山林人誤落城市裏思古一何深慷慨慕園綺方春天氣佳風物正清美欹枕松風來彈琴山月起寥寥千載心孤懷悵何已

○閒居

閒居有餘興稍喜事詞章圖史滿四壁手鈔列兩行似起千載友聚之於一堂但有問答樂而無酬應忙清風池上（林陰）來好鳥鳴且翔余心適無事悠然見羲皇閒編不求解掩卷旋已忘讀與不讀間樂哉殊未央

感懷雜詩

古道日以遠，世風何由淳。百金市駿馬，千金買陽春。豈無貧賤
交，棄置如途人。嗟爾遠遊客，少年困風塵。下有黃口兒，上有白
髮親。詩書耽夙好，時乖志未伸。焉皇歧路側，欲語淚已傾。回頭
親串家，歌舞方橫陳。

萬類無大小，各各自貪生。一身本泡幻，孰能便忘情。吁嗟同學
子，早歲蜚英名。前日游泮水，茲夕返玉京。當春行秋令，萬物何
由成。寡妻繞床泣，衰極弗能聲。不經霜雪苦，那知歲寒心。獨坐
下簾帷，風雨聲淒淒。

灼灼園中柳，移植在牆東。托根偶有所，爛熳開千叢。似喜會宿
雨，渾如驕春風。一朝根柢壞，搖落同飛蓬。豈不羨柳色，映外而
摘中。始知立身者，有始貴有終。不見石崖畔，青蒼千尺松。

白楊多悲風，下馬謁殘碑。傳是古之人，死焉於此埋。丈夫慕功

名。俗子殉刀錐，而我復營營。營營竟何爲，游魚潛深淵，飛禽翔高枝。感彼物類微，去去勿躊躇。

躬遊青山下，暮宿白雲巔。白雲無終始，青山有變遷。感此元化理，大造亦無權。所以古仙人，養空任自然。

騏驥歷千里，捕鼠不如狸。鳳皇具五彩，司晨不如雞。生才各有用，用才各有宜。莫令徑寸珠，塗作一丸泥。

藤蘿本微物，纏綿附喬木。依倚既有時，根條漸已沃。一朝斧斤加，牽連委溝瀆。生既藉餘蔭，死當同見辱。寸材亦不弊，何況僅摧覆。微物彼何知，此語頗可録。（改作物性有如此，庶幾勵薄俗）

窮居罕人事，坐卧一邱壑。白日競奔馳，朱顔暗蕭索。感此忽自悟，多積亦何樂。勸君莫聽歌，歌絶聲不作。勸君莫看花，花開旋復落。茫茫大化中，耳目暫依托。不如坐兀兀，忘情對寥廓。

○即事

蘭若斷人跡。獨宿秋堂深。仰見林間月。起彈松下琴。一彈清人耳。再彈清人心。心耳兩俱寂。蒼蒼山沉沉。

有所思

蒼蒼遠樹色。皎皎明月光。迢迢隔河漢。冉冉閱星霜。思君君不知。日夕空相望。

○堯峯懷汪鈍翁先生

秋色映疎林。斜陽隱深竹。迤邐入堯峯。徘徊眺空谷。佇問汪夫子。當年此卜築。有泉足怡神。有書堪悅目。我昔愛公文。不厭百回讀。比肩有侯魏。餘子悉俯伏。道直輕進退。性淡忘榮辱。盛氣威凌人。高節難諧俗。一朝挂冠歸。名成焉用祿。遠山斷還青。衰草萋以綠。懷古一長嘯。千秋仰高躅。

四語確切

郭外

幽尋意無限杖策時獨往一徑入寒碧四顧何泱漭煙嵐倏有無天水互磨盪徐徐帆漸遠皎皎月初上空林殁人跡廻風送樵響地偏心自遠悠然發遐想何當泛扁舟逍遥謝塵鞅

久雨初霽閒步庭前有作

日高睡方起開門衆鳥散久雨晴自佳頓覺耳目換草木含幽姿桃花開撩亂披襟南窓下清風起天半我生無他慕飽食縱抱膝讀書愧未成入山苦無伴造物於私我一編供把玩疾病幸不作貪瞋亦已斷於此不尋樂無乃真癡漢景物更何常請君仔細看

詠懷

人生不稱意便當遺世情幽居亦足樂奚爲慕浮名儀秦學游

説抵掌取公卿子雲老不遇白首猶窮經賢愚雖各異一死等
埃塵不如且飲酒聊此樂吾生
憂來不能釋振衣上高岡浮雲蔽天末四野莽蒼蒼彼美豈不
思所嗟道路長昔日膠與漆今日參與商瞻望曷有極婉若昭
月光自非鐵石心此意誰能忘
曠野莽蕭條羣山高崔嵬何年絶壁下遺此塚纍纍平生慕遠
遊頗瞻傷我懷聖賢殉仁義盜跖死貨財俯仰百年間祇餘土
一坏所以赤松子采藥更不回
晚上赤城山言宿習仙觀山〻意〻松〻迎〻人〻（改作山中亦何郁）泉石恣娛玩
暝色壓天低白雲遮路斷朔風動地來飛鳥各屏竄俯仰吾與
時風物驚改換草木彼何知衰榮一般判獨有汗湧人高情曠
雲漢

落日羣鴉散吾亦返柴關松菊荒不治幽花自爭妍入門見妻
女情話亦欣歡平生守耿介榮枯任自然素心貴有得寂寞我
所安蔬食可療飢縕袍可禦寒飢寒幸無慮庶幾全其天

高齋夜方中余心適無事偶持一尊酒竟夕不成寐繁星池面
浮明月松間挂萬籟倏已寂孤花淡含媚兀坐欲忘吾悠然與
神會

守拙歲云徂極目關河杳坐念素心人惻惻傷懷抱日月無停
輪山川阻間道感茲歲華晚空留顏色好春花方爛漫秋木倏枯
槁所遇多有時知幾須及早白雲滿空山來去自飄渺何當覓
黃鶴從君遊八表

飽食不知樂屈身事奔走蹉跎及壯歲始覺初心否校懷祇自
寬俯首竟誰咎今夕復何夕共此一尊酒幽閒趣自遠淡泊味

乃知努力願安貧勿為外物誘

閒居

獨寉唳幽徑棲鴉亂庭木風枝晚搖曳涼陰滿岩谷主人此幽
居日展南華讀焚香息衆囂掃地屏諸欲高蹈吾豈敢聊此遠
塵俗

閨情

園鳥何啁啾林花亦凋謝美人悄無語白日支頤坐脈脈悵良
晨悠悠度遙夜所思不可見獨擁寒衾臥

病起即事

病餘倦吟弄起向庭前行叢木有茂色百鳥無停聲園林深澗
綠陂塘淺更清群鷗不我避知我無機心好風自南來颯颯吹
衣襟浩歌答樵牧清言淅古今言招二三子杯酒聊同斟

○韋君緑扉題古銅佛象

弟佛本一佛，不分銅与石。（余幼時曾脩石佛）心在斯佛在，更無今与昔。姑蘇楓江濱，寒山建靈跡。中有古佛藏，妙相僅二尺。問誰虔鑄成，云是紫髯客。流傳逾千載，顯晦亦屢易。吾郡左司公，當代推詩伯。瞻仰譜鹽圖，郑重徵詩什。方今江湖間，水旱頻告急。哀鴻四無依，觸目動悲泣。佛也如有靈，長此福吾邑。

山行雜詩

雨霽山如沐，濕雲四飛渡。登臨縱遐矚，逍遙肆閒步。疎花秀可玩，文石平如布。谷暗閉藤蘿，徑轉出雲霧。雀唳碧天迴，鶴啼白日暮。賞心難具言，延目自成趣。獨坐暝見聞，漠然淡吾慮。

昨向山下宿，梦見山中景。清晨陟其巔，一覽諸天迴。白雲鋪澗底，飛泉瀉松頂。天風忽然歌，眾緑有時靜。欲去復徘徊，坐石直

佳句

遊山如讀書百覽百不厭又如遇故交殷勤有餘戀頻年理輕策茲山已數面我衰忽如此彼言固未變重上鍊丹臺更訪習仙院庭樹綠沉沉山花紅片片急尋壁上詩墨痕尚隱現前行忽無路竹柏交縱橫褰裳涉深淺振衣俯崚嶒長空渺無際日落風冷冷山翠娟幽獨湖光漾空明却坐最高處明發還

同登

入山不遍歷出山徒自惜遲玆此腰脚健急猶登山屐初行尚通人漸高徑益窄履地闊分寸瞻天近咫尺曲折入險阻目眩力不竭天風引我衣扶搖不得息足躡浮雲輕目隨平楚沒崖深不敢窺疑有豺虎逼太湖波浩浩長空聲寂寂欲訪赤松子何處尋蹤跡

登穹窿絕頂

城西多名勝。穹窿據首席。呵護若有神。變化渺無跡。昨我登山巔。西望日將夕。餘霞明遠天。千里若咫尺。今我浮雲上。万象盡摧匿。長湖黯不辨。遥空坐渺窄。方思振策下。罡風蕩絶壁。一掃天宇空。辰動半輪魄。雲影淨無埃。露華清欲滴。久坐獨悠然。鐘聲動林隙。

過村居

山行入圖畫。杖策叩柴荊。主人不相識。顧我如生平。精舍十餘椽。洒掃無纖塵。圖書羅四壁。花木交縱横。自言隱此地。頽然忘冬春。讀書耻干祿。學藝慵求名。加田有童僕。身但課其成。採山薪可爨。釣水亦可烹。門外野桃花。春來如火明。偶然憩其下。令余忘世情。誓當謀妻子。來此畢餘生。

○漫興

日落高簷晏。涼風動修竹。隱几閒南軒。蒼翠豁吾目。幽蘭送芬芳。微泉流斷續。一念寂不生。心境兩幽獨。隨意坐莓苔。手展一編讀。

夏夜山中即景

名山快先覩。結伴乏同調。雜坐頗踞蹲。獨往縱遐眺。陰雲忽四合。萬壑肆凌暴。喬木紛相糾。幽禽起亂噪。閃閃魚龍浮。隱隱神鬼嘯。心目亂見聞。神魂失顛倒。而我意適靜。危坐領其妙。澄心契元默。瞑目息喧鬧。夜定一燈昏。犬吠聲如豹。

雜感

○鳴鳳志寥廓。失路將焉歸。長鯨逐波浪。脫水亦何依。飛騰豈無術。屈伸會有時。見機苟不早。反被俗物嗤。

芳蘭生幽谷。花葉鮮且妍。芙蓉植秋江。臨風更嫣然。秀色豈自好。孤芳竟誰傳。荏苒歲華晚。深恐遭棄捐。棄捐何足惜。願避美人憐。枉根蔕有所下任凋寒烟。不屑隨衆草。開落道旁邊。

鷙鳥何不仁。營巢傍陣屋。朝探燕雀卵。暮斫烏鳶族。恣情戕同類。自謂莫余毒。有雛生其間。毛羽紛且郁。戾氣性所成。中道棄勿育。豈無比翼侶。同枝異栖宿。豈無舊鴟鳶。焉充但意矚。嗜慾昧天性。扣翦及骨肉。物情有報施。假手一何速。去去勿與閃搖胸挖感觸。

昨有失侶雀。徘徊集庭前。似惜毛羽好。哀鳴動人憐。飢餐脩竹實。渴飲清流泉。物性即人性。所貴全其天。高高寥廓際。保無矰繳牽。願爾守藩籬。勿入青雲端。

誰家遊俠兒。鮮衣五花馬。馳驅大道旁。言笑儼風雅。朝遊閭閻

市。夕上酒家樓。吴姬白如玉。秉性温且柔。為君進一觴。願君懽
千秋。是時夜已深。移燈設枕席。宛轉訴衷腸。心眼兩莫逆。千金
何足多。為卿拌一擲。轉眼管絃絶。豪華境已空。荒園餘衰艸。破
壁吟淒風。歡樂曾幾時。悲涼已如此。却顧青樓家。门庭鬧如市。
翩翩兩雛燕。解后在金閨。同栖復同食。結巢願相依。相依願未
久。各各東西飛。一隨雀鳩伏。一逐鷓鴣嬉。春風偶相值。顧盼兮
雲泥。物性有冷暖。世途多險巇。行當謀閉户。高枕從希夷。
君隨行雲行。妾守深閨深。夢中不識路。欲覓難招尋。時當二三
月。桃李鬧成林。珠簾春寂寂。綠陰晝沉沉。有花愁獨有賞。酒慵
孤斟。欲起理瑤琴。彈之不成音。吞聲還自恐。恐傷蕩子心。
修竹何疎疎。清泉亦涓涓。有美處其際。秉性含貞堅。晨興偶無
事。手取素絲彈。一彈山石裂。再彈林花殘。掩抑聲怨斷。哀抱將

誰。宣。棄。置。復。棄。置。強。顏。聊。自。歡。

市隱書屋漫興

泠泠松間琴。蕭蕭石上竹。煙雲靄紛披。莓苔隨意綠。中有忘機人。疎窓坐幽獨。金石燦盈几。琳瑯徇奪目。欣賞偶忘疲。寘栖自寡欲。誓耆招園綺。言採紫芝肉。

△贈兩生

兩生何自來。訪我過茅廬。目未睹史策。吻口談唐虞。上言堯舜典。下言禹皋謨。考核精且審。而我俱模糊。不如謀耆醉。陶然我忘吾。

○悯雨

皇帝廿九載。時維夏五月。羣龍肆淫虐。高壠悉堙滅。泥淖阻深巷。來往斷行轍。有客從西郊。攜我歷廣陌。波濤卷村墟。床榻戲

魚鼈牆宇時見排門窔啓不設蒼涼野哭喧冷落炊烟絶飛者
丐城郊弱者竄岩穴病卧栖樹巔飢餐雜木屑議賑給青蚨銜
恩剩白骨當其勤播種豈不望收穫歷年困賙補此日那存活
一寸雨寸雨千夫萬夫血昨歲江北災人民紛播越推心創善
舉設法師往哲今年江南荒桑梓誰憐惜深恐補助遲行逐萍
梗沒上願叩官長官長心如結下願告紳富紳富力易竭庶幾
天聽卑鑒此一腔熱

〇述懷

我生歲在丑日支值大敗命當長貧賤志豈忘富貴性愚昧經
史身弱怯鋤耒惆惆向螢方匆匆去吴會別離何足悔瘴癘苦
能耐溫食愼微遂讌遊驅粉黛夙秉古人訓敢失垂堂戒屢思
奮頭角妄想拔儕類蹉跎志未成摧折氣先悴羣居竟寡懽言

歸但有淚強顏逐市井俯首閱年歲守拙易見尤舉步動觸違
陰遭灌夫怒陰被鄙生賣冷暖小人情曲媚鄙夫態見之恒忸
怩以此甘恬退閑徑延芳菲鑿井資灌溉小草雖墻憐孤花自
含媚冥心觀聳動適意取一醉神遊懷葛初心超窮辱外忽憶
羅浮巔放覽海天界手弄星漢流足踏鯨鰲背蝶翅揚風沙魚
沫吐澎湃陰晴殊冬夏泱漭失泰岱閑置久欲死浩蕩頗足快
何嘗鸞鵲舉遍歷乾坤大五岳恣抛擲万象鑴靈怪可憐赤松
遊竟沸內平累惟思完婚嫁且顧養韜晦優遊畢吾生描畫任
君輩男兒甯有種勉旃幸自愛

論古

子房志報仇一椎箴秦胆大索卒不獲如神龍游衍隆準奉天
授心術況福淺以何降其志初從枉繾綣蕊非赤松招械繫恐

不免
武侯本天人高卧南陽壟乘時契魚水君臣兩無貳和如心更
處法嚴意偏厚堂堂陳六師齊正罔不有風飄旌旆靜電掣龍
蛇走用兵豈不長吾嘗問陳壽
淵明古志士高蹈絕依附賦性本寡諧躬耕遂吾素偶耽絃上
聲妙得酒中趣千載有濂溪遥遥契風度
巍巍昌黎伯聲望斗山重雄談拒佛老大義宗周孔氣湧風雷
生勢撼山岳動蛟鱷布中外掉臂曾無恐立身有如此豈曰非
義勇如何紫陽子微言肆忿悑
蘊以曠代才氣節亘今古雅慕濂溪賢大笑伊川腐扱老謫南
荒萬目快先覩浩氣凜千春魑魅誰敢侮
南渡事偷安立國失地利放翁特豪邁早具恢復意餘事入詩

篇孟語出平易。巍巍忠獻孫。北伐知大義。以奉同此心。詎爲利祿計。史臣亦何知。嘖嘖南園記。

方以聖人流。弱冠慕名義。抱負未一展。慨然就死地。立國賴長君。何不立王弟。（借韻）男兒等死耳。十族且不避。誓將一寸丹。上訴高皇帝。

我愛文成以。智勇絶無偶。隱忍就功名。逶迤對閹狗。一朝入九華。寵辱兩何有。道學自有真。紛紛半塵垢。至今兩廡間。誰具三不朽。

寄友

昨登姑蘇臺。四望婁江湄。佳樹何重疊。層城復逶迤。所思不可見。目極神爭馳。浮華易銷歇。行樂須及時。不見園中卉。經冬無一枝。

一　冬日有懷

君居婁水曲，我住吳趨東。解后棠~~联~~盼，一笑生春風。橫塘秋泛棹，赤城夜聽鐘。舊遊景如昨，瞬歷秋與冬。相思豈云遙，綢繆難自通。且當守初約，白首相招從。

別離不在遠，咫尺能愁人。況當獨居時，復此歲寒身。暗風牽繐帳，起滅思紛紛。盛時不可知，豈爲事遠迍。君看衆鴉鵲，亦得同其羣。

愛花勿愛色，折花莫折枝。羡彼庭前柏，四時鬱蒼蒼。人生非木石，哀樂寧能忍。寒暑況相逼，素髮忽已零。暗蛩迫日暮，切切鳴我旁。安得鍊金液，爲君駐容光。

嚴霜肅林木，朔風卷庭戶。歲暮百憂集，人事況多阻。念君起感歎，懷抱鬱不吐。想像眉宇間，歷歷露肺腑。款會苟難諧，素心幸

見許睽合不尋常含情無自若

懷友

夜雨何時至瀟瀟滴深竹羈人愁未眠起坐悵孤獨天寒漏澀遲歲暮景益促緬彼素心人偃卧山之曲開軒面巘岩結屋倚喬木松脂流古澗梅花映空谷明日扁舟來訪君草堂宿

詠史

我少寡交游性復耽疏慵偶展一編書時時開心胸古賢不可作性情與之通六經雖糟粕致治豈無功如何世俗子專尚章句工士風遂變遷世道由汙隆所以古帝王端本在厥躬漢帝事黷武海内群騷然晚下輪臺詔哀痛人爭傳明皇寵奸佞鼙鼓喧蹈轍蒼皇念父老走馬涕泗漣二君雖耄荒卒以此獲全由來民與君如地之於天尊卑勢遼絕呼吸氣通連惟誠

罔不孚。非言曷以宣。我思陸敬輿。千秋仰其賢。
明祖起和陽。人物何其英。遺將四征。長驅告功成。江山陋六代。礼樂比兩京。如何昧國計。破自壞万里城。瓜蔓窮大獄。狗烹者功臣。一朝燕師至。國勢遂難撑。天道忌慘刻。報復適得平。吾非一家人。繼跡隋與秦。所以三代上。立法本人情。
士生三代後。所志在功利。君尊臣益卑。進退鮮以義。豈無青雲士。乘時附驥驥。功成不知究。束身就獄吏。巍巍隆中人。數言定大計。苟無三顧勤。長吟送此逝。
鄂王具忠勇。婦稚爭稱賢。一旦死犴獄。千秋代含冤。閩侯喪敵國。日色慘無顏。平生浩然氣。史策半失傳。孤憤塞兩戒。欝久彰必宣。所以易代後。威赫如生前。人心有未向。大造遂無權。試以質我侯。此理然不然。

○荆玉本自奇。豈在常識鑒。售之非其人。連城適取賤。媸媸揚子
雲。執戟居前殿。宦達既不榮。美新徒自献。竟貽後世譏。寂寥負
初願。君子有本性。耻隨外物變。三復貞士詩。余心深企羨。
（提征）盜泉亦解渴。（有路）志士不屑趨。悪木亦有枝。鳳鳥弗肯居。昂昂荀令
君。英聲震天衢。豺虎盛西郊。連翩入鄴都。清切居要地。指揮展
雄圖。片言不相入。（仰）飲藥徒區區。丈夫昧出處。千古長噫吁。
士衡軍朝歌。鼙鼓喧天衢。次律宿便橋。牛車塞路隅。深源蒼生
望。長嘯驅老奴。魏公志恢復。氣欲吞強胡。冒昧任軍旅。一敗遂
難圖。將以机為主。机神用乃殊。視其所不見。聽其所不呼。淵乎
若不測。卒然徑長驅。猿猱喪其捷。鬼神失其虛。節制陋桓文。韜
略卑孫吴。吞吐五岳旋。指揮万物蘇。嗟嗟天下士。誰許窺陰符。
江水不斷流。江雲逝悠悠。緬懷嚴子陵。高風渺難儔。不識天子

貴。偶為故人留。垂釣桐江去。亦自有千秋。

史公傳三傑。落落數大事。精神擁毫端。天地不能蔽。班史尚詳核。繼世循其例。瑣悉漸傷繁。剪裁失古義。反令曠世人。奄奄乏生氣。非具才學識。此事敢輕議。

感遇

拔剑出门去。四顧茫無地。黃金生悔吝。白眼起睚眦。擾攘風塵中。藏身利用晦。惆悵金谷人。白首同灑淚。

山石勢交錯。雲龍氣爭投。而我為世棄。踽踽莫與儔。清風憐我獨。時時過南樓。舉手招之入。披豁聊忘憂。牙期渺不作。神交隅千秋。鄙性況硜硜。標榜非所求。庶幾守孤陋。稍稍寡悔尤。君看刎頸交。末路成仇讎。

白日蔽層陰。朔風倒絕巘。遊子何所之。飄颻久未返。登樓望所

思替〻眉不展窓前係玉枝悵君曽流盼枝令復生枝不忍輕加剪努力赴國難報君以綣繾

海角有天狐皮毛異凡質憑陵至金陵弋者不敢逼蒼皇募鷹犬環伺防其逸狐困飢欲死鷹犬縱使食弋者顧不悟妄冀得其力搜剔到雞虫豢養俾見德雞虫命已盡鷹犬性莫測勢恐與天狐表裏成一國秋高霜風寒寢處到尒也

長鯨高如山揚鬐來水國挾山超北海天地忽無色吞吐魚鱉盡蹴踏蛟螭匿出没恃波濤長養恣封殖炎天久不雨江湖忽已塞局促困泥沙乃為螻蟻食

閶门二三月人物喧如海誰家遊冶郎出入生光彩白馬黃金鞭貂冠懸翠尾前驅紛如雲雜遝揚塵起旁立老腐儒驟遇色幽喜謂是朝家貴年少飽經史切切詢父老知是銅臭子惆悵

默無言老死不入市
春風不知愁皺動萬紅紫行行過園香塵蹴地起遥見双麗
人结束美無比啓口烟笙簧田畔失桃李綺羅間珠翠光華炫
十里朝遊辟疆園暮遊山塘市扣蓬徑欲前側目不敢視阿父
專城侯夫壻羽林子落日管絃終揺鞭更西指
郁郁盆中蘭遺之自我友蘭開復蘭謝而友骨已朽眞思忽長
歎厚意何可負呼童置几案俾不離左右對賦數首詩暮酔一
斗酒一日十二時庶幾常相守勿使隨桃李零落他人手
憶昔林中竹高下排參差托臂入其中嘯歌輒移時清風戛然
起萬綠揺鬢眉可以具杯酌可以供棋詩如何不自保斬伐無
留遺棟梁詎足任栝樓非所宜竊名僅有得乃知煩工師徒令
好事者顧盼眞嗟咨

采采苕前桂采之不盈筐所思在遠道欲寄無由將藏之滿懷
袖歲久有餘香餘香苟不滅棄捐亦其常瞻慨想望曷有已佇立徒
旁皇

明月照我屋呼之隔簾櫳淒風入我室尋之忽無蹤庭花寂解
事日暮紛成空悠悠誰如此天地同終窮徑須飲百壺一醉超
鴻濛

東風吹悲心零亂不可掃但吹草色尊不吹朱顏好草色年年
新朱顏日日老因思塚中人不及塚旁草人去已崖滅草今未
枯槁臨風默惆悵行樂悔不早

讀之使白汗下

寄局中諸友

勿以桃李姿傲彼牆下草勿以鷗鷺勢壓彼籠中鳥人生無貴
賤乘時各爲好歲往寒暑更木落天地槁浮雲浩湯湯風來欻

如掃。寄言當局者。謙冲以爲寶。

○送友人從軍

高堂下梧葉。蓬室生淒涼。出門就行役。戚戚心內傷。恩義曠不接。渺若參與商。豈不惜離別。誓當掃欃槍。軍旅非異術。首貴廟算長。其次嚴紀律。勿貽黎庶殃。首惡在勿宥。脅從罔非良。密以翦其翼。嚴以扼其吭。無爲養寇計。兵食煩吾皇。

○避亂

行行去鄉里。江路廣且修。川澤四無涯。浩蕩惟沙鷗。回首望城闕。連山叠松楸。白日晝慘淡。陰風夜颼飀。似聞荆棘裏。鬼哭聲啾啾。驅馬舍之去。解纜順前流。長年前致辭。客行曷少休。無乃急名利。勇往不知憂。深秋颶母發。高浪如山浮。前帆去未幾。十況不一留。惻愴聽未畢。淚下不能收。狐狸嘷我屋。蛟螭伺吾舟。

何當尋樂土，曠然豁余愁。

○春日言懷

晨興出門去，傾瞻何所之。徘徊岐路間，忽忽成相思。相思既無益，相見復何爲。願君守歲寒，操此冰雪姿。冰雪有消釋，寸心誓不移。

○感事

吾聞古名將，師行鮮失利。叩其秉何術，誠哉無他異。首當明賞罰，次貴嚴節制。迅掃龍蛇驚，屹立山岳鋭。岳家詎易撼，韓軍不可敗。金陵險而固，錢甕富且麗。風俗誇僞靡，人心習猾肆。惡罔知悛，恃衆不設備。一朝集豺虎，千里起窺伺。搜索罄丁男，焚燒連甲第。瓦礫烏雀嵬，骸骨任委棄。奢淫開殺運，誅戮窮天意。原夫寇始起，半屬官所致。時平恣剝削，歲久積怨懟。狗彘嘗人

命誅求奉於貴釀成貪黷風爭作陞遷計官方棄不講民困置
勿思章奏賦予虛浮律視兒戲上下工弥縫奸究益恣肆一夫
奮臂呼千官拱手廻縱橫逾江淮播遷及吳會謠言煽奸民憤
心戕貪吏黷貨終召亂千古原一例竟成負嵎固遂作焚舟濟
上江半淪沒中原忽破碎元戎師帥旅奉 命殲鼠輩一遏阜
城縣再戰召伯埭大兵蔽山野呼聲動天地軍心赫然怒賊黨
駭而潰黃河凝不流白骨列成隊烏合逾万千免脫不一二天
威本無外戰功此爲寂便當奮餘勇長驅遣突騎挑選一軍成
水陸數道至九華盛於中長江阻于外正兵臨其前奇師擣其
背三面躍而登百道攻勿懈誓作一網盡不留片甲在上解至
尊憂下使衆庶快先聲將人奪不戰當自斃我馬忽不前此机
豈能再東南重財賦 朝廷倍閔繫兵力況已單軍餉屢告匱

向帥頗矍鑠。張督甚猛鷙。控拳當一面。屈指近三載。吾生丁亂離。弱質歎憔悴。武不嫺韜略。文不諳經濟。自從聞寇警。相顧未免憂家累。驚疑亂禱卜。艱難形夢寐。骨肉苟倖免。老死固無礙。所戀天子聖。未展平生志。何當叩 黼座。引使參末議。虛心別忠佞。貪風戒炵季。明以御臣工。寬以顧賦稅。羣公戒粉飾。庶務絕虛偽。上誠。下斯應。主聖。民胥戴。區區不自量。北望空流涕。

追挽外姑

鵂鶹啼我屋。蟋蟀鳴吾階。三更驚剝啄。猝聞母病危。持灯導吾前。入门双淚垂。千呼不一應。升屋魂難追。自我壻母家。十五載於茲。備聞母言行。敢一舒寫之。母昔孝于姑。侍疾逾歲時。晨昏視侍湯藥。稱量到參耆。母素慈于下。子婦咸嘻嘻。微色不忍加。況乃呼叱為。母行勤而儉。井臼親操持。相夫四十載。壹政舉無私。

母心忠且愛，和風被兩頤。家語商頊悉，暖入人心脾。母性况慷慨，罄餌散無遺。佳节勤饋問，不報常先施。凡兹皆母德，至令疇匆思。賤子昔病熱，歌哭如狂癡。家人噪于前，謂此疾弗治。母聞急狂頓，搥床涕漣洏。為我虔禱祝，為我延巫醫。以兹感母恩，寒暑心勿移。我死母能奪，母死我雖隨。中宵淅風凄，凄凄一何悲。登堂四瞻顧，靡寞餘靈幃。問母母不答，哭母母不知。可憐百年身，委化竟若斯。執援筆不能書，庶幾無愧辭。

。題韜光圖 丁巳二月遊杭州韜光寺，寺僧振綱出圖索題，因次曹艮甫先生韵

策竹穿撥天，一葦郁玉成。暮色蒼然來，笑我入山獨。帰雲躡奔泉，飛舞下空谷。小坐悵言旋，回首惟一綠。

丁巳初夏蝗患又作，閔閔外一帶有相戒不播種者，恐徒勞無功也，诗以勸之

蕿郡重財賦尺土莫不寘耕作稱遞期不能偹一飽去年遭蝗患所至無遺稻今年雨雪稀餘毒恐未了四野任(況)荒蕪兵食從何討努力事農功播種勿草草会見歲有秋歡聲騰父老白日懸高空作詩爲頌禱

寄友

少壯不行樂不如莞老死咫尺苟阻歡不如各千里自君去故園寂寞益無俚春秋多佳日昏昏但隱几昨夜灯花開不知爲誰喜今朝檐鵲噪忽報君歸矣私思急命駕登堂視行李言笑寂無聲淹淹病未起無限歡喜心忽落千丈底明明月在天舉首不可企片片雲飛來隨風化爲水人生遇合緣亘古常如此

散步

落日天宇曠江皋散吾步曖曖夕烟起徐徐纖月吐路窮阻清

溪。導行命白鷺。水花不知名。探奥不成趣。眷茲山澤遊。彌抱烟霞痼。何當招喬佺。抱臂從此去。

夜起乘涼

伏枕汗如雨。展轉苦不眠。中宵攬衣起。負踞坐庭前。樹枝蘚蒸死。溝水鳴溅溅。明月不可拾。挂在西南天。銀漢淡皎潔。草露忽已鮮。晏坐得俄頃。頓覺心目閒。一室非異域。炎涼倏改遷。區區不自耐。且誦逍遙篇。

問鵩

歐公鬼車詩。賈生鵩鳥賦。皆由遭遷謫。憂畏失垣步。我家隣牆東。晨暮鵩爭赴。啼聲俄百變。嘈嘈若有訴。又如鬼叫嚎。白日使人怖。而我守不動。安識吉凶故。一笑姑置之。双鴿橫空度。

干戈飢饉交迫離恐未已不能無詩

月色淡不流。清光差可掬。中庭聞且曠，聊此坦吾腹。憂端從中來。悵然忽不樂。財屬喧如沸。旱魃劇作惡。四野屍倒懸，將死寧非福。又然寞寞中。擾攘難托足。安得此石頑，罔罔無知覺。

述懷

寧隨松柏朽。不共桃李狂。寧受秋霜槁。不逐春風忙。志士絕外慕。榮名豈所望。余心苟有得，空乏庸何傷。無酒樽不設。無絃琴自張。陶然於其間。百歲以為常。

清明後一日獨行郭外歸家有作

清明易佳日。攜杖林間行。林深轉清曠。群鳥相與鳴。山木漸條達。衆草亦抽萌。春風一披拂。萬物同向榮。咸鶵首望蔭。盼倏焉已西傾。徘徊舍之去。浩歌返柴荊。

浩歌日已晚。偃息扃衡門。少焉明月上。攜樽坐前軒。中庭曠且潔。花藥紛翩翩。詩書有夙好。閒日時一溫。改作開卷時一溫妻兒頗解意。雜坐無煩言。寂寞不足樂。珪組非所論。

○示四兒惟寅

人生墮地初。呱呱一聲哭。始知賦命後。多苦而少樂。當其提抱日。痛癢罔知覺。及乎成童年。埋頭勤誦讀。年届婚宦時。百物投我欲。眼耳鼻舌身。每苦不知足。衣食粗可延。婚嫁趣相促。草草畢向平。老病來不速。而況當其世。荊棘蔽兩足。從井救無人。下石擠成俗。剛乃禍之首。弱又強之肉。居安苟忘危。一誤不可復。憂慮終其身。百年為天所福。三復老氏言。常為天下谷。

酒後偶作

大造本無為。人生乃多事。造作鑿天真。搜索罄地利。彼蒼雖居高。岌岌思見責。所以視吾徒。不啻寇讎類。顏冉遭短折。東齊困

顛躓班馬受戮辱屈賈含怨懟償以身後名白骨空感戴況世
爰尼山毁譽由憎愛一部十七史是非半曖昧我欲遡太始者
返結繩代塞其智巧心去其驕吝態超然混希夷遊乎化之外
問天天不言一鳥啼寒翠

答問作詩二首

詩本道性情吾聞諸古人下以寫哀樂高乃泣鬼神正聲推漢
魏闕明本天感變風首李杜拂白步後塵東坡與劍南刻意標
清新元高亦作者異代同其津世衰大雅淑流派漸失真面目
務求肖精神弗與親雕極修飾工炫耀同秋燐數子去已久餘
光垂千春問其何以然皆有真實存吾賤竟何道矩矱守先民
昭代盛詞林推梅村漁洋其體持而麗其聲清且揚初白妙言
語歸愚含宮商降而袁蔣趙才力加恢張因為一代豪植立耿

不。僅肯學操觚家。低頭傍門牆。可笑羣兒愚。搖撼不自量。我無

筆削權。三歎徒旁皇。

市隱初稿七古

吴縣亢樹滋鐵卿

紀夢

七月既望日將夕。有客高窗坐超忽。長空萬里無纖雲。玉宇瓊樓儼咫尺。三更月露不勝寒。恍惚清風生兩腋。忽乘片帆入大海。纖塵不驚萬浪息。珊瑚木難紛陸離。仙島奇峯倏變易。坐中想像三神山。足所未陟身先即。幽花耆秋半開落。異物禽獸皆白色。山窮雲斷阻清溪。百丈飛橋跨絕壁。遥聽樓閣浮雲端。近覓房櫳隱岩隙。曲廊邃室經重重。夏屋高聳排歷歷。圖書滿架老蝌蚪。欲認數字竟不得。誰歟皓叟過我前。握手一笑欣相識。屈指別來五百年。芝顏霍髮猶如昔。解囊示我蒼玉圭。云代掌此幸吾缺。歲在癸丑日重陽。君合還山主此宅。乍聞斯語頗自喜不信前身具仙骨。劇談未竟天風來，吹我夢魂落枕席。起視階前何所有，草深月白蟲唧唧。

寄懷白雲山人

我昔作客來英州，少年曠蕩百不憂。醉後解衣輒起舞，花前連騎恣閒遊。白雲山人釣鰲客，入門一笑欣相得。訪古同叩安期居，談元時假子雲宅。風度翩翩兩少年，典衣還向酒家眠。彈棋擊劍夜不寐，清詞逸句人爭傳。平生愛客心無已，幾度傾貲志不悔。寶劍千金掛古冢，明珠十斛流泥水。豪華消散五陵兒，意氣低佪百里宰。才喜交情比金石，豈知世變生肘腋。夜雨寒灯耿相對，秋風落葉掃無跡。君往西秦我返吳，江天慘淡落木枯。丈夫豈學兒女別，臨岐縱酒且歌呼。世事如棋經幾變，天涯回首難重見。雲中絕少雁足書，篋內空存龍尾硯。別時君贈端硯一方，極古樸

人生聚散良悠々及時博取萬戶侯功成拂衣征帰去与尔散
髮淩滄洲

○送友人歸羅浮

木葉紛々堆八尺拔劍高歌斫白石十年窗下沛寒灯三載天
南縱遊厭感君意氣獨淩雲談笑能却千人軍豹向平原獵狐
兔暮歸華屋窮典墳五更雨雪人跡絕騎馬長林探虎穴陰風
颯々草木腥一箭横穿石為裂跳身索取狐白裘衝寒獨上五
層樓酒酣落筆騁雄怪造物往々遭雕技揭來流轉江南曲吟
多殘羹食不足天寒歲暮古道旁白眼紛々遭詬辱我醉語君
且勿悲功名飄颻空爾為眼前適意一杯酒明月清風歸去來
君不見李廣無功貴生慟古來才大難為用鷽鳩方且笑鵾鵬
枳棘豈能宿鸞鳳羅浮高々插入天此中飄渺多充仙不如歸

淋漓悲壯讀之令人氣旺

種桑麻田草衣木食求長年眼中之子徒可憐

贈友人

昔我別時櫓搖華春風載酒江之涯今君來時天雨雪百尺孤松凍欲折人生會合良有時行樂安能待來茲相逢只合飲美酒月夕花晨不常有君不見紫荊山前殺氣高陣雲悲慘陰風號舊鬼驚逃新鬼哭百萬生靈慘遭戮又不見蓬萊水淺桑田沒修到神仙也慈絕勸君且盡杯中物明日人生總莫必

酒樓遇金陵吴翁出示所作山水詩以贈之

洞庭之水相迴流君山淼茫不可極煙消日出忽萬里漁舟欸乃林壑幽蜀山巍巍高百尺疊嶂奇峯紛變易冥冥雲氣探莫窮歷歷泉聲聽逾(愈)寂忽見波濤座上浮海天蒼泱魚龍愁細看一角攢雲樹似有風色來颼颼吴翁豪士善藝術就中山水尤

第一。酒酣為我出拔帽，經營慘淡意蕭瑟。方今茲事誰家美，前有石谷後津里。翁也兼擅二子長，筆所未落氣吞紙。自言流轉遍人間，南窮百粤西三川。足底慣踏峨嵋雪，袖中時拂羅浮烟。尋常卯酉不入眼，別取造化供驅遣。偶因避地來盤閶，猶捉浮家事游衍。吾閱妙畫能通神，[翁]蓋也磊落豈其倫。石頭崔巍王氣湮，兵戈鐵馬錚有聲。君[翁]獨先期去危城，如禽脫籠魚辭罾。偶然握手出肺腑，奇峯突兀胸峥嵘。楞伽山高卧延月，滄浪之水清垂綸。勸尔莫更遊汗漫，五湖烟波愁煞人。

避地真義作歌七首仿少陵體

金陵城高高莫比，一夜塵埃殺聲起。可憐血肉半模糊，猶在深閨夢魂裏。笙歌玉樹隨雲烟，花本平泉變荊杞。嗚呼一歌兮歌始作，愁雲漠漠橫寥廓。

黑雲如山動地來妖星夜落雨花塵兵刃未接戰士死纍〻白
骨生蒼苔長江日夜流不盡狐鳴鬼嘯吁可哀嗚呼二歌兮歌
未畢魂兮瑟〻來天末
城頭白烏夜呼風紅顏綠鬢隨飛蓬牽衣逐隊任操作哭聲干
天天若聾哀號未絕強復起重掃蛾眉整玉容嗚呼三歌兮歌
三歎木石無知也腸斷
細雨濛〻不見天有家吞聲古道邊妻孥倉卒不及別手持三
百青銅錢秋風黑夜路阻絕魑魅人立蛟垂涎嗚呼四歌兮歌
忽永苟全性命不云幸
我從拔〻鉀鋏鋩我欲挽弓弓不張中宵起坐耿愁絕但睢四
壁啼寒螢大江東流日西逝我生何為困故鄉嗚呼五歌兮歌
錯雜鵝鸛為我繞三匝

陸有豹兮水有虬麒麟鳳凰兮山之隈醴泉芝草棄不收蓬蒿堆
接如山邱荒原落日草蕭瑟不飲何以消煩憂嗚呼六歌兮歌
思竭仰視蒼蒼氣摧折
深秋九月霜被草六師四出窮征討旌旗浩蕩雲充揚萬里煙
塵氛如掃吾　皇覆載同天地嗟爾悔禍苦不早嗚呼七歌兮
歌聲絶人間一笑回春風時嘉定周立春被擒

客有談太倉州蔡公城守事詩以志喜

有客有客過我舍破帽蒙頭衣缺袖為言新自危城來嘖嘖欣
談蔡太守是時賊勢方鴟張倉卒事起絶援救太守儒者胆絶
倫開眼見賊不見身重門洞啓任賊入指揮不待千人軍近斫
以刀遠以箭百步之外逃紛紛州城單薄僅如鼓十盪十決不
可拔并力拌同衆心死盛氣能令賊胆破印令事往宣傳說英、

風颯颯張四座人間傑士不易得稽首上書敢抒賀

〇行路難

洛陽少年遊俠客輕裘駿馬春風陌狹槳頻招絕代姝千金慣購連城璧玉絲金管自年年對酒當歌不知夕裝成貨貝盈千箱大艑峩峩出荊益忽閃羽檄遍江干驟見煙塵起路側紅巾縛首錦纏股手挈頭人向前擲陸賈行囊喪越嶠伍員乞食來吳國人生得意何足恃行路路難有如此君不見邯鄲子

秋風詞二首

秋風起兮秋草黄木葉脱兮雁叫霜彼美人兮水一方欲往從兮河無梁坐天末兮淚沾裳壯士悽沮兮氣不揚駕我車兮促我裝曷歸去兮卧故鄉蕭艾縱背兮蘭蕙不知滔滔皆是兮無知我之悲傷

似漁洋山人擬古樂府

明星耿〻秋夜長銀燭照耀東西廂珊瑚窗櫺玳瑁梁綉床曲
几雲錦張床中羅列百和香美人雜坐陳華觴雲羅霧縠垂衣
裳清歌妙舞歡未央日復日兮歲方長樂莫樂兮不可量側身
兮遠望涕泗兮浪〻雲黯淡兮日無光前蛟螭兮後豺狼烽烟
四塞兮不可當撫長劍兮覽八荒欲奮飛兮心旁皇心旁皇氣
慨慷悲歌一曲天蒼蒼

飲酒

我生不能徑覓萬戶侯縛取狐鼠分國憂又不能擲劍學猿嘯
騰身直上凌丹邱朝餐兩匙暮一甌局促轅下如拘囚蒿目獨
坐氣慘切白日沉〻去無蹤六代衣冠竄狐狸三春花柳餘荆
棘男兒生世不快意醇酒婦人計知得短歌愁絶不能絶舉杯
欲飲誰与同不如徑起酹天公狂呼一吸千觴空醉鄉之樂樂

何窮○君不見李杜文章班馬筆○當時憔悴今顯赫○又不見五侯
七貴氣如雲○至今姓氏誰傳聞○人生失意何足數○要使雄名壓
千古○

○題趙雲甫秀才

謫仙不作杜老殁○山川寂寞聲華歇○千餘年後有趙叟○陰技五
岳窮百物○怪閣示我格律詩○香播口箝氣屢結○精思入天天慘
澹○放筆觸石石迸裂○偶然屋體賦小詞○流水行雲渺無跡○是時
月落霜天寒○風林蕭瑟蟲哀號○一燈明滅坐諷詠○恍惚百怪來
嘈嘈○木葉驚飛怒濤湧○老蛟攫起十丈高○嗟余怯弱不敢視○神
呆目瞪之遯逃○自昔 國初盛詞藻○六義紛綸窮技詞○梅村奇
麗天下無○漁洋三春風日好○愚山取裁自漢魏○竹垞火色特堅
老○荔裳漢槎擅風情○餘音三日猶繚繞○秋谷少年盛意氣○談龍

一録豈可力意工，句穩詞復遒。初白後起足壓倒，帰愚體格極醇正。藏園隨園名嬌嬌，君家甌北最傑出。畧足亢立江之表，比來此藝人論亡。一唱百和如蜩螗，高帥王孟次溫李，撫取浮響遺真光。豈知世有大手筆，昭堂鐘鼓陳煌煌。別開生面令觀子，追逐李杜凌三唐。長林雨起勢飄忽，大海波迴聲激揚。還君詩卷三太息，地老天荒人寂寂。

○憂旱

一輪驕日當中天，火雲如幔張四邊。毒風吹水水立涸，旱魃作一勢來翩躚。將軍牧暮勤禱祝，方伯太守隨其肩。頂冠雀領何赫奕，稽首慈悲大士前。捧天以誠不以偽，當年曾見林公賢。赤日匍匐兩立澍，茲事文老爭流傳。即今六月久不雨，禾苗寸寸遭熬煎。田背龜作十字裂，長河一線流涓涓。老農頓足牛蹄肥確

有烏犉（特）雖加鞭彼蒼仁愛何復爾降無民患匆乘蹙蹋租賦
歲屢下膏澤例不加窮檐我無半畝折餓死頑此老弱誰扶怖
顧倩綠章乞上帝遍施甘露沾八埏不然仗劍斬六鰲決取滄
海成桑田帝曰嗟哉爾何愚盛衰豐歉理則然春生秋殺例一
定造物豈得操其權方今寇盜勢縱橫百里千里無人煙刲屠
往往到雞狗白骨堆積高於山爾民幸為天所護家室完聚身
安全縱然無麥并無禾差勝殺戮盈閭閻我聞斯語意慘沮仰
視雲漢心懸懸願從八萬四千手揮余老淚成長川點滴不遺
四野足但有歡笑無愁顏斗米依舊錢三百擊壤高歌大有年

寄懷邱瀛仙

我初厭交五侯與七貴望塵趨影工娬媚賂人白日縱可喜失
勢往往成狼狽又不願從屠沽遊呼盧飲博心相投一旦利害

比毛鬓落卅下石如佛髻。惟有曩（右塲）時舊友誰不数面傾心。
昨扶秉具竟詣君。面目依然未老醜。闲窗照我畫数幅。潑墨淋
漓得未有。卷而藏之入袖中。如有烟雲繞左右。憶昔同岑五六
人。惟君磊落真絶倫。偶然落筆不經意。中藏万古之精神。我時
年少意倔強。輒欲決鬥爭輸贏。智窮氣索力不敵。如以六國當
強秦。中間聚散多異趣。一鞭我指桄榔樹。蠻烟瘴雨不見天。回
首家鄉渺何處。彈指歸來二十年。山花山鳥多非故。昌黎老堂
重斗山。杯浮誰奠蒿邨路。（錦見南师為未安葬）廣陵兄弟人中龍。墓門蕭
瑟生悲風。（盛明卯兄弟少年物故）如君豈是尋常輩。意氣直欲凌長虹。一
官落拓不自惜。談禪説鬼驚盲聾。老我年來遭束縛。短髮飄蕭
兩鬢秃。羨君猶具大智識。參遍楞嚴與圓覺。何不決然竟舍去。
同住深山伴麋鹿。子携瓢笠我持節。依舊雲龍互追逐。穹窿之。

巔雲岩麓山林蒼翠澗壑幽煩君結構成畫圖終老其間吾願
足

○自題九華草堂圖

我昔蹈海求神仙奮身直上羅浮巔白雲迷人墮混沌十步以
外茫無邊少焉淋露天一角擲下九朵青花蓮造化有意弄狡
獪縱諸妙手難雕鐫天風浩蕩促我駕急取往下從西偏山連
雲斷勢開豁隱隱樓閣横其前穿林歷磴捫絕壁入井出井窮
盤旋上有虎豹蹲伏之危崖下有蛟螭潛藏之深淵充氣倒挂
溫几席鍔石亂作千株圓模糊一白不知變梅花萬樹開連天
野風吹香捲地起蕩為雲氣鋪暖綿漫山春草綠無際中有仙
蝶飛翩翩心神到此一清曠樵牧何必無喬佺廿年寥落困塵
海時勞夢寐情縈牽無聊忽作臥遊計畫餅充饑延圖中

邱壑各爭勝，草堂點綴何幽閒。奇峯四百不用一錢買，等閒收拾胸懷間。窮途得此快意事，那不抵掌開心顏。人生所歷春夢耳，萬華過眼如雲煙。行當棄家遊汗漫，黄鵠一舉三千年。

題邱瀛仙畫冊

兩年不着遊山屐，塵俗胸中積一石。披圖快覩先生畫，片片芙蓉落几席。有時麗而濃，水流花放春融融；有時奇而古，天風蕭寥竹一塢。有時峻而深，松林無際烟沉沉；有時疎而曠，落木空亭兀孤向。其他蒼茫變化無不有，欲加刻畫不容口。但向圖中亂點首，問君何能然？乃以造化為師邱壑為友。直欲上無古人下無來者，詎肯甘居四王後。或謂先生本貧士，何不挾此營升斗，持以作記纔論字，昌黎諛墓金入手。先生掉頭曰否否，吾視萬物猶芻狗。偶然真酣趣落筆，五日十日為娛，如意所不欲誰

多金。貴胄安能屈我腳。古來人傳藝乃貴。具此特識誰堪儷。還

君圖帙勸君珍。此畫此人兩不朽。

市隱初稿五律

吴縣亢樹滋鉄卿

○宿常山

黯黯一燈青，更殘夢不成。偶爲行路客，便有異鄉情。雲氣晴穿户，江聲夜到城。思家并念舊，倚枕待天明。

順風早過鄱陽湖

一夜風兼浪，開篷忽蘇鮮。更無山在望，似與日爭先。湖勢平吞岸，天形低入船。風波知不免，一笑聽長年。

○度大庾嶺

沙路淨無泥，盤空石作梯。山深爭[illegible]扉，村靜不聞雞。路入懸崖窄，天連四野低。梅花三百樹，多在亂峯西。

○初至廣州同人招集珠江舟次

月湧大江橫，風濤浪不驚。樓臺天四面，燈火夜三更。佳節偶相值，良朋爭見迎。客懷殊不惡，休動故鄉情。

送友人

已是天涯客，誰能不愴神。那堪風雨夜，更對別離人。契闊書千里，綢繆酒數巡。飢驅同不免，未可厭風塵。

同人招集荔枝基

帆飽疾如梭，經時過白鵝（潭名）。朔風郊外猛，好友客中多。一水穿村落，千家隱薜蘿。荔枝客飽啖，不醉也顏酡。

○項王廟次友人韻

赤手起江東，亡秦洵有功。山河歸定數，叱咤豈英風。盛氣凌諸將，雄心忽沛公。今朝過垓下，楚漢兩成空。

病中感懷

不待西風起。天涯我欲愁。百年知幾日。一病已三秋。有客同飄泊。無家任去留。恠他濠畔水。獨自向東流。

旅舍有感

憶昔辭親日。匆匆又一年。形容無可問。疾痛有誰憐。路遠音書滯。心牽夢寐纏。何如江上月。夜夜照堂前。

○同人招遊白雲山憩廉泉寺

不必問吾土。登臨且暢懷。亂流呑絕澗。矮屋枕危崖。松雨晝長静。江雲晴更佳。安期如可遇。抗手謝同儕。

似唐人句

○晚望

秋風生木末。涼意滿胸襟。獨坐難爲伴。無聊空復吟。暮雲低野渡。落日閃平林。行役何時已。前途滄海深。

歸舟晚泊

歸思滿江流風帆亂渡頭煙光千樹暝漁唱一篙秋 千樹暝改作兩岸合

灘急難容棹天陰欲進舟今朝欣出險前路喜夷猶

入春以來遭家多故作此示內

不識緣何事間愁有萬千艱辛期白首孤子仗蒼天生計愁余

拙安貧幸汝賢鹿門終不遠隨分遇華年

感事

嶺海猶餘痛江南更可嗟長貧愁歎歲多難悔成家生死輕如

屣心情亂似麻空留孤憤在無淚灑天涯

東勢日縱橫沿江甚震驚西風吹落日陰火叫空城禍事起弛煙

禁兵機多七八敗傳傳聞經畧至早晚見昇平

山行

一水碧潺潺前溪彎復彎松篁雲外寺煙靄雨中山落葉不知

霧孤峯松對閒十年滯遊興躑躅款禪關

○山居

不知何處寺日暮一聲鐘野燒明殘照汀烟隱古松數椽緣磴
起一徑受雲封澗喜無人識經年少過從

○即事

靜觀何必遠觸目總天機雨霽樹猶滴鳥啼花亂飛醉醒從我
適疎懶任人譏淡到無言處翛然誰是非

枕上有作

旭日滿窗前擁衾猶晏眠新詩多近體尚友到前賢歲月供高
枕功名儻著鞭寸心頻檢點或可對蒼天

○道院

幽景探難遍閒來更細尋杖聲清午夢松影淡人心一徑入雲

弄數竿當戶陰。黃冠三兩輩，永日共彈琴。

友人至自廣西奉母歸里作詩送之

聞聲重注視，把臂多悲酸。故國音難問，他鄉歲易闌。琴書還作伴，色笑好承歡。別淚知多少，臨風不敢彈。

題壁

秋色一簾青，秋聲滿戶庭。溪煙籠岸柳，新雨漲池萍。籬徑閒頻掃，柴扉夜（靜）不扃。經旬無客過，穩坐注茶經。

散步

出門不數武，隱隱棹歌聲。臨水有幽思，與松無世情。炊煙雲際合，殘照□中明。更入溪窮處，峯峯松向迎。

示句山五弟

一氣相關切，人間只弟兄。嗟余空有志，憐爾尚無成。風雨當年

勤艱難兩地情四方男子事勞力振家聲
但得身常健全家苦亦甘不才吾自愧久病尔何堪时予病瘧已一載餘
天道甯終負人情要飽諳空言聊貽汝相對只懷慚
莫恃年方少高堂有兩親驚心成白首轉眼失青春衾影能無
愧簞瓢未是貧利名雖爾事且勿強求人
書卷非吾事閒居偶一編豈徒謀退步藉以度長年會築臨江
宅行求負郭田鵬程萬里志讓尔着先鞭

大雪口占

白日忽無色同雲凍不開有山皆寂靜無地着塵埃空谷堪高
枕深窗獨把杯西風正愁絶一雁下南來

雨中登元墓山宿還元閣

峯峯如有意引我入禪關古佛淡無語高人去不還數聲林外

巒一（筆點處）帶霧中山記取梅開後危梯此再攀

放棹

山山看不足一櫂入煙波花鳥飢爭啄君花蔭更多愛閒拋世事借病養天和却羡冥冥雁高飛免網羅

獨坐

飛花如過客轉眼各西東幽賞興未已孤懷誰與同蛙鳴荒隴畔鳥下夕陽中獨坐無言說長吟對晚風

夏夜

一枕松風夢風清夢亦清雲行無定態露下有微聲讀易思憂患吟詩長性情偶然會心處吾亦樂吾生

吾與庵

識得幽棲處茅菴不待尋秋聲群籟合暮色一峯沉雀貌輸僧

古松年投佛深叢生僧到此占盡好山林

登穹窿山最高頂

不知高幾許到此忽茫然雲截橫峯路湖平欲失天山川終古
在今昔幾人傳便擬乘風去飄飄閱大千

靜室

繞屋水潺潺奔流去不還炊煙濃似霧落木挺如山謀食有時
拙依人到處艱祗餘舊用好相對一開顏

春日即事

宿酒酲初醒朦朧眼尚慵清陰臨曉重睡思入春濃欹枕思殘
夢開奩整舊容棉衣穿欲敝還待老荊縫

過邱瀛仙書齋

別恨隨年永今來慰所思老餘湖海氣貧乏稻粱資刻竹留新

句移花縛舊枝前村風雪好遲爾去尋詩

園居

不識花何處風來忽有知日長池館静春暖蝶蜂忙悶對書千卷閒臨帖數行閉門無不可屋角又斜陽

枕上聞雨聲久而不寐遂成一律

如何今夜雨點點着闌干春事方三月閒愁忽萬端燈昏光漸短衾薄夢難安尚有雄心在披衣把劍看

秋夜

一雨天如洗超然百慮清半庭涼月色四壁亂蟲聲閱歷摧豪氣蕭閒淡蕩情偷安成底事慚愧誤平生

居郊閒步

猶未離城市幽居此最宜溪流三兩曲花影萬千枝細草縈荒

壘。殘碑枕古祠。不須生感觸。容易鬢成絲。

湧興

莫問生涯白頭年。只閉門。詩書銷歲月。事業待兒孫。殘雪落高閣。寒煙生遠林。茅齋清似水。兀坐到黃昏。

贈友

舊友連年老。相逢一款呼。飄零俱鬢改。潦倒一身孤。餘事工書畫。論交雜釣屠。崎嶇還自愛。穩步總夷途。

即事

不有平生志。蹉跎只淚垂。病先防母覺。貧反顧兒遲。汲水澆新節。編茅補舊籬。何須期富貴。已失少年時。

西軒

高窗筵散後。小坐不悠哉。病葉先秋墮。殘花帶雨開。吟詩魚出聽。坐石鳥頻催。不少清閒福。呼童更把杯。

冬日枕上偶成

萬感一時生。朦朧梦未成。不知天欲曙。反訝月長明。瘦骨凌冬健。雄心到老平。功名知未許。高枕聽鷄聲。

送友至遼東

揮手自茲去。迢迢向大東。陰崖晴受雪。枯木夜呼風。道在無夷險。名高慎始終。不堪事驅策。老我已成翁。

江路

江路雨淒淒。江空猿亂啼。雄心潮上下。客梦嶺東西。修竹千家屋。垂楊一里隄。殷勤問鸞鳳。倘借一枝棲。

晚泊

風急浪花腥。輕舟此暫停。荒隄雙隻堠。斜日短長亭。春漲半篙纔過山數點春明野桂帆去。煙際空冥冥。

一病

病衰三山紅旬懶下樓。持杯猶自醉。開卷益人愁。貧賤生無補。脂韋味不投。無窮身世事。永夜淚交流。

寄友

春水兩三尺。桃花一萬枝。送君從此去。無日不相思。碧樹鶯搖落。紅容怨仳離。因風一問訊。行路莫遲遲。

泛舟太湖

一棹舟如葉。飄然泛夕陽。羣山留點綴。萬象失青蒼。激浪曾無定。高歌不敢狂。今宵泊何處。只在水雲鄉。

遊穹窿山

入林無半里。心目忽超然。衆壑有時靜。四山相抱圓。鐘聲沉暮

靄島影掠晴烟一簇雲深處還知别有天

塵喧不到處暫坐忘機山翠浮[illegible]摘湖雲濕不飛蒋游真艸
艸别夢尚依依欲問修真客無言空復歸

時茅蓬有修道者善生功能月餘不火食

、師竹山房

花雨閑禪房萍踪此暫藏庭陰紛鳥跡林隙吐（獻）湖光清磬片時
靜疎簾一室安岩栖吾已慣誰為置繩床

〇秋夜偶題

一室暗如漆沉沉秋意生竹深風易惡花密月難明借（養）病還（須）尋
樂行仁莫近名砌蟲緣底事偏作不平鳴

〇過古寺

昨接山中信寒梅早著花今朝偶無事乘興入僧家簷際藤絲
雪林端明晚霞幽情未云倦聊折一枝斜

感懷

閒愁銷不去，直與此身終。薄俗求何益，浮榮過亦空。諸般惟契死，萬事亦何飫。獨抱憂時念，愁來祝歲豐。

次韻答邱瀛仙

默數平生友，如君真絕倫。但能勤誦讀，自不厭清貧。舊弱堪諧和，艱難痛老叔。區區同未免，吟罷一傷神。

中白雲

絕壑隱蓬窗，春來兩度攀。風聲兼籍樹，雲氣不離山。老屋低於舫，危梯阻似關。此間真可樂，老我不思還。

小築

小築傍岩阿，幽居足嘯歌。短垣延日早，高樹占風多。堆案惟書史，侵階半綠莎。柴門何用掃，絕少客經過。

題陳少甫求乞圖

寥寥天壤內，放眼與誰同。有意居人下，無愁到夢中。滿斟桑落酒，飽占柳陰風。却笑吹簫客，辛勤立戰功。

寄懷友人

剩有窮交淚，頻年爲爾彈。依人貧更拙，入世老逾難。雨雪摧双鬢，風蘆淹一棺。相思無好物，隨例勸加餐。

遊支硎山途中得句

青山如我懶，長日卧煙霞。似厭遊人雜，頻教薄霧遮。一林牛背路，十里馬蹄花。去去從吾適，歸途未覺賒。

亞[illegible]人居

扁舟曾此住，彈指十年餘。草色青如舊，桐陰綠勝初。魯連思蹈海，賈誼漫陳書。太息人琴杳，風流孰起余。

寓舍閑警

始覺吾生苦，飄零不自由。猿啼千嶂雨，蛩語一燈愁。撫劍有時起，懷珠何日投。雄心銷已盡，不復覓封侯。

題趙[illegible]亭集蘭亭序傳

豈知千載後，重覩晉唐人。金石添新譜，形模失舊身。力能鍾造化，巧思換精神。太息流風渺，星溪宿草陳。

感懷

民弱誅求易，天高法網疎。膏脂充宦橐，揮霍罄軍儲。痛哭迂何補，高談憤不紓。滔滔悲日下，貽禍竟何如。

負固何能久，憑城况易攻。三軍觀壁上，白骨暴溝中。當代誰良將，頻年上戰功。可憐都会地，幾[illegible][illegible]流紅。

一樣

一椽在求卜閑眼印天涯書卷無心覽蘆鈎任意斜壁穿床射雨屋老苔生花莫厭窮居惡江鄉亂似麻

寄友

蘆花與流水往往動離思習懶吾無匹長飢尔不辭貧真能自樂濟豈要人知早晚盆蘭放相期共舉卮

早秋晚步

向晚暑初斂傍溪人獨行斜陽延暮色落葉肅秋聲臨水鷗忘邇穿林雀解迎屢空吾尔隱汲汲未休兵

散步有懷

竹露滴清曉柳風生薄寒美人隔秋水悵望浮雲端迢遞蠻中路芬芳谷口蘭采之復誰贈留取膽瓶看

四十自壽

得老杜詩意

四十猶如此，平生事可知。爲餘裘兩屐，未了一枰棋。
慷慨悲歌意，淒涼獨坐時。此心誰識得，只有鏡中絲。
問我何爲者，歡歡夕復晨。已無生可樂，不礙死爲隣。
家國無窮恨，干戈未[illegible]水。平生惆悵意，多半在君親。

病起即事

空齋人臥病，藥茗有餘清。草意薰春暖，花光閃午晴。
卷簾遲燕入，欹枕任琴横。即此饒佳興，勞勞笑我生。

一庵

一庵深復深，披草坐幽林。樹古著秋色，山空多靜音。
僧歸黄葉寺，樵語白雲岑。惆悵出門去，暮鐘煙外沉。

遙送送兄至蜀

豈是飢驅出，迢迢劍閣西。路瞻双闕遠（兄自京師赴蜀），閱歷萬峯低。民

業安耕鑿天心限鼓鼙由来爭擾地莫忘一丸泥
喜懼交并日閲山獨往時遥知游子恨難免故園思舊宦低豪
氣前程慎始基送君吾欲贈放眼看千奇

晚涼

雨意千林結秋聲一院中氣先迎蟋蟀焦已到梧桐小睡耽清
簟微酣屢晚菘商量清夜和剪燭課豳風

獨坐

夕陽猶未落獨坐水邊亭遥雨山含翠微風竹弄青聊尋莊叟
樂不礙屈原醒一笑沿隄去漁歌入杳冥

送文

酒醒交已遠黯然返我廬片帆疏雨外孤枕落花餘絕吸三升
墨横抽一架書何時容立雪一叩子雲居

僧院

委巷秋先至○禪扉晝不開○羅琴僧倚榻○拳幔日銜山○插竹經時洗○鐘魚盡日閑○倫然無俗韻○相對輒開顏○

晝睡初起

華胥留不得○睡起坐懵懵○書味醇於酒○秋聲逝入蟲○悲從鏡裏至○心內劍邊雄○何日三城戍○烽煙一掃空○

△題陶淵明象

道大誰容我○時危且醉鄉○歸來閱魏晉○聊復夢羲皇○父子情難王已○君臣義決亡○千秋推矚遠○猶未識行藏○

題李太白象

我愛李青蓮○超然物外天○無心投夜郎○有意狎中宮○跌宕詩並酒○飄零俠復仙○古今豪氣在○隱約畫圖看○

題出塞圖

百戰身還在高城立馬看風生平野烈月傍戰場寒鬢髮繞千絲白心餘一寸丹（或作馬革裹尸易犁庭喋血難）不須腰下劍談笑定樓蘭

秋暮抱病讀孟東野棄置復棄置句惻然心傷衍成四律

棄置復棄置瘡痍積已深一身渾是悲百病苦相侵踽踽踏生斯世憂虞亂此心候虫不解事故傍枕邊吟

棄置復棄置窮居暗自傷荒村人誤鬼下戶土爲糧不乏療貧術徒抄避穀方憑誰繪圖畫流涕達吾皇

棄置復棄置邊風刮面寒筆歌噓玉帳牛泣灸銅盤共說從軍樂誰憐係踐難死綏非我事願借一枝安

棄置復棄置愁來浩莫當田間歌碩鼠天上現貪狼（时蝗虫遍城野欽天監奏貪狼星現）國计東南重皇圖歷數長芻蕘倘可採不但賦長楊

○月下聽琴

今夜高樓月，平鋪十萬家。美人抱琴至，彈落一庭花。礫礫鴉頻起，離離片欲鈎。無端觸愁思，城角動悲笳。

○孤山

林巒圍簇處，一角是孤山。荒草煙無際，陰崖蘚自斑。高名千古峙，詩卷一生閒。應有吟魂在，深宵自往還。

○葛嶺

羣峯互明滅，傑閣聳嵯峨。潭水冷於玉，春雲鋪蔦羅。道心澄不動，俗語淡無多。日暮下山去，松風響碧蘿。

韜光寺

憑高望不極，雲海遠沉沉。花雨諸天暝，松風一榻深。披圖客把玩，寺僧出韜光圖見示 刻竹記登臨。認取重來約，流泉識此心。

雲栖謁蓮池大師

曲徑隨篁入，行迴到上方。妙香雲靉靆，清磬玉鏗鏘。佛法開生面，家書出短章。（雲栖寺於某年火，先期有人投書於寺，開視則蓮池大師手數行，今尚存）流傳三百載，珍貴抵香光。（寺中有董文敏所書金剛經，精妙絕倫，御題香光法寶）

○由五雲山至理安寺

路走峯環繞，溪湍水沸撈。一塵渾不染，萬感此俱忘。山靜生雲簌，岩深韞玲光。道人偏好事，留客話滄桑。

理安寺

幽尋意無竟，曲折上松巔。（閣名）窓外五峯繞，林中一閣懸。清涼香世界，（寺中芳蘭數十盆，香消一室）茶話如神仙。何日逃塵網，從僧卜數椽。

○西溪

屈曲緣山入，茅檐靜不喧。蒹葭微有徑，桑竹自成村。對岸惟通

棹濤溪恰抱門倘然軼世外何必問桃源

登吴山大觀臺

人語遍諸天年年勢接連遠窮千里目俯瞰萬家煙健鶻投林下滄江出樹顛紫陽亘長在吾欲叩丁仙

○晚晴泛舟湖中

打槳入龍宫凌波若蹈空但分山遠近莫辨水西東春州半湖綠殘霞一角紅傳橈試回首恍在畫圖中

一棹知何處空濛雲四圍野鳧翻水沒湖燕掠波飛淡淡沉斜照疏疏漏翠微兩峯高幾許日暮更依依

獨行北山迷路遇老人邀至草堂茶話片時明日重訪則無從蹤跡矣

獨行不知處信步得仙家綠樹庭中合青山屋外斜或作遮挂床

餘古劍。鑽火試新茶。明日重扣訪。峯峯餘暮霞。

煙霞洞

到此心俱寂。煙霞兩字真。崖深能拒中。風古不藏春。佛自何年鑿。佗從迹日賀。壁間題句在。恍惚認前因。

南山遇雨遊至古寺

閃鑠亂閃見。連山湧怒濤。蛙聲鳴雨急。風勢挾林驕。萬壑煎如沸。千峯壓不高。老僧頭半白。偃卧讀離騷。

雨中獨步湖隄

冒雨尋詩去。前湖復後湖。樓臺迷掩映。天水入模糊。獨樹迎人立。幽禽隔隴呼。似聞泥滑滑。歸路倩誰扶。

環隄三十里。乘興快招尋。茶味嘗龍井。寺名今廢鐘聲出鳳林。千秋金粉地。一片寂寥心。却恐迷歸路。前行未敢深。

答問西湖風景

西湖天下最。風景總難言。古洞晴常雨。深林晝亦昏。樓臺湧金碧。桑柘限離樊。最好鍾陽候。波光綠到門

水秀峯環抱。行行別有天。石坡沿路繞。茅屋幾家連。無寺不藏竹。有山皆出泉。南園古遺跡。寂寞竟誰憐。

病至

吾衰亦甚矣。任世思徒然。就學憐兒小。承歡仗弟賢。過多思玩易。病至欲逃禪。老看平生志。茫茫莫問天。

中秋日蕙庭謝丈偕萬君霞岑陸君侶松過訪見案頭古硯可愛品爲大西洞物謝丈乘興試墨以停雲法蘭石寫成十二幀見贈詩以奉謝

寂寞悵離羣。多君過訪勤。同心攜舊雨。得意寫停雲。風弄娟娟

影○苔鐫細〻紋○閒來頻展玩○香氣藹繽紛○

硯爾勞青眼○借觀費品評○雅懷宜有作○片石荷題名○揮灑得神助○（謝丈畫蘭自言於神前立愿由此日工）流連到月明○清光今夜好○惜少注杯傾○

題陸侶松又一村圖

倚杖不知處○行〻又一村○花深渺有徑○峰遠淡無痕○瀹茗風生座○開樽月滿軒○吾廬如可卜○息影閉柴門○

之子中吳彥○風流夙所欽○看雲閒把卷○聽雨靜橫琴○耕鑿資生計○烟霞養道心○（君善山水）披圖深我羨○占盡好山林○（圖凡十六幅皆名手）

題史閣部象

家國等兒戲○先生可奈何○六宮勤選色○四鎮互操戈○委○曲○權姦○議○諷傳○事和○太知空餘雙涕淚○洒內舊山河○

遺象凜然在○焚香尊拜頻○蒼涼新筆墨○慘淡舊衣冠○仰答君恩

身強爲國命難臨危拌一死聊取寸心安

暮往横山

白雲似可拾片片落邊岑雲色穿林出秋聲蹭葉尋溪花開不艷獨鳥去還迴明日楞伽路探幽不厭深

歸途

不奈登臨興行途問石湖夕陽雙眼闊詩思一節孤（點）陣陣鴉翻（栖）樹荒荒雁下蘆濤遊不覺晚信步試村沽

大雪曉望

一白合無縫推窗眼更明重重雲密裏瑟瑟澗冰鳴大地酣如夢羣峯削欲平呼童具蓑笠從我領詩情

東郎大

盼到庭梅放相期共舉杯那知春意動不遣暗香回踏雪連番

問。巡檐幾度催。今朝開發朵。書扎報君來。

閒居

逝者已如此。余懷愴不禁。殘燈孤館永。微雨小窗深。投老知安命。閒居澟放心。隨身數卷在。流覽送光陰。

十月初三日獨行至[illegible]郎遇舊友於千手觀音殿茶話久之由後山轉出遂與暢飲而歸

萍蹤不相約。同叩梵王宮。遠樹平如截。荒坡轉忽通。登臨時序改。興廢古今同。剩有生公石。無言臥晚風。

尚有窮交在。終離不記年。雄心吾老矣。逸氣子依然。夢到中華外。君新自東洋歸神遊太古前。劇談謀共醉。罄我杖頭錢。

向在珠江女校書某以扇索書書成而校書卒因棄篋中今秋忽覩此扇已二十一年矣不能無詩

泥爪痕猶在回頭似隔生摩挲蕉裏扇悵觸箇中情綠酒紅灯邊彈絲擊鉢聲妙明心不染誰与證前盟

○荷亭小集

吾生足憂患暫此共追歡碑欲從何搨琴還待箇彈露華侵曉濕蛩語逼秋殘無限蕭騷意晨真一倚闌

○消夏

軒窗面面開拂拭到莓苔竹影分涼至蟬聲挾暑來養閒終好學行樂知須和一枕羲皇上前林白日頹

送客江岸

涼風太無賴吹我酒全醒傾蓋雖爲別攀條且暫停荒蘆秋瑟瑟深竹晝冥冥此去鄉關近佳音側耳聽

○郎坐

獨立滄茫外高秋氣爽哉鴉隨殘葉下燕帶斷雲回老樹依垣
立閒門枕水開平生栖隱志垂老尚徘徊

風雨

風雨羅登臨每每節序侵黃花三徑冷白屋一燈深蟲語悽如
訴檐聲細入吟此時無一卷何以慰愁心

題謝蕙庭畫雪蘭冊

空谷歲已晚盈盈獨有蘭懶招三友伴久耐一生寒古木凌冬
易群芳抗節難寫來誰可媲只有老袁安
無多花與葉花筆費沉吟靜極美人性悠然高士心香因寒愈
淡品豈俗能侵珍重階前意春風會見臨

秋思

秋聲聽不得百感暗相侵獨鳥無歸意寒砧有遠心人偏中路

阻。書自隔年。況衰思憑誰寫。攜琴就綠陰。

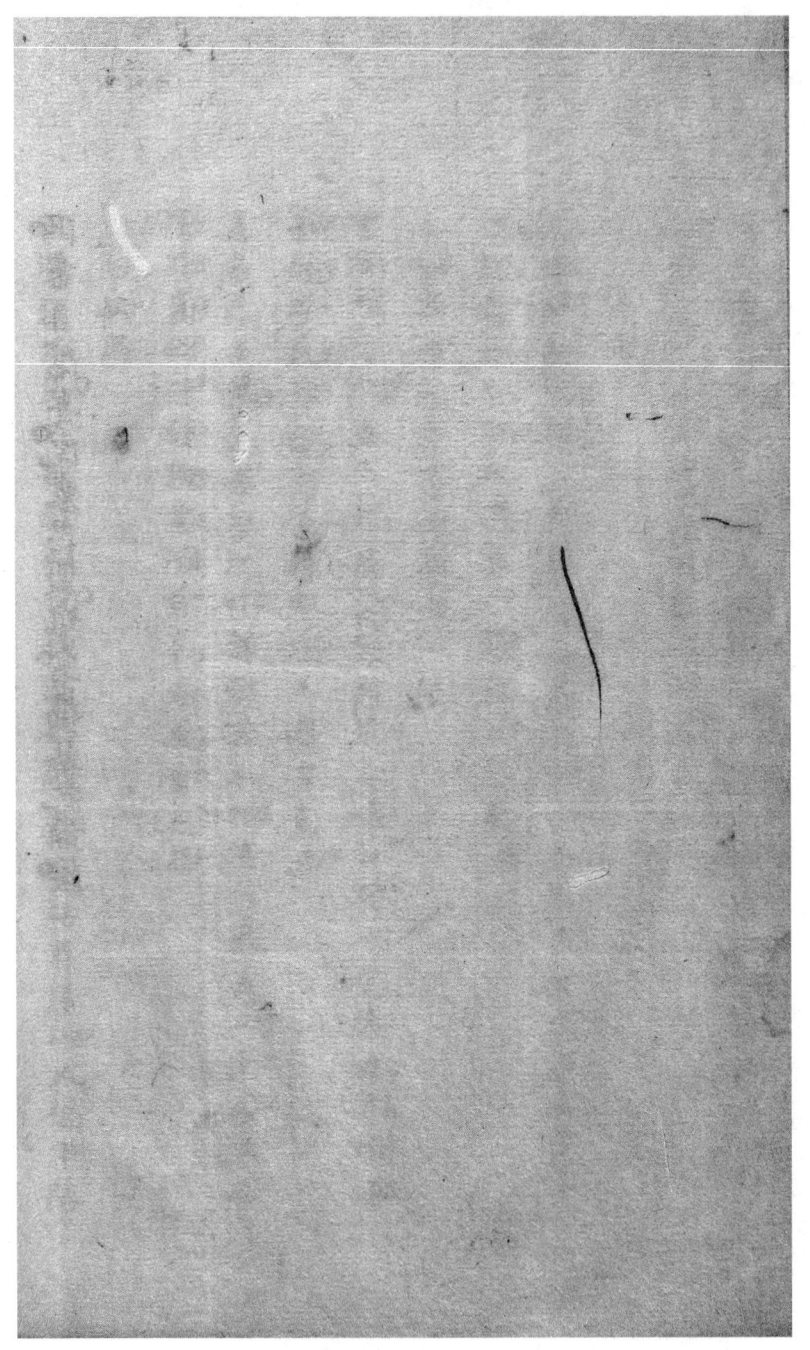

市隱初稿七律

吴縣亢樹滋鍊卿

舟經七里瀧泊嚴先生釣臺

吴粤間關路幾千。經旬才及釣臺邊。乍行水曲疑無路。轉入山深別有天。一鷺低飛衝暮靄。片帆高捲入晴煙。江頭垂釣尋常事。贏得高名亘古傳。

十八灘

千回百折路迢迢。壯志匆從此地銷。風雨聲蝕吞白日。波濤勢欲盪青霄。人來玄蘇詩偏好。水近蠻江氣尔驕。極目天涯無限感。輸他高臥有漁樵。

峽江望兄來寄

歷盡風波也等閒。却來此地一開顏。雞鳴犬吠雲中樹。水碧沙

明鏡裏山前路正多遊眺處置身恍在畫圖間自慚不是煙霞
侶未許沿流一叩關

謁文信國祠

雨急風狂歲暮時祠堂剝落不勝悲一朝碧血家何在萬古丹
心水自知國勢欲難撐半壁軍心誓欲鬥殘棋即今江岸瞻遺
象尚使征人涕滿頤

登五層樓懷友

紛紛落葉動離愁晚景蒼茫獨倚樓虫語暗驚歸客夢濤聲[illegible]（松風敲）
作萬家秋高齋雨過宵聯榻野渡春深曉放舟記得此情渾似
昨荒田相憶只搔頭

送楊丈為廣西

喜端別淚灑離筵且喜資深職漸遷歸雁叫殘千里月亂猿啼

破萬重煙。舊游愧我非同調，薄宦憐君已暮年。明日相思空悵望，祇餘清夢繞江天。

〇感懷

偶然遭際牽前因，往事從今漫復陳。長病況逢多故日，不才偏作受恩身。言防易誤常緘口，事到難明只問心。留得舊時真面目，何妨與世共浮沉。

同人招集邗郎印席口占贈主人時庚子八月二十日

小集蘭橈客滿前，別開水閣敞華筵。萬家燈火山塘市，兩岸笙歌月夜船。此日勝游兼少長，當時離思各江天。每每領取東君意，彩筆詩題記歲年。

〇閒居述懷

柴門雖設不常關，漸喜經年少往還。半榻清茶消永晝，一林黃

葉綴秋山有詩度日貧猶樂無物營心夢亦閒我本蓬萊仙島
客誰教小謫到塵寰 五

紙窗颯颯夜吟風隱几時聞響碧桐四壁涼生蟲語冷一天秋
在雨聲中閒居賦欲嗤潘岳遣興詩多學放翁已是人間僊游
客謾勞兒輩話窮通 四

榮辱何須苦較量一邱一壑自徜徉身非棄世生偏晚事不關
心過亦忘偶爲看花穿曲徑每因覓句倚斜陽年來悟得長生
訣不乞神仙辟穀方 三

爭利爭名兩未能閉門偃臥動經旬獨於山水真成癖兼卻琴
書不校貧迂拙料難隨俗輩蹉跎深恐愧先人祇餘病骨秋來
健莫負橙黃橘綠辰 二

鎮日

鎮日憑欄對畫圖，園林無主未全疏。山連雲影橫難盡，雪壓梅花坐欲無。闢地待栽千畝竹，擁帷補讀十年書。此心收拾歸安處，不信崎嶇是畏途。

○歲暮感懷

聽盡簷前爆竹聲，紛紛愁緒倍縈情。百年未死心猶在，一事無成歲還更。入世那能謀錢宦，修身且喜有金城。幾時真个携家去，五岳嵩蕘訪向平。

平生

平生風骨弱難支，只合埋頭把釣絲。偶（得）近詩書原是福，欲求富貴待何時。鳥因林密投偏眾，花為春融發頗遲。自覺此心殊自在，從憑人巧我愚癡。

○宿雪竇道院

星河寂靜竹風清。醉倚胡床夢不成。雨過滿山開霽色。月明深院落砧聲。酒真可喜先論量。詩不求工但寫情。留得初心幸無愧。不妨相對有神明。

○早下穹窿

襆被蕭然下上方。天寒曉色隱前岡。荒雞帶夢啼殘月。獨雁衝寒度早霜。采藥有時迷野徑。乳鵓連日住山房。今朝指點雲中路。煙樹渺茫又一鄉。

讀袁子才趙甌北兩先生全集敬題二律以誌欽仰

筆鋒横處掃千軍。餘子紛紛詎足云。斯世人才祇一石。當時公論定三分。短章我愛山林趣。大作群推碑版文。如此聰明如此福。看他白首尚研勤。

風流二老世爭推。分占詞壇亦快哉。一代傳人能有幾。千秋生

西果重開問為名士還熟壽娛信天公知愛才讀罷無端增悵
恨瓣香何路達名臺

○四首

四首專年歎逝波商量蹤跡托岩阿詩情似蘭抽逾出書卷如
用聚瀲氣因愛秋窗植籬落為延月色斫藤蘿從今樂事丟誰
領雨館晴窗岂嘯歌

○遣真

繞樹修篁三兩枝先生鎮日此尋詩青苔黃葉封貧戶夜雨寒
燈注楚辭生患趨時辭(嘗)熱客病思句藥守中醫一年比發閒風
月更(經)覺秋光與玄宜

○題壁

天寒日暮歲將除雖得身閒意自如落葉夜於人病後開編喜

似衰來初養生有效非關藥謝食豈餌反買書一笑平生無別
願下帷隨筆注蟲魚

○石壁

澗水潺〻去不還數年前此共躋攀江湖回首渾如夢歲月勞
人未許閒浩〻風濤爭打岸荒〻松氣欲沉山平生倘有烟霞
癖何日來分屋半間

○隱居

陰森古木蔽山家竹屋沿籬一徑斜清簟涼生晴讀盡幽窗夢
醒午煎茶庭寬添蔓當階草牆短先看隔院花除卻閉門高詠
外更將何事度年華

○秋日偶成

青春一擲去何之短髮頻搔覺（未添）有絲多難祇憑耙壓藉早衰辭

賴佛扶持寒窓。款枕賡虫語。盡閒臨風詠竹枝。此際正多佳趣在。莫教拈出遣人知。

小雨

小雨惜惜靜打窓。高窗睡起獨旁皇。破閒強妹排棋勢。養病煩妻檢藥方。浪跡令難從杜牧。絕交近偶學嵇康。閒門為向梅花説。雪滿山中不許來。

與母舅夜話

閒門無地托慈埋。日守陳編坐冷斋。落拓要留真面目。窮愁莫損好風懷。名思倚世談何易。貧歎謀生術愈乖。十畝閒田數竿竹。何年草草共安排。

過友人山斋

黄葉漫山月一廬。廿年高枕賦閒居。食貧歸許賒鄰酒。學讀兒

終知讀文書。滴露傳人填舊譜，開樽留客薦新蔬。三間瓦屋無多
地，容得身軀便有餘。

○秋日詠懷

洗卻塵心只愛閒，蕭然占得一房山。書留兒讀隨時檢，詩待人
傳老竟刪。疊石恰當松竹畔，卜鄰難在水雲間。平生也有經綸
志，老大如何學閉關。

一枕清風透體涼，知蹤漸與世相忘。談詩聽客分唐宋，論史嗤
人薄管商。無事偶來吾輩老，不才敢與少年狂。滿階牆東落葉呼童
掃，莫遺紛飛入畫堂。

萬事從教付汝曹，一椽容易占山坳。生無知己憑天鑑，壯不如
人任客嘲。農圃興時還待學，詩書往日已輕拋。幽居自覓安心
法，懶把行藏測易爻。

舒卷無心湧忖量。空中樓閣本何常。頗能自樂粗知足。總不相閑任健忘。謀食計疎成畫餅。讀書事失等亡羊。有生畢竟安排定。只是無由問彼蒼。

○吳山懷古

今古茫茫幾戰爭。烽煙愁滿闔閭城。江山夜月鎖歌舞。艸木秋風變甲兵。死國何人空飲恨。浮家有客獨逃名。憑虛無限滄桑感。盡付松聲與水聲。

、和友人徐州懷古

寂寞孤城枕水濱。當年楚漢此紛紛。分羹人去知無父。失計誰教首立君。王氣至今隨逝水。濤聲終古哭荒墳。莫將成敗論當日。百戰雄雌未忍分。

重陽前三日得友人詩依韻和之

半作濃妝半淡妝新吟字字叶工商古香帖貯東西晉近體詩
宜中晚唐黄葉半床秋掩映青燈四壁夜蒼涼此間佳趣知多
少持煙無由愧獨嘗

漫真

飽向風塵歷苦辛貽安始信莫如貧雄心破壁懸千將楷法閒
窗寫洛神為蝶為龍休問我呼牛呼馬從從人眼前只覺春光
好杏白桃紅色斬新

寓玉山小屋

賃租來小屋絕玲瓏潔淨無勞點綴工啼鳥半藏深樹裏好山多
在夕陽中酒能作病須防醉詩取陶情不厭忌窮却怪小桃憐
寂寞一枝紅出短墻東

早詣七子山

已有飛鴻占我先，數聲啼破隔林烟。纖纖殘月銜孤塔，落落明星綴曉天。山好空携靈運屐，湖寬待泛子猷船。（時王謝兩丈約游西湖不果）家貧只仗神呵護，此意知君未見憐。

留仙居弔若舟

秋色蒼然滿梵宮，頻來不改舊時容。山連雲樹圍千匝，天放煙嵐拓萬重。冉冉浮生埋宿草，茫茫何處覓前蹤。真亡莫問人間事，杖策還登第一峰。

感懷

西風落木半凋枯，病骨經冬卻（喜）漸蘇。斷送幾時能作佛，讀書無意慕為儒。江湖滾滾愁（日）方下，歲月悠悠歎（人）易徂。坐久雄心消未得，寒窗撫劍誦陰符。

夜窗述懷

蟋蟀聲喧夢屢驚，進樓鼓角正三更。花藏密室春逾久，月隱中宵色倍明。志在何須圖飽暖，人傳原不藉科名。一編別有千秋業，肯與庸兒較重輕。

題壁

萬慮千愁掃盡空，一杯聊復與人同。棋從全局看才定，詩遇無題賦易工。痛哭何心怜阮籍，解嘲無意學揚雄。掩關更有開顔處，飽聽田家頌歲豐。

送楊丈歸安瀾園

風雨連宵話正長，片帆遙指白雲鄉。談深擊缽同聯句，夜散挑燈更舉觴。新漲一篙人喚渡，落花三月水流香。送君兼送東風去，惹得離人倍斷腸。

秋懷

月落寒蛩静不鳴，紙窓仍屋有餘清。千編揮架從吾好，一局殘棋任客争。益友半從貧賤識，知交自性靈生。拈毫欲寫悲秋意，幾度抽思賦未成。

○登莫釐峯

石磴盤旋徑已窮，穿雲直上與天通。驟消終古茫茫恨，杳豁平生落落胸。星斗風揺疑在握，魚龍夜静欲騰空。憑高不盡登臨興，會覓蓬萊第一峯。

晉和來殁已半載，屢欲作詩挽之，終不成韵。盛夏檢敗簏中得來手書一幅，并見懷詩二律，辭意凄愴，蓋已自知其不起矣，泣然久之，輙成一律

無端檢得舊蠻箋，往事追思尚眼前。大藥不靈難奪命，名山有志竟無年。不知生世原疣贅，可奈全家特愛憐。空剩對床風雨

句教人一讀一纏綿（予喜詩古文詞書為伯父鍾愛病時遽服肉桂五十餘劑竟無效）

○題查初白先生敬業堂集

不將格律鬥尖新詩筆篇篇愜性真白陸以還誰作者宋元而後此儔人半生辛苦頻依幕十載清華早乞身細核遺編論出處如公庶不愧君親

○遣興

風雨瀟瀟手一編病身何事占人先圖成面目真衰矣話到江湖便惘然跬步常思留退步俗緣未斷且隨緣索居莫更彈長鋏囊底猶餘潤筆錢

○將有廣州之行留詩別內

蠻煙瘴雨指炎天蹤跡遙遙忽十年嗟爾年來經離別苦憐余猶被利名牽長途此去曾經歷明月由來易缺圓所願著鞭爭努

名宅教追到祖生先。出處頻年屢費思。臨歧難免詰稱時。門單蓬戶扃宜早。霜重棉衣着冀遲。八口煩君勤料理。百年留我任驅馳。獨居好自安眠食。莫為征夫蹙黛眉。

、偕友人登高閣

插天高閣勢崚嶒。有客攜壺約共登。不信英雄多失路。家雖風雨聚良朋。秋空古木層々禿。日落浮雲冉々升。一望九霄迷咫尺。排徊無計逐鵾鵬。

○冬夜示內

寒漏迢々酒易澆。一尊相對坐深宵。林間雪洒亂穿牖。窗隙風吟漱弄簫。蔬水有時還自樂。濤鬧非福不能消。卅年安飽寧無自。夜々焚香答　聖朝。

閒中有感

月華未吐雨初晴，一榻偷然對畫屏。螢火生前原腐草，楊花身後又浮萍。誰能任世逃輪劫，我已忘懷任醉醒。莫惜堂堂春日去，鬢邊猶剩幾莖青。

友人招遊石湖

昏昏塵土困連宵，忽枉良朋折柬招。竹外斜陽山一角，渡頭春水柳千條。每逢風月添吟詠，獨與溪山伴寂寥。蓑笠平生終欲約，林藜朋觴共逍遙。

題辭易高文集

未曾識面早相知，學行兼優洵可師。志節性靈諧世俗，昌黎道足貫文辭。賀來零落書千卷，老去清磨淚一卮。寂寞九原今不作，遺編錄罷猶淒其。

題秋江放棹圖

一舟如葉放溪灣萬壑千林互往還水氣空濛渾欲雨霞光明滅半銜山愁生沅芷澧蘭外秋在葭蒼露白間不是前身蓬島客爭禁耐得半生閒

元墓看梅

片帆斜繫虎山橋無限峯巒隔水招游賞最難當月夕流連恰喜遇春朝空山客去餘殘雪蕭寺僧歸拾斷樵一段幽情吟不得防他竊聽有花妖

書肆中見宋元人手跡索價過高不獲購得

陵谷銷沉世運遷披圖何幸接羣賢臨摹不數雙鉤帖矜貴難酬百屋錢疑有龍蛇來腕下直教神妙到毫顛江山不敵人才久七百年來竟宛然

中庭頗寬敞而不植一花亦有嗤其俗者詩以解嘲

不把花枝滿院栽風風雨雨省銜悲美人老去無顔色好亦逢
（旁注：豈　衰　淡）
來有別離襟藉逾時徒有恨穿窠永日轉相思何如靜對茅檐
（旁注：知易　烟湯紙餘三月好飄零便作一年）
坐春去秋來總不知

同人招集潛園飯後登靈岩山館

踏青人雜語聲喧一棹重尋水上園雨後晚霞紅射塔煙中深
樹翠連村三間老屋春無主半截殘碑字有痕嘗得蒐裹人已
去滿懷郎登與誰論

水窗即事贈友人

和風旭日艷陽晨挈榼先招舊酒朋浪跡久如萍聚散殘年漸
覺鬢鬚皆半簾日影初收雨一片波光乍上燈寡真知君猶不
淺活閑潑墨寫吴綾

寓舍有懷

隔江鼙鼓正紛紛，極目天涯悵失群。亂後登臨誰伴我，愁來歌哭欲從君。烹茶客掃林間葉，采藥僧披石上雲。咫尺西溪阻前路，闌杆徙倚又斜曛。

題寓壁

寒雨況況歲欲闌，中宵推枕起長歎。居鄰兵火生還怯，貧累妻兒死亦難。靖節傷懷偏作達，杜陵寄跡敢求安。床頭買得陰符在，一夕挑燈獨自看。

避居真義趙大以詩見投次韻答之

風度翩翩絕世姿，吳興才子重當時。半年未結青雲契，一紙先來白璧詩。豈有文章配郊島，（來詩有寒郊瘦島傷今古句）敢將山水托子期。知君坐臥星溪畔，萬軸牙籤手自披。

趙大丈辱詩至再次前韵答之

璞玉渾金擅異姿。榮名正好及清時。茶煙短榻晨稽古。風雨寒燈夜課詩。此日鯉庭傳絕學。他年鵬路盼佳期。懸余蔭蔽雖諸役。何幸雲箋辱再披。

答趙丈

家聲赫奕重三吳。一笑心傾握手初。謝傅盈庭多玉樹。鄴侯插架老奇書。自憐殘菊經霜後。誰料焦桐識爨餘。羞使孟甞宜食客。尋常不敢歎無魚。時丈將辟西席某先生先生囑跋一言故及之

玉山龔先生出示鹿城詩稿愧無損益辱詩見責作此謝過

雖誦新詩喜欲顛。天然至巧謝雕鐫。敢期幸恨師蕭第。深恐推敲誤浪仙。不著酸鹹偏有味。但宜擬議已非禪。元輕白俗盧仝恠。已博千秋萬口傳。

效杜老諸將

樓船直下大江東消息驚傳衆口同安石有心先命駕士衡無計避臨戎雕梁燕去餘荒壘玉樹歌殘逐斷蓬回首昔年魂夢裏滿城佳氣欝葱葱

王師絡繹發京都大將專征佩虎符失計輕開三面網傾囊莫解一群屠（事見明史）春江花月人迷戀落日荊榛鬼叫呼縱使耕桑能復業零煙斷粉盡模糊

挽弓躍馬氣憑陵束髪從戎老更能賀若才原堪大將臨淮功已冠中興令嚴刁斗三更靜氣吐風雲萬馬騰聞道奇才集麾下時来拭目看搏鵬

不共城亡誓共存登樓叱咤辟千人書生氣盛全無賊循吏功高在浮民六矢飛来渾不動兩甄鼓起忽如神官卑莫道名難

達早見金貂賜紫宸
男兒原自重橫行匹馬沙場死亦榮豈惜捐軀嘗劇賊那堪袖手視逃兵恩威有術難偏用誅斬無私即好生為語臨戎諸將帥投鞭早晚勵從征

感懷

北風捲地葉聲乾新法紛紛設萬端酒熟須拌連夜飲囊空反覺舉家安雞豚有稅供蛇鼠燕雀乘時效鳳鸞羨殺五陵裘馬客青樓畫舫任盤桓
斫地狂歌湧自豪西風無扇障塵囂未能憂樂閑天下欲把消埃答聖朝投筆群追班定遠封侯誰是霍嫖姚男兒思作千秋計須向淩煙閣上標

寓中送龔先生歸玉山

浮生蹤跡兩飄蓬，偶爾相逢滙水東。握手動懷千載感，論心能有幾人同。退充此日憐風鶴，高詠他年懷雪鴻。莫恠臨分共惆悵，滿隄衰柳咽西風。

難得新交勝故知，不經風雨不相思。綢繆愧乏盈觴酒，唱和新添滿篋詩。白社琴樽招舊好，青燈書劍課佳兒。恨余流落曾無定，歲晚依然寄一枝。

、友人見訪以事相托詩以答之

片時樽酒且流連，此別曾經十五年。失水人誰憐涸鮒，臨風（隱情）我久類寒蟬。消磨日月惟談鬼，散漫詩篇半說仙。舊友年逢花不（掃榻好為十日）飲，喜本擁衾滿綺窗前。

讀明史有感張李二賊事

搔首何由問彼蒼，揭竿而起勢難當。時危尚以烽爲戲，兵集爭

隨賊共亡征歛頻烦昭主慮招徠空讓師臣往焦頭爛額紛紛是誰為披肝達廟堂

聞大兵即日過江三城有克復之期継而不果

大兵南下疾如雷飲馬長江孰敢窺見説千人持赤幟定有一戰報紅旗臨河誰勸公無渡堅壁甯知士久饑莫使功名讓降將峴山突兀待豐碑

席中即事

出處時乖冷壯懷策勳何必定吾儕劍光出匣風生壁花影侵筵月滿階往日窮交空老大少年豪氣半沉埋何嘗躍馬呼屠狗酣醉春風十二街

贈友人

齷齪何堪溷乃公酒酣擊筑氣豪雄立談若許千金劍識字何

如雨石卯莫笑淮陰甘跨下終看毛遂出囊中他年試展垂天翼麟閣爭圖第一功

登姑蘇臺送友人

白（泉）草連天海氣深高城處處（何人撫劍）動哀吟秋風砧杵千村急落日藤蘿四（雨）壁陰此日低眉憖困獸當年引手接飛禽一肩行李天涯去冷看人間俠客心

抒感

洞庭木落水初波回首江皋恨若何憔悴徒傷枯樹賦飛揚虛聽大風歌黃金人老詩蘇季白玉君偏泣卞和家是諸花與汀草年年占得好春多

感事

浩蕩乾坤去住難浮雲遮目蔽長安高門棨戟新園長畫舫望

歌耐（舊）冷宮。南國沙虫紛溯洄。西郊野馬浩瀰湯。匣中藏得吳鈎在。一夕摩挲幾度看。

題壁

著書學劍自年江落魄人間不可憐。道德老聃五千字。齊權孫武十三篇。閱前紫氣誰能識。陣上元機世莫傳。老我頭顱已如許。思量不值一文錢。

○雨後登中白雲

絕無人跡但蒼煙。攜杖來聽雨後泉。幾疊峯巒藏雲裏。寺數枝花放洞。中天（青）山林猶往知何日。裙屐（紅袖分題倚）騷歌記少年。抖擻風塵三載夢。旃檀香裏禮金仙。

小閣

小閣臨溪晚更涼。呼用連日引壺觴。葦花點點渾疑雪。楓葉離

雖欲着霜古劍從誰評價直殘碑留與認偏旁重陽節過登高
懶消受鑪中一炷香

漫興

瀟瀟風雨閉門居點綴瓶花趣有餘暫喜偷安同幕燕尚防貽
禍及池魚清談與去還（忙）抛（開）塵（卷）招飲人來且廢書老托年華供逸
樂天教與詩不寺標

自靈岩歸過主留飲山翁即席奉贈

插天丹嶂渺難攀目送孤雲去復還夕照鏡爭峯一角秋聲留
在樹中間偶然有好偏逢主難得閑窗館占山橋（木）柚（榻）平（尾）鋪（盆）書（隨）茶（意）
卷（設）滿（與）林（君）黃（領）葉（略）掩（片）松（時）關（閒）

一笑

一笑無端繫我情風傳雨過月華新梨花白盡偏宜夜霜葉紅

飾不是春。此日蝶蜂還自喜。當年魚鳥枉相瞋。寂憐一樣長條
柳。半逐飛花半踐塵。

漫真

倦枕頻將物理推。當前何事不悠悠。江舟行逆水帆偏穩。棹對閒
枰子勢擬。諸葛生平惟謹慎。杜陵詩句只牢愁。善端觸起天涯
恨。一夜西風雪滿頭。

、偶作

林花栽剪一番新。宸（雨次）好風光是（近）暮春。滌倦呼茶驅睡思。作晴喜（替）
柳。減愁聲。但逢佳日忙招客。偶入名山懶結鄰。莫物易遷人易
逝。（連年老同祖弟四人）蹉跎便負百年身。

幽居

一枕悠悠夢乍回。幽居隨意坐莓苔。簷垂芳艸茸茸暗。門掩疏

花〻開讀史但爲知大畧論詩纔覺識個事琴書無恙樽常（鐘鼎豈如閒有味，功名終分冷成灰。等閒偷然悟得浮休理）
滿一任流光冉〻隤（五六或作風月樽前閑有味，功名紙上冷如灰）

山房

林蘿一簇蔽山房暑氣全消夏亦凉塵壁閒掛三尺劍瓦鑪溫
養一絲香舊調白寉呼初熟新補青松植漸長偶向此間得佳
趣等閒失却索誰償

卧病數日枕上戲作自挽詩

平生不解入時宜幾度言旋未有期世上本無長壽物人間況
有再來時自憐骨肉緣終淺試看親朋喜可知歸語黄花應嘆
我依然一物不曾持
塵緣慧業總消除露似浮雲過太虛未了棋留兒補著新營穴
待婦同居百年知苦形骸累萬事真嗟露電如夢覺松窗茶正

熟。嫏嬛重覓讀殘書。

消受雲窗一味閒。歸來不改舊家顏。圖緣古漢三間屋。花木幽深四壁山。靈草多年迷石徑。清猿長日護松關。令威何事猶留戀。化鶴人間竟不還。

瓊樓十二俯層霄。白石清泉迴不囂。愛聽簫聲招子晉。閒安棋局待琴高。麒麟脯美常充饌。翡翠年深屢（髮）伐毛。不羨神仙羨閒散。儔隨西母赴蟠桃。

郊居

蕭條深巷冷如冰。剝啄無人戶自扃。細草風中搖靜綠。遠山煙外露淡青。石床默踏千絲息。香几閒攤一卷經。莫嘆道人無箇事。往來運甓費莫傳。

自題游岳圖

抖擻塵埃卅載身，行吟只在白雲岑。採將藥艸從僧鍊，鑿得雲（人何）深約客尋。風撼疎林無静葉，霜凄蔓草有凋心。石床寂寞丹鑪冷，欲往從之古洞深。

採藥歸宿山菴

劚得黄精又茯苓，四時靈草総青葱。冷風古洞猿兎鄉，明月空階寉聽經。辟穀晴（嘗曾）還餐白石，著書近喜擬黄庭。回頭俯視人間世，長夜悠悠夢未醒。

○十二月十六日過年席中得句

高燒红燭聚華筵，福蔭連年仗祖先。種竹澆花閒富貴，鑪香書卷小神仙。月華鋪廷濤如洗，梅影横窗瘦可憐。此夕老懷殊不惡，酒闌親自寫春聯。

○書韩淮陰傳

提取乾坤擲漢玉，可憐鳥盡竟弓藏。鯨鯢並世功難敵，負種先時怨未忘。湯羨一軍驚大將，却教三族殉齊王。君看垂釣桐江叟，千古山高與水長。

侵尋

侵尋齒髮近中年，眼底空花遍萬千。抱筆教兒知八法，傳杯〔針〕看女剪雙全。名心淡後閒偏好，幻境紛來制有權。自笑逢時無妙術，閒門不著祖生鞭。

陳大亘之出示葉〔蕭令〕前輩積善寺看梅之作次韻和之

一枝聳立歲寒天，閱盡滄桑骨欲仙。寺中古梅一本，相傳宋時物。蕭寺燈青延月坐，空林地白擁雲眠。清游渺渺人難續，好句翩翩鐵亦憐。不覺低佪〔回居〕動游興，與裴時〔共〕重泛歸山船。

贈別友人

本是高陽舊酒徒。廿年落魄滯江湖。那堪風雨三秋夜，重展河梁五字圖。憤到嵇康聊縱酒，狂來劉毅競呼盧。一杯勸爾須回首，莫向天[燕柳]涯逐狗屠。

○寫悶

一燈如豆悄無眠。月白霜寒露色鮮。詩思慣隨秋枕畔，夢魂偏阻五更前。疎窗欲曙鷄先報，空室如懸鼠盡遷。檢點簞瓢幸無恙，晨香一炷答蒼天。

五六亦佳。東坡詩"米盡我不知，但覺瓶罍遷"，與暗合。華史

○秋懷

經旬風雨掩柴扉。冷淡光陰與病宜。瓦竈帶煙黃竹葉，磁瓶添水活松枝。勞人歲月渾如夢，傳世文章不取奇。猶有名心難老洗，枯毫幾度改新詩。

○物色

物色從無到不才，蓬門何用剪蒿萊。深林積雨埋黃葉，老幹經霜長紫苔。搖落百年聊把盞，淒涼半壁總成灰。憂來翹首天南北，落霧迷濛掃不開。

秋雨不寐

一穗昏燈燼不紅，紙窗清冷坐衰翁。沉沉陋巷三更雨，颯颯空堂四壁風。病骨難禁秋氣味，愁懷常似月朦朧。人間何物能消恨，只有新詩奪化工。

老年

老年湖海羨元龍，漸漸頹唐老似翁。徑少客來何用掃，詩無人愛不求工。不知葵藿常傾日，無奈鷦鷯欲避風。三徑未荒松菊[illegible]，排細莫放酒杯空。

喜遇故友

門酒旗亭記昔年。多端裙屐散如烟。豈知五載滄桑容。還對重
湯風雨天。磊落壯心傾酒後。蒼涼衰鬢指燈前。名歎場舊事誰能
説。此夕同君一黯然。

題東山寓壁

不管重陽風雨摧。尋山直渡太湖來。溪邊覓句憑鷗導。石上銜
杯倩寉陪。四角烟光青不斷。千林霜氣白成堆。他年魂夢難忘
處。認取岩雜奇前一樹梅。

寓齋漫興

叢桂飄殘菊又衰。荒荒冷色逼山扉。寒雲作意低垂屋。細雨無
聲。溼上階。不慣逢迎嫌客至。每經攀陟喜僧偕。歸途儘踐靈岩
約。攜屐猶思訪館娃。

橫塘晚泊

一夜風聲撼水窗。推蓬雲色隱橫塘。青迷楊柳煙千縷。白映菰花月一方。畫意最宜高士筆。詩情雅稱小奚囊。徘徊瀏覽晨光動。已有山僧汲道旁。

○雲莊庵曉望

蕭蕭邱隴斷行蹤。三兩人家澗水東。衰柳短垣風淅瑟。荒蘆曉岸月迷濛。鐘希蕭寺窓初白。霜重寒林葉漸紅。一段清幽誰管領。年年收拾與山翁。

○虎邱

十分秋色豁雙眸。踏月還來訪虎邱。綠水千篙聯畫舫。青山一角擁僧樓。蒼涼面目輪菘老。荏苒光陰付水流。回首春風萬桃李。年年開落幾曾休。

自述

窮年兀兀費思量。不醉難消白日長。老去夢中多故鬼。秋來鏡裏怨新霜。棋拌打劫終非算。詩慣言愁恐不祥。一笑東船吾已具。不知往送向何方。

○再題游岳圖

准備芒鞋興葛巾。冷然直欲御風行。窮通未許謀詹尹。婚嫁何能累向平。少日煙花春夢短。頻年烽火壯心驚。何當喚起徐霞客。踏遍三山訪八紘。

自題回首圖 畫背面影

齒危髮禿欲成翁。一笑真同亡是公。別有心神超象外。不將面目著圖中。詩非知己休輕作。棋縱饒人多浪攻。四十二年生不易。那堪歷歷付東風。

梅花

一枝折得嶺頭春○猶記當年万里行○忽〻山川愁滿目○悠〻歲月去無聲○風流自覺空前輩○意氣誰能托後生○此日茅檐成獨坐○淡煙微月不勝情○

牡丹

國色天香滿畫堂○公然獨占百花王○不將面目驕同輩○自覺精神鍊衆芳○燈火三更星錯落○樓臺四面日舒長○或作亭榭三更燈錯落樓臺一角笛悠揚繁華占盡人爭羨○無補蒼生暗自傷○國色天香或改作萬紫千紅

蘭花

蒙茸細草傍階生○微覺芬芳撲鼻清○空谷無人春寂寂○深閨有女淚盈盈○肯緣香色求人賞○常恐寒微被褻輕○且喜山居容自在○鳥啼月落不關情○

蓮花

亭亭獨立早涼知清遠真成世外仙已分污泥渾不染偏於鴛
鷺竟多緣稱名應許青蓮占知己深蒙茂叔憐本是無心門桃
李敢將蹊蹬怨青年 腹聯改作臨風豈肯回人熱得路偏教占桂先

菊花

西風滿眼與誰儔落寞人间味不投採采忽煩高士手摘來不
上美人頭遲遲晚節冬偏好冉冉春華色已休一樣清芬饒傲
骨肯隨雲雪共飄流

春日喜晴

一夜簷聲到曉傳新晴天氣倍清明空庭欲掃階猶濕春服初
更體乍輕歷歷鶯聲花外囀離離樹影檻前横天公會有陽和
候肯放陰寒占一生

感事 傷謝某

桃李初霑雨露新。崇朝雷電竟何因。讀書何必無科第。執贄偏教謁搢紳。此日黃鸝驚撲面。當時黑水悔通津。城門失火尋常事。却恨池魚殃及身。

○和余月汀登黃鶴樓韵

平生未上楚江舟。勝地空聞黃鶴樓。七字尚傳崔顥句。千秋誰繼謫仙遊。江山寂寞人如在。今古興亡水自流。时楼已燬於兵火安得手持綠玉杖。凴君指點認芳洲。

附原作

蒲帆十幅傍江收。晚日光寒乍上樓。烟樹萬家人隱隱。風檣千里水悠悠。落梅聲杳飛仙笛。芳草秋荒名士洲。怪是青蓮停筆後。江山無色楚雲愁。

吳春圃過訪以詩見贈次韵答之

絳帷一脉本同源。難得知逢許過存。交爲忘年成耐久。詩非知
己敢輕論。借家幸有書盈架。欺客慙無僕應門。春间两次访余皆以应门无人而返
剪燭匆匆談未已。忽聞小閣倒清樽。

新詩字字抵瑤琳。此日重聞正始音。豈有聲名煩客碩。獨蒙提
携感人深。拙於涉世無長策。拚把浮生付浪吟。從此敢虛期許
意。紛華欽者守冬心。

附原作

胸羅典策通洄源語畧寒暄見性存獨抱冬心知自愛孤撐
詩骨與誰論人多挾策喧馳路世少耽書靜掩门君早見機
成市隱与余同话夜闌樽

歷觀佳製者璆琳所惜人间少賞音豈意一時迎面合知於
此事打眩深霜高雀唳因风遠秋老蟬聲抱葉吟我以鉛刀

君利劍未交鋒鍔已寒心

十月廿八夜紀梦

雄心隨月吐三更。匣劍沉沉夜忽鳴。梦裏有人呼殺賊。眼中指日盼銷兵。千屯遠閃旌旗色。萬國歡騰抃舞聲。從此金甌完舊物。急施雨露濟蒼生。

送陸省三姊丈赴廣東任

雲帆高挂海洋舟。（省三乘火輪舟由海赴廣）此日乘風志已酬。花月易消才士恨。烽煙莫動旅人愁。無家誰肯憐王粲。得路今看比馬周。但使歸裝足囊橐。陸生不負越中遊。

古琴

何年遺下舊瑶琴。古意猶堪弦外尋。書劍之餘疇是伴。羲皇而後孰知音。早登清廟明堂品。別有高山流水心。倘使堯階虞奏。

曲為君放盡鄭聲淫

古劍

土花斑剝久埋藏入手依然百鍊剛鍔飽蛟螭殷血色光騰霄漢掩星芒擔簦驟壯書生胆出匣能平俠客腸此日烽煙正滿目何嘗仗爾靖封疆

古鏡

世遠難分漢與秦光華如水淨無塵照來心胆應全露幻出陰陽別有神絕代美人修飾物舉頭照月証前身即今白日多魑魅安得將他棐几陳

古硯

玉蟾銅雀鑿披羅片石流傳寶若何一代文章供濡染幾人心血耗研磨眼看名世知誰是身沐恩波幸爾多為語人間無墨

者。湯勞和賞費摩挲。

題市隱初稿

悲懽觸發總無端。落筆須求字字安。楊柳風情原淡蕩。梅花身世太清寒。琴彈古調知音少。詩到成家放膽難。自笑阿婆已老大。蛾眉畫得倩誰看。

市隱初稿五七言絶句

吴縣亢樹滋鏌卿

泊鄱陽湖口

湖湾淺可涉，風水自磨盪。夜雨颯然來，蕭蕭菰蒲響。

羚羊峽

澄江静無波，渺渺孤舟逝。陰風自崖來，烟積滿空際。

喜遇友人

不見常相懷，一見復相離。相離何太速，相懷無已時。

無語

無語倚闌干，春光不忍看。傷心空洒淚，妾自知君歎。

偶感

夜静人無寐，天寒雀早栖。玉簫吹不斷，残月下樓西。

題禎卿夫人畫蘭

深谷有幽蘭，美人昔手植。寂寞不尋常，葆此生與色。
蘭爲王者香，甯與衆草伍。不藉春風吹，芳菲自終古。

晚泊聞笛

湖光山色雨空明，難得今朝放晚晴。日暮何人閒弄笛，無端吹出別離情。

題嚴子陵釣臺

漢家事業總浮埃，萬古江山一釣臺。此日煙波人不見，一天風雪放寒梅。

偶成

風光淡淡雨疏疏，煙翠空濛畫不如。可惜奚囊收不盡，當分一半與樵漁。

旅舍

烟雨空濛欲曙天。孤灯閃閃不成眠。忽驚窓外一聲雁。秋思無端到枕邊。

春日寓中作

春風滿院百花鮮。絃管家家夜舉觴。獨有天涯未歸客。年年於看舊垂楊。

楊花如雪落紛紛。有客憑闌忽悵神。為語故園桃李輩。莫將顏色傲深春。

○題浣雲女史午睡圖

爐香裊裊篆烟溥。玉漏沉沉晝閣深。午夢初回人未起。落花如雨點衣襟。

○有感 風懷之作古人不免。發乎情止乎義。知我罪我聽

之而已

水窗昨日快相逢。繫纜同來占上風。底事篙工偏作惡。日斜分泊太匆匆。

風骨平生冷若霜。含情偏是為卿狂。祇愁無物供相憶。染將紅綃淚數行。

情懷渺渺恨綿綿。嘗盡相思捱食眠。同是一般難耐處。斜陽時候艷陽天。

芳樹層層隔暮雲。斷腸歎息有時聞。昨宵夢裏分明覿。覺得離容瘦幾分。

代答

花晨月夕費思尋。咫尺巫山雲却深。莫道芳菲能久駐。樹頭綠樹已成陰。

無計淹留恨滿懷，開帆猶見首頻回，關心一語君須記，切莫人叢送笑來。

無聊寂是倚闌時，日暮臨風有所思，欲把郎情細嘗味，背人重展扇頭詩。

離居誰與話悲酸，迴面曾無一笑歡，莫道寸心多落寞，拌留顏色任君看。

有憶

柔若輕雲膩若脂，不施朱粉更多姿，一帆烟雨横塘路，記取含情不語時。

頻年蹤跡喜相親，結伴還同住赤城，幾度留香到深夜，別來猶覺未分明。

吴姬南海人，（本良家女）性聰慧，色藝絶人，金陵某公子見而悦之，因納馬情好頗篤而正室鄧陰柔人也一見佯相得不數月誣以他事逐去則已無家矣今年妻與姬相遇珠江舟次縷述前事猶嗚咽欲涕也因賦二絶以慰其意

别恨連年似海深。鸞飄鳳泊兩無音。思量惟有天邊月。照見郎心與妾心。

燕語鶯啼又一時。梨花滿地夕陽遲。春閨一種傷心事。説與東皇總（和）不知。

題西湖寓樓

入望林巒總畫圖。令人乘興覽全湖。不知風雪寒窗畔。手植梅花開也無。

某公見贈答八首大加呵叱率題一絶寄之以博一噱

旄筆何須問假真。閒情一賦頓消魂。吟成不忍輕删却。免得他年享特豚。

即事

濃陰稠疊遠山横。書卷枕枰伴一生。好鳥不知何處喚。夢回聽得兩三聲。

閨情

重闈寂寂淡煙遮。深院無人日欲斜。猶有閒情銷不得。卷簾試起捉飛花。

（門草人歸）

暮春即事

東風料峭雨初晴。睡起當階日影横。不識春光剩幾許。綠楊陰裏試啼鶯。

偶覩

書田小院日遲遲。閒倚雕闌有所思。一縷遊絲飛不定。隨風裊上海棠枝。

同家人輩遊潛園口占示四妹

衣裳檢點一番新，相約來朝去踏春。幾次夢回頻側耳，防他陰雨阻遊人。

幾重樓閣幾重臺，曲院人稀戶半開。剗道春寒花信晚，隔牆吹出片紅來。

遊靈岩

十里吳宮枕水涯，行人猶說舊繁華。美人一去無消息，細雨空山自落花。

花墳

遊罷靈岩上花墳，衣香人影過紛紛。年來自笑風懷減，不看紅妝看白雲。

来寉獨坐

流水行雲繞竹間幽居我比水雲閒庭梧落盡江楓冷飽看西南一帶山

曉步

落木亭亭遠見招病餘風物總無聊雨聲一夜何曾覺水漲平明過却橋

杖藜

杖藜一徑度崔巍煙樹微茫日漸隤不是一聲林外磬等閒忘却下山來

月夜元墓看梅

蒼茫野色近黃昏縷縷寒香欲斷魂千樹梅花尋不見淡煙微月隱孤村

花下偶成示内

頻年眉鎖幾曾舒，貧賤夫妻百事虚。（元相句）欲遣閒愁無別物，一瓶花與半床書。

雲鬟蓬鬆睡起遲，自開菱鏡照移時。近來可是無情思，却要檀郎與畫眉。

香風陣陣透帷深，院落深沉日正長。收却唐詩并晉帖，海棠花下寫鴛鴦。

少小曾爲阿母憐，嬌癡未免愛多端。如何一作梁家婦，裙布釵荊也自安。

聽雨

一盞青燈伴夜陰，瀟瀟殘滴響空林。不知一夜黄梅雨，溪水添來幾尺深。

○適廢園值牡丹已落

綠暗紅稀一徑斜。名園今又落誰家。胭脂狼藉無人問，也是人間富貴花。

思陵

群盜中原勢已傾。有君誰說竟無臣。雁門謫去高陽罷，百二河山未屬人。

將相紛更議論多。用人行政兩蹉跎。世間不少奇男子，只奈君王不信何。思陵有句云世間不少奇男子誰肯沙場万里行

剪將

剪將瓶梅插幾枝。自研花露寫新詞。客來且莫談塵事，此是先生得意時。

書感

一夜飛花滿畫樓。憑闌有客獨凝眸。小娃不解傷春意。檢得殘枝插滿頭。

即景

樵聲蕭[隔屋]更響丁丁。繞[一]徑松風靜不鳴。霜葉滿山雲四面。更無人愛此中行。

次晉和弟韻

掃叁桐陰室倍明。疎簾半[高]卷竹風清。與君正好攤書坐。飽聽空階落葉聲。

元墓

籃輿昨夜入山來。踏遍梅林不見梅。却有暖風解人意。今朝吹得一枝開。

追悼春榆母舅

隨意鈔書信口吟。衣冠落拓性情真。此行莫恨無知己，泉路應多失意人。

江干即景

疲於野宦懶於鷗，盡日孤吟占小樓。風雨欲來天正黑，江干忙煞釣魚舟。

與友人對飲

十年離緒不堪論，把臂同教認淚痕。此日與君須痛飲，舊遊零落幾人存。

感事

正是重陽風雨天，如何扳賦柏舟篇。傷心忽憶隨園句，還是人家未嫁年。

風煙漠漠水天秋，往事凄涼逐水流。情到不堪誰可訴，對人歡

笑背人愁
看破塵緣不偶然人間幾見月團圓此生不受風霜苦誰識孤
松耐歲寒

山行

烟巒疊疊水潺潺夾岸楓林色半殷忽聽鐘聲知近寺穿雲猶
隔一重山

晚下穹窿

松風萬壑響淙淙石磴盤旋下幾重回首試尋登眺處白雲遮
斷兩三峯

山村晚望

滿林寒色噪歸鴉山徑崎嶇步易斜一帶斷烟吹不散梅花缺
處住人家

○友人自元墓回出示近作詩以答之

晨起千林霽色開，嶺頭又報好春回。怪來詩骨清如許，人自梅花深處來。

○八月十四夜對月示内

一輪掃盡萬家烟，皎潔分明勝去年。與汝今宵須愛惜，趁他未到十分圓。

潛園感舊

滿隄烟柳亂如絲，潭水桃花空見思。為是與君舊遊地，憑闌獨自立多時。

○庭前牡丹盛開感而有作

光陰回首總蹉跎，幾度樽前喚奈何。為到百花全盛日，可憐春色已無多。

虎邱感賦

畫船搖蕩水西東一簇銀灯照眼紅笑我未諳絃管趣却窗沿岸聽秋蟲

四妹于歸廣陵口占送之

連朝乾鵲噪前檐鼓樂闐闐喜氣添慙愧阿兄貧入骨新詩一首當添奩

山寺

寒雲欲墮朔風高日暮山窗閑寂寥落葉滿階僧未掃拾將松子當柴燒

泊舟

點點寒雅噪碧天空江風物渺無邊一聲鐵笛斜陽晚吹起蘆花亂入船

○初夏書悶

柳花如雪打檐來嵐霧濛〻帶不開一霎斜陽一霎雨困人天
氣是黄梅

偶憶

秋風蕭颯鬢毛斑咫尺樓臺未許攀記得昔年遊舫内雨中指
點隔湖山

題允如弟漁舟唱晚圖

菱荻蕭〻水一涯西風　冷薰蕸偒橈借問居何處笑指煙
波即是家

流行坎止久忘機不信人間有是非長笛一聲歸去也鷺鷥飛
下釣魚磯

柳陌林塘一帶秋滿天風物逼秋初分明舊泊桐江路落日半

竿問賣魚。

一枕煙波夢不安。片帆來往水雲寬。他年我亦浮家去。乞取滄江下釣竿。

自題小影畫道家裝束

身外榮名亦偶爾。圖中面目故依然。料知五百餘年後。錯被人呼作地仙。

○送春

鯉魚風信太匆匆。牆角飄零滿地紅。拾得殘紅和淚咽。暫留春意貯胸中。

○聽雨

秋色蕭疏掩畫屏。擁衾靜對一燈青。愁心寂若空階雨。添得芭蕉便耐聽。

感舊

亂紅片片雨疎疎。有客天涯正索居。今夜檐聲聽不得。十年前是識君初。

憶昔相逢曲水濱。江關為我按銀箏。而今重到聽歌處。誰唱瀟瀟暮雨聲。

病眼初起

熹微斜日映窗紗。病眼何心玩物華。閉戶久經春已去。誰家紅上一墻花。

杏白桃紅取次殘。春光冉冉已闌珊。來朝風雨難憑準。急起呼燈看牡丹。

漫興

棋枰酒盞已全抛。絲竹中年興不消。惟有雨聲偏耐聽。書窗商

罢種芭蕉

石湖阻風

惡風三日冷如秋天外征帆一例收白浪横空老蛟泣不曾驚得水邊鷗

夏夜不寐

夢醒灯殘夜未央起看斜月墮西牆不知心血年來減却怪炎宵比昔長

山行即景

烟艇無人網不收數家茅屋小於舟渡頭幾日連蘆纖雨畫出模糊一片秋

野徑蒙茸對杖還自披風帽立荒灣疎林幾點炊煙外知是漁陽一角山

青山曲〻水縈〻。山自無人水自流。行到水窮山缺處。白雲幻出萬峯秋。

誰家樓閣俯青冥。環〻長松蔽翠屏。可惜斷崖無路上。不知天外幾峯青。

舟泊楞伽期友人不至

霜清木落水淋波。欲采芙蓉柰晚何。正是思君腸斷處。滿船寒月宿楞伽。

扁舟一棹水為家。烟月茫茫去路賒。好是長亭數行雁。伴人今夜宿蘆花。起二句改作長橋南望浩無涯，煙水茫〻去路賒

寓居西湖適值風雨登樓怊悵然有作

六橋烟柳碧毿〻。雨細風尖不可攀。一夜湖樓渾未寐。蛙聲閣閣鳥閣閣。

全湖風景畫難窮。暮靄朝暉迥不同。一陣東風吹雨至。水天都在有無中。（旁注：玉壺）

岳王墳

山房佛剎半沉淪。南渡君臣事莫聞。獨有人心終未死。吞聲爭上岳王墳。

泛舟湖中

扁舟搖蕩水中央。曲院風輕撲面涼。沿遍雙隄橋六六。一聲清磬送斜陽。

十里平湖似鏡明。蓼汀沙漵望中橫。夜深鼓枻不知遠。只向蒹葭深處行。

旅邸雜感

多時不上木蘭船。綠水青山尚宛然。記。得。雨。絲。風。片。裏。玉。簫。吹。

徹酒爐邊。

回首旗亭意惘然，酒徒零落散如烟。而今還向山塘泊，短梦沉沉十二年。

蘭槳如飛不肯停，夕陽催送出山濱。烟花到眼閑心諗，換春迷香一輩人。

抛盡黄金是此郎，西風轉眼使人愁。大隄流水長亭月，不與鉛華一例休。

歸舟即目

香風陣陣撲華筵，燈月交輝畫舫連。一串笙歌催夜散，蟲聲如雨叫秋烟。

三更歸櫂夜遲遲，游興闌珊語漸微。回首半塘人寂寞，滿湖春草冷螢飛。結句或作一船涼月上羅衣

寄從兄弟

南鷄閩嶠北伊吾。芳訊經年一紙無。欲寫家山憑去雁。淚痕着紙半模糊。

友人過訪

古木昏昏噪亂鴉。一林寒色到山家。客来拓起西窗月。飽嚼梅花細品茶。

論史

恣酣擊筑氣飛揚。魂魄千年戀故鄉。此日長陵無寸土。將何湯沐奉高皇。

力拔山兮勇絕倫。渡江一戰掃強秦。八千子弟功高甚。五等何曾見一人。

題隨園詩集

分唐劃宋界元明。奪貌何堪失性情。天與生花一枝筆。莫將格律例先生。

題畫山水冊

綠影迷離霞板橋。山居清寂抵僧寮。東風似覺人無賴。舞動垂楊萬萬條。

始信山中別有春。隔江遙望但氤氳。扁舟棹入花深處。庭有人家住白雲。

長橋南望水連天。柳彩舒青草帶烟。約略遊踪猶可認。楞伽寺畔石湖邊。

隔林催送數聲鐘。蒼徑模糊目已窮。樵罷不愁歸路晚。只因家住此山中。

水楊掩映見漁村。沙淨波明月一痕。不必沿溪更深入。知蓬泊夢已清魂。

○木葉飄空樹欲秋。大風揚動勢紛披。沉沉一角天如墨。知是前林雨注時。

桐陰滿地不生寒。屋角青山露幾尖。正是幽人棲巖後。年風捲綠入簾簷。

○黛色參天勢不開。奇峯矗立勢崔嵬。白雲忽向山腰截。不放飛泉過澗來。

嶙峋峯勢壓江津。萬壑爭流雪濺身。如此關山信奇絕。他年願作遠遊人。

○一望松林翠欲流。迢迢紅寺隱岩幽。蒼茫天半雲歸岫。定有奇峯在上頭。

冷翠浮嵐望不窮。梯空石磴晝雲封。一聲清磬僧歸晚。知隔前

山靈戢重
畫圖咫尺海天寬鼓浪迴波信異觀曾記羅浮峰頂望三更紅
日大如盤
峭壁嶙嶙不可攀別開鳥道設嚴關飛濤直瀉三千丈迥異江
南平遠山
雲水蒼茫萬里秋何人濯足大江流軟紅十丈渾難遁聊作天
涯汗漫游
大江東去水漫漫葭菼搖空浪接天如此風波行不得張帆底
事尚爭先
絕無人跡但蒼煙倒峽爭飛萬斛泉欲把塵心暫洗滌且來石
上伴雲眠
烟波千頃接天寬漁艇如飛下碧湍我亦有心思托釣蕭蕭蘆

荻不勝寒

禾黍連雲一望平農家指日慶西成何人荷笠斜陽外牛背歌
眠弄笛聲

煙霏雲斂樹重重楓葉深紅間淺紅絕似穹窿山頂路携琴彈
下小茅蓬

老屋荒荒自古今偶來澗畔聽鳴琴西風昨夜掀林入黃葉山
前一尺深

寒雲慘淡日西沈歸去茅檐暮色深行向高原回首望萬鴉如
墨點疏林

葉盡寒林眼界開亂山高下白皚皚蘇松賦重民凋敝常願天
公賜瑞來

賞梅

冷盞盤匏次第開，宵深兀自托空杯。鳥起蹋碎梅花影，不向迴廊步月來。

觀棋

攻虛擣隙计多端，當局分明一着難。撩亂殘棋猶可按，莫麦袖手但旁觀。

故人至

十載楊朱泣路岐，帰来不改鬢如絲。即今世事堪流涕，那有閒情訴別離。

友人案頭見惲南田山水小幅，寥寥數筆而情景無窮，因題一绝

黃葉蕭蕭澗欲枯，天寒白屋隱菰蒲。隔溪大有佳山水，但許尋思不可圖。

對書有感

六經以外多奇義。諸史之餘有大觀。檢點手鐵三萬軸。讀書容易著書難。

甲子菊月筱史氏呂鳳讀一過於一片石屋

上徐將軍書

生一介庸愚不能通知當世之故年逾四十碌碌無所成名自分見棄於世長為鄉人以殁世已耳又何敢以淺見謏聞之說上塵於大人君子之前哉然竊思賊匪起釁以來蔓延于東南者已逾十稔小則擄掠財物大則占據城池而吾游民之善良者復甘心從逆逆為窺伺雖經大兵剿殺而賊勢不加衰日者廣德之失陷賊匪先行設鋪于城陸續徙金陵易服潛集臨時指揮應者四起城遂不守又窺我兵寡偏分道四出而抗省重地竟被其蹂躪雖經張帥克復而官民之罹毒者已不勝其慘矣向使于金陵要害之所重兵扼其出路則彼乃釜魚檻獸又何能為而守者不察任其逃竄令賊匪以金陵為巢穴廣德為門戶長興孝豐宣城溧陽乃其必由之路我兵不能聯絡聲勢四面環進而徒

盡疆為守竊恐杭城之禍不日復中于蘇常矣然則處今之時
為今之計莫以為非大用兵不可宜豫令附近鄉村市鎮出入之
口各建堡塞為堅壁清野之計(沿河港口盡築椿壩)城內亦則仿前明許忠節公達
之法各家門口壘(堅)築高牆狭巷僅容一人出入防其乘隙馳突一
面練兵選將固守其要害之地左右遠近多設輕兵而別簡精
鋭分從小路約会于廣德阮集城下嚴帥士卒相机攻擣如智瑩
之伐偪牢不拔不已城外空其一面豫設埋服(伏)以防漏網又四處曉
諭賊匪苟能回心擒殺頭首者論功授職印票為賊首能滅賊自
效者亦如之至於從賊之徒半由迫脅臨戰時或豎大旂于前上
書降者勿殺而大兵所過務使耕作不擾市肆如其違命者罰不
貸賞有功者賞不遺賊兵貴拙速不貴遲巧東坡云未有聚十
餘萬之眾久而不生變者也失今不圖第一吳中水旱迭興饑

僅蔣至謀國者何恃而不恐唯是民所恃去兵兵所急者餉我
於鑑前明加賦之害舍農田而責商賈誠為得計然欲抽釐團
練之外更有誅求生不知何以為底也竊思蘊郡財賦居天下之
半　國家不宜度外置之譬如良田沃產其家所賴以生者也
乃以耕種無資任其荒廢有是理乎生意不若奏請　飭頃務
使有餘從本謀大事者不惜小費成大功者不存小見欲固國本
須寬民力若但為一時權宜之計是取諸民則國以民為本民以
四財為本財竭而民未有不衰匱民衰匱而國未有不敗衰者也自古
衰亂之世為政者不知大體一切以剜肉補瘡為計本之國與民
兩受其禍歷觀史策深堪痛恨　大人任事以來正躬率下絕
無鋪捐宅捐等事而兵食不乏求之古名臣中何可多得生拙
敢效芻蕘之獻然此乃急則治標之說若夫挽回元氣則更有

進焉　所言亦切中時病惜當事者不能用耳　袁翼東注

與潘倜如書

滋拜首啓上倜如先生閣下滋以一介微末不敢自通于大人長者之前故辱在同城而未遂瞻韓之願惟私心竊往而已日者捐丁之事府尊明分大中小三戶等次秩然法本平允而無如奉行之人往往以急功報上為念於是以小戶為中戶中戶為大戶甚且以小戶為大戶者有之矣即如滋並無田房店鋪祇恃硯資數千運用度日此應在小戶之列而圖董不察妄派三丁使在中大之間継因滋未即遵從遂為大戶勒派五丁此固圖董之常無足恠者竊以閣下名門貴族身為局総當此民生艱苦之秋正易於種德倘能告知府尊嚴飭圖董不得高下其手務歸平允其非鰥寡孤獨而實在力不能者概行免捐即宋賢所謂寬一分民

受一分之賜閣下之造福於冥冥中者甚無量也至於游或居一丁或居兩丁但求明示敢不惟命惟大戶則非所宜居其所以不與閻董爭而私請閣下者區區之心以大賢望閣下必能體恤耳冒凟尊嚴死罪死罪

此書似宜登稿外集不當存文集中　弟文僭註

與郎瀛仙書

前承命作菴記未免小題大做有行行之氣誠如蘭翁所云今盡改削呈覽然於游無游三字終無發明若以爲不切題則有韓文公滕王閣記歐陽文忠游鯈亭記在敢援以爲例蘇文忠公句云論畫以形似見與兒童鄰作詩必此詩定知非詩人可互參也至述某僧言謂游未習佛家言何如不作之妙此則足下誤屬之而游誤用之誠兩無可解者計惟有焚棄之而已然歷觀韓歐諸大家爲浮屠氏序記初不述其旨即前明王陽明歸震

所見甚是　潤莊

川　本朝汪苕文方望溪諸先生莫不皆然惟錢牧齋不解此義爲世唾棄曾記昌黎送浮屠文暢師序痛當時贈言者無以聖人之道告之而徒舉浮屠之說爲煩足下非浮屠也猶敢援取其說以爲知己道乎夫學古文者非僅學其文也學其道也道立而文乃可行其中界限甚狹而義例甚嚴豈惟佛說即宋五子講學之語亦不宜雜入司馬氏所謂言不雅馴也此則望溪先生嘗言之足下不以爲然棄之無不可區區曲說豈足爲佛氏重輕哉再足下昨以佛喻外祖以聖人喻吾祖祖之善吾學之外祖之善吾亦學之然則足下姓祖之姓乎抑姓外祖之姓乎能以服外祖之服服祖之服乎亦不達于親疏遠近之理矣要之足下學佛可不學佛亦可學佛而學其跡不學其心則大不可夫登壇普度摩頂受戒自好者不爲而謂足下爲之乎狂言冒瀆死罪死罪

答邱瀛仙書

前蒙賜書洋洋千言捧誦再四僅得其大義首言性次言立志終歸于躬行實踐所以啓其愚者至矣從何幸而得此哉然人之于學也明知其是矣而必待吾說以拒之是謂爭勝君子不爲也明知其非矣而不直吾道以明之是謂匿情君子不安也故敢終者其愚惟足下察焉足下徃以聖人喻祖愚之殊不釋然子曰大哉堯之爲君也惟天爲大惟堯則之是聖人者天也孔子比聖於天足下比聖於祖祖雖尊不得與天並豈孔子之言非歟且足下亦幸而以聖喻祖以佛喻外祖不以佛喻祖以聖喻外祖尚爲知所先後者然既歧祖與外祖矣而欲不分親疏遠近則使祖與外祖同罹患難能置祖之患難於後而急外祖之患難乎祖與外祖同賜衣食能却祖之衣食于外而持外祖之衣食乎即

謂外祖之善同於祖之善吾知善而已設有亡其祖者追求其善而不得一旦見似祖者而奉之爲祖曰吾知善而已愚乎不愚夫親疏遠近皆禮之所從出而禮爲吾性之所固有孟子曰仁義禮智非由外鑠我也我固有之也今來書謂親親之殺原爲禮言與本性光明毫無干涉是顯然與孟子背矣豈孟子之言又非歟且既不分親疏遠近勢必視路人爲父母而父母亦同於路人此墨氏兼愛之邪說曾謂識性者而有是言乎若夫儒釋之性吾嘗譬諸穀種然儒者之性如穀之播于土勤其耕芸護其水旱待至成熟而民賴以生間有苗而不秀秀而不實亡失其初之穀種者而要不廢其播釋氏之性惟恐失其所寶之穀謹謹守護不使播土謂可長存勿失而不知以有用之穀種置之無用雖粒粒堅好終亦必亡而已矣此儒釋之性同而所以養其性則異也且爲古今未

有之人則必創古今未有之教釋氏之虚妄寂滅雖顯異于聖人而其理要不可廢故能於堯舜周孔而外別立一幟以奔走乎愚夫愚婦莫如尊論則直竊我聖人之緒餘耳極其尊崇不過配食兩廡吾恐佛之徒衆無人為佛之經典無人誦佛之塔廟無人營造矣是足下陽為奉佛陰為溷佛名為崇佛實為黜佛恐佛有所不樂受也然此豈足下之心哉蓋足下勇于立志而學不足以副之識不足以衡之故尊聖則叛聖尊性則昧性尊佛則失佛而尊己并不度己何以明其然也請更言之來書謂平日於仁義礼智信不能堅固純粹故于佛前具戒以自警惕夫謂不能堅固純粹則已有諸己明矣我不敢謂足下無得于仁義礼智信也然欲行此五字必先知此五字則試問仁義禮智信從內生乎從外生乎從外生則昧其固有之性從內生則不假佛象以求之昔人有

張父母行樂于床以窒慾者足下之愚毋乃類是本書又謂所作普度不過超拔三塗感格同氣尤為誕罔子路問事鬼神子曰未能事人焉能事鬼夫以子路之賢親得聖人為師尚不許以事鬼足下乃能超拔三塗則賢于子路矣古聖人未有不卑下以成其德者文王望道如未之見孔子自言出則事公卿入則事父兄何有于我夫道乃人倫日用之常公卿父兄皆人之所有事二聖人且不敢居今足下于幽冥荒渺之事而毅然自任果誰見其超拔而誰見其感格乎亦適成為愚夫愚婦而已矣嗟乎人生一誤豈容再誤滋與足下年皆四十五十而不聞道則與草木同腐矣兄才十倍于弟幸益自愛為可傳之人滋則庸劣下賤素不齒于士類性好逸樂恒多過舉宜為足下所棄久矣乃命以直談衷曲勿作時俗兒女態滋何幸而得此哉

然不勉己而勉人不責己而責人恐終見棄而已臨書惶恐

答盛小迂論持本生服制書

聞之古者居喪讀喪禮後不孝痛遭本生母大故昏迷之際妄以爲嘗降服之數而不降服之制遂持服斬衰見者咸謂非禮卽豈下知以爲過謬之訓誨私心不自安乃遍考礼經通典書儀家礼考蓋錄諸書俱無有持本生尊服者家禮考證 大淸律有云生父之斬衰三年不必言若爲人後則當以嗣父之存歿出嗣之早暮爲本生之隆殺嗣父存則服本生杖期心喪三年嗣父歿則仍服本生三年身未離襁褓而爲人後則服本生杖期身旣成立而因道從族公議理當嗣立者則同服三年此皆酌於天理人情之至者也此律文之說也然則今嗣父母已歿後自當仍服本生三年乃爲合義蓋古制之可循不若國典之尤當確守但律文不言斬齊

考諸古制斬衰之下有齊衰三年如禮經父卒為母繼母如母慈母如母母為長子孫為祖母承重庶子為所生母唐律父在為母歸為姑宋開寶禮為養母明集礼女在室為母女嫁反在室為母至孝慈錄除母為長子改服不杖期餘皆從重服斬　本朝因之無齊衰三年之制矣則律文所云三年者當從斬衰無疑也然或又礙於礼經不貳斬之文竊思不貳斬者在古禮則然如子為父斬衰三年而為母期歸為夫斬衰三年而為夫之父母期[illegible]舅姑皆同服斬已非不貳矣設使先為父母三年後承祖命出繼將拘不貳斬之文而不為所後持尊服乎不必可矣則又何嫌乎貳斬也且喪服傳曰何以不貳斬也持重於大宗降其小宗也夫曰持重於大宗降其小宗則同為小宗之不必降可知矣然則喪服總類亦律文也何以降本

有功世道讀之乃可以知其人矣

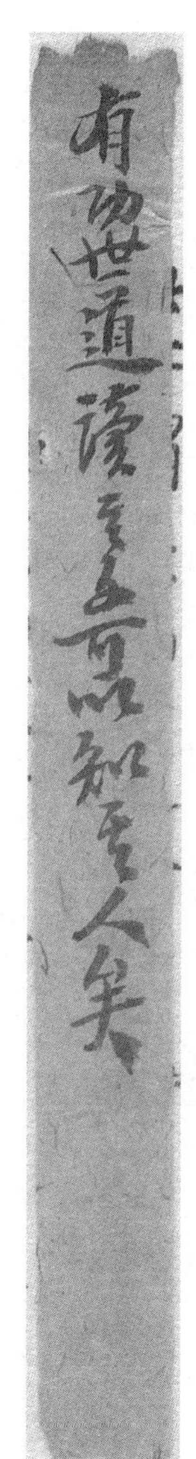

有關世道讀其書可以知其人矣

考諸古制斬衰之下有齊衰三年如礼經父卒為母繼母如母
慈母如母母為長子孫為祖母承重庶子為所生母唐律父在為母
婦為姑宋開寶禮為養母明集礼女在室為母女嫁反在室為
母至孝慈錄除母為長子改服不杖期餘皆從重服斬　本朝因
之無齊衰三年之制矣則律文所云三年者當從斬衰無疑也
然或又礙於礼經不貳斬之文竊思不貳斬者在古禮則然如子
為父斬衰三年而為母期婦為夫斬衰三年而為夫之父母期
此所謂不貳斬也今制子與於父母婦於舅姑皆同服斬已非不貳
矣設使先為父母三年後承祖命出繼將拘不貳斬之文而不為所
後持尊服乎不必可矣則又何嫌乎貳斬也且喪服傳曰何以不
貳斬也持重於大宗降其小宗也夫曰持重於大宗降其小宗則同
為小宗之不必降可知矣然則喪服總類亦律文也何以降本

生於不杖期曰降於不杖期者律設大法所以尊天下之爲人父者而許其仍服三年者禮順人情所以體天下之爲人子者固並行而不悖也又按後周書柳慶傳慶出後第四叔及遭父憂議者不許爲服重慶泣而言曰禮緣人情若於出後之家更有苴斬之服可奪此以從彼今四叔薨背已久情事不追豈容奪禮乖違天性時論不能抑遂以苫凷終喪此與今律意正合然則古人亦有行之者矣至於夫爲人後其妻爲夫本生父母降服大功歷代因之至今不改惟俞汝言曰禮婦爲舅姑齊衰不杖期夫爲人後降服大功今既服舅姑三年自應從夫改不杖期信如俞言亦但當如孫之服祖父母出嫁女之服本宗父母可也而今乃有從夫持重服一年者此禮律所不載也從不敢出也愚昧之見是否有當其有謬誤伏希駁示不宣

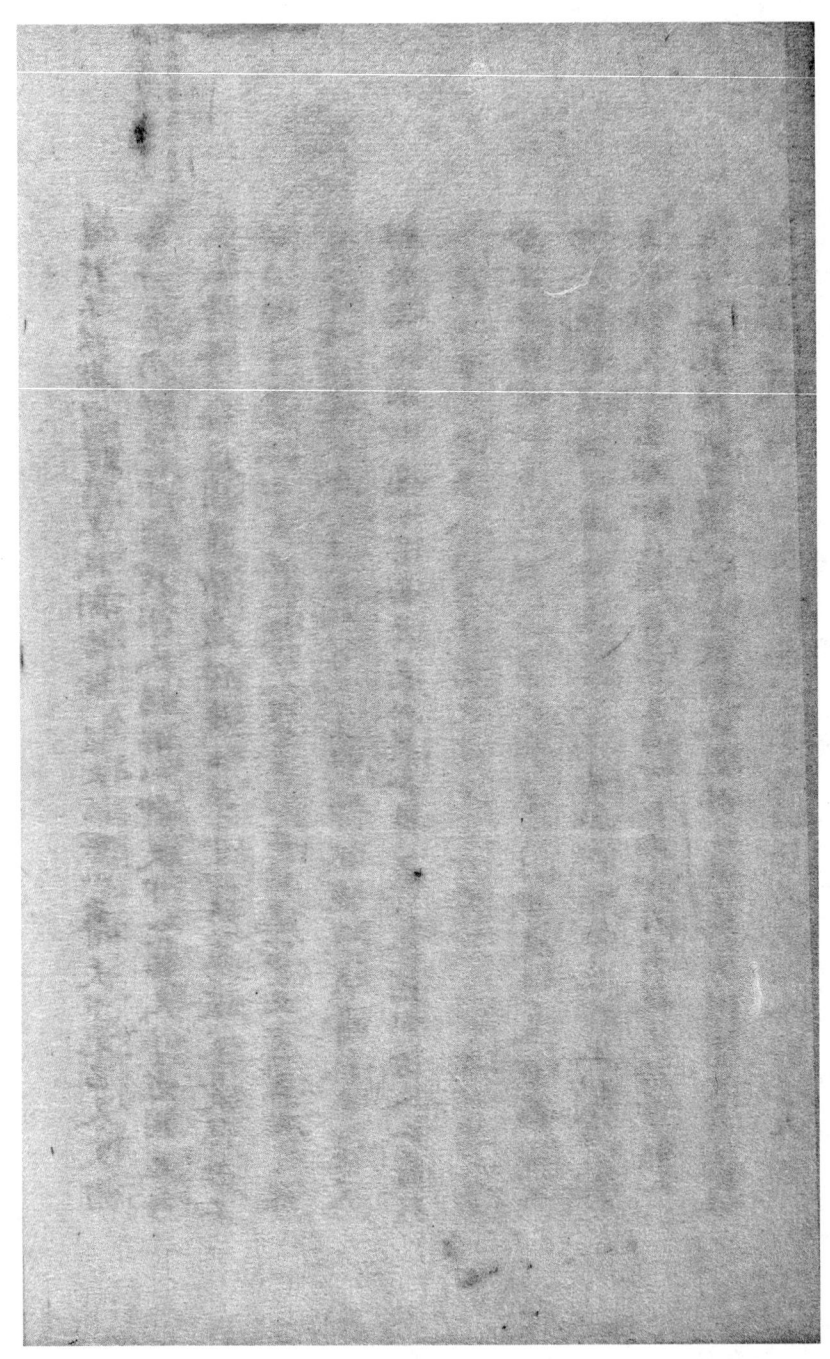

此篇議論明通尤當想見深于古文 潮注

○國朝八家文鈔序

余往謁顧子酔經與之論 本朝古文顧子盛稱竹垞朱氏望溪方氏謂二家之文矜嚴不苟義法兼備余心是其言而猶以爲未盡也課誦之暇博稽當代之文而又得六家焉六家中雪苑如天馬行空瞬息變滅其文超勺庭如韓信建大將旗鼓敷衍出井陘當者辟易其文雄堯峯如君子佩玉冠冕周旋揖讓而動皆中禮其文醇湛園青門舂容雅馴有一唱三歎之音至若遂闢齊翮道人所未嘗道則於隨園有取焉余既錄其尤者合爲一集矣因思古文者不過言其所欲言非有不傳之秘宜若人人可爲者顧自有載籍以來載文名者如牛毛而爲世所誦述者寥寥焉豈義法之不講言語之未工乎蓋用功不深其辭不達析理不精其言無物醞釀不厚其氣不雄三者備矣尤必其作者之精神氣魄有

以橫溢於世而世自不可磨滅今所傳漢唐以來諸大家文舉不外是宜其曠世而不數數覯焉數子者雖出處不同性情各異然莫不稟曠代之才具兼人之勇挾特立獨行之操懷遯世無悶之心大本既立由是發之為文不必盡同古人而要能高出乎世數子足以傳矣余雖固陋不足與知斯事然苟因是而益求乎道則進可倫當世之用退而不失為有身寡過之助蓋不徒以其文辭之工而已八家專集浩繁余所錄止此去取失當知所不免故久藏笥篋不敢出以示人恐來譏譏者之口而又惜頑子已死不能使之一審定也

○市隱書屋藏書目錄序

余生七八歲不知書業師授以四子五經每不能舉其義稍長就塾於伯父家家有樓藏書數百卷遇先生假館歸輒啓鑰取觀久之益有所得歲戊戌遊寓粵省得聽芥子園主人園故多遺

書遂出其所藏善本若干種以五十金購之如獲至寶歸而陸續出其餘資凡得於守藏之家者十之三得於商〔書〕賈市肆之中者十之七遂儼然盈架矣昔王元美曰世有勤於聚而倦於讀者雖所聚窮天下書猶無聚也世有勤於讀而倦於辭者雖所讀窮天下書猶無讀也　本朝汪鈍翁先生曰藏之之難不若守之之難守之之難不若讀之之難尤不若躬踐而心得之之難然則書豈易言藏哉近世尚舉子業凡書之無涉於科第者率置不問雖世家舊族知僅僅束之高閣供蠹魚之剝食不復珍惜以余所見曝書亭及絳雲傳是兩樓書目皆不下十餘萬卷乃百數十年來求其斷簡殘編渺不可得蓋已不知散落何人之手然則責其善守不綦戚歟況余一窶人子日奔走市井中求什一之利尚不克勝任顧獨勞其心於無用之物不更戚之甚歟雖然人須自立何如

是爲知言

昔朱子有云爲學之道莫先於窮理窮理之要必在於讀書況觀其政治可以鏡古今之得失察其議論可以驗人才之賢否覽其盛衰真僞之理又恍然於富貴之不足恃貧賤之不足羞勵吾身經世何一不具夫豈區區供耳目之玩而僞恥鄙之媒也哉惟是余質性篤下半生精力既消磨於嬉戲之中今雖藏有是書嘗粗覽其大略若欲考其得失指其異同則茫乎其無津涯去日苦多來日苦少懼脩名之不立感吾生之有涯則又對之而悽然以思愴然以悲也

○九峯草堂圖序

九峯草堂者允子自名其讀書之所也允子嘗登羅浮之巔見羣峯之在天際有若蹲者舞者躍者喜而愛者慫相逐者特立而無偶者離奇變幻不可名狀歸而屬形於夢數之有九蓋百

夢而不失其一遂以名堂并乞名手爲々圖庶幾有以自樂而償其山水之志焉或笑之曰子之窮於世久矣家居無半畝々田一椽之屋枯槁憔悴雖欲避世長往浩然於窮寞無人之地而計無所出今觀是圖有室廬以安其身有林木泉石以娱其心志而其間浦樹沙禽風檣魚網之明滅而掩映者皆近在几席之下徜徉不返計誠得矣顧安所取資乎若明知其不可得而姑托諸圖以寄其無聊々思毋乃惑歟亢子曰不然夫天下實者易変虚者不変實者有盡虚者無盡獨不見昔之豪有力者乎列鼎而食駕車而行宮室田園貨財々計無微不至未幾而時移勢去倏歸烏有昭悟向之所信爲己物者蓋妄也而愚者猶欲竭志〔智〕力以求之是誠惑矣若所營者僅在一邱一壑木石々與處樵夫牧豎之與游似宜爲造物者所許而知且不可必則士之窮誠有足慨者

然君子不以富貴而驕志不以貧賤而貶節知凡物之無與於己興吾身之本不自有則何容心焉故必欲實有是堂耶則試矚覧古今何者可歷久而不變將不必實有是堂耶則盈天地間吾皆得資之以爲吾用而不虞其盡此九峯草堂圖之所由作也由是不假營構而獲宮廬之美不煩跋涉而占林木泉石之勝未嘗離居寢處而日與九峯相照對計無便於此者是吾之樂已極志已得而還問其堂之有無耶或乃無言而退遂書之以爲九峯草堂圖序

醉易文鈔序

古文之道待人而始傳楊子雲當世而遇侯芭昌黎卒二百數十年而得歐陽公始顯於世故文之工者雖顯晦有時而終不能使之不傳前明歸震川先生一代作者而或惜其僻處東南無大手筆足以追

配古人與則因乎所遇而非人之能爲也然其文傳誦至今吾郡頤先生醉經讀書守道君子也嘗得其所爲醉易文稿僅可四卷讀之穆然而古淵然而靜雖不知視震川何如而要之陶洗潔淨理明而辭達確乎步韓歐之後塵者無疑也使其獲遇于時一吐其胸中之奇則所造就當不止是而惜乎窮老以死當世又無有傳其文者其遇也蓋不獲如震川而光其鄉然先生不以貧賤自貶頹垣敗几處之泰然其守道之篤立志之堅俱可不愧古人宜其文之高出於世也余從其嗣子所鈔錄若干篇而謹以原稿歸之以待後之侯芭歐陽公者出而先生庶幾傳世云

得無得菴序

邱子瀛仙儒而佛者也嘗自號心出家僧而名其居曰得無得菴屬余序之余未習佛家言其何足以知之無已姑與之論儒佛之

所以盛衰可乎在昔三代盛時儒之為世用者莫不以詩書六藝為學礼樂刑政為教修齊治平為術故其出而功高天下而退然如不勝名祿後世而粥乎義莫能其家也遯世不見知而不悔雖有外慕矣自而入造乎後世舉先王化民善俗之方脩己治人之術一切不講申商之說真而仁義蕩然于天下大盜乘之篡弒接踵殺戮盈野蓋自魏晉至于五季無罪而死者不知其幾千萬人矣生民之苦於是為極而佛氏於是時始以慈悲之教善惡感應之說誘而覺之而窮凶極暴之徒當其志衰而氣餒未始不悔悔未始不懼聞佛氏之說而悚然聽命者有矣故其教特盛於是時譬如烏喙堇附不可以常服而以治奇疾險症有時與參朮同功佛之所以久存而不廢者其不以此歟世之人被服詩書高自期許每以佛為不足道及出而用世往往以心術殺人郎子雖未以功名顯而近且謀

仕度不肯終趨於佛者夫天下事言之甚易而為之甚難荀無其本徒竊先王之近似以措之斯世其不為申商所笑者幾希反不如佛之說自治其身心而有補于世也然則邱子亦深造之而已孟子曰苟為不熟不如荑稗荀子曰藝之至者不兩能儒之聖釋之佛同一積累所至吾願邱子專務焉而獨造其極毋泛涉焉而兩失其歸也若欲援儒入佛則吾豈敢是為序

國朝絕句偶錄序

元詩近纖明詩近偽求其戛戛獨造者其　本朝詩家乎蓋自國初以至於今文人林立其間雄渾如西河情雅如竹垞典切如愚山沖淡如青門口他如秋谷之　歸愚之樸實其年荔裳漢槎之穠艷隨園甌北之清警先推作者而梅村漁洋又以沉博絕麗之才獨標正軌和者繼之雖不知視唐何如而要之各有性情面目流

行其間隨舉一聯皆可模索誠堪上躋元明而遠接唐宋洵乎詩義之隆也余家貧書少不能多見古人詩集間得佳句輒又愛不忍舍而於七絶爲尤甚蓋古風可以力勝五七律可以才勝惟絶句則必語近情遙含蓄不露爲妙縱有才力無所用之集中所録往往即山人女子矢口而成有妙絶一時者正不專屬諸大家名家也閒居無事隨鈔隨讀積至若干首用以備吟詠而消歲月亦猶賢乎博弈而已

市隱初稿序

余懶廢不學於古人中無能爲役而性又疎拙不習酬應杜門息影專得一意吟詠久之遂辱春榆母舅見知以爲可存而晉和亦又謬加推許謂迥異於世之言詩者私心竊喜宜復就正於韋先生君緒先生曰子集中五言取徑俱高氣亦凌厲無前槃槃大才

苑以學力何患不成名家七律俱落宋人家數未免占實相絕句佳者寡以其出之太易故也先生爲吾吳作者其言當不謬顧余素無師承偶有所作不過言所欲言初不自知其爲唐爲宋而先生頗能區別其體直指其失惜余不及請益而先生遽已下世矣嗟乎詩文小技壯夫不爲今吾年逾四十而學業不加進功名無所表見徒使半生精力消磨於風雲月露羈愁感歎之中日月幾何而老將至矣爲可悲也暇日因合前後所作重加汰存錄爲一帙名曰市隱初稿非敢出而問世蓋將以誌吾愧而并欲更求專門名家匡其不逮焉

○送狒山人移居序

狒子將移家入山求亢子爲序亢子曰何序也狒子曰持子言將以止里之人之笑余者亢子曰甚矣狒子之懦也夫士各有志志

之所在王侯有不能屈鬼神有不能惑刀鋸斧鉞有不能脅雖極
天下可喜可怖之事曾不能擾其毅然之志而况區區世俗之微乎夫
韓子生長華腴聲氣甲鄉里有田園之樂有衣食供奉之美從
容偃仰以嬉以遊至足樂也顧皆棄而不取獨挈其室布衣疏食屏
跡窮山中推其中必浩然泊然有自得之樂夫然後可以一生死齊
得喪不以身世易其志此山林遯世之士所為豈可與販夫庸徒同
日語哉宜乎其招世俗之笑也然吾歷觀史策見隱逸者流率皆
遺世絕俗有大異於人至今覽其姓氏猶慨然想見其志韓子嗜學
好古或欲友其人於千載耳人患不自立不患不合于流俗患貽笑
於古之聖人賢人不患貽笑于今之庸人也韓子勉之哉韓子不學
古之人而畏今之人哉雖然韓子亦謹秘之耳持此言歸以告之
彼里之人必且以為喪心病狂將嘆韓子者轉而笑亢子也

游無游菴記

余昔獲交於郎子瀛仙無間日不見郎子狀貌魁偉揖讓應對皆有度侍父師恂循々謹飭儼然儒者也每驚歎爲不可及未幾余有廣東之役閱三歲而歸則聞郎子喜習六博間爲俠邪遊又好以議論勝人惜余拙訥不能與之往復辯難也然自是歲率一二見後數年復聞其謝絕一切獨與佛之徒遊嘗效學其衣冠登壇普度群鬼啾々繞其座余聞而未之信間叩其居凝塵滿榻蕭然寒素雖好議論如故而以余之無所知亦不能發君之高論也惟扣與談藝而已一日過余曰吾少未學聞張張無所適從及閱佛氏說然後知向之可悔者多矣遂稍々收攝其心操而守之蓋若干年于茲矣近自號心出家僧而以游無游名我庵願子記之余乃大驚世之人被服詩書恣情徑行

垂老而不知误者何限邱子獨能痛自砥礪而猶謂未習於学其誰信之余与邱子少同學長同遊頗落落無所成邱子不鄙棄之而以記屬惜余未習佛家言不能道邱子之所得竊謂人之學向月異而歲不同少之所得壯而覺其非壯之所得安知老而不以爲非耶姑畧述三十年來相与往還之跡以爲是庵記而佛之徒誘人于善亦有足感云

無是園記

靈巖（鄧尉）之西穹窿之東（際）有廢地焉方廣數里（畝）環以長垣入其中左右峯巒映帶林木蒼秀苔蘚沿石上作青红色遠望洞庭諸山罔不畢露問之土人則故某氏園也遺址尚有存者余頗而樂之而又惜其蕪穢不治也乃以白金若干兩購之始命匠氏循山之右隨其高下為堂為亭為臺榭為橋梁為池館（長廊）曲室凡二

十餘處極其本之勝由左壁石磴迤邐漸高別為藏書閣中貯
兩晴經史子集凡五萬餘卷圍以長廊可眺可憩循廊而上百
餘步有露臺登臺一覽而太湖之飄渺吳山之蒼翠烟雲之出
沒變幻無不收之襟袖間如置身圖畫有亭枕其東額曰卧遊
亭之前稍下舊有石梁梁下澗水冷冷清可鑑毛髮於僑月夜
嘗有蓮花浮出云梁之左有洞深黑不可窮投以石大聲澎湃
久之始滅時時聞猿嘯聲因名之曰藏猿洞由洞而下大池環
其前沿池徧植桃柳春風披拂諸山掩映如錦繡補下有大石
千尺藥爐丹竈在焉蓋主人鍊丹處此園中之大概也噫方吾
之來有是園也頹垣斷礎零落於荒烟蔓草之中其園離離
雜處而麋鹿所群遊者何遊而遍閱哉今誰為吾所有然天
下盛衰興廢相循於無窮異日千百年後於是園而吾必欲援為

已有感已且吾聞之人能重地地不能重人故遠而石湖之墅玉山之堂近而秀野紅豆諸園雖已湮沉剝滅而其名猶昭昭在人耳目豈非以其人哉然則雖亡而有不亡者在而園之區者區固不足論也

○夜遊元墓記

辛丑之春余以事至穹窿寓留仙居鍊師芥舟頗好客晴明之日每招与登巉岩窮深谷真之所至悠然忘返如是幾匝月方擬歸舍而吾友韓君偕二三子忽為元墓之遊元墓者去穹窿十餘里居人以種梅為生蓋西山幽僻處云余亦欣然欲往時已下午炊野四浮西望米堆紫莊諸嶺蒼然欲暮芥舟謂余曰夕陽逝矣姑俟明日可乎余曰踏月探梅勝景也亦韻事也且乘興而往興盡而返何必問晝夜乎遂与芥舟攜竹杖從小童

野當作烟

由山後沿麓而行數里許至少憩石上久之西行至　御書
亭亭方廣丈許在土山半周遭皆植梅間以桑柘登亭四望則
丹崖翠壁環列如屏由亭而下十餘里至西嶺居人數十家環
湖而居蓋梅花最深處也时正二鼓殘雪初霽明月未落萬籟
寂寥而暗香拂拂從風吹來扛与賞玩久之並湖行里許則石
壁聳特林際循級而升不數武太湖起於足下明月吞吐與波
上下照耀如一色恍置身廣寒宮中忽有笑聲自山半起者則
紼君偕廿二三子攜酒肴至也余素不飲至此連舉數卮不醉
壁後故有茅菴菴僧閔笑語聲啟戶出視見客遂延而去吾嘗
思山水之樂不限貧富而好之者蓋寡又思昔日足跡所至亦
嘗泛錢塘上釣臺登滕王之閣過大庾之嶺跨海而至羅浮其
地与景歷歷在目而今皆不可再得繼又思年壽有时盡而勝

境當前轉眼復忽失去意忽忽不樂若舟曰子休矣何其多思之甚也

○書方正學先生遜志齋集後

先生之文博大而雄深精滋而純粹合文與道為一由韓歐而入孟子之室者也世有識者嘗不以余言為謬矣然使其安常處順而不遇靖難之事則或疑其志之奪生而言未必能赴而行也迨其叱至尊如奴隸擭鼎鑊如甘寢而先生之志行副矣孟子曰我善養吾浩然之氣又曰此之謂大丈夫微先生其誰与歸然或者謂先生當建文時言雖計從是宜不動聲色消患於未萌何以靖難師起一籌莫展而反取不急之務條陳而更張之以是為先生病吾以為不然左氏曰天將興之誰能廢之文皇應運而興天有以默相之者先生雖全德完人耳其能違天乎且以先生之大節卓卓如是而當時修實錄者不難誣其叩頭乞憐則其深謀碩畫之削而不錄也豈待問哉獨是文皇之

厄先生可謂至矣既沒其實又誣其節終并其隻字而禁之宜其湮朽於世矣而豈知易代以後其文章議論昭然如日月之光明其忠義節烈赫然如雷霆之震耀以是知文之至者天不能蔽而人果自立雖以萬乘之尊不能屈一匹夫讀先生文益可以釋然而無憾矣

書賣番生還記後

嗚呼外夷以鴉片一物盜我中國紋銀歲不下數千萬兩初謂其意在圖利而栽種其物諒藉土之所宜非有詭秘之術故雖毒流中國未深絕也豈意其歷年以來誘買內地人民入彼國中瀝血磔肉剜心剉骨種種慘毒以培益其土而供其鴉片之作用蓋不知幾千萬人死於非命矣而中國竟無一人知者幸蒙上天憐憫假手於閩人謝再生俾其脫身歸里發露其奸於世

而我始知外夷之毒虐當勿再被其誘哄矣惟是外夷之言曰欲印度人不栽波畢殊非中國人不食鴉片令其奸雅霧保無另生詭計或恃強刦掠或作法拐騙近聞夷人身佩迷藥無論何人偶被觸染便昏然隨去上海一帶被拐者又復多人此固天理所不容王法所不赦而推原其故皆由於供我之吸食則凡我吸食之輩誰無人心其初悞於不知今一旦曉然於鴉片之爲物皆瀝人之血礫人之肉剜人之心剉人之骨而爲之有不惻然動念而毅然痛絕者非人也諺曰兔死狐悲物傷其類夫以禽獸尚知顧惜其類豈有人而不如者吾願普天之下茍（吸食之輩群相）（告誡）悞食於前務宜痛戒誓絕其癮俾外夷無所獲售則其禍不枚自絕豈特保我內地無萬數之性命（而紋銀之出洋亦可因是而少減）而且省我中國無萬數之金錢其爲益亦不大歟傳曰人之欲善誰不如我吾知其必有

坐矣

書方望溪先生甲辰示道希兄弟後

自世道衰而保姆之教不設閨门之內漸以多故自非詩礼之家姑婦勃谿妯娌相詬誶者十室而四五矣況能責其致孝於夫之父母乎方氏之言豈非為婦者之藥石哉然余以為婦道之不修此其婦一人之罪而咎之者非有纖毫之不可恕也惟為之婦者柔順貞正不幸而遇悪姑容色之所不能承礼法之所不能格淩虐逼辱無所不至以余耳目所覩記不可一二數甚者以醜辭誣語相加致不得其死如吾妹之所遭不尤可痛恨哉方妹之受聘於戴也吾母商之於余余不能審思而漫應曰可然則妹之死余固不能無咎焉自惟力弱不能深究其事而論者又以尊卑分定往往置其事於不問不知在一室則為子

婦而在天地則同為蒼生在 聖朝則同為赤子我國家深仁厚澤被及草木而惡姑者乃敢戕賊天地所生育 聖朝所長養之人而又罪不及於其身嗚呼此佛氏地獄之説所以歷千百年而卒無以廢歟吾故因方氏之説推之以告世之為人姑者焉且以警夫凶悍無禮如戴媪其人者戊午四月亢樹澂誌

◯書盧忠肅公燬王双印記後

自古莫不以得人而興失人而亡故為之君者苟能親君子遠小人即端拱無為而天下治安親小人遠君子雖憂勤惕[厲]慮日昃不遑而無救於亂亡如明莊烈帝是已夫帝承逆閹之後忠良斲喪固不免有人亡殄瘁之勢然如孫高陽孫雁門袁東莞盧忠肅諸公或守封疆或拒流寇猶[俱]可責其成功頗乃信任不專誅斥頻加即有始終任用如忠肅公者亦必縶其手足俾不

不得展布尺寸而廟堂枋事者（諸臣則）周延儒溫體仁楊嗣昌二三娼疾之臣（輩）此雖理平之世不能不生厲階而況潰敗喪亂之際乎此忠肅之所以致歎於譖人也歟然所樂為譖人者不過持祿耽寵便文自營未有不明於利害者當是時流賊勢既大熾而朝廷又時時以邊事為急萬目憂心計無所出幸有忠肅公者出而任天下之重而其雄才大畧又為中外所共知秉國者宜何如愛惜成全之以倫緩急之恃顧以私意阻撓必使之身敗名裂而後快而嗣昌他日卒亦不免則何如留之以分任天下之重而已亦獲保功名以終之為得乎映江錢先生博學好古之士也曾得兩燬玉印二枚細加考訂知為明督師義興盧公象昇故物作記示余乞書數語嗚呼忠肅往矣而淑物之流傳人間者雖剝蝕於兵火棄擲於市肆尚有人表而出之如此彼

中傷之者今皆安在然則人亦何樂為小人而不為君子哉

○書毛西河辨定大禮議後

嘉靖大禮之議主楊廷和者十之七主張璁者十之三卒無定議及讀毛西河先生辨定大礼議不禁躍然而起曰道在是矣蓋嘉靖初意不過欲不沒其父母之名稱帝稱后別立廟京師揆之天理人情無不為過者惜乎廷和輩不學不能將順其美而徒襲宋儒無稽之說褻慢至尊其遭斥辱也宜哉張璁雖人不足取然其言曰興獻往矣稱之為皇考父幽寘之中臣固有不

西河文集。最佳即其与朱子注不合處皆理足辭明乃紀文達四庫書目詆之甚執言其攻擊同之甚何也

引經援古歷斥廷和之誣妄斟酌至當使世宗凜之知礼之不可踰越如此則其後豐坊嚴嵩之邪說或無自而入矣嗚呼廷

西河文集最佳即考之朱子注不合處皆理足辭明乃紀文達四庫書目

詆之甚秋之楚戰國之秦何也

中傷公者今皆安在然則人亦何樂爲小人而不爲君子哉

○書毛西河辨定大禮議後

嘉靖大禮之議主楊廷和者十之七主張璁者十之三卒無定議及讀毛西河先生辨定大禮議不禁躍然而起曰道在是矣蓋嘉靖初意不過欲不沒其父母之名稱帝稱后別立廟京師揆之天理人情無不爲過當惜乎廷和輩不學不能將順其美而徒襲宋儒無稽之説褻慢至尊其遭斥辱也宜哉張璁雖人不足取然其言曰興獻往矣稱之爲皇叔父幽冥之中臣固有不得而知者今迎養聖母以母之親也稱皇叔母則當以君臣禮見恐子無臣母之義嗚呼斯言也聖人復起無以易也使其能引經據古歷斥廷和之誣妄斟酌至當使世宗凜凜知禮之不可踰越如此則其後豐坊嚴嵩之邪説或無自而入矣嗚呼廷

和華既激然於前張聰孚文因循於後卒之入廟稱宗爲萬世羞嗚呼讀書不多終不可以爲宰相也歟（學古入官議事以制而惜乎二公之不知此也）

○題杏艇碩翁遺象

杏艇碩翁既沒之名〔明〕年其孤一山命工摹其遺象朝夕奉事之既有日矣復命余題其端余不文其何能言雖然吾見今之爲父兄者矣憑藉富貴脩高之不講惟以鄙志陋識說自私自利之學術勸導其子弟子弟習於聞見因而踰閑蕩檢敗壞其家聲者不少矣安坐其生事死葬之奉禮哉翁之生也名不挂朝籍產不逾中人而家庭之間怡然自得吾意必有嘉言善行書之可爲里黨勸者而一山顧未之言何也一山年方壯即杜门簡出一以孝養其親爲務至性有過人者宜其沒而思思而不得已托諸圖象以攄其羹牆之慕也記云事死如事生事亡如事

存一山喬喬焉然要非翁之身化不致此余故承命而題其端以
告顧氏世世萬子孫庶幾有所效法而益勸於孝云

士論

天下之壞壞於民風者半壞於士習者亦半民風士習有天下者不可不急爲講究也然民風之壞在上者苟加意督率以身化導不數年間可循至於治至於士習之壞則非一朝一夕之故雖有賢君察相極力振作卒歸于勢之無如何三代之際禮教昌明人知自重士生其間莫不循循謹飭從事於詩書礼樂以備當世之用其有不帥教者則屏之遠方終身不齒故其時風俗忠厚賢材衆多及乎戰國學校廢而遊説興井田改而士無恒產於是孟嘗春申之屬趨而以養士名天下而士歸之如流水所習者機械所爭者功利所尚者財賄遂至邪説橫議交亂四國甚者以一人之喜怒片語之從違而動連天下之兵以逞其忿雖日積月累相引成風此孟子所謂無父無君流入於

禽獸者也是豈敎化所能維繫法制權術所得朝令而夕改者乎而於是秦始皇出激以爲焚坑之禍議者動以坑儒爲始皇罪而不知彼所坑者固亂道之儒蓋有所不得已也且天下之被其禍已非一朝夕之故天殆假手於始皇而使之芟夷蕩滅之也漢眞高帝任用三傑文景崇尚黃老士風不振及武帝親策董仲舒下詔表章六經而士稍稍向用其初尚能引文飾義以求赴上之意然班氏已謂利祿之道使然迨王莽攝政而稱功頌德者太學生至四十二萬人其效亦可覩矣光武中興尊賢使能吏治蒸蒸而士習亦翕然丕變及其末也習而爲用黨激而爲放言高論其勢不及於禍不止魏晉以來清談亂政蓋無是論降及元明所養非所用所用非所習於是庸下者則甘爲無恥之事以肥身家而雄駿者則又恃其桀悍之氣排斥異

類引援同党怙勢作威無所不至甚至以庠序而挙黜大臣以草野而横攬朝政當其積重而難返雖以天子之威有不能令行禁止於其下而國事遂不可為如明之末造是已然則國家日以養士為心而非但不能得其效且從而受其害則又何樂乎取百姓之正供而養此数百萬似士非士之人乎嗚呼不責其實而徒循乎名此士習之所以不能變也亦惟以三代之教教之而已然近世人心澆漓風俗刁薄欲以三代忠厚之法治之勢有所不及無已則請挙前明張江陵之功令而講究之以庠序之地而行軍旅之政以育才之事而開奬善之典甯遺無濫甯刻核無縱寬然必任事如江陵者起而與之抗則庶乎其有濟否則令未施而謗已叢吾見其束手而退耳呂叔簡曰変民風易変士風難豈不信哉有天下者不可不加之慮也

張居正論

大臣之罪莫大於無過且逐於無過則必庸懦避事使天下後世刺之無可刺毀之無可毀而不知衰亂之禍已陰中於國家而不可救止以吾觀有明三百年宰相若江陵張公者庶幾大臣之有過者乎今夫醫者之治病也必治其受病之處當嘉隆以來士大夫因循成俗置國事於不理執政者率以圓容寬厚（隱忍）餂下人為得計而二三臺諫輩又習見夫執政之無所短長遂恃其直言敢諫之風互相用此以聳動後進而刼持君相蓋執政之不能以有為也久矣江陵者明一精明剛果人也剛則難犯果則堅於自用（欲）夫指之（為）專權妄上剛愎自用夫（連章攻訐者特不便其私）〔因而急引去之耳初何嘗有國而忘家之意哉〕陵所樂受而不辭者也江陵大臣也亦臣之道以安社稷為悅者也嘗（江陵秉政時）有主少國疑上下未孚夷敵窺伺江陵以一身係（天下安危係焉）

江陵

下之重任稍顧身家依違其間如王錫爵申時行輩未必不得美譽而無咎明社之墟不待張獻忠李自成而已早破壞於二三庸宰相之手矣嗚呼才臣之當國也其力足以有為而禍常至於殺身庸臣之當國也因循息玩名為扶安無事而不知能潛潰其國家當漢之際真申屠嘉周亞夫輩獨扶於上嚴厲奮發天下以安及其末也張禹孔光之徒日夜修飾經術崇尚虛文而卒致王莽之禍江陵以嚴刻之姿得位專政誠有如議者云云而要之不避嫌怨不計功罪惓惓以國計民生為念雖古賢相無以加也論者曰江陵奪情視政忘親貪位其可恕乎曰此尤不足以知江陵也夫江陵大臣也大臣之道以安社稷為悦者也但願其有治世之大功不顧其有區區之小節彼連章攻許者特求便其私圖而無德其主耳初何嘗有國而家之意哉

且吾歷覽全史見朝廷之終於破壞大率宰相非其人故也明自三楊而後僅有一江陵佐天子厲精圖治而卒之紀綱振風俗修四方賓服數十年太平之盛實基於此一旦身沒禍作且不免後世之口舌此固有國者之不幸於江陵乎何有嗚呼三代以下無定評久矣吾所惜者恐天下後世或有處江陵之位值江陵之時與勢相率以江陵為戒而潛潰其國家者非細也可不慮哉

論成而或有難者曰江陵既專權矣罔上矣剛愎自用矣奪情親政矣而子獨私之何哉曰不然江陵罪在一身功在天下不以罪掩功也吾何私之有曰然則江陵可法乎曰處江陵之時則可不處江陵之時則不可也且江陵之時不專權不罔上不剛愎自用必不能以有為也雖謂江陵無罪也可吾

何私（河）之有

論范文子外甯必有內憂

從來立大功者必有大德以當之，寡德而逞功殘也，殘必亡。春秋晉師與楚人遇於鄢陵，范文子獨不欲戰，曰：是非聖人，外甯必有內憂。其後克楚而晉卒以亂。論者謂文子深識，足爲千古立國之道，余甚疑焉。夫寇至而不戰，懦也；臨事而不一貫，議惑也。懦則何以立國？惑則何以示衆？不諫於先而阻於後，何以取信於君？然則文子之言非乎？曰：文子之言，以晉君罷小德薄，不足以當之也。罷小則易盈，德薄則易離，盈與離并，不亡何待？古語云：無基而厚墉，雖高必顛。此正晉君之謂也。不然，彼蜀之滅於魏，宋之亡於元，干戈殺伐，擾攘不休，外可謂不甯矣，而卒不免於滅亡者，何哉？今曰內憂不發之亡，而猶愈乎？蓋文子之言

為當時計則可為後世法則不可世之遵其言為千古不易者不特不知天下之計并不知文子之心

李氏梅花說

李子閬園今之素豐〔封〕家也性愛梅環列數十盆大都無枝不曲無本不斜皆剪裁束縛〔而爲之〕巧奪天工爲畫家所不及亢子見而歎然曰嗟乎抑何梅之不幸也今夫物之托命於人也栽培灌溉一任夫人之自爲而物不能言也然苟將其性〔性〕則雖棄置拋擲而莫不可以生長惟有人焉爲之生奇制勝以自異於尋常之所爲則鮮不失物之性而賊其命者也夫西施王嬙天下之至美者也然使爲西施王嬙者一旦桎梏其手足而刻劃其肌膚則彼不能以一朝安〔忍〕而何有於美耶其人反調調然誇於人曰此美人也此美人之所以迥異於人也人有不笑其喪心病狂者哉彼李氏之梅何獨不然將以凡爲梅者數見不鮮乎抑以非此不足爲美觀乎然天下之至美者在天有風雲月露在地有

禽魚木石在人有眼耳口鼻使人而耳目易位地生白毛天雨（血）穀則固歷數世而不一見者而詩謂〻美觀乎昔宋哲宗戲折柳枝伊川以爲不可無故摧折有傷天和東坡曰君子可以寓（此固非李子所知然）意於物而不可留意於物寓意於物雖微物足以爲樂雖尤物不足以爲病留意於物雖微物足以爲病雖尤物不足以爲樂彼李子者果於梅有癖好則出其心意偶一爲〻可耳若積久不倦愈出而愈奇則無識之輩效尤者必衆從與矯柔造作物之得全其天者難矣是不幾近於物妖也歟嗚呼可不戒哉

蚊說

己亥之夏余移榻於容膝軒中頗覺涼爽不數夕有蚊自帳隙入者驅之不去明夜復然余甚苦〻而無如何乃鉤其帳使起果大集蚉〻然若雷〻起於枕上也任之至曉則腹膨亨矣不

能動者氣之歷數將九十有五噫計一室之蚊不下千百焉彼入吾帳而飽其欲者其始固自以爲得計也然卒以此喪其身至死不悟嗚呼夫蚊無知者也今夫有知者可以警矣

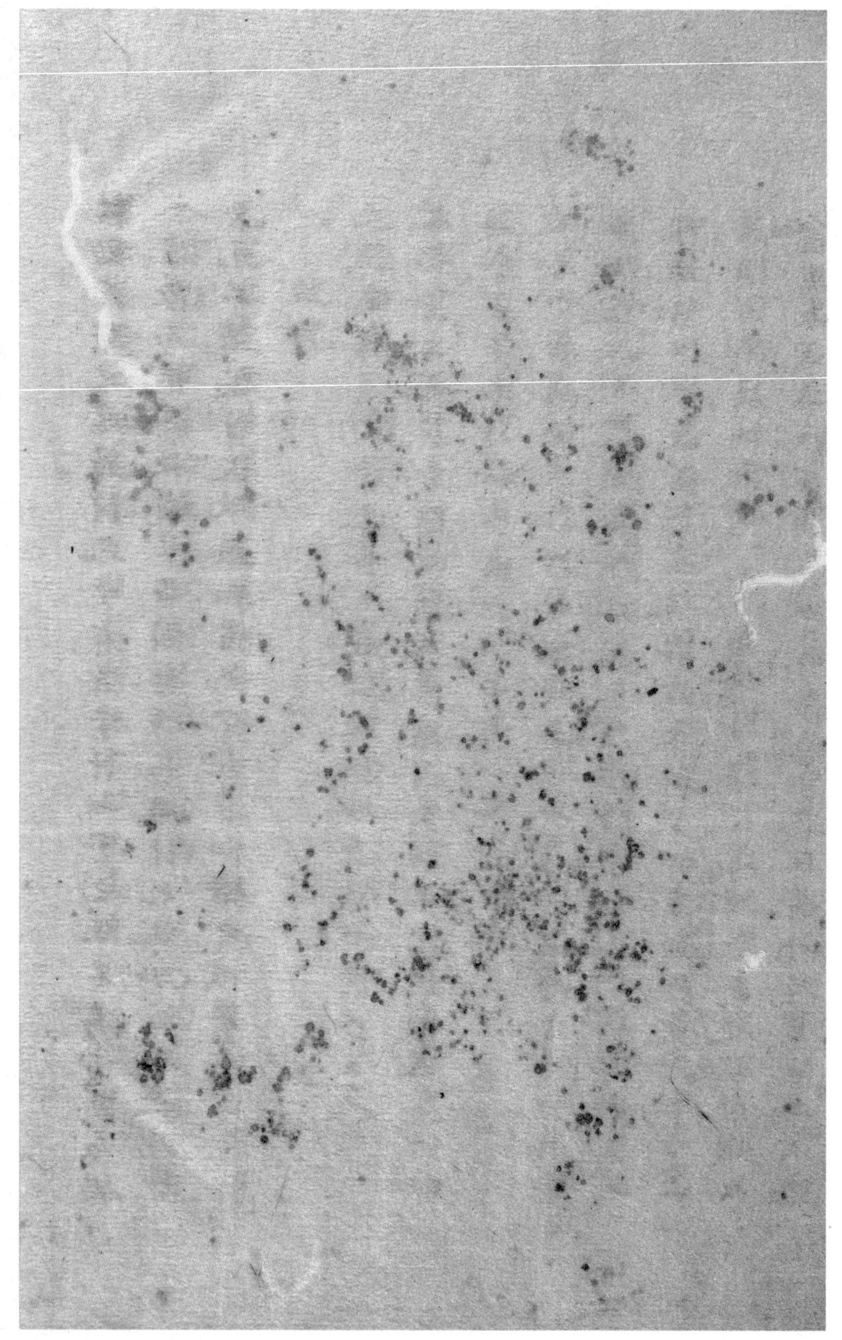

○沈韓兩先生傳

余七歲入家塾受業諸師類多經明行脩之士而其中心口歎頌愈久而愈不能忘者有兩人焉其一曰沈先生輪美諱某吳縣歲貢生長身脩幹微鬚髯目奕奕旋轉爽健有精神余從遊時先生已七十餘矣終日危坐無倦色疲容性慈愛不妄呵叱案頭雜置瓜果課畢輒分賜群弟子以爲常夏月披短葛摇扇坐大石上吟唐人出塞詩激昂慷慨聽者如置其身於邊風陣雲間間爲人談魏晉人故事騰其口而抑揚之形神畢肖環列者並數十人先生雖天倪甚和而耿介絶俗負氣不可屈嘗就其友飲值貴客在座客故不識先生猝然問曰彼何人先生笑未定不辭而出後客詢知爲先生再三謝乃已晚歲謁選得四川某縣教諭之任數年歸卒於家其一曰韓先生是南諱曜元

庠生父敏以書名家學者所稱梅坡先生者也先生生而沉靜廣顙秀眉衣冠襜如望而知為德行長者既棄舉子業益肆力於書從學者日益衆名聲彰徹大行而先生孤介絕俗人有挾重資求書者苟非其類往往謝絕不能將生平長於經濟論古今治亂原原本本悉可見之施行每事前料成敗若燭照數計十中八九以故搢紳先生交重之滋從先生晚凡先生之嘉言行碩行不克師其萬一而先生所推獎之不去口且屢舉古聖賢相勖滋愧非其人而先生之自待以待人者從可知矣

論曰余受兩先生知最深十餘年來竊怪兩先生之議論丰采將就湮滅故敢述其梗概如此然以兩先生之為人既不獲大顯於生前而區區身後之名又使之不可恃然則與世之庸庸者何以異耶而兩先生一生之所以砥行立名者果何為也嗚呼此又後起者之責也

〇秦村陳先生傳

先是君姊歸安亭錢氏而寡君館其家十餘年頗得及姊卒緣事辭歸歸而饔飧不給其親故交勸之君笑曰丈夫餓死何妨而背醜顏乞憐哉卒不往越數年卒於家余心重之以為廉幾知道者也不可以無傳君姓陳氏諱錫字晝榆晚自號卒翁吳縣人祖某父某皆庠生君少業儒工詩善書尤精制藝義每一藝出必為儕輩傳誦然試輒不利同人至扼腕惜而君恬然自得也性狷介束脩之外不受人寸縷尺絲所居屋僅容膝布被一具破書數簏外無長物晚歲家居貧益甚至并日而食而君貌加豐志加堅其定力有如此天性孝友遇母難日不宴客嗜蔬食淡以為常間作小詩絕去唐宋人蹊徑尤工七律然亦不多作也君廣顙頳頰白鬚緌緌拳曲拙率無威儀初因墻屋繼

又艱於子嗣中心耿耿有未盡平者每當酒酣擊節聲淚俱下有不可一世之志及醒而揚揚如平時矣嗟乎以君之才使稍降其氣出而求售於世何遽不遇乃偏傲亢其性情而簡畧其意態卒之摧抑以死也固宜而吾猶惜世之賢者往往不得志而得志者又不盡賢豈果時為之耶抑真所謂命耶君生於乾隆某年某月日卒於道光某年某月日年六十三

。三吳逸客傳

三吳逸客者無姓名無里居塊然與天地爲伍嘗自號逸客云少未讀書見古人高尚事輒慨然太息欲友其人於千載上遇不平處則拍案大叫目眥盡裂弱冠應童子試不售即棄去曰世豈無容我身者安事三寸毛錐爲先世本業賈又浪遊吳地妄慕范少伯之爲人遂出其資貿易於粵以爲萬金可立致然

金錢入手輒盡或贈人亦不甚惜久之負益甚屢然而返時年已二十餘矣遂寄跡廛不得志與世益格格不入性又拙率不習世故親戚（故）睹加訕笑而遂寄閑之殊自若也居恆獨處一室環植花藥竹樹左圖右史蕭然自得嘗題壁曰閉門謝俗子開卷師古人其風致畧可想見性誠朴聞人一善言即僕隸下人終身不敢忘或與意不合雖尊長貴介視之蔑無覩素好書每得佳本必躬日夜了之得其大義遍亦不復省記人或問之曰吾非矜博雅者聊以消吾壯志耳於詩愛（諸葛）山放翁於文愛（八家不喜）（頫濱南豐之而雅愛）象西雅尚本朝諸家若白庭雪苑堯峯湛園竹垞專門望溪隨園以為俱不減古人有手抄八家文鈔藏於家時刘陽明正學震川而外鮮當意者其獨標已見不隨人好尚類如此尤嗜山水酷愛元墓穹窿之勝常欲築室居之息之不果值好風日

則從小童向山巔水涯間流連竟日晚則栖宿山寺或連旬不返嘗謂其友曰大丈夫不能作宰相助天子致太平則須作富家翁以財濟世務兩不得遂便當從赤松子遊耳安能碌碌隨庸衆人浮沉度日耶其自負頗不淺然亦以此見棄於世彼云亢子曰逸客生長市井中碌碌無所成又貌僅中人人俱未奇之然觀其志行覽其所為詩頗類古之狂狷者流豈其有激而然耶吾與逸客交三十年而終不知逸客果何如人也

○張烈婦管氏傳

張烈婦管氏名芳蕙字仲芬常熟人明經雲軒先生女性子子紳妻也事舅姑以孝而接娣姒小姑以和克修婦道兼工吟詠嫁二載生一女而子紳病劇嘗殊旬時仲芬矢志不獨生及卒擗慟不食密求所以殉夫者家人覺其異備之謹且立次房子

元治若嗣所以慰藉之甚至仲蓉意佯解一日伺家人熟睡潜起穿衰服投繯死距其夫之卒僅四日耳时咸豐九年三月二十六日也得年二十三遺有生前米老齊眉樂死後仍為連理枝句嗚呼何其從容不迫也在昔柏舟之詩共姜以守義矢死聖人錄其辞於鄘風之首所以發潜德之幽光使若節者得以自慰也况如仲蓉之糜軀不悔豈可使之湮没不彰哉夫仗節死義士大夫猶或難之而仲蓉以匹婦之微非有刀鋸之迫於前而視死如帰不尤可尚歟吾故因董君諒卿之請窃不自揆而願為之傳以待史氏之採擇儻亦聖人所許者歟

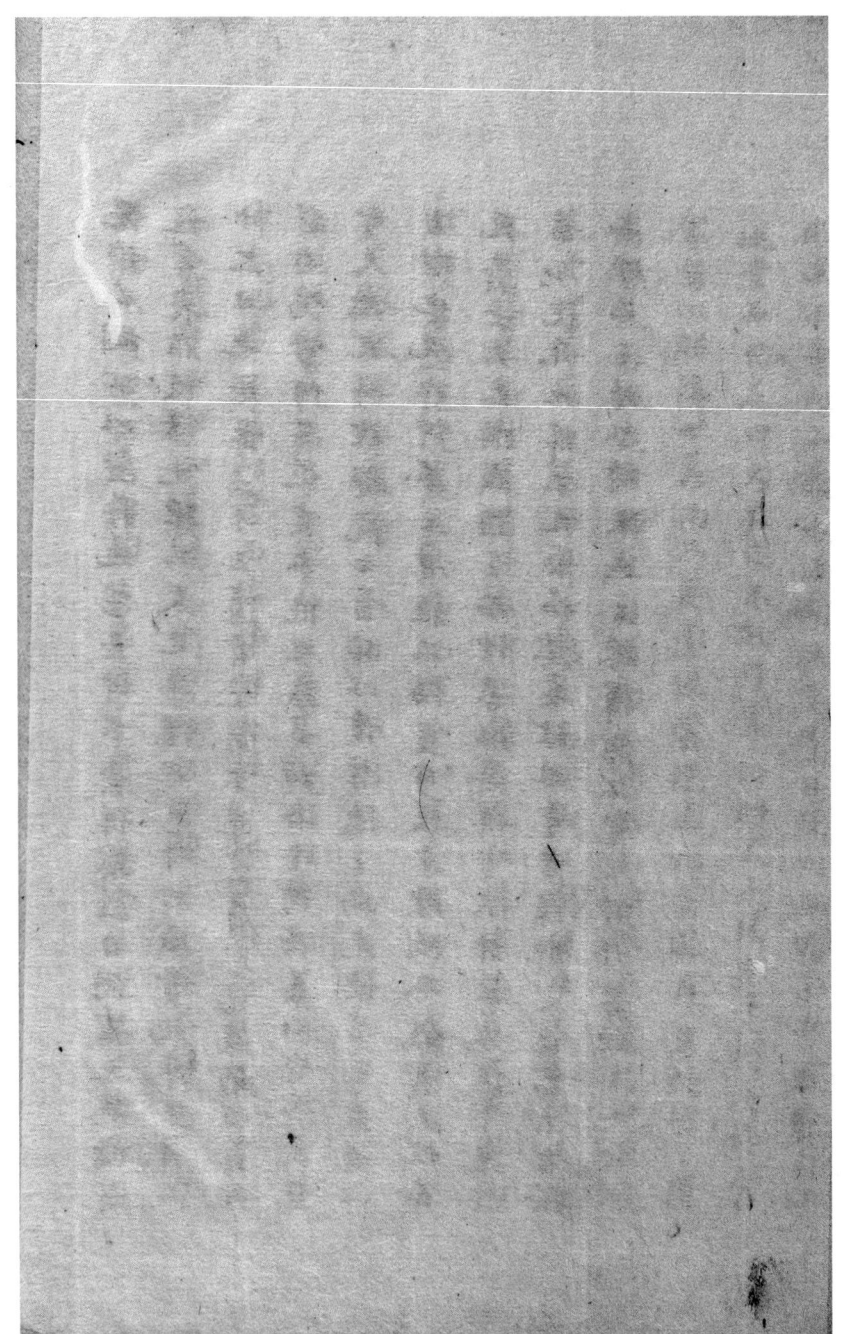

晉和弟哀辭并序

晉和名祭森姓亢氏晉和其字余同祖弟也年二十三補諸生越二年而卒时道光某年某月日也弟頗善余又愛余古文辭疾革時要余作傳至於再四余以荒落故卒不暇爲令距弟之殁已五閱月矣而弟之聲音笑貌猶儼然在余目也嗚呼悲矣弟少不喜弄既長益以遠大自期不肯苟同於流俗凡聲色貨利服御玩好以及六博飲酒爲群子弟所日夜徵逐者視之蔑無覩也性耿介不事酬應与人交落落難合而人有片長小善輒譽之不容口既入庠益力於學自六经三史諸子百家旁及郢書燕說無不博覽而默識之而尤有卓識其論項羽也以爲失在立義帝論杜子美也謂诗人之言不可盡信而深不滿於漢儒之注疏宋儒之講學嗚呼此豈尋常经生家所能見及哉

而議者徒以克家子稱之猶淺之乎知弟也吾嘗以爲弟之才使天稍假之年必能拾科第取功名以光大其門閭序即退而鍵戶著書亦必能成一家言爲聞人爲碩士名當時而傳後世而今皆不可得豈天之生才也恒不欲其成立耶抑人之受命於天也其壽夭生死固有莫之爲而爲者而天亦不能主之耶不然何以如弟之才而反摧折之俾不永其年也乃爲之辭曰

吁嗟吾和曷遄歸矣兮艾妻稚子將誰依兮有父有母日淚垂兮

吁嗟吾和能勿思兮儒林文苑彼此期兮何圖不祿止於斯兮

吁嗟吾和曷歸來兮

此文沉痛不堪卒讀然亦宜節哀達觀毋自傷身爲要 韋棠註

哭四兒文

兒今何往耶目不覩兒容耳不聆兒聲而但覺兒之聲音笑貌歷歷在吾心中而欲覓不得欲呼不譍兒果何往耶嗚呼兒死

矣痛考方吾年三十三尚無子尔母憂慮附禱於杭州普相寺獲得吉兆是冬兒果生然則生有自來死有自去兒〻不以生死來去置於懷可知也獨是吾望汝頗殷緣師道〻壞取以自課三年中夏楚頻舉夫施者或不覺受者何以堪況以兒〻嫩肌弱骨耶此吾所以偶一追思痛心蹙額直無地自容惟有鎚胸慟哭椎心飲泣以償吾恨然尔何及猶憶去歲三月中值尔姊于歸〻喜見尔衣冠揖讓儼然如成人私意年二十當為兒昏娶付兒家政吾則讀書養靜杜门自娛豈意此念一萌而已不蒙天佑耶既陷其家貲復奪其後嗣豈吾之積惡有以致此耶嘻其酷矣雖然方今兵塵四起生不能保其領死無以斂其手足者名门大族往〻而有或被擄在城則纍〻如豬羊踐踏鞭箠交下其何以堪即吾全家團聚而生食窮村僅支兩載是

時兒尚存將何以自立不死於凍餒即死於流離是同一死而今之死爲得矣然則吾不應復爲兒悲矣所可惜者兒骨相頗端面目極清秀雖不喜讀書而性耐勞苦不背於人情他日必能助吾之不逮而今皆無望此所以展轉於懷而終以兒之死爲天奪余魄也是必吾之積惡有以致此矣嗚呼痛哉方兒起恙初瘧疾顯然本可不藥而愈不數日近村遇警爾母病重不能起余急令兒趨延他所强之始行是夜返而病劇於前遂成似瘧非瘧之症矣欲安而反致危求生而適趨死天耶人耶非余之咎而誰咎耶目前爾母粗安爾弟爾姊妹輩環繞如常而舉目之下獨無吾兒起視靈几孤灯熒熒不覺心如刀割手爲之不舉口爲之不合目睛爲之不轉神魂飛揚若癡若狂直不知如何而始釋余之恨也嗚呼痛哉

與吳清如先生書

揖別以來移寓濱鎮道遠不獲時親炙益甚悃々也未審先生
入秋來眠食何似念甚念甚昨者冒昧進謁敬以拙作就正私
心惴々聲如賤工挾碔砆之質妄端而入卞和之門其不麾而
斥之也豈情也哉不謂先生似矜其接賜坐賜食在後已不克
當頃又辱以序文和以韻語勤々懇々若自忘其盛德之尊與
名位之崇且題而有意獎誘焉者嗚呼何可當也夫序何始乎
古之人每以施於前賢先達或慕悅乎文章或景仰乎道德不
忍其泯沒而於光闡揚序述以示世人次則友朋之往來貴介
之（乞）請屏而乞人亦必有一二言之發於道然後遲諸歲月寬施
報命未聞有後生小子業業未底厥成不（就）請而自得於向日之
間如今日先生之於後者此後所以反覆展誦不覺感極而繼

之以泣也古語云士常伸於知己又曰得一知己可以不恨然為之知己者苟非其人則亦不足重古今論已牧斋先生近代山斗士之趨其門者莫不願得其一言以為榮不知節義不植彼且不能自榮其言焉又烏能以言榮人也哉惟夫有德言之君子未嘗輕徇人請而人得其片語品題抑揚聲價乃為足重再若先生以道德文章傾動一時家居之日所以致之於之究於高明而深入古人之閫奧者固非末學所能窺測竊見遭亂以來阨窮困悴舉凡宮室車馬僕御器用圖書玩好之奉一切不存而甕牖蓬户補衣未食安之若固然善乎唐荊川之言曰自古聖賢能就人所不能就之德必有能堪人所不能堪之憂今觀於先生也益信然則孟子所謂大行不加窮居不損太史公所謂藏諸名山傳之其人者非先生之屬而誰屬乎維大作

未得付梓十九零落然文之至者天不能散滋知必有人焉為之收拾於散棄之餘輯而傳之於後世無疑也所可慮者以滋之謭陋謬辱先生之獎誘第一不克自立並身蹉跌以深負先生知人之明則將何以為情耶況自感垂自懼也寓中無書可讀兼之多病健忘區區雕蟲末技而藉以自怡悅者亦絕不克進矣如何如何惟先生其幸教之

與徐少勛書

滋不才不能出身為國者一兩之寄藩城被陷遁居太平將者一載私心憤恨竊歎以藩郡一府九縣之大竟無一人慷慨仗義將士卒提桴鼓從官軍之後與賊抗衡而支持全局者獨閣下奮身鄉里率千百之勇轉戰直前卒使賊三戰三北不敢犯尺寸之境其英風偉烈視古豪傑亦不多讓厥後常熟失守閣下腹

皆受敵不得已屈身降志以保全鄉里此又智者屈伸之妙用非淺見寡識之徒所能窺測也故前撫軍薛公加以不次之賞應以所得之餉團以古之豪傑相待俾乘時立功為國家收得人之用耳然則為閣下計賊一日未滅即閣下一日之負未釋宜何如乘機伺便力圖報効哉淺竊不自量秘（熟）揣天時人事知賊之滅近在旦夕閣下不於此時聯絡聲勢歸呂壯勇助官軍恢復一旦逆賊授首（而反二三其德陽奉陰違）閣下將何以自解乎論者謂賊蔓延兩浙一時未易撲滅吾且中立觀變擇利而從以僥倖目前之無事焉此昧於時勢之論也夫賊之所向猖獗不過伺我之怠豈真有奇謀勇略可以驅一世而惟吾所為哉方今

聖主臨御普天率土莫不洗心革面踴躍而赴中興之會其專閫外之任者鑑從前老師玩寇之祇取辱没者皆同心戮力以

滅賊自誓曾帥麾下謀臣戰將奇材劍客之流不可縷數而接憲李公臬憲劉公皆智勇足備鼓行而前何難滅此朝食況逆賊所為不道天怒人怨已逾十稔十數之終也天道無剝而不復之運人事無往而不返之會故吾以為賊之滅在旦夕有能然者倘賊未即滅閣下身居虎穴久之情見勢屈雖欲展一策效一力有牽制而不能動苟隱忍自污則吾甚惜以蓋世之才兼人之勇而淪棄於無所知名之地為天下豪傑所嗤甚為失計滋平居讀史至魯仲連責辛垣衍馬援說隗囂未嘗不反覆太息辛衍之能聽仲連而恨囂之不能聽援也然一聽一不聽而兩人他日之榮辱截焉事機之來智者不可不審也滋居鄉時聞賊中有魁某者頗具才略得民心為忠逆所駐信雅善閣下雖管鮑張陳不過是意其人必恢奇自喜思得當以報國

家允甘心從逆者閣下既与相知何不披肝露胆使之隱諷於首在逆就此彼中豈無一二識时務之俊傑試語以天道之不可違人事之必肯擒而負固梗化者之必不能倖免苟能挈藩郡而返諸　本朝則錫爵封功出自　朝廷恩典豈不光明磊落大丈夫哉藩郡以返其餘州縣自當聞風潰散我以全力乘之蔑不濟矣昔酈生憑軾而下齊城陸賈　而降南粤皆功勒旂常名垂竹帛閣下詢能出此不特可以轉禍為福而勳名流于奕世富貴震於當时豈非千載一时之机会哉司馬德操曰識时務者在乎俊傑吾終以俊傑望閣下故敢以書勸幸三思之哉

與匀山五弟書

先人停柩未葬吾弟免喪而不除服不知者以為鶩（騖）名其知者

以為守礼礼經云三年之喪未葬不変服又云久而不葬惟主喪者不除古礼之不行於今久矣吾弟起而遵之可謂有志甚善甚善夫人子之不孝莫大於死不能葬孟子曰養生者不足以當大事惟送死可以當大事近世不講此礼往〻無於暴露近則數年遠或數十年吾不知其具何肺腑而忍心出此若今先人停淹二載遂葬無期此實出於不得已非遽恝然忘之也雖易服從吉無所謂死而吾弟必守先王之礼以表異於庸衆淺窮以為過矣弟亦知先王制礼衰麻苴絰死徒文具也尤貴有實意存焉乎昔和嶠王戎同时遭喪嶠雖備礼而神氣不損戎不備礼而哀毀骨立时人不称嶠而称戎此文与實之異也夫古人當三年之内例未有飲酒食肉宿内宴客者陳壽居父喪使婢丸藥為鄉黨所貶阮簡父喪行遇大雪寒凍詣浚儀令食黍

矐致干清議喪禮之嚴於古也此[如]然未聞有免喪而不除者惟

劉宋何子平梁殷不佞則啜菽飲水終其身令人於父母之喪

飲酒食肉宿內寢客事事如常而徒藉此衰麻苴絰以為盡孝

雖三年不離其身而其實與未嘗持服同何也文至而實不至

故也兹此者吾弟兄殆皆不免肉返諸心實有不可為人者所

欲於免喪之後不變其服吾誰欺欺天乎願弟之急自思也況

衰麻之在身幾同桎梏即終身不變亦幾難事而適以驚世而

駭俗近乎鷺[鶩]名恐不特為不知者所誚亦且為知禮者所譏矣

以吾弟之賢而豈有未知乎雖然弟之至性過人設痛先人陟

絰之際一時不克遵選[依]則宜從魏姊子之言上之心喪而除服

次則思其嗜好之篤者一二事以拂性而警動其情倘亦無忘[亡]於

禮者之禮歟抑吾以為人子之事親當務其大者遺者先人之

屈抑於生前事就一端弟亦嘗知至於矣吾每隱痛在心思為先人吐氣而志與命違蹉跎未就乃迄今更遭播蕩言念及此憤不欲生幸弟竭力振作庶幾先人之志不獲伸於生前者而獲伸於死後此正人子莫大之志也而區區之愛脈不愛脈又安足論惟是人之一身往往成於謹抑而敗於驕矜從自到崇以來深察弟之詞色似有傲視于人之意私心甚不喜不敢不告願弟有則改之無則加勉而已

與正義殷斗槎書（正義鎮在崑山縣之西）

夏間在趙吉甫處與之一別忽又三度月圓矣吉甫之語自是公論從意足下聽此即當翻然懺悔將從前吞蝕之項全數吐出以全朋友之誼乃靜候數月足下竟視弟為可欺之物尚欲掩飾其辭混淆人聽則試問足下當日既將小女革還廻令岳

家中而行李重貲不許挈帶入船敢於造作謠言擅自留貯是何意見迨小女輩動身之後即便啟篋開箱搶奪帛攫罄其所有以衣冠善類公然為盜賊禽獸之行不特小女輩無從查所不料即從與足下相交雖淺亦不信為足下為此等事也推足下之意不過因蘇城失守從輩（逃竄無地）必不能再見天日而千金產貲不難據為己有查從前日誠無可如何矣乃復（於七月間）聞從勢（囊）每有積勢難存活始將貲財衣服還其十之二是足下天良尚未盡泯故從敢以善言相勸以冀萬一之悟義復執意不回必欲飽其谿壑而多方掩飾明達而足下之隣里近而足下之親戚莫不備悉其情足下雖狡獪其能掩衆多之耳目而閉其口乎然而足下之為此亦可謂愚而拙於計矣何也蓋足下本心不過欲積財以貽子孫耳不知子孫而賢必且恥足下所為使其不肯

則父作子述他日不敗壞足下之門風而甚入于匪類不止是足下所得不償所失而安可不思所以變計哉且從之必以理論此事更自有說蓋世間如足下輩正復不少見足下謀奪人之財安然無恙必皆以足下爲得計而爭相仿效盗風日熾矣是有害於世道人心非淺鮮也方今蘇省克復諸大憲政令一新足下鬼蜮技倆豈能肆行於光天化日之下明則有王章幽則有陰律不可欺也敬布腹心願三思無悔

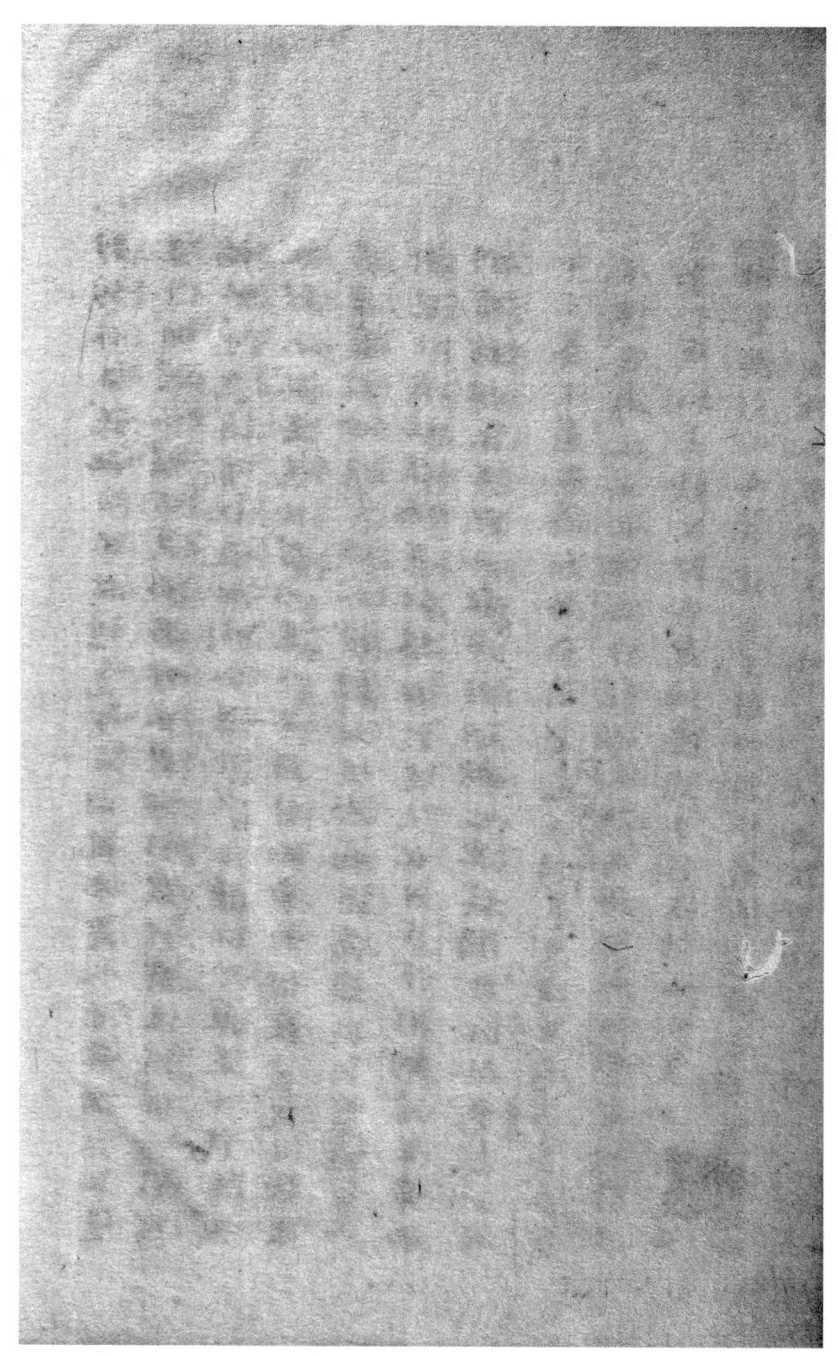

瀛洲唱和詩序

象犀珠玉錦綉之珍非不足以奉(適)其體也管弦歌舞樗蒲博塞
之戲非不足以娛其情也而名流韻士或以為俗々棄去不
取以寄其興(情)於物於是凡佳木美卉清泉怪石與夫法書名畫
重爐茗碗可為心目之玩者皆其不(所)忍捨者也而有時哲珠事
去才且跳身戎馬以苟全其性命則數物者又無因而至前而
其身不能倀倀而無依乎於是情動於中而形於言言之不足
故嗟歎之嗟歎之不足故永歌之詩三百篇大抵勞人思婦
觸物興懷感時傷亂之作居今日此瀛洲唱和之詩之所為作也
余自少學為詩愧無所得不敢出以示人而人亦未有以詩相
及者歲辛酉避地瀛東始識同里潘君載霍讀其書(詩)喜之既得
王君潤之復相與講習而查君筱硯汪君仲嘉輩亦時相唱和

黄君彙為一集名曰瀛洲唱和詩序余序之余於邑窮有感焉思夫諸君子皆生長富貴与余平时姓名不相知縞紵不相及今乃不以余為俳賤歡然握手賦詩飲酒為集豈文字之交迴出於尋常萬萬者耶瀛洲地雖僻陋不足以開展至心目然諸君子幸得脫身兵火超然福禮之外風客雨館时之寄意吟詠以发抒至情慨抑鬱侘傺無聊不平之感不可謂非幸也集中僅七律一體要未能盡詩之變而一时觸物興懷感时傷亂亦豈有異於古之人耶余雖不能詩而幸得掛名集中以附諸君子之末窮自喜云

儀宋堂文集序

曩余學為古文辭嘗請刑先生醉經文録得若干篇以示吾友吳君春園春園則極推吳先生清如不去口先生以進士起家

官戶部郎丞是挂冠歸自以淞殘不敢遑謁惟心識之而已咸
豐辛酉避地棠明始見先生於旅次先生寵衷相接論及舊稿
則已盡亂無存爲惋惜者久之嗣後每過先生必出近作相示
因得盡讀其文大約以廬陵爲宗而出入於震川堯峯諸家清
真雅正直追作者洵乎其可傳也已因思先生通籍以來入掌
樞機出司文柄所交皆一時賢豪歸而卜築城南又享有園亭
林沼之勝春秋佳日時時召諸故人賦詩飲酒爲樂事豈非遭際
承平而有以適其身世之樂歟今乃以遲暮之年轉徙海隅回
首家園如在天上欲求向日從容讌賞之樂渺不可得其所遇
有足慨者然先生一不介意飲酣以往間取當代奇節偉行可
喜可愕之事作爲文章以信今而傳後蓋足於中者忘於外古
之君子所以委命待時無入而不自得者類如是矣因録其副本

序而藏之而又惜髯先生身没已久遺稿散亡恐遂無人收拾序先生文不禁為髯先生痛也

吳門歲華紀麗序

袁先生春巢嘗著吳門歲華紀麗一書凡吳中典故之可陳風謠之可採者莫不薈萃群書按世節候而羅列之而未綴以己作問序于余余不覺棲袁而為之三太息也嘗試論之國運之盛衰由於民力民力之豐耗係於俗尚蓋自古而然矣吾吳為東南一大都會山川之奇麗（美秀）田野之沃饒衣冠文物之風流而華美者莫不震耀當世而備述於文人學士之口幾數百年於茲矣然當乎盛也士大夫表率於上閭閻觀感興起於下循循規矩而不敢為放僻邪侈之行及乎衰也上無以率下下無以觀上而冠昏喪祭之禮宮室車馬衣服飲食之費蕩無限制富

者益習為驕奢貪者復群相仿效蓋自晚近以來不待兵革之起而識者已憂其係之難繼矣今則山林城市無不蹂為荊棘以清談風雨田野承平風景歲時游觀之美如東城父老談開寶繁華而寒之乎有時殊世異之感矣豈非汰侈者易敗而富貴之不足恃歟然天下剝復之運相循於無窮往者兵革之禍既不幸嘗之矣繼自今吾願吳之人士務脩於家勤於業束身於禮義而勿為狡獪邪偽之行安知數十年後不更覩承平之舊而還富庶之觀乎此則先生著書之本意而余故承命而為之序者也

滬游集序

甲子中秋前一日某先生清如以袁君寒雲之命招飲余以事未赴翌日謁晤睹其貌接其言論知為宏通淵雅君子也君所

居在城南屋不多而饒幽致與舊居適同在尹山之麓樹木森

靜蔓然生趣較然歎尚百年矣庚申之歲遠近為寇所據居

室家移寓滬城[illegible]名其所為文曰滬游集問序于余余持歸讀

竟而不覺慨然有動乎中也當粵寇之起自浙以南所在被其

蹂躪而滬城一隅獨為完善避兵者充溢商賈喧闐民生亦見兵

革之慘何其幸也然十有餘年其地見往來流寓之類皆

遊觀[illegible]事游戲鮮衣華服而不改其舊日奢靡之風未嘗不樂

其地之盛而憂其俗之獘也乃君則漠焉漠焉[illegible]吟詠

餘時與名流宿老商榷文史考訂古今以消遣其世慮其

行如甚其為文焉有不工者哉集中宗長駢體指擢胃鏤刻

心骨古峭生新迥出國初三家之上而遽踔四傑其為當世勝

也宜哉今日者天既悔禍吾儕幸得各還故里賦詩飲酒為

樂而愜於承平之日歌（琳宮梵宇）榭舞館園亭山水之勝鮮（僅）有存者而君

之適園故無恙也異日偕得從吳先生後就過更宴於與倚嘉（曲）

之（檻）木生鉤殘捲竹梢之蕙蘅披朵石之怪異而尹山左江右湖浩

渺無際岸凡風檣漁（烟）網法禽沙鳥往來明滅於烟波杳靄之中

無有稱我情者亟更為君賦之

槐廳拓鼓圖序

古物之於人常交相待也有其人不遇其物雖有嗜奇好古之

心從何而發有其物不遇其人則歲久磨滅終與劫火同盡而

已其幸不磨滅或為鬼物守護而流傳至今者千百中無一二

也若岐陽之石鼓是已夫鼓之足重固不必有藉於人然自唐

以前不甚寶貴棄擲於深山窮谷中者幾二千載迨韓蘇二公

出形之歌詠而始顯於世（迨今巍然立於太學文人學士往往為之接摩）豈非物之有待於人者耶鈕君葵莊

讚歎流連而不能自已

嘗官國子監因得觀所謂石鼓者而繪為之圖出以示余余因之窃有感焉夫鈕君之嗜奇好古雖出天性然非親歷數千里之遙身入國學亦安能俯仰於其旁摩挲讚歎而發其懷古之心哉然則物之於人洵乎其交相待也已昔太史公適魯登孔子之堂見其禮服祭器慨然思慕不禁高山景行之仰鈕君之為此圖亦若是而已矣日者君乞言于余爰書數語以序之君以為何如

勸止火葬説

崇之人有焚其親之尸而斸其柩者，余見而痛憤，思立説以勸之。客哂之曰：是難以口舌爭也。夫火葬之風自宋已有，黄震為吴縣尉嘗申狀嚴禁，而愚民無知，習以成俗，子又烏能以口舌爭耶？余曰：固也，待吾言之。今夫人子之事親，豈以存没而有間哉？魯論曰：生事之以禮，死葬之以禮。孟子曰：養生者不足以當大事，惟送死可以當大事。古人於父母之柩不敢輕動，故禮經云三月而葬，凡附於其親者必誠必信，勿使有悔焉而已。今縱不能如禮經所云，顧斸之以取利，則其悖理傷教，得罪於風化甚大。且人非甚不肖，莫不思致孝於其親者，即崇之人甯獨不然？顧生則致其孝，而殁則肆其毒，是欺其無知之魂，而以為其身既死，其鬼不靈也。然閲之易曰：精氣為物，游魂為變，是故知鬼神之情狀夫既有情狀必有知識既有知識則其身受焚尸之慘呼號哀痛於烈焰之中其情豈有異於生時乎昔蚩尤作五虐之法商紂為炮烙之刑慘酷已極狀未施於身後也惟後世亂臣賊子死不蔽辜然後剖其棺焚其尸以彰其罪大惡極之報史冊中間亦有之今乃以然施於父母是以叛亂之罪加之也吾不識死者何辜而遭此身後之大戮耶噫吾知之矣蓋崇地此風由來已久其祖宗身受子孫之毒安知不銜憤含冤於地下無可控訴於天使其子孫世世之償此慘報耶言未竟客懔然作色曰謹受教吾今而後知崇之人之陷於大戮久矣請為子遍告崇之人俾他日子孫得免焚尸之報其必有聞命而夕改者余曰洵如是固余之願也作火葬說

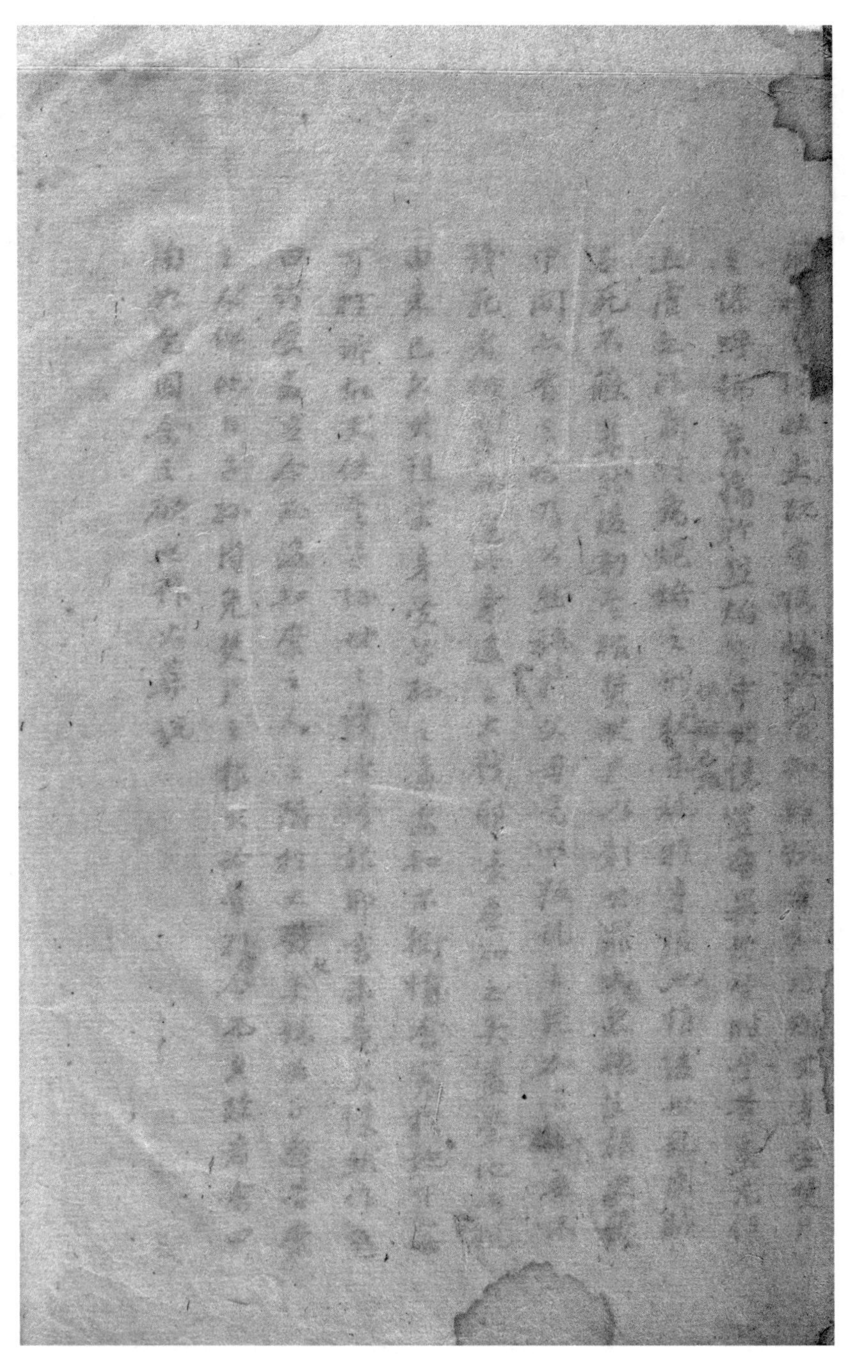

讀宋史

世有名甚美而實不足爲治者如以正心誠意之學責難於君
也非正心誠意之不足以爲治蓋正心誠意之本尤在於格物
致知致知者數其知之先後也格物者格至物之本末也必使
先後本末之序了然於胸中而措施悉當然後所爲無不成所
行無不理而下不敢蒙蔽以欺乎上矣苟夫本末之未審先後
之不察而端拱於上令日正心明日誠意則一木偶而已矣世
有木偶而可以爲治者乎且天下上智少而中材多上智則不
君欺其君者也中材則惟視其君爲轉移裴矩封德彝輩事隋
則姦事唐則忠(留)其明驗也今謂正其心可以用人誠其意可以
動物豈必去(下)之人皆禹皋稷契而後可不然吾恐上以正率下
下不以正遲上上以誠待下而下不以誠奉上也徒便於小人

吾觀宋理宗之為君也恭儉仁慈崇尚道學宜其有撥亂反正之功矣然奸人擅政而不知

而已南宋儒者輩漢唐富國強兵之術一切不取雖諸葛之治

宋強敵生心而不知備外侮內訌卒底於亡而當時道學諸人舉見

蜀魏徵陸贄之相唐韓范富歐陽之輔宋猶不滿吾意而推以

精微之理性命之說責難於君願君之必為堯舜而後已意亦

不善也名亦不美也及考其設施雖務求如漢唐之治不可得

何也蓋不量己身之分高舉稷契而妄為大言以欺吾主耳且

宋咸於道學風行之日故於理宗之為國統亦非薄

觀宋理宗之為君也恭儉仁慈崇尚道學宜其有撥亂反正之

高舉稷契之為治哉在當書亦未有稽事功而處談心性者理宗之為君也固難責以富國強兵之術使

功矣然奸人擅政而不知宋強敵生心而不知備外侮內訌卒

易其崇尚道學之心而崇尚實政則何至一再傳而亡其國哉

底於亡嗚呼世有崇尚道學而不能為國者乎道學而不能為

國又何取乎道學而崇尚之乎無乃所崇尚者猶有毫釐千里

之差乎吾所謂南渡以後之道學與晉之清談無異有罪我者

所不辭也

謝蕙庭傳

吾吳有善人曰謝君蕙庭名元慶先世雄於貲恆爲德於閭里
君繼起不懈益虔嘗籍里中貧無告者書其名於冊月給錢若
干養者凡百十家不足則更資於同志終其身如一日道光廿
九年吳中大水飢民徧野君乘小舟載錢米巡（往來）行郭外散給之
賴以存活者不可勝數■通郡邑南京失守難民奔至君商於
有力者設廠於府邸■悉心留養施者無（絕）侵欺之患獎受者無（免）
偏枯之患其間規畫咸合於法暇則率其子弟時行委巷中見
難衣食者必爲之指示俾有所警惕其用意深厚如此雅愛臨
池未嘗一日廢筆硯晚年好寫蘭石蔚蔚有致嘗刻畫蘭易粟
印佩之城隍前半月狀手持何義門王良常諸名家真跡裝潢
成帙余爲之讚歎不已君即慨然持贈不少吝細君既以濟貧

為事同志或不時應樞禱於城隍神隨禱隨應君大喜謂為神助此雖陣於怪異而自君行之決知其非偶然也其他治橋梁修道路施粥糜給醫藥等事他人誇為義舉者君直行所無事也故不書書其舉之大者以咸豐十年某月某日卒於吳瀝涇（黃埭）

一子家福

亢子曰余家於世久矣士君子好余者無幾而君則暱就之月必二三至清茶淡飯怡然竟日今君卒而過我者誰歟爰就吾所知者傳之如右不特歎交游之難得而善人云亡不能不為斯世痛也悲夫

邱瀛仙潤卿合傳

余友邱君瀛仙名達一字稼卿為人倜儻不羈工書畫善談笑論晉唐人小楷宋元諸名家畫動中肯綮有以贗物求售者展

拳印辨雅賞鑑家哉不遠也性好狭邪游費恒酬意得或達
日夜不返遇富貴子則必氣凌雲上不交一言而富貴子反屈
意下之君以是得狂名居常鬱鬱自喜無離繩以礼法及返而
窺其隱無纖毫不可對人者咸豐庚申粵寇逼城君與土匪滋
事約率里中子弟為守禦計偕其弟潤卿商之於余余辞之未
幾城陷君為賊所擄脱身間行至洞庭西山寓於中表徐菊懷
家子然一身囊無寸積而妻女殉死信相继逝至君一不介意
談論諧謔自若也偶得堪輿書數冊閲習之一月爾竟通其
術為人相墓談吉凶禍福立驗山中故多富室聞其名爭相節
招至之而君故高其身價非多金不往以是常足於用酣歌縱
飲不異城居時辛酉八月遘疾卒卒之日檢其囊餘三百金云
其同祖弟潤卿名承墉元庠生少甚魯讀書不能數十行而其

父富於貲，顒坐頗切。因術者言，疏㕓居絳葭里河以通文運。君感其言，發憤力學，年三十始得列於學官。為人溫文爾雅，喜交游，然不甚别白，無賴子弟利其財，群扨誘惑君，隨其術中不悟，幾傾其產。瀛仙屢戒之，君面發赤急應曰唯唯，既而復然。瀛仙與余言，未嘗不歎息痛恨也。然君雖惑於群小，而侍於長者君子之側，則貌必恭，言必謹，不敢稍失其度，人以此稱之。粵寇告警，親故勸其出走，而君誓以身殉城，陷，投子女於井，驅其妻歸氏赴河死，而身詣明倫堂，伏地自陳曰：某雖未食禄，無官守於縣，然名在弟子員，殺身成仁之謂何，而敢愛其死乎。今日某授節之秋也。遂起，自縊。嗚呼，君疲弱書生也，平時與人語恂恂，讀下第，怨傷之，而臨難乃能奮然不顧，全家畢命，異哉，人之不可測也如是夫。

亢子曰：余年十五六交兩邱君，迄今三十年矣。亂後欲探其音耗，忽忽不可得。壬戌仲冬遇徐菊懷於上海，道兩君死事甚詳，余為之欷歔泣下。因思瀛仙素好佛，其視妻女猶之死，漠然不以動其心，豈真有得於彼教耶？而潤卿所立如此，雖烈丈夫何以加焉。

沈紅琛傳

嗚呼！人之於貧富，果孰為之耶？其天為之耶？抑人為之耶？吾於亡友沈君而竊疑世之所謂貧富，皆人自為之，而天固無容心於其間也。君諱宗瀚，字紅琛，家世小康，入君手而蕩盡，寄其妻子於外家，不能名一錢，而未嘗有愁苦不自聊之色。余異其人。凡喜慶事邀之，輒先期至，至則無所事事，坐云坐，食云食而已。間飲以酒，然為余發量，醉則遨遨然不知孰為賓主也。為人坦衷而誠信不設，世間有機械事，同輩中輕薄儇利者往往加以戲侮，而君亦不能出一語相報復，群視爲棄物。嗚呼！君特阨於命耳，使其處富厚、挾聲勢，得志於時，則趨之者恐後矣。乃每爲君不平，而因歎夫輕薄儇利之徒既合於人矣，天雖欲富貴（貧賤）之不可得也；重厚拙鈍之輩既棄於人矣，天雖欲富貴之亦不可得也。然則富貴貧賤，其權果操之於人，而非天之所能予奪也？審矣！若沈君者，其如天何哉？其如天何哉？爲之傳，後世或有想見其人者。

徐烈婦汪氏傳

烈婦汪氏，嫁同邑徐侶楠，父蘭舟嘗貸徐貲三千金，無以償，烈婦初入門，由是不禮於舅姑。而烈婦低顔承意，奉事惟謹，久之得舅姑歡，反過於他子婦。性勤儉，凡縫紉烹飪浣濯之事必躬親之不肯委於下門內交稱其賢庚申之難烈婦隨其夫遷居楊家濱其地四面環水非船莫渡城中避難者鱗集五月某日賊揚帆大至隣家有船者率先期避烈婦蒼黄出避賊覓渡不得急赴水從婢持之烈婦怒曰咄汝欲俟賊至使我求死不得乎婢逡巡去遂死明日賊退家人舉收其尸顏色如生懷中金珠纍纍觀者為之太息有泣下云

亢子曰婦人遭時不幸抗節死亦其常耳吾猶歎烈婦臨死數語雖士大夫有不能辨者豈特明於大義而已哉嗚呼賢已

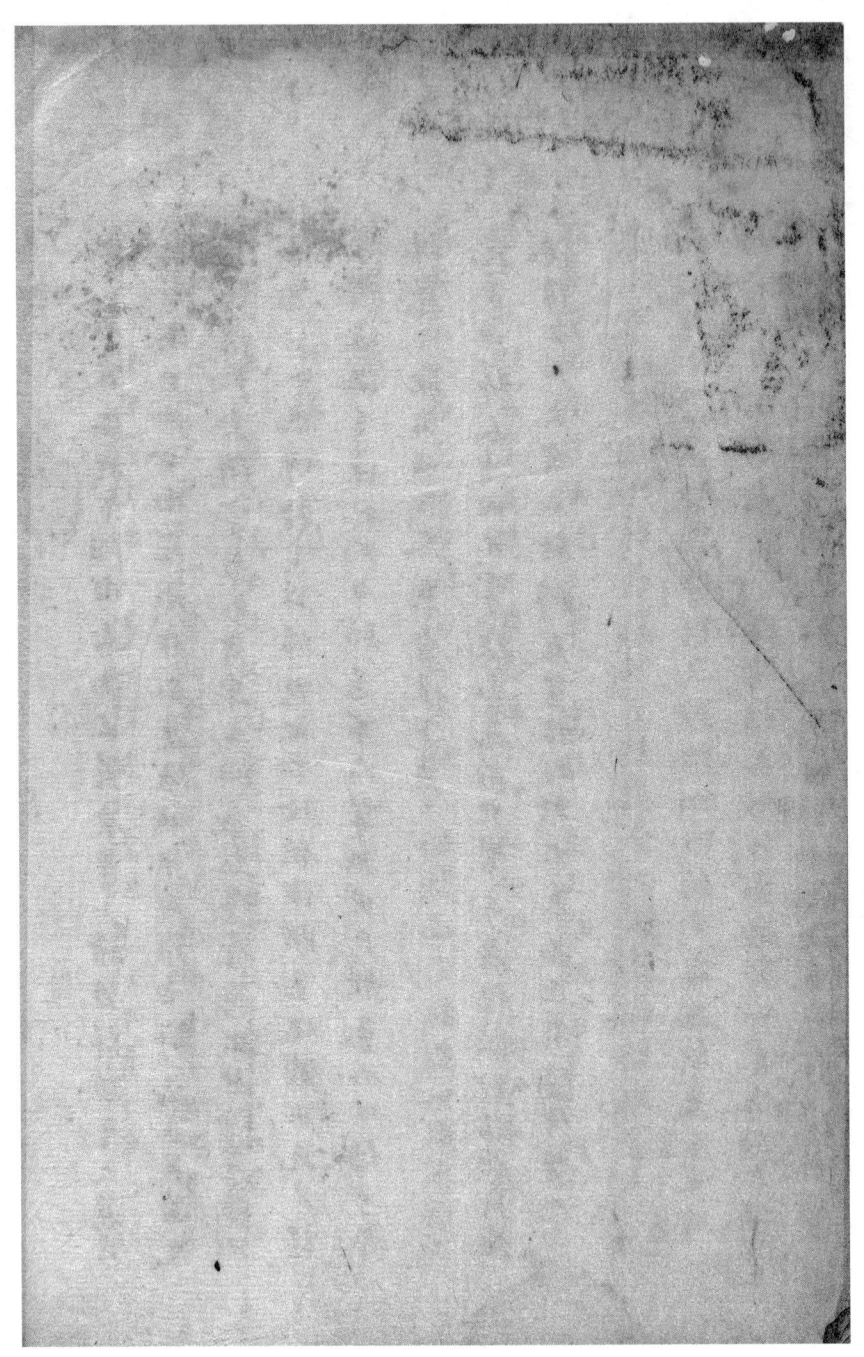

書王氏揑票佔産事後

初先伯卧雲以晉田三百二十餘畝長邑田二百四十餘畝 畝元邑田八十餘畝託王月
樵代爲收租办賦其設棧在伊子出嗣子庶高家中自遭賊難王月
樵及子亦樵俱故而先伯卧雲先兄静岩亦相继下世庶齋竟
思圖佔寄田將租蕩匿赳又將長邑西十三都等田二十餘畝
先行盜賣書經与之理論庶高堅不承認不得已赴縣具禀蒋
將草契呈驗乃庶高知计不遂因而揑造先兄静岩借票一紙
邑宰雖將寄田斷還而
朦混覆訴聞官偏袒庶高總不將揑票窮究硬行斷准竟以盜
賣田二十一畝作抵勒令具結余憤恚氣结不能更措一辞歸
餘田歸楚
而成病幾死不置情惟庶高圖賴不遂異日必然假託他姓再
寄田 今將揑票斷准 更
揑匯僞票向元姓纠纏是时雖难辨白則先後同出一手筆跡收
符縱有聰强官長誰能斷以爲僞偽耶尚笺伪遺産倘爲他手或人所借

余死不瞑目矣嗚呼天下騰騰擾擾之情莫甚於訟故昔人謂
政平訟理而天下治又曰氣死莫告狀孔子謂聽訟吾猶人也
必也使無訟乎聖人固知聽訟之難而欲人之毋涉訟也蓋時
事不涉訟則雖必不得法歸精寄田所失三倍百餘之產有今涉訟
則反實成糧票他日造作惡憑其手為寡成任其意其受害又
何窮乎嗣以祖睦民歎月既有賢戾而此事委存田穫遂致顛
倒是非混淆曲直長奸惡抑良善其害可勝言哉書之以誌吾
家之不幸而尋以示後之子孫第一儆曰得信從之慎毋以私
心偏見聽斷俾長奸惡抑善良模貝殘至足以召天地之戾氣
釀眾庶之亂心而其禍卒集於己身可不畏哉可不慎哉